LA MAISON DES HAUTES FALAISES

Née à Melbourne, Karen Viggers est vétérinaire, spécialiste de la faune sauvage. Elle exerce dans divers milieux naturels, y compris l'Antarctique. Elle vit aujourd'hui à Canberra, où elle partage son temps entre son cabinet et l'écriture.

Paru au Livre de Poche :

LA MÉMOIRE DES EMBRUNS

KAREN VIGGERS

*La Maison
des hautes falaises*

TRADUIT DE L'ANGLAIS (AUSTRALIE) PAR AUDE CARLIER

LES ESCALES

Titre original :

THE STRANDING

© Karen Viggers, 2008.
© Éditions Les Escales, un département d'Édi8, 2016,
pour la traduction française.
ISBN : 978-2-253-06939-3 – 1ʳᵉ publication LGF

*Pour David.
Qu'il soit remercié pour son amour,
sa patience et son soutien infinis.*

Prologue

Il sortit de la maison sous la lumière étrange de la lune et marcha pieds nus jusqu'au bout de la rue. Là, les falaises escarpées dominaient la mer et, la plupart des nuits, les vagues s'écrasaient contre les parois abruptes dans un bouillonnement d'écume. Cependant, cette nuit-là, le temps était calme, les rouleaux s'échouaient avec moins de force sur les récifs et, malgré leur déferlement sans fin, tout semblait mystérieusement immobile. Le large disque lunaire illuminait les fragments de nuages filant dans le ciel.

Il y avait autre chose, là, dans la nuit. Il le sentait. Une présence. Rien d'innommable, il en était certain. Rien d'effrayant. Le regard au large sur les remous scintillants, il observa l'océan qui enflait, refluait, enflait, refluait. Sa respiration ralentit, s'approfondit. Le rythme du ressac le calma. Ce néant rythmé de la mer infinie.

Ce fut à cet instant qu'il l'entendit. Un souffle sonore. En contrebas, pas très loin. Il balaya du regard la surface de l'onde amère, aux aguets. Ce bruit devait bien venir de quelque part… L'eau clapotait paisiblement vers les falaises. Soudain, il l'aperçut – le dos lisse d'un cétacé, étincelant, noir et argent, sous les lames qui glissaient sur lui. De nouveau, une expiration. Il vit son jet, cette fois-ci, et les fines gouttelettes éclairées par le clair de lune. Puis un autre panache, plus petit, celui d'un baleineau pataugeant tout près. Son cœur s'emballa. Il se demanda si les baleines l'avaient vu, elles aussi, si elles savaient qu'il était là, à les observer, bien vivant au milieu de la nuit, accablé par le poids de l'existence.

Longtemps, il resta ainsi, à respirer en rythme avec elles, à regarder l'océan ruisseler sur leurs dos, à écouter leurs souffles lents et sereins. Dans ce long silence mouvant, il découvrit le vide et la joie qu'il recelait. Il se perdit dans l'instant présent, loin de la douleur, jusqu'à ce qu'il soit transi et trempé de rosée.

Première partie
Motifs et marées

1

Un mois après son emménagement sur le cap, à Wallaces Point, Lex Henderson brûla tous ses vêtements. Jusqu'au dernier, excepté ceux qu'il portait. Et ce, délibérément. Une pulsion irrationnelle que rien n'aurait pu arrêter.

Il était arrivé avec des blessures aussi profondes qu'invisibles. Il avait fourré sa vie de Sydney dans une valise et avait roulé vers le sud, pensant laisser le chaos derrière lui, alors qu'il l'emportait avec lui, niché au plus profond de son être. Après plusieurs heures de route, l'anxiété et le doute qui l'avaient suivi depuis son départ avaient commencé à s'apaiser et sa poigne s'était affermie sur le volant. Quand, enfin, la Volvo s'était arrêtée dans un hoquet sur la pelouse de sa nouvelle maison, le fracas de la mer l'avait pénétré – il était calme.

Il avait passé ses premières semaines à Wallaces Point à traîner le long de la plage le jour et à chercher l'oubli dans l'alcool la nuit. Chaque matin, il tentait d'effacer la laideur de la nuit précédente et, une fois le soir revenu, il cherchait de nouveau à rayer de sa mémoire ces quatre derniers mois qui avaient mis sa vie sens dessus dessous. De jour, il était facile de s'immerger dans le monde sauvage et solitaire de la plage. Le vent traversait son âme en tourbillonnant, le soleil printanier réchauffait son crâne, et il marchait dans le sable avant d'aller s'asseoir sur les rochers pour regarder la marée montante effacer ses empreintes.

Les premiers temps, il n'avait vu que des choses évidentes, comme les vagues qui façonnaient la plage, les cygnes dans le lagon, l'immensité écrasante du ciel bleu. Puis, peu à peu, au fil des heures et des jours, ses sens s'étaient aiguisés et il avait repéré des phénomènes plus discrets : les stries régulières tracées dans le sable par la marée descendante, un aigle pêcheur survolant les falaises, des huîtriers fuligineux picorant entre les rochers, des méliphagidés se chamaillant au-dessus de la bruyère.

Ensuite, il avait noté des motifs réguliers, comme l'heure où l'aigle apparaissait et l'endroit précis où il allait se percher dans l'arbre squelettique sur le promontoire, les horaires des marées, le dégradé de couleurs des crustacés sur les rochers, et le moment où les cygnes trompetaient juste après le crépuscule lorsqu'ils volaient bas vers le lagon. Il observait l'eau et apprenait à en déchiffrer les zébrures, restait des heures à admirer les fous australs qui pêchaient au large. Il longeait la laisse de haute mer à la recherche de coquillages et de galets, de petits crânes d'oiseau, d'os de seiche, de bois flotté, de pinces de crabe, de tiges d'algue rose. Assis sur les rochers au pied des falaises, il contemplait pendant des heures les lames qui déferlaient vers lui. Inlassablement. De marée basse à marée haute. Le rugissement et le rythme de l'eau, dernières ancres de sa santé mentale.

Dans le placard de la buanderie, il avait trouvé une combinaison et des palmes et, par temps calme, il allait nager. Après un bref frisson lorsque l'eau froide s'immisçait dans la combi, il plongeait, body-surfait, dévalait les vagues en battant des jambes comme un fou, exultant de se sentir porté, emporté vers la plage. Les rouleaux le projetaient vers le ciel avant de le relâcher dans un chaos d'écume et de sable. Cela lui faisait du bien, ces sensations physiques, l'avance laborieuse à contre-marée puis la nage rapide pour prendre la vague.

La nuit, en revanche, ce n'était pas aussi simple.

Chaque soir, il rentrait récuré par le vent et le ciel et, à la fenêtre, il regardait le jour s'effacer du visage changeant de la mer. Sa nouvelle maison se trouvait à cinquante mètres de l'entrée de la rue, flanquée par des prairies ondoyantes et quelques squelettes de banksias tordus et raidis par les vents de la côte. C'était la dernière de la rangée et sa large façade tout en verre donnait sur les falaises et le lent roulis de l'océan. Exposée plein nord, la maison se remplissait de lumière et les fenêtres s'étiraient devant lui comme un objectif grand-angle cherchant à capter l'immensité de la mer. Du salon, la vue était dégagée, le regard partait du dôme sombre du promontoire au nord, s'arquait vers l'océan à l'est et se perdait dans l'horizon brumeux. Le projet de celui qui avait bâti cette maison, qui qu'il fût, tenait en deux mots : verre et mer.

Lex, pour sa part, avait l'impression que la bâtisse était à l'affût, qu'elle guettait quelque chose.

Après le coucher du soleil, quand les eaux argentées avaient viré au gris puis au noir uniforme, Lex passait au salon pour s'asseoir dans un fauteuil en rotin et fixait les ténèbres au-dehors en se demandant ce qu'il était venu faire là. Lorsqu'il l'avait vue pour la première fois, la maison lui avait paru suffisamment anonyme, tout en lignes droites et en simplicité. Cuisine américaine, salon ouvert, mobilier minimum : une table en bois, un canapé en rotin et quelques fauteuils tournés vers la mer. Cependant, il lui semblait parfois sentir une présence dans la maison. Quelqu'un qui prenait un vieux livre sur l'étagère et en feuilletait les pages jaunies. Qui regardait les photos de bateaux anciens et de pêcheurs aguerris accrochées aux murs. À croire que la maison ressassait un passé qui lui était étranger.

Les bibliothèques débordaient de livres qu'il n'aurait jamais eu l'idée d'acheter. Certains étaient potentiellement utiles : des guides de la côte, des manuels de pêche, des précis d'ornithologie fripés. Les autres ne présentaient guère d'intérêt : des romans bon marché aux couvertures criardes, quelques biographies et une poignée de vieux ouvrages sur la chasse à la baleine. Chaque soir, déterminé à ne pas toucher à son stock de whisky dans le placard, Lex prenait un livre et le parcourait en tentant d'ignorer l'étau des ténèbres qui se resserrait sur les fenêtres, les picotements sur sa peau nés de son désir ardent – le désir du vide distillé par l'alcool. Mais, bientôt, sa volonté se délitait et, les mains tremblantes, dégoûté de lui-même, il se retrouvait devant le placard, sortant un verre, versant une rasade, goûtant la brûlure âpre du whisky. Et il recommençait... à se vautrer dans le désespoir, à noyer le flux de ses pensées, à les enterrer sous une ébriété tâtonnante. Encore une nuit de perdue.

Il suivait ce rituel depuis plusieurs semaines – et il avait déjà descendu trois ou quatre whiskys ce soir-là – lorsque le téléphone sonna. Sa mère, sans aucun doute. Personne d'autre n'avait son numéro.

— Maman, dit-il en coinçant le combiné sur son épaule pour se resservir en prenant garde de ne pas faire tinter la bouteille contre le verre.

— Comment vas-tu, mon chéri ? Je voulais prendre de tes nouvelles, pour savoir comment se déroulent tes vacances.

— Ce ne sont pas des vacances, maman.

Elle n'aimait guère l'idée qu'il ait déménagé si loin, il le savait.

— Soyons réalistes, chéri, reprit-elle de sa voix mielleuse. Tu as juste besoin de faire un break. Après de telles épreuves, c'est bien normal. Ensuite, dès que tu seras frais et dispo, tu rentreras pour tout arranger.

— Oui, maman.

Pourtant, après tout ce qui s'était passé, il n'avait plus nulle part où « rentrer ».

— Je sais que tu as vécu une période terrible, continua-t-elle. Jilly s'est montrée odieuse et l'enterrement a été abominable...

Lex s'approcha de la fenêtre, le verre serré fermement dans la main. Il ne voulait pas repenser à l'enterrement, ni à Jilly.

— Ça va, maman. Je commence à prendre mes marques, ici.

— Lex, tu es dans un trou perdu. Il n'y a absolument rien d'intéressant pour toi, là-bas. Et si tu suivais mon conseil ? Repose-toi encore quelques semaines, et puis je viendrai te voir. Nous pourrons en discuter tous les deux.

Lex termina son whisky cul sec et vida dans son verre le fond de la bouteille. Sa dernière.

— Tu t'es mis à boire, c'est ça ?

Il ne répondit pas.

— Je le savais. Chéri, tu as besoin d'aide. Cela n'a rien de honteux. Nous avons tous besoin d'aide un jour ou l'autre. Et si tu mettais cette maison en location et que tu revenais ici, là où est ta place ?

Pour Lex, il n'était plus à sa place nulle part.

— Jilly est bouleversée, dit-elle.

— Elle m'a jeté dehors.

— Je suis sûre qu'elle le regrette. Nous faisons tous des bêtises, parfois.

De nouveau, il ne dit rien.

— Tu n'as pas été très patient, n'est-ce pas ?

Quatre mois d'enfer.

— Il faut du temps pour arranger ce genre de chose, insista sa mère. Vous avez été traumatisés, tous les deux. Tu devrais peut-être revenir, réessayer. Persévérer un peu plus. Jilly est effondrée. Préviens-moi juste de la date de ton retour. Nous te trouverons un appartement, à moins que tu restes chez nous le temps que Jilly et toi recolliez les morceaux.

Il eut soudain la nausée et se rendit compte qu'il transpirait.

— ... je sais ce qui s'est passé juste après la mort d'Isabel, disait sa mère. Je sais ce que Jilly a fait... sa mère me l'a raconté.

— Maman, je ne veux pas en parler.

— Je comprends que ça ait été terrible pour toi. Tu me manques, chéri. Je viendrai te voir dans une ou deux semaines. Nous sommes bien occupés, ici, comme tu le sais.

— Très bien, appelle-moi avant ton arrivée.

Il raccrocha. Il s'adossa un instant au comptoir de la cuisine, épuisé. Soudain, l'angoisse fondit sur lui tel un rapace noir refermant ses griffes sur sa poitrine. Les jambes en coton, Lex s'agrippa au meuble et s'efforça de respirer. Après avoir descendu son whisky d'une goulée saccadée, il ouvrit brutalement un tiroir à la recherche d'un tire-bouchon. Faute de whisky, il serait bien obligé de boire du vin. Il sortit une bouteille de rouge du placard mais ses mains tremblaient tellement qu'il ne parvint pas à entamer le liège, alors il balança le tire-bouchon contre le mur et resta cramponné au comptoir jusqu'à la fin de sa crise.

Lorsque la panique relâcha enfin son étau, il tituba jusqu'au canapé et s'y laissa tomber. Il avait oublié à quel point il se sentait vidé, éviscéré après ces attaques. Il s'allongea en position fœtale et quelques larmes suintèrent au coin de ses yeux.

Plus tard, transi, courbatu et terriblement sobre, il alla se coucher.

Il rêva qu'il préparait le petit-déjeuner, dans sa maison de Sydney. Il voyait les bols de céréales disposés devant lui sur le plan de travail. Au mur, la pendule tictaquait, égrenant le temps. Jilly et Isabel dormaient encore.

Debout près de l'évier, il s'appliqua à découper des fraises, une par une, jusqu'à ce que Jilly apparaisse, les cheveux en bataille. Ils gardèrent tous deux les yeux baissés sur les mains de Lex, qui s'activaient toujours sur les fruits, puis Jilly leva la tête vers la pendule et sursauta en voyant l'heure.

— Il est huit heures, déclara-t-elle.

— Tu lui as donné le biberon à quelle heure ?

Lex s'étonna d'entendre sa propre voix, distante et assourdie, comme s'il se trouvait loin de là.

— Je ne sais pas. Deux heures, peut-être.

Tandis que Jilly disparaissait dans le couloir pour aller réveiller Isabel, Lex posa son couteau. Il entendit le plancher grincer. Il consulta l'heure et vit les numéros onduler comme si la pendule était sous l'eau. La trotteuse n'avait pas l'air de bouger et les pas de Jilly étaient trop lents. Il avait beau vouloir qu'elle arrive vite à la chambre d'Isabel, il avait l'impression qu'elle n'y parviendrait jamais et l'aiguille des secondes restait immobile.

Un silence, puis la voix de Jilly, étranglée, paniquée.

— Lex. Elle ne respire plus.

Les morceaux de fraises dégringolèrent dans l'évier, d'abord un par un, puis dans une vague écarlate qui remplit l'évier et déborda sur le sol.

— Lex.

Les jambes en plomb, il voulut courir dans le couloir. Le tic-tac de la pendule devenu le battement de son cœur, il courut, courut. Mais le couloir n'en finissait pas, il lui semblait qu'il n'en verrait jamais le bout, qu'il n'arriverait jamais à la chambre d'Isabel.

Il s'y retrouva tout à coup, tentant vainement d'ouvrir les rideaux.

— Dépêche-toi, le pressa Jilly.

Son pouls martelait dans sa gorge. Soudain, il se pencha sur le berceau.

Les traits d'Isabel étaient détendus. Sa bouche, ouverte, ses lèvres bleues, comme du plastique. Il la souleva, lui ôta sa gigoteuse – tout allait très vite, à présent. Il la reposa sur le lit. Elle était immobile et froide. Les membres inertes et lâches.

— Appelle une ambulance, dit-il.

Il respirait bruyamment et sa voix était étrange, comme si quelqu'un d'autre parlait. Quelqu'un d'éloigné, muni d'un mégaphone.

Il approcha sa bouche du visage d'Isabel et souffla. Deux fois, doucement. Deux minuscules goulées d'air. Pour ne pas lui déchirer les poumons. Il regarda sa poitrine monter et descendre, et son cœur cogna dans ses oreilles. Deux de ses doigts se posèrent sur le sternum d'Isabel. Il pratiqua une série de compressions thoraciques. Devait-il en faire dix ou quinze ? Il compta, appuya, souffla, compta, appuya, souffla. Elle aurait pu être un mannequin d'entraînement dans un stage de premiers secours.

Elle ouvrit soudain grands les yeux, ses yeux noirs et profonds comme des puits, et observa ses efforts. Elle avait froid, si froid. Et ses lèvres étaient bleues et flasques. La panique le gagna. Pourquoi le fixait-elle ? Pourquoi ne respirait-elle pas ? Il ne lui prit pas le pouls.

Il entendit alors la sirène. L'ambulance arrivait enfin. Trop tôt ou trop tard ? Dans une minute, on lui confirmerait ce qu'il savait déjà.

Ils entrèrent et l'écartèrent. Leurs mains, douces et fermes, sur Isabel, son bébé, la palpant, la touchant. Des mains qui glissaient, s'enroulaient, descendaient, examinaient. Des mains qui paraissaient partout. Il voulait les interrompre. Que faisaient-ils ?

— Continuez à la réanimer, les implora-t-il pourtant. Ne vous arrêtez pas.

Ils le dévisagèrent, la vérité nue dans leurs yeux. Cette vérité, il l'avait déjà sentie sur les lèvres froides d'Isabel. Son cœur la lui avait déjà révélée.

Pourquoi est-ce que tout le monde le toisait – les médecins, Jilly, Isabel ? Pensaient-ils tous que c'était sa faute ? Il le devinait à leurs regards accusateurs.

Ce n'est pas moi, voulait-il crier. Pas ma faute. Sauf que sa voix refusait de sortir. Coincée dans sa gorge comme un gros morceau d'argile enterrant ses mots.

Jilly se mit à hurler : des cris étouffés, résonnant comme dans un tunnel. Une petite voix lui soufflait de la prendre dans ses bras, mais tout était figé. Jilly ressemblait à un animal, prostrée, rouge, trempée. Elle pleurait, pleurait, et il ne pouvait tendre les bras vers elle. Et il entendait autre chose, une plainte étrange qui n'était pas de ce monde, l'expression d'un désespoir total. Elle venait de lui. Lui aussi, un animal.

Puis Jilly et lui tombèrent dans les bras l'un de l'autre, s'accrochant désespérément comme deux inconnus sur un canot de sauvetage. Se soutenant mutuellement. Un simple soutien physique. Tout était fini.

Jilly prit le bébé. Elle s'assit sur le canapé dans le salon, le corps sans vie d'Isabel étalé sur ses genoux. Lex vit les bras ballants, la tête penchée en arrière. Il s'accroupit dans un coin et les observa, pendant des heures, peut-être. Les yeux du bébé le fixaient toujours. Il voulait la prendre dans ses bras. Dire à Jilly que les médecins s'étaient trompés. Qu'Isabel était encore en vie. Mais il ne pouvait quitter son recoin. Un poids l'y clouait, et c'était comme si Jilly l'avait oublié alors qu'elle pleurait sur le corps de leur fille.

Il finit par s'avancer à quatre pattes et tendit les bras vers Isabel. En vain. Jilly était comme un chat sauvage, feulant, crachant. Il voulait toucher le bébé. Son bébé à lui aussi. Sauf qu'elle le griffait à chaque tentative et il devait sans cesse battre en retraite.

Ensuite, la mère de Jilly arriva. Son long visage hagard se tourna vers lui, lui qui était toujours blotti dans son coin. Elle s'approcha et caressa sa fille comme on caresse un chaton, la berça en lui passant la main dans les cheveux, en gazouillant. Après quoi, elle souleva le bébé, petite poupée de chiffon, et l'amena à Lex, l'aidant à se déplier pour qu'il puisse s'enrouler autour du petit corps et le serrer contre lui. Elle lui tapota le bras tandis qu'il penchait la tête vers la joue d'Isabel. Et là, des larmes vinrent, et des plaintes aussi, du fond de sa poitrine. Des sanglots le secouèrent, encore et encore, interminablement.

Lorsqu'il se réveilla, en sueur, la nuit dense, immense, l'enveloppait. Le grondement sourd de la mer lui rappela où il était et il l'écouta longuement avant d'allumer la lumière.

Dans un coin, sa valise ouverte contre le mur. Elle contenait encore tout ce qu'il avait apporté. La penderie était restée vide. En vérité, il avait peur de ranger ses habits. Déplier ses vêtements et les pendre dans l'armoire pourrait trahir un désir de s'approprier l'endroit. De s'inscrire dans une certaine durée. De devenir quelqu'un d'autre. Avec une autre vie.

Mais n'était-ce pas justement pour ça qu'il était venu ici ? Qu'il avait tout plaqué ?

Il contempla la valise, soudain accablé par le poids de son fardeau. En ville, il lui avait paru important de conserver un peu de lui-même, quelque chose du passé. À présent, toutes ces affaires lui semblaient autant de chaînes. Après un mois passé ici, rien n'avait changé. Il était toujours le même homme meurtri, portant les mêmes cicatrices. Toujours aussi faible, brisé, pitoyable. Il aurait cru que les choses se seraient améliorées, au bout d'un mois. Que ses blessures auraient commencé à guérir dans ce nouveau décor, sous ces nouveaux cieux, balayés par ce vent purifiant.

Le bruit du ressac l'envahit de plus belle et il repensa à l'incinérateur dans le jardin. Près de la cheminée en ruine, seule trace de la maison précédente abattue des années plus tôt. Il enfila des vêtements, des chaussures, attrapa un vieux journal dans un carton près du poêle à bois et traîna la valise dehors.

Dans le chatoiement tamisé de la lumière extérieure, les mains tremblantes, il fourra des boules de papier au fond de la cuve avant de gratter une allumette. D'abord, les flammes léchèrent paresseusement l'offrande, roussissant le bord des pages. Il sentait leur chaleur monter vers son visage et les ombres danser dans son dos. Peu à peu, la flambée gagna en force. Il ajouta des boules de papier pour nourrir le foyer. Ensuite, il se tourna vers la valise, en sortit une chemise en polyester, la laissa tomber dans l'incinérateur, exultant de la voir disparaître entre les griffes des flammes. Il attrapa une deuxième chemise, bien pliée. Puis trois autres. Elles partirent en fumée en quelques secondes.

Plus tard, il entreverrait, émerveillé, une logique étrange à sa folie. Une organisation implacable dans la destruction. Il avait inconsciemment brûlé ses vêtements en commençant par les plus inflammables. Les chemises d'abord. Après, les chaussettes, les slips, les sweats polaires, les T-shirts en coton. Les flammes hautes, affamées, bondissaient en rugissant par-dessus le bord de l'incinérateur comme une bête énorme cherchant à s'échapper. Crachant des rubans de lumière vive dans les ténèbres.

Il y jeta ses jeans en dernier avant de reculer, fasciné, pour observer les ondulations de l'air brûlant monter vers le dôme noir du ciel. À cet instant seulement, il prit conscience des palpitations de son cœur.

Il s'apprêtait à regagner la lumière jaune de la maison lorsqu'un bout de jean enflammé voleta dans la nuit et se posa devant ses pieds. Le morceau de tissu rougeoya dans la pénombre. Lex crut voir une fine volute de fumée et le gazon s'embrasa soudain. Tout autour de lui, des flocons de denim en feu flottaient dans l'air et se déposaient au sol. Au bout de quelques secondes, une dizaine de foyers s'était déclarée sur la pelouse. Il courut de l'un à l'autre, tapant du pied sur les flammes. Mais les confettis brûlants continuaient de voleter, engendrant de nouveaux départs de feu.

Haletant, il se précipita vers l'incinérateur et referma le lourd couvercle. Puis il courut dans tous les sens pour étouffer les flammèches.

Après coup, il se souvint de cet épisode au ralenti, étrange danse où il avait tapé des pieds dans les ténèbres au milieu d'un cercle de flammes orange brillant tels des flambeaux éclairant ses pas.

Quand tout fut terminé, il souleva le couvercle et jeta un coup d'œil à l'intérieur. De ses derniers vêtements, il ne restait que des braises rouges qui s'éteignaient peu à peu. Il tourna les talons et regagna la maison.

Devant le comptoir de la cuisine, il s'arrêta pour regarder la seule possession qu'il avait gardée. Une photo encadrée. Isabel, qui lui souriait. De toutes ses gencives.

Comment accepter quelque chose d'aussi infini et définitif que la mort ?

Longtemps, il resta là, à contempler sa fille, à essayer de retenir le souvenir de son visage. Pourtant, il savait qu'il la perdait déjà, qu'elle devenait aussi fugitive et éthérée que les flammes bondissantes cherchant à jaillir hors de l'incinérateur.

Le cœur au bord des lèvres, il décrocha du frigo la lampe de poche magnétique et sortit à l'avant de la maison. Pieds nus, il marcha sur le bitume, sur les plaques humides de chiendent, parmi les ombres soupirantes de la bruyère malmenée par le vent, et descendit les marches irrégulières et couvertes de sable jusqu'à la plage immense. Les étoiles cascadaient dans le ciel comme autant de pierres précieuses jetées en l'air et qui dégringolaient jusqu'à l'horizon où elles sombraient dans la masse noire de la mer.

L'océan lui sembla d'abord assourdi et distant, mais le bruit du ressac s'amplifia lorsqu'il s'assit dans un creux sur le sable mouillé, et il eut l'impression que la nuit enflait tout autour de lui. Il ne s'était jamais senti si petit, si vulnérable, noyé dans un sentiment de perte, de chagrin et de désolation.

Accablé de désespoir, il ôta ses vêtements et avança à l'aveuglette dans les vagues. Il distinguait leurs crêtes blanches, crinières sauvages et échevelées, tandis que les lames surgissaient des ténèbres et fondaient sur lui. Pénétrer les eaux tumultueuses lui redonna des forces et, quand l'onde froide s'écrasa sur son entrejambe et éclaboussa son torse et son dos, il eut l'impression qu'il pouvait reprendre les choses en main. Tout cela pouvait finir. Se dissoudre dans les ténèbres. Cependant, lorsqu'il trébucha dans un creux et mit la tête sous l'eau, il comprit que, s'il lâchait prise ici, s'il glissait presque délibérément dans cet océan de nuit, alors la mort d'Isabel ne voudrait plus rien dire. Il se débattit, pris de panique, pour reprendre pied et s'éloigner du puissant courant de la crevasse. L'obscurité lui parut soudain infinie.

Profitant d'une accalmie entre deux lames, il planta ses pieds dans le sable et se jeta vers la côte où le pâle clair de lune se reflétait faiblement sur la plage mouillée. À genoux dans les bas-fonds, où le courant était encore fort, sa haine de soi se mua en stupéfaction, puis en un chagrin si violent qu'il lui arracha d'horribles sanglots saccadés. Il pleura jusqu'à se sentir épuisé et vide.

2

Lorsque le vieux Combi Volkswagen orange s'arrêta en crachotant, la jeune femme jura. L'engin, plutôt fiable d'habitude, lui causait quelques ennuis ces derniers temps. Elle aurait dû s'en débarrasser mais, comme elle n'avait pas les moyens de se payer mieux, elle était bien obligée de faire avec ces contretemps mécaniques. Laissant les clés dans le démarreur, elle descendit du van et ouvrit brutalement le capot à l'arrière, où se trouvait le moteur. Jordi lui disait sans cesse qu'elle ferait mieux d'apprendre deux ou trois trucs sur les voitures, histoire d'être capable de se débrouiller toute seule, mais c'était bien la dernière chose dont elle avait envie. Elle était tout juste capable de changer un pneu. La mécanique, c'était au-dessus de ses forces.

Elle resta au bord de la route en se demandant ce qui pourrait décider quelqu'un à s'arrêter. Le vent soufflait dans ses boucles châtaines, qu'elle finit par attacher d'un geste impatient avec un foulard pour les dégager de son joli visage rond. Ses yeux bruns, où pétillait d'habitude une lueur malicieuse, s'étaient assombris, reflétant son agacement de se retrouver ainsi échouée au bord de la route. Alors qu'elle se tournait pour regarder les voitures venant du village, un 4 × 4 bleu passa devant elle à toute allure. À l'évidence, le conducteur n'était pas d'ici. Les habitants du coin ralentiraient pour jeter un coup d'œil curieux vers elle. Certains seraient même capables de la saluer et de poursuivre leur route comme si de rien n'était, surtout les membres de la paroisse. Mais la plupart seraient prêts à s'arrêter pour lui donner un coup de main. Elle devrait juste être patiente. Dommage qu'elle soit tombée en panne un jour de semaine. Tout le monde devait déjà être au travail.

Un vieux pick-up Ford finit par se garer derrière elle. C'était Barry Morris. Le propriétaire de la station-service du coin et aussi le boss de Jordi.

— Salut, Callista, grogna-t-il en se dirigeant droit vers le moteur.

— Barry ! Merci de t'être arrêté. J'ai cru que j'allais passer ma journée ici.

Il grommela une réponse et mit aussitôt les mains dans le cambouis pendant que Callista feignait de regarder comment il s'y prenait. C'était un grand type avec une bedaine si volumineuse qu'elle retombait sur sa ceinture comme le ventre d'une femme enceinte de huit mois. Selon Jordi, il aurait dû faire une crise cardiaque depuis longtemps, ce que Callista ne pouvait qu'approuver. Il puait tellement la sueur qu'elle le sentait de loin. Lorsqu'il se retourna et se redressa, une bougie grillée entre ses doigts noircis, il surprit son regard.

— Elle est morte, déclara-t-il. J'en ai une autre dans ma bagnole.

Il jeta la vieille bougie à l'arrière de son pick-up et tira une trousse à outils de derrière la banquette.

— Voilà, dit-il en revenant avec une bougie neuve. Je vais te la remplacer, mais tu ferais mieux de m'apporter ton foutu tacot au garage.

— J'ai pas les moyens.

— T'es bien comme ton frère, répondit Barry avant d'ajouter en souriant : Sauf que t'as de la classe et que t'es bien plus jolie.

— Ne t'engage pas sur ce terrain-là.

Le sourire de Barry s'élargit.

— Je n'oserais pas, dit-il. T'as plus de piquants qu'un échidné. Par étonnant que tu sois célibataire.

— Ça me va droit au cœur, Barry, rétorqua-t-elle, guère ravie d'être comparée à une espèce de porc-épic.

Pendant qu'il remplaçait la bougie, Callista donnait des coups de pied dans les graviers bordant la route et les regardait ricocher sur le tarmac. Elle entendit bientôt le capot du Combi claquer. Barry grimpa derrière le volant et tourna la clé. Comme le véhicule démarrait au quart de tour, Barry redescendit d'un bond en laissant le moteur tourner.

— Tu vas faire les marchés, ce mois-ci ? lui demanda-t-il.

— Peut-être.

— Je passerai te voir, alors. Qui sait, je t'achèterais peut-être une peinture pour que tu puisses faire réparer ce tas de boue – comme ça, je récupérerais mon pognon.

— Bonne idée. Mais je me paierais plutôt un cubi de vin avec tes sous.

Barry éclata d'un rire tonitruant. Il était encore plus répugnant lorsqu'il rejetait la tête en arrière, comme ça. Il devrait essayer de rire devant un miroir, un de ces jours. Callista recula tandis qu'il se hissait dans son pick-up et claquait la portière.

— Tu allais où, comme ça ? l'interrogea-t-il.

— À la quincaillerie. Joe Denton me fait un prix sur les toiles. Pour mes tableaux. Et il me met de côté les chutes de bois. Je fabrique mes cadres avec.

— Et des vieilles planches de palissade ? Ça pourrait te servir ?

— Peut-être. Si elles ne sont pas trop abîmées.

— Mrs Jensen a fait refaire sa clôture. Elle a tout un tas de planches dont elle doit se débarrasser. Je pourrai lui passer un coup de fil, si tu veux.

— Je veux bien aller y jeter un œil. Mais bon… fit Callista, les yeux au ciel. Tu crois vraiment qu'elle me les donnerait, à moi ?

Barry sourit de nouveau.

— C'est pas gagné. Je vais lui demander, on verra bien.

Il farfouilla dans sa poche, en sortit son portable et composa un numéro.

— Mrs Jensen ? brailla-t-il. Vous voulez toujours vous débarrasser de vos planches ? Je suis avec quelqu'un, là, qui pourrait vous en prendre un paquet… Oui. Bien. C'est Callista. L'artiste… Oui, celle-là même. Je vous l'envoie.

Il remit le téléphone dans sa poche et dévisagea Callista, un petit sourire en coin.

— On dirait qu'elle est d'humeur généreuse, aujourd'hui.

— Super. Du coup, je suis obligée d'aller chez elle, pas vrai ?

31

Barry éclata de rire.

— Tu survivras. On n'a rien sans rien.

Il démarra et le moteur de sa Ford 100 ronronna bruyamment.

— Merci pour ton aide, lança Callista. Merci beaucoup.

— N'oublie pas d'y aller, insista-t-il. La vieille Jensen est un peu grincheuse, mais elle ne mord pas.

Les pneus dérapèrent un peu sur les gravillons lorsqu'il recula avant de repartir vers le village. Callista remonta dans son Combi et le suivit.

Callista Bennet habitait une petite maison triangulaire nichée au fond d'un profond vallon dans les contreforts des montagnes. La maison, entourée par une barrière anti-incendie de fortune faite d'herbe fauchée, donnait sur la canopée irrégulière de la forêt tropicale.

Les plantes rampantes et grimpantes qui prospéraient dans le vallon s'élevaient le long du versant abrupt de la colline pour rejoindre les eucalyptus dégingandés tout au sommet de la crête. C'était un endroit tranquille où les saisons se succédaient dans des dégradés de couleurs. La plupart des gens trouveraient sans doute cet endroit trop isolé mais Callista appréciait la solitude et elle se délectait des variations de teintes et de lumières.

Elle devait cette maison à un coup de chance. Le propriétaire habitait en ville. Alors qu'il avait prévu de venir prendre sa retraite là, sa femme versatile avait une fois encore changé d'avis en décidant que l'humidité, l'isolement et les caprices du bush côtier, c'était vraiment trop pour elle. Ils étaient donc restés en ville, près des réverbères, des cinémas, des restaurants, des dîners mondains et de toutes les autres activités frénétiques auxquelles Callista voulait absolument échapper.

Une seule fois, la femme avait accompagné son mari au vallon, lorsqu'il était venu pour déterminer l'emplacement du nouveau bassin de retenue des eaux pluviales. Elle était descendue du 4 × 4 blanc rutilant, aussi pimpante qu'une gravure de mode. Sa silhouette sophistiquée était complètement déplacée au milieu du magnifique chaos végétal qui régnait dans le vallon. Pendant que son mari parlait à Callista de la sécheresse et de la capacité du nouveau récupérateur, la femme avait erré près du bassin existant, l'air de s'ennuyer ferme, avant de regagner sa voiture. Callista l'avait vue s'admirer dans le rétroviseur et retoucher son rouge à lèvres. Callista, elle, n'avait pas le temps pour ce genre de chose.

En revanche, elle aimait bien le propriétaire, grand, bel homme, avec des yeux fatigués et son long nez élégant. Son visage était rougeaud et il avait un peu d'embonpoint, sans doute à force de boire de la bière pour supporter sa vie citadine et son mariage ennuyeux.

Lorsque Callista pensait à eux, elle se rappelait toujours à quel point ses parents étaient différents de ces gens-là. Quand elle était enfant, elle avait eu franchement honte de son père et de sa mère. À présent, avec son regard d'adulte, elle admirait leur courage et leur détermination : ils assumaient cette différence et vivaient selon leurs convictions. Mais cela n'avait pas été si simple lorsque Jordi et elle étaient enfants. Ils avaient grandi dans un endroit isolé, à peine vêtus, à courir pieds nus dans le bush, à écorcer les arbres et dévorer des assiettes pleines de lentilles, de graines germées, de riz complet et de légumes du jardin. Avant de commencer l'école, ils ne s'étaient jamais doutés qu'il était inhabituel d'être végétarien. En classe, leurs jeux, leur apparence, tout était prétexte à moquerie – le repas qu'ils apportaient, leurs habits cousus main et colorés, leurs cheveux fous ébouriffés, leur haleine aillée. À force, ils finirent par en avoir honte. Ils faisaient tache dans leur petite communauté rurale conservatrice – un village où la production laitière et l'industrie du bois constituaient les deux sources de revenus principales. Les autres enfants se moquaient tellement d'eux que Callista avait rêvé d'avoir un jean, un sweat et des sandwichs à la vegemite[1] pour être comme tout le monde.

Avec le temps, la situation changea. Les mentalités évoluèrent et les hippies devinrent plus socialement acceptables. Les enfants avec qui Callista avait grandi finirent par entrer tant bien que mal dans l'âge adulte et certains essayaient même de lui parler dans la rue – d'un ton hésitant, comme s'ils n'étaient pas sûrs qu'elle se souvenait d'eux. Mais il était déjà trop tard. Jordi et elle n'avaient jamais pu s'intégrer. Jordi, lui, vivait dans une cabane, au milieu du bush, derrière la maison de leurs parents, où il passait son temps à jouer de la guitare en fumant des joints. Il gagnait à peine de quoi vivre en servant les clients à la pompe

---

1. Pâte à tartiner à base de levure de bière salée et noire, de consommation courante en Australie et en Nouvelle-Zélande. *(N.d.T.)*

à essence de Barry. Callista, elle non plus, n'avait pas réussi à se fondre à la population locale. Elle vivait en marge. Personne ne pouvait comprendre quelqu'un qui essayait de vivre de son art. Et, malgré les vifs encouragements de quelques jeunes hommes, qui convoitaient ses courbes et ses boucles exubérantes, elle n'avait jamais pu se forcer à franchir les portes de l'église pour se mêler à leur groupe social.

Au cours des années, elle avait essayé de sortir avec quelques-uns d'entre eux, sans beaucoup de succès. Une ou deux fois, ça s'était soldé par un baiser maladroit ou des caresses embarrassantes à l'arrière d'une voiture, mais rien de plus. Ils la trouvaient toujours trop bizarre, avec ses éternelles traces de peinture sur les mains et dans les cheveux, et sa famille qui, par choix, continuait à vivre dans une maison rudimentaire perdue dans le bush. Son esprit ne fonctionnait pas comme le leur – elle ne pensait tout simplement pas comme eux. Voilà pourquoi elle vivait dans son vallon isolé. Seule, à trente-trois ans.

Mrs Jensen, elle, habitait avec son mari dans une grande villa donnant sur la rivière. C'était l'une des plus belles propriétés du village, achetée lorsque Mr Jensen avait pris sa retraite. Il avait vendu son exploitation laitière à un grand conglomérat qui rachetait tout ce qu'il pouvait dans le district. Les habitants de la région toléraient mal qu'une compagnie de l'extérieur récupère leurs exploitations, désigne des managers et enlève les profits de la communauté. Il était de plus en plus dur pour les producteurs locaux de rester compétitifs mais ils ne pouvaient rien contre la marche du progrès.

La vente de leur ferme avait placé les Jensen parmi les familles les plus riches du coin, en plus d'asseoir leur position de membres puissants de la paroisse. Leurs donations avaient permis de financer la plupart des rénovations de l'église effectuées ces dernières années et d'envoyer des missionnaires en Afrique et en Papouasie occidentale. Oui, les Jensen étaient tenus en haute estime par la communauté des croyants de Merrigan. Pourtant, Callista et Jordi pensaient quant à eux que leur générosité n'était pas désintéressée. Ils achetaient simplement leurs tickets pour le paradis. Callista n'avait jamais pu s'entendre avec Mrs Jensen et il lui coûtait de venir quémander quelque chose, même si Barry lui avait assuré qu'elle rendrait service à la vieille dame. Les planches étaient empilées devant la nouvelle palissade. Elle pouvait très bien se servir et déguerpir aussitôt, mais elle devait respecter les convenances et d'abord parler à Mrs Jensen. Elle descendit de son van et monta d'un pas lourd les marches du perron. La sonnette était si forte qu'elle la fit sursauter et Mrs Jensen ouvrit rapidement, comme si elle l'attendait.

— Bonjour, Mrs Jensen.

Celle-ci eut un mouvement de recul et la dévisagea des pieds à la tête.

— Vous avez mis le temps, pour venir.

— La semaine a été chargée, expliqua-t-elle.

Callista remarqua malgré elle les traces de fond de teint mal étalé sur le front et le cou de la vieille dame.

— Vous pouvez prendre ce que vous voulez. Je veux juste m'en débarrasser.

— Je vais jeter un œil, dans ce cas. Merci.

Callista rebroussa chemin en espérant que la conversation était finie, mais Mrs Jensen la suivit dans le jardin.

— À quoi vont-elles vous servir ? s'enquit la propriétaire des lieux pendant que Callista inspectait le tas de bois.

— À faire des cadres. Avec quelques couches de peinture, celles qui ne sont pas trop abîmées rendront bien.

Callista commença à mettre de côté les planches qu'elle pourrait récupérer. Si quelques-unes étaient trop fissurées et tordues, la plupart étaient recyclables.

— Quel genre de peintures faites-vous donc ?

Callista se releva pour s'étirer le dos.

— À cette période, je me concentre sur des choses assez basiques que je peux vendre sur le marché. Des scènes de plage, vous voyez, ce genre de truc. Ça rapporte pas mal, et ça me permet de vivre les autres mois. Voilà à quoi me serviront vos planches.

— Et le reste de l'année ? insista Mrs Jensen, les bras croisés sur sa poitrine, perchée sur une motte de terre pour pouvoir la regarder de haut.

La jeune femme leva la tête, sourcils froncés, vers le visage ridé. C'était vraiment une vieille femme affreuse, avec ses traits grossiers et sa bouche tombante.

— Eh bien, si j'ai de l'inspiration, je travaille sur d'autres thèmes, expliqua-t-elle. Mais ce n'est pas vraiment planifié. Malheureusement, on ne peut pas acheter une dose d'inspiration au magasin du coin et l'utiliser quand ça nous chante.

Mrs Jensen renifla avant de poursuivre :

— Et les portraits ? Vous en peignez de temps en temps ?

— Mon truc, c'est plutôt les paysages, expliqua Callista en se penchant de nouveau vers les planches.

— Nous souhaitons acquérir un portrait de notre pasteur. Si vous pouviez faire du bon travail, vous seriez rémunérée en conséquence.

— Je suis assez occupée, en ce moment, répondit Callista en se relevant de nouveau. Je vais y réfléchir.

Elle ne voulait pas particulièrement peindre le pasteur, mais il valait mieux rester polie.

— Oui, vous devriez y réfléchir, et sérieusement. Cela vous rapporterait davantage que vos ventes sur les marchés et vous feriez ainsi une contribution importante à la communauté.

Quelle communauté ? aurait voulu rétorquer Callista. Elle réussit à tenir sa langue.

— Vous devriez songer à venir à l'église un de ces jours pour discuter avec le pasteur, poursuivit Mrs Jensen.

— À propos du portrait ?

— Non, de façon générale. C'est un homme très bon. Vous devriez faire sa connaissance.

Et voilà, ça devait arriver. L'appel à la religion. Callista aurait dû se douter qu'elle ne pourrait pas venir chez Mrs Jensen et s'en tirer à si bon compte.

— Emmenez ce Jordi avec vous. Il aurait bien besoin de l'aide de Dieu.

Callista jeta quelques planches supplémentaires sur sa pile.

— Jordi n'a besoin de l'aide de personne.

Mrs Jensen émit un reniflement incrédule.

— Ça fait combien de temps ? s'enquit la vieille dame. Sept ? Huit ans ?

Callista fixa la ligne dure des lèvres de Mrs Jensen qu'elle crut voir se tordre un peu. Était-elle censée y discerner un sourire encourageant ?

— Ce genre de chose prend du temps, répondit-elle.

Mais Mrs Jensen n'en avait pas fini.

— Le pasteur est très gentil. Il pourrait sans doute guider Jordi pour l'aider à surmonter ses problèmes.

Callista se concentra sur le tri des planches. Elle avait chaud et elle était contrariée, à présent.

— Est-ce qu'on pourrait laisser Jordi en dehors de tout ça ? demanda-t-elle.

— Je suis navrée que vous le preniez de cette façon.

Mrs Jensen fit mine de partir, les bras toujours croisés sur sa large poitrine.

— Réfléchissez bien à ce portrait. Nous pourrons en reparler si vous le voulez.

— Merci, Mrs Jensen, lança Callista, qui dut faire un effort pour rester polie. Je vous appellerai si je trouve un moment pour m'y mettre.

Elle la regarda remonter vers la maison. Vieille bique. Qui pensait pouvoir diriger la vie de tous les habitants de Merrigan. Hors de question qu'elle fasse le portrait de ce foutu pasteur. Plutôt crever de faim.

Callista ne revit pas Jordi avant le vendredi. Elle le retrouva au pub après la fermeture de la station-service en essayant de ne pas grimacer devant l'affluence. Le vendredi, tout le monde se retrouvait au pub pour se raconter des histoires et les faire passer en buvant un coup. Callista y allait rarement car la foule lui donnait la chair de poule et elle détestait la fumée de cigarette. À sept heures du soir, la bière coulait déjà à flots et l'atmosphère était joviale. Elle repéra Jordi assis sur un banc avec son pote aborigène, Rick Molloy. Elle s'approcha du comptoir, commanda trois bières à Max Hunter – le propriétaire, qui la servit avec un sourire approbateur –, puis porta les verres remplis à ras bord à travers la foule.

Jordi la salua d'un signe de tête et lui attrapa un tabouret.

— Salut, Callista, lança Rick, qui accepta avec plaisir la bière qu'elle lui offrit.

Ses dents blanches, qui ressortaient sur son large visage brun, éblouirent la jeune femme.

— J'ai entendu dire que t'étais tombée en panne.

— Oui, un coup de malchance, soupira-t-elle en passant une bière à Jordi avant de s'asseoir.

— Ce Combi n'est qu'un vieux tas de ferraille. Tu devrais te trouver mieux pour aller te promener.

— Je suis comme toi, Rick. Pas d'argent.

Ce dernier éclata de rire.

— Ça, c'est de la malchance, dit-il. Et c'est dur d'y remédier.

Jordi but quelques gorgées de bière. La mousse s'accrochait à sa moustache et à sa barbe fournies.

— Il faut juste qu'elle le fasse réparer, déclara-t-il.

— Et pourquoi tu ne le fais pas, toi ? demanda Rick.

— J'aime pas les Volkswagen, grommela Jordi. C'est Barry qu'a la main, avec elles.

— Je suis sûr que Barry lui ferait un prix d'ami.

— Et moi je suis sûr qu'il en a ras le bol de lui sauver la mise, répondit Jordi avant d'aspirer la mousse déposée sur ses moustaches. J'y jetterai peut-être un œil la semaine prochaine.

Il finit sa bière en vitesse et reposa son verre en regardant Callista du coin de l'œil.

— Je suis passée chez Mrs Jensen, cette semaine, annonça-t-elle. Elle veut que je t'emmène voir le pasteur pour que vous puissiez discuter.

— Pourquoi est-ce que vous parliez de moi ? s'enquit-il, tendu.

— On ne parlait pas de toi. Elle nous a invités tous les deux à venir à l'église, d'accord ? Pour sauver nos âmes. Et elle m'a demandé de faire le portrait du pasteur.

— Qu'est-ce que tu lui as répondu ?

— Que je n'avais pas le temps.

Quelque part dans les profondeurs de sa barbe, la bouche de Jordi se tordit en une esquisse de sourire.

— T'as bien fait, dit-il. Hé, j'ai vu Alexander à la pompe, l'autre jour. Je lui ai dit que tu étais une artiste foutrement douée et qu'il devrait t'organiser une expo.

Callista était ravie que la conversation s'éloigne de Mrs Jensen, même si c'était pour aborder le sujet d'Alexander. C'était l'une des grandes causes de Jordi : lui obtenir une exposition chez Alexander. C'était évidemment sans espoir, mais Jordi ne voulait pas lâcher l'affaire.

— Allez, la pressa-t-il. Qu'est-ce que t'en penses ?

Alexander était un marchand d'art de Sydney qui possédait une galerie au sud de Merrigan, pas loin de la nationale. Selon les ragots locaux, il s'était établi là lorsque son compagnon était mort du sida. Mais on n'avait guère de sympathie pour l'homosexualité, dans un village comme Merrigan, et Alexander était considéré comme *persona non grata*. Les rumeurs allaient bon train chaque fois qu'il passait ici, ce qui n'arrivait pas souvent. Et qui pourrait lui en vouloir ? La façon dont les gens s'exprimaient suffisait à donner la chair de poule à Callista. Quant à elle, elle appréciait sa galerie, une extension d'une grande maison en bois anguleuse qu'il avait fait construire sur une colline nue donnant sur la mer. Elle n'y était allée qu'une seule fois et avait été surprise par l'espace et la clarté. Alexander avait fait un usage intelligent des hautes fenêtres pour que la lumière traverse la pièce en larges bandes et les cloisons avaient été placées avec soin afin que la lumière ne soit pas trop crue. Bien sûr, elle adorerait y exposer ses toiles un jour. Mais, pour l'instant, elle n'était pas à la hauteur.

— Je ne suis pas assez douée pour Alexander, répondit-elle.

— Mais si, insista Jordi. Il m'a dit que tu devrais l'appeler si tu veux lui faire voir tes trucs. Il s'est montré vachement gentil, en fait.

— Écoute, il est poli, c'est tout. Et, de toute façon, je n'ai rien à lui présenter. Les croûtes que je vends au marché, c'est de la blague. Et l'année a été difficile.

Elle bafouillait presque. Jordi ne la quittait pas des yeux.

— Mets-toi au boulot, alors. J'ai fait la moitié du job.

— Ce n'est pas aussi simple que ça.

Rick se leva, visiblement gêné.

— Je paie ma tournée, dit-il en se glissant vers le bar.

— Rien pour moi, Rick, lui lança Callista. Je pars dans une minute.

Jordi et elle restèrent silencieux au milieu du brouhaha.

— Beryl a vendu la maison, lui apprit soudain Jordi.

— Quoi ?

— Elle l'a vendue. Tu as bien entendu.

— Elle se prend pour qui ? Elle n'avait pas le droit de la vendre.

— C'est une truie. Tu le sais. Elle voulait récupérer le pognon.

— À qui est-ce qu'elle l'a vendue ?

— Je ne sais pas. Un type qui n'est pas d'ici.

— Génial.

— Tu l'as dit.

— Qu'est-ce que tu sais sur lui ?

— Rien.

— Alors, comment on va faire pour en apprendre davantage ?

— Personne n'a l'air de le connaître, répondit Jordi dans un haussement d'épaules.

— Eh bien, je vais aller poser quelques questions ici et là, soupira-t-elle en tendant un billet de cinq dollars à son frère. Paie-toi une autre bière. Moi, je m'en vais.

3

Lorsque Lex se décida enfin à aller faire un tour au village, ce fut comme s'il brisait une communion spirituelle avec la mer. Après des jours à se fondre dans le ciel et les vagues, à s'habituer aux rugissements incessants de l'océan, le feu dans l'incinérateur avait déplacé son centre de gravité, lui donnant l'impression qu'il était suspendu dans le vide. Sa seule façon de redescendre sur terre, c'était de monter dans sa voiture et de rouler.

En marche arrière, il quitta la pelouse et s'engagea sur le gravier, commença à remonter lentement le chemin semé de nids-de-poule, passa devant la véranda sombre du pavillon de sa voisine inconnue, devant une rangée de maisons de vacances identiques fermées comme des visages en prière, devant des vélos d'enfants éparpillés au sol, et gagna le sommet des collines verdoyantes qui se fondaient au loin à la forêt d'eucalyptus. Des kangourous cessèrent de brouter pour lever la tête et le regarder passer. La nationale n'était qu'à trois kilomètres mais Lex se sentait tellement déconnecté de la civilisation qu'elle aurait pu tout aussi bien se trouver cent fois plus loin.

Merrigan était un village oublié du tourisme, malgré sa position sur la côte. On s'y arrêtait pour faire le plein, acheter le journal ou prendre un café sur le chemin des plages, plus au sud. Les gens venus du nord arrivaient trop vite sur la nationale, ignorant le panneau limitant la vitesse à quatre-vingts kilomètres à l'heure planté aux abords du village près du camping. La route passait devant le cimetière et les prés verts où les Holstein s'appliquaient à synthétiser placidement leur lait. À l'ouest, après les fermes, on voyait la ligne bleue brumeuse et dentelée des montagnes sur les terres sèches du parc national. Pour finir, la route traversait la rivière, la Merrigan, qui s'écoulait vers la côte depuis le centre du village en traçant un méandre vers le sud avant de se jeter dans la mer au pied de plages isolées que seuls des pêcheurs fréquentaient.

Le bourg était formé par l'assortiment habituel de boutiques : marchand de journaux, boucher, *milk-bar*, banque, café, agence immobilière. Sur la place, la route dessinait un virage en épingle à cheveux et passait ensuite devant la mairie, la poste, le supermarché, quelques autres boutiques, l'école et plusieurs rangées de maisons quelconques. Ensuite, elle montait sur une colline où le village semblait s'arrêter, jusqu'à ce que le pub apparaisse, comme sorti de nulle part, brun et miteux, suivi d'une ancienne fromagerie et de la station-service. Juste avant le panneau remontant la vitesse autorisée à cent kilomètres à l'heure, l'église se dressait sur la colline, icône blanche imposante prenant tout le monde de haut.

Près du marchand de journaux, il y avait une boutique de vêtements tristounette. Lex l'avait remarquée le jour où il avait traversé Merrigan pour la première fois lorsqu'il avait fait la tournée des agences immobilières. Quand il en poussa la porte, une clochette tinta et il entendit du bruit au fond du magasin – celui de cartons qu'on déplace.

— J'arrive tout de suite, lança une voix de femme.

Le magasin proposait toute une sélection de vêtements accrochés à des portants circulaires. Lex passa en revue des chemises sentant l'humidité – en coton, à carreaux bleus ou rouges. Pas vraiment à son goût, mais c'était sans doute l'uniforme, dans le coin. Tandis qu'il examinait en vitesse une rangée de maillots de foot, une femme sortit de l'ombre en lissant sa jupe.

— Je peux vous aider ?

D'âge mûr, elle était assez grande, carrée sans être grosse, aux traits marqués et coiffée de frisettes teintes au henné. Elle s'était maquillée avec soin – vernis à ongles, rouge à lèvres, blush et fard à paupières brun.

— Ça va, je m'en sors, répondit-il, un peu crispé.

Elle haussa imperceptiblement les sourcils en examinant son visage et la brassée de vêtements qu'il avait ramassés.

— Je vais déjà vous débarrasser de ça, déclara-t-elle en lui prenant le tout des mains. Appelez-moi si vous avez besoin d'aide.

Lex sentait qu'elle l'observait depuis la caisse. Il se dépêcha de finir sa sélection puis s'arrêta devant le rayon sous-vêtements.

— Vous n'avez rien d'autre ? demanda-t-il.

— Désolée, mon beau, mais je n'ai que des slips kangourou. Les hommes du coin ne portent que ça.

Elle s'était rapprochée alors qu'il fouillait dans les paquets pour trouver quelque chose qui pourrait lui aller.

— Vous avez des pulls ? demanda-t-il.

— Au fond, dans le coin. Des surplus de l'armée.

Il en trouva deux, un kaki et un bleu marine avec des empiècements aux coudes et aux épaules. Affreux mais fonctionnels. Il plaqua un treillis contre sa taille pour vérifier la longueur des jambes. Il y a une première fois à tout, songea-t-il en lâchant son butin sur le comptoir.

— Vous renouvelez votre garde-robe ? s'étonna-t-elle.

— Je me suis lassé de l'ancienne.

— Vraiment ? Et qu'est-il arrivé à vos sourcils ? Vous vous en êtes lassé aussi ?

Lex avait remarqué leur bord roussi le matin même. Il avait dû s'approcher trop près du bûcher de la veille au soir.

— Brûlés accidentellement. J'ai failli incendier tout Wallaces Point, d'ailleurs.

Elle le fixa d'un air préoccupé.

— La végétation est sèche, par ici, cette année. C'est la canicule. Vous pourriez avoir de gros problèmes si vous faites brûler des choses, comme ça. Vous êtes nouveau dans la région ?

— Oui.

Elle le dévisagea soudain.

— Hé, ce ne serait pas vous qui avez acheté ma maison sur le cap ? s'écria-t-elle en lui tendant une main parfumée, cliquetante de bagues et de bracelets. Je suis Beryl Harden.

47

Lex lui prit la main à contrecœur. Déjà un peu faible, la vague d'émotion qui monta en lui l'effraya. Il était terrifié à l'idée qu'il puisse serrer cette main au creux des siennes et poser la tête sur cette opulente poitrine. Là, en plein milieu de la boutique.

— Tout va bien, mon beau ? s'inquiéta-t-elle en libérant sa main.

Lex ne put s'empêcher de rougir de honte.

— J'ai les jambes qui flageolent un peu. Je n'ai rien mangé, ce matin.

Elle se mit à taper les prix et plier les vêtements.

— Prenez soin de vous, là-haut. Il n'y a pas grand monde. Juste la vieille Brocklehurst et elle n'est guère sociale. On dit qu'elle a bon cœur mais elle ne discutait jamais avec moi.

Elle glissa les habits dans un sac en plastique et Lex lui tendit sa carte de crédit.

— C'est un endroit sauvage, pas vrai ? Wallaces Point ? dit-elle tandis qu'il signait son ticket. J'adorais vivre là-bas quand mon mari était là pour me tenir compagnie. Seule, c'est trop calme, trop isolé.

Elle lui passa le sac et reprit :

— Vous savez quoi ? Je vais vous commander des boxers. Vous faites quelle taille ?

Lex rougit de nouveau.

— Aucune idée.

C'était Jilly qui lui achetait toujours ses sous-vêtements.

— Il y a une cabine d'essayage, là-bas, répondit Beryl avec un mouvement du menton vers le fond de la boutique.

Lorsqu'il revint, elle griffonna l'information sur un bout de papier.

— Ils seront là dans une semaine, environ, lui apprit-elle. On se reverra à ce moment-là.

Le sac en main, Lex descendit la rue pour aller prendre un café chez Sue. Il s'assit à une petite table ronde contre le mur et fit glisser ses mains sur la nappe plastifiée à carreaux verts. Comme il était malheureusement le seul client, il ramassa le journal de la veille, l'ouvrit grand devant lui en faisant mine de lire alors qu'il fouillait la salle du regard.

Une femme sortit de l'arrière-cuisine.

— Vous avez un menu ? lança-t-elle. Non ? Alors attrapez celui de la table voisine.

Il tendit le bras puis, relevant la tête, constata qu'elle l'observait en s'essuyant les mains sur un torchon. Elle avait une silhouette plantureuse et des cheveux châtains grisonnants coupés au bol. Lorsqu'elle s'approcha pour prendre sa commande, Lex constata que ses yeux, un peu enfoncés au-dessus de ses pommettes rondes, étaient de la même teinte que ses cheveux, et il remarqua aussi sa grande bouche. À voir ses formes généreuses, il se dit qu'elle devait apprécier sa propre cuisine.

— C'est vous, Sue ? demanda-t-il.

— En chair et en os. Qu'est-ce que vous prendrez ?

— Un cappuccino, fort… et un croque-monsieur.

— Vous êtes de passage ?

— Non. J'habite ici.

— Ça m'étonnerait. Je connais tout le monde, dans le coin, répondit-elle avant de marquer une pause. Aah, fit-elle, un petit sourire aux lèvres. C'est vous, le nouveau type de Wallaces Point ?

— Oui. Je ne suis là que depuis quelques semaines.

— C'est venteux, là-haut. Bien trop pour moi. Et trop désert, aussi.

— J'ai acheté la maison de Beryl Harden.

— Je me doute.

— À qui appartenait cette maison, avant ? J'imagine que tous les livres sur la pêche à la baleine de ma bibliothèque n'étaient pas à elle.

— Non, confirma-t-elle, les sourcils haussés. Ils devaient appartenir au vieux Vic Wallace.

— Wallace ? Comme Wallaces Point ?

— Oui, celui-là même. La maison est restée dans la famille pendant des années.

— Les Wallace ont quitté la région ?

— Non, dit-elle, les lèvres pincées. Certains sont encore dans le coin.

Lex se demanda comment Beryl avait mis la main sur cette maison. Il vit Sue jeter un coup d'œil vers la cuisine. La conversation s'essoufflait.

— Est-ce que Vic Wallace s'intéressait un peu à la chasse à la baleine ? l'interrogea-t-il encore.

— Plus qu'un peu. C'était son métier. Il avait emmené sa famille jusqu'à Albany pour chasser la baleine. Et il n'est revenu que lorsque l'industrie s'est écroulée. Je vais préparer votre commande, conclut-elle en se dirigeant d'un pas lent vers la cuisine.

Lex fixa le journal sans le voir. Heureusement qu'il n'avait rien su de Vic Wallace lorsqu'il avait acheté la maison. La chasse à la baleine, c'était l'un des sujets qu'il abordait chaque année à la radio quand les flottes japonaises descendaient vers le sud pour leur « programme de recherche ». Un sujet à controverse. Qui faisait toujours réagir les auditeurs. Le téléphone sonnait sans discontinuer dès qu'ils parlaient des baleiniers. Cette industrie révoltait les gens. Et les photos publiées dans les journaux n'étaient pas belles à voir non plus. Des photos prises pour susciter l'écœurement. Malheureusement, cela ne dérangeait pas les Japonais.

Il but son café en silence puis mangea son croque-monsieur. Il aurait dû s'attendre à ce qu'il soit préparé avec du pain blanc, dans un petit village de campagne. Il devrait s'y habituer.

Lorsqu'il alla payer l'addition, il laissa un pourboire de citadin sur le comptoir.

— Ça, ce ne sera pas utile la prochaine fois, l'informa Sue. J'espère vous revoir régulièrement dans le coin. Un petit village comme le nôtre a toujours besoin de sang neuf.

Elle empocha la monnaie et, d'un regard, lui indiqua la porte.

— Vous devriez descendre jusqu'au marché, un de ces jours, suggéra-t-elle. Il a lieu un samedi sur deux. C'est très couleur locale et ça attire beaucoup de monde. Ça vous fera sortir un peu de Wallaces Point. On n'a que les oiseaux comme compagnie, là-haut.

Une fois dans la rue, Lex jeta un coup d'œil à travers la porte vitrée de la boucherie voisine et vit l'éclat rouge de la viande disposée en rangées soignées sous le néon violet fluorescent. Autant s'acheter quelque chose pour le dîner. Lorsqu'il entra, un grand blond aux cheveux fournis jaillit de l'arrière-salle, un couteau ensanglanté à la main.

— Qu'est-ce que je vous sers ? lança le boucher.

Lex entendit un choc sourd venu de l'arrière. Quelqu'un d'autre devait y découper de la viande.

— Il me faudrait un peu de bœuf, répondit-il avant de pointer du doigt la vitrine de devant. Des entrecôtes, s'il vous plaît.

Le boucher baissa les yeux vers ses mains sanglantes.

— Excusez-moi une minute. Je suis à vous tout de suite.

Il disparut derrière le rideau de fils et Lex entendit le bruit de l'eau courante puis celui d'un rouleau de serviette en papier qu'on fait tourner brutalement dans un distributeur. Le boucher reparut et sortit le plateau de viande de la vitrine.

— Combien vous en voulez ? demanda-t-il en ôtant la cellophane de la pile nette d'entrecôtes.

— Une demi-douzaine. Je congèlerai ce que je ne mangerai pas ce soir.

— La viande, c'est meilleur frais. On ne vous l'a jamais dit ?

— Dans ce cas, j'en prendrai deux.

Lex le vit décoller deux pièces de viande avec ses grosses mains rougeaudes et les déposer sur un morceau de plastique carré. Il les pesa puis les enveloppa dans du papier.

— Vous êtes de passage ? s'enquit le boucher en posant le paquet sur le comptoir.

— Non, je viens juste d'emménager à Wallaces Point.

— Ah, fit l'homme en hochant la tête comme si cela expliquait tout. Je m'appelle Henry. Henry Beck.

Une main puissante apparut par-dessus le comptoir. Elle engloutit celle de Lex, petite, mince et douce – typique d'un mec de la ville – et la serra trop vite et trop brusquement.

— Lex Henderson, répondit-il en évitant le regard perçant du boucher.

Il ouvrit son portefeuille et en sortit un billet de cinquante dollars. Lorsqu'il le tendit, il remarqua une femme pâle, hagarde, derrière lui. Il ne l'avait pas entendue entrer. Elle se tenait là d'un air soumis, les yeux au sol, et ses mains s'agitaient sans cesse comme si elle avait peur de quelque chose. Lorsque Lex s'écarta pour la laisser s'avancer jusqu'au comptoir, elle jeta un coup d'œil nerveux vers le visage du boucher puis détourna les yeux.

— J'espérais que tu rapporterais des côtelettes à la maison pour le dîner, dit-elle d'une petite voix. Le pasteur a dit qu'il passerait peut-être nous voir.

La femme du boucher, sans doute. Lex se demanda pourquoi elle avait fait la queue comme une cliente. Il ramassa sa monnaie et fit un pas de côté vers la sortie mais Beck l'arrêta d'un geste.

— Un instant, monsieur, dit-il. Laissez-moi vous présenter ma femme, Helen. Voici Mr Henderson. Il vient d'emménager à Wallaces Point.

Lex examina le visage anguleux d'Helen Beck. Elle était aussi grande que lui et son regard était profond. Ses yeux écarquillés laissaient trop voir le blanc de ses yeux. Elle lui tendit la main, qu'il serra brièvement en remarquant qu'elle était très froide.

— Est-ce que nous vous verrons à l'église, ce dimanche ? s'enquit-elle.

— Ah, j'en doute, répondit-il. J'attends du monde.

Incroyable comme le mensonge lui était venu facilement. Il se glissa aussitôt dehors.

De retour à Wallaces Point, Lex descendit à la plage pour évacuer la tension qui lui nouait les muscles depuis sa visite au village. Il venait de s'asseoir sur une corniche dans les rochers pour contempler les vagues lorsqu'il vit une enfant cavaler gaiement sur le sable et aller plonger les pieds dans les vaguelettes. Sa silhouette était fine, elle devait avoir cinq ou six ans, et le vent poussait ses cheveux roux devant son visage. Un petit garçon surgit derrière elle. Il jeta un ballon dans l'eau, qu'un bouvier trapu alla aussitôt chercher. La mère arriva à pas lents – une femme large d'épaules qui avançait péniblement dans le sable. Elle laissa tomber son sac sur les marques de la marée haute et rejoignit les enfants au bord de l'eau. Même à cette distance, les aboiements du chien et les voix des enfants résonnaient dans l'air et cette invasion contraria Lex.

Les intrus jouèrent un moment, à sauter dans les vagues et à lancer la balle au chien, puis ils s'éloignèrent vers le lagon. Le brouhaha délogea l'aigle pêcheur de son arbre fétiche. Il s'envola dans une série de battements d'ailes puissants et s'éleva peu à peu au-dessus de la tête de Lex. Celui-ci regarda le rapace dépasser les falaises, tournoyer plusieurs minutes dans le ciel puis disparaître au loin.

Il était l'heure de rentrer.

Lorsqu'il se leva pour sauter de son rocher, Lex vit que la petite fille s'était retournée et qu'elle marchait d'un pas décidé vers lui. Il se rassit. Quand elle commença à grimper vers lui, deux huîtriers fuligineux qui picoraient les rochers s'envolèrent en criant, passant en rase-mottes au-dessus de l'eau. Ses cheveux avaient été ramassés sous un chapeau mou à large bord et son visage fermé reflétait sa concentration. Par-dessus son maillot de bain bleu, elle portait un large T-shirt blanc qui claquait dans le vent. Sa peau pâle était du genre à brûler, peler et se couvrir de taches de rousseur.

Elle s'assit sur un rocher à environ cinq mètres de lui, les mains sur les genoux, le regard vers la mer. Lex l'entendait respirer fort et voyait ses épaules se soulever et redescendre après l'effort fourni pendant son ascension. Elle resta assise, immobile et silencieuse, à contempler le déferlement des vagues. Lex se demanda quand elle bougerait. Il lui semblait étrange qu'un enfant puisse rester assis sans bouger aussi longtemps. Il baissa les yeux vers les rochers que les huîtriers étaient revenus piller.

Au bout d'un moment, sans le regarder, la petite fille se releva, redescendit les rochers et courut dans le sable pour rejoindre sa famille. Lex la suivit des yeux puis regagna à son tour la plage avant de rentrer chez lui, étrangement réchauffé par ces instants de compagnie silencieuse imprévus.

4

Le jour du marché, Callista gara son Combi au bord de son emplacement dont le numéro avait été marqué à la peinture blanche sur l'herbe. L'installation, c'était vraiment ce qu'elle détestait le plus – il fallait se pencher et se relever sans cesse, pendant que les autres exposants essayaient de reluquer son décolleté. Bien sûr, ils ne lui proposaient jamais leur aide, si bien qu'elle avait pris l'habitude de venir tôt et de préparer son stand avant qu'ils déboulent avec leur bazar et leurs regards baladeurs.

Lorsqu'ils arrivèrent, elle était déjà installée, sereine, derrière ses peintures exposées. Du coin de l'œil, elle les surveillait pendant qu'ils manipulaient leurs marchandises, le souffle court. Tout en parlant, fumant, déchargeant, soulevant, ils jetaient des coups d'œil vers elle quand ils pensaient qu'elle ne les voyait pas.

Les Grecs gesticulaient au-dessus de leurs outils d'occasion. Ils faisaient tous les marchés de la côte, parcourant des distances incroyables pour gagner un malheureux dollar. Callista, elle, était soit trop feignante, soit moins désespérée qu'eux. Elle exposait parfois sur un autre marché à une demi-heure de route de Merrigan mais, la plupart du temps, elle réussissait à gagner suffisamment d'argent sur place. Si Merrigan n'était pas une ville touristique, plein de curieux s'arrêtaient en voyant la foule qui se pressait sur le terrain de rugby.

À côté des Grecs, le droguiste disposait ses rouleaux de fil électrique avec son pote répugnant, le guitareux, qui grattait sans cesse son instrument comme s'il avait oublié comment le reposer. Il avait pris l'habitude de reluquer Callista et de lui décocher des sourires aguicheurs. Elle haïssait ça.

Comme toujours, les femmes de la paroisse avaient installé leur stand à bonne distance de Callista. Si Mrs Jensen avait consenti à lui adresser la parole devant chez elle, elle prenait soin d'éviter de lui parler en public. Ces dames savaient que Callista était athée et elles méprisaient le mode de vie alternatif de ses parents. Enfin, au moins, elles avaient la politesse de garder leur distance plutôt que de médire d'elle à portée d'ouïe. Alors que Callista les regardait se chamailler gentiment à propos de la disposition des marchandises faites main sur les sets de table, elle vit qu'Helen Beck la saluait par-dessus les têtes de ses camarades. Helen était la seule à prendre la peine de lui dire bonjour. C'était une femme étrange, nerveuse, pas vraiment douée pour se faire des amis mais pour qui personne n'était un cas trop désespéré pour l'Église. Voilà pourquoi elle se montrait toujours timidement amicale avec Callista : elle n'avait pas perdu tout espoir de sauver un jour son âme torturée.

Dommage pour elle que son mari soit si infect, songea Callista. Henry Beck avait beau être un membre fidèle de l'Église, on ne pouvait guère respecter la façon dont il traitait sa femme. Personne ne lui en parlait, évidemment. Cela ne se faisait pas, dans un petit village. Ceux qui n'aimaient pas ses manières méprisantes avec sa femme se contentaient de l'éviter. Même si c'était facile pour Callista, puisqu'elle était végétarienne, elle se doutait que ce n'était pas si simple pour les fidèles de l'Église. Henry Beck se montrait généreux en organisant des barbecues de charité pour la paroisse et, même si les habitants de Merrigan étaient gênés par la façon dont Helen papillonnait nerveusement autour de son mari, ils l'acceptaient. Après tout, se dit Callista en souriant, n'était-ce pas là la volonté du Seigneur ? D'aimer et d'accepter tout le monde ?

Callista savourait le droit qui était le sien de rester seule et, dans des moments comme celui-ci, quand elle voyait de loin s'exprimer les frictions subtiles parmi ces dames de l'Église qui déplaçaient et replaçaient sans cesse les plateaux et les tricots sur leur étal, elle se réjouissait de pouvoir se réfugier dans son vallon pour écouter les oiseaux et se distraire en peignant. Elle ne venait au village que quand c'était vraiment nécessaire.

Pendant longtemps, la peinture avait été sa raison de vivre. Un moyen d'expression, de laisser libre cours à sa passion. Mais, durant l'année écoulée, elle s'était éloignée de son travail sérieux, laissant les vastes paysages qui l'enflammaient auparavant s'envoler vers le ciel. À la place, elle s'était occupée avec ces petites scènes de plage. Des travaux médiocres, rapides, qu'elle exécutait sans s'investir. Utiliser des couleurs vives pour plaire aux gens plutôt que pour les stimuler lui était facile.

Avant, elle produisait des toiles qui frappaient l'esprit des gens, qui les obligeaient à s'arrêter et à reculer d'un pas. À s'attarder, pour ressentir le jeu entre les couleurs et les lumières. Elle gagnerait mieux sa vie en se remettant à travailler de cette façon, mais elle ne le pouvait plus. Il y avait un recoin sombre, trop sombre, en elle et, si elle s'y plongeait, elle savait qu'elle n'était pas certaine d'en ressortir. Pour l'instant, il valait mieux continuer avec les petites marines. Elles lui permettaient de payer le loyer et de rester en contact avec la peinture, même si son talent était en sommeil. Et, à dire vrai, passer un samedi sur deux ici lui faisait du bien, même s'il lui fallait esquiver les œillades du guitareux. Les marchés servaient autant à observer les gens et à entretenir un minimum de relations sociales qu'à vendre quoi que ce soit. Plus tard dans la journée, elle irait peut-être au stand de l'Église pour acheter une part de gâteau, histoire de les provoquer un peu. Au contraire de Mrs Jensen, elle, au moins, n'avait pas perdu le sens de l'humour.

Lex fut réveillé dans la matinée quand on frappa à sa porte. Il avait dû s'endormir sur le sofa, ivre, encore une fois. La vue brouillée, il se releva sur un coude et vit deux petites silhouettes – les enfants de la plage – qui cherchaient à regarder chez lui par la porte vitrée, l'air sérieux et un peu effrayés. Il sauta du canapé et alla leur ouvrir.

— Bonjour, dit-il, les yeux baissés vers eux.

Ils se ressemblaient comme deux gouttes d'eau. Le garçon était le plus âgé, dix ans, peut-être. La fille semblait frêle et fragile. Ils serraient tous les deux une boîte entre leurs bras.

— Est-ce que vous voudriez acheter du chocolat ? demanda la fille.

— C'est pour l'école, précisa le garçon. L'argent servira à acheter des livres pour la bibliothèque.

— Voilà une bonne cause. Je vais chercher mes sous.

Lex partit prendre son portefeuille et revint à la porte.

— Vous êtes un ermite ? lança la fille.

— Chut, fit son frère en lui donnant un coup de coude. C'est mal poli de dire ça.

Un silence gêné s'installa.

— Combien, pour le chocolat ? voulut savoir Lex.

— Trois dollars la tablette, répondit le garçon. Vous pouvez en acheter plein.

— Qu'est-ce que je ferais avec plein de chocolat ?

Les deux enfants le dévisagèrent comme s'il était fou.

— Vous le mangeriez, suggéra le garçon.

Lex regarda dans son portefeuille.

— Et la dame d'à côté ? demanda la fille.

— La dame d'à côté ? Je ne l'ai jamais vue. Pourquoi ?

— Elle, c'est une ermite, c'est sûr.

— Tu es une fan d'ermites, on dirait ? fit Lex.

— Elle nous fait peur, expliqua la fille. On ne peut pas aller chez elle.

— Et si je vous prenais du chocolat à sa place ? Comme ça, vous n'aurez pas besoin d'aller la voir.

Les enfants eurent l'air soulagés.

Lex acheta quatre tablettes de chocolat. Il leur en donna une chacun et garda les deux autres pour lui.

— Comment est-ce que vous êtes arrivés jusqu'ici ? s'étonna Lex. Je ne vois pas de voiture…

— On habite au bout de la rue, lui apprit la fille. On vous a vu souvent sur la plage et au bord des falaises. Maman avait peur que vous sautiez.

— On ferait mieux d'y aller, la coupa son frère, horrifié. Merci, monsieur.

— Je m'appelle Lex.

— Moi, c'est Evan et elle, Sash. C'est ma sœur.

— Enchanté d'avoir fait votre connaissance.

Une fois qu'ils furent partis – pieds nus sur la bande d'herbe qui bordait la route – Lex alla s'examiner dans la salle de bains. C'était un grand blond aux yeux bleus, large d'épaules, avec un peu d'embonpoint, même s'il le portait bien pour ses trente-huit ans. La plupart des hommes de son âge avaient encore plus mal vieilli. Il frotta le chaume qui lui couvrait les joues. Il y avait des jours qu'il ne s'était pas rasé et il lui faudrait sans doute deux rasoirs pour en venir à bout.

Il se déshabilla, noua une serviette autour de sa taille et appliqua la mousse à raser. Il crispa sa lèvre inférieure et passa soigneusement le rasoir en dessous lorsqu'un cri abominable retentit devant la fenêtre de sa salle de bains. Il sursauta, se coupa et une goutte de sang perla sur son menton.

En ouvrant la fenêtre, il vit qu'un paon se pavanait sur sa terrasse. Furibond, il courut à la cuisine, ouvrit un tiroir, ramassa des ustensiles divers et sortit dans le jardin par la porte arrière. L'oiseau traversait sa pelouse, sa queue glissant derrière lui comme une traîne de mariée. Lex lui jeta une poignée de cuillers à soupe ainsi qu'un décapsuleur, mais il ne toucha que la palissade où l'oiseau s'était perché et du haut de laquelle il le toisait. Alors que Lex se précipitait vers le grillage, là où la haie était la plus basse, il marcha sur sa serviette, qui glissa vers le sol. Avant qu'il ait le temps de la rattraper, un visage anguleux aux cheveux blancs jeta un coup d'œil par-dessus la clôture. C'était sa voisine, Mrs Brocklehurst. L'ermite.

Elle haussa les sourcils en voyant sa nudité. Il resta là bêtement, incapable de dire un mot. Puis il remonta sa serviette en vitesse et fila chez lui.

De retour dans la salle de bains, il finit de se raser en jurant. Ça, c'était formidable – se faire surprendre à poil dans son jardin en train d'essayer de tuer le paon de sa voisine. Qu'allait-elle penser de lui ? Sans cesser de jurer, il sortit le treillis et un pull kaki achetés chez Beryl. Il faudrait qu'il trouve un plan, un moyen de charmer la vieille dame pour qu'ils repartent du bon pied. Il était possible qu'il vive longtemps ici et, dans un endroit pareil, Lex n'avait pas envie d'avoir de mauvaises relations de voisinage.

Juste avant de sortir, il s'inspecta dans le miroir et secoua la tête. Il faudrait vraiment qu'il remonte un peu le long de la côte pour trouver des boutiques dignes de ce nom. Ces habits militaires n'étaient sans doute pas le meilleur moyen de faire bonne impression. Mais bon, c'était toujours mieux que la tenue d'Adam.

Lex arriva au marché en fin de matinée. Il se perdit aussitôt dans le dédale de stands éparpillés partout sur le terrain de rugby. Au début, il se dit qu'il devait y avoir une logique dans la disposition des étals mais, une fois au milieu du désordre de tentes et de tréteaux, il eut du mal à savoir par où il était déjà passé.

Les exposants proposaient surtout de la camelote. L'idée que des gens puissent gagner leur vie en vendant ce genre de truc le dépassait. Des Grecs à grosses moustaches se tenaient derrière des cartons de légumes cultivés dans leurs jardins qu'ils marchandaient en agitant les mains et en tirant sur leurs cigares. D'autres forains essayaient de refourguer tout un tas de vieilleries : de vieux outils, des tondeuses à gazon de seconde main, des pièces détachées et des enjoliveurs d'occasion. Certains vendeurs étaient cachés derrière une forêt de plantes en pot et de bouquets de fleurs dressés dans des seaux, pendant que d'autres étalages présentaient sur des sets blancs des rangées bien droites de jambons, de confitures et de pots de crème de soins. Dans tout ce fatras, il aperçut aussi des tables couvertes de vieux livres et de magazines, de jouets et de CD d'occasion.

Étourdi par cette marée de corps humains et tout ce bazar, Lex s'arrêta à un stand de posters et feuilleta les affiches sur le présentoir. Tout près, assise sous un parasol violet en lambeaux, une diseuse de bonne aventure battait un jeu de cartes fatigué. Juste derrière elle, deux fermiers accoudés à un pick-up discutaient bruyamment. Dans l'allée, des promeneurs aux cheveux argentés se plaignaient de leurs douleurs tandis que des enfants de tous âges se faufilaient dans la foule, se cognant contre des jambes, traînant derrière des poussettes, piaillant.

Lex repartit se promener au hasard des allées. Il acheta un sachet de barbe à papa sur un stand de hot dogs mais il fut déçu. Ce n'était pas comme celle qu'il mangeait à la foire quand il était petit. À l'époque, on trouvait de la *vraie* barbe à papa : des fils roses et fins comme de la toile d'araignée, qui s'envolaient au gré du vent, qu'on enroulait autour d'un bâton, comme par magie. Il finit son sachet de sucreries en regardant un Vietnamien produire de la musique avec une drôle de machine improbable faite de tuyaux soudés qui se soulevaient et redescendaient en cadence. Les gens faisaient la queue pour lui acheter son CD.

Plus loin dans la cohue, Lex passa devant un énième stand de gâteaux maison et de tricots. Sur l'une des tables à tréteaux, il repéra une assiette de biscuits Anzac[1], comme ceux que sa mère préparait jadis, fins et bien grillés. Il farfouilla dans sa poche à la recherche de petite monnaie et se retrouva devant le visage blême d'Helen Beck. Il était tombé par hasard sur le stand de l'Église.

Helen le fixa sans mot dire, comme si elle voyait à travers lui. Il eut l'impression de passer un scanner.

— Bonjour, dit Lex. On s'est croisés l'autre fois… à la boucherie de votre mari… Vous vous souvenez ?

— Oui, répondit-elle en esquissant un sourire timide.

— Je pensais vous acheter quelques biscuits Anzac.

— Ils sont à quatre dollars le sachet, et l'argent va à l'Église.

— Oh… tant mieux.

Quelle réponse pathétique. Lex s'en voulait. Cette femme le rendait bêtement nerveux.

— Et si vous veniez à la messe, demain ? suggéra-t-elle.

---

1. Biscuits à base de flocons d'avoine, de mélasse et de noix de coco.

Elle tenait toujours les gâteaux, à croire qu'elle ne les lui donnerait pas tant qu'il n'aurait pas accepté son invitation.

— L'église, ce n'est pas mon truc, admit-il.

— Peu importe. Vous y serez bien accueilli.

Lex traîna des pieds en cherchant une bonne excuse.

— À l'Église, nous veillons tous les uns sur les autres, insista Helen. Vous avez l'air triste.

Lex recula d'un pas, les yeux rivés aux mains pâles qui serraient toujours les biscuits. Il se souvenait à quel point elles étaient froides, le jour où il avait fait la connaissance d'Helen.

Une voix impérieuse se fit soudain entendre depuis la table voisine.

— Helen.

En se tournant, Lex vit qu'une femme âgée au nez crochu les fixait durement.

— D'autres personnes attendent de se faire servir.

Helen lui jeta un coup d'œil avant de revenir à Lex.

— C'est Mrs Jensen, lui apprit-elle à voix basse. Elle gère notre stand.

Lex lui tendit de la monnaie.

— Helen ! répéta Mrs Jensen.

— Merci, dit Lex en prenant le sac de biscuits.

— Mais… votre monnaie…

— Gardez-la.

C'était une occasion en or de s'échapper. Le regard d'Helen le rendait nerveux. Il avait l'impression qu'il se glissait sous sa peau.

Elle le héla encore mais il ne s'arrêta pas. Il la vit du coin de l'œil sortir du stand et se plonger dans la foule, à sa suite. Il vaudrait mieux qu'il disparaisse.

Il se dépêcha de passer plusieurs rangées d'étals puis se glissa derrière un stand de légumes, passa devant quelques autres tables et s'arrêta devant une série de peintures marines colorées – des étoiles de mer, des coquillages, des abris de plage, des bateaux, des poissons. Elles étaient posées sur des présentoirs et des chevalets qui lui permirent de se cacher de la foule du marché. Là, il serait en sécurité. Ensuite, il pourrait se glisser discrètement dans une allée et rentrer chez lui, où Helen Beck ne pourrait plus le harceler pour qu'il aille à l'église.

Feignant d'être un client intéressé, il regarda les peintures de plus près. Elles étaient distrayantes. Il appréciait les couleurs franches, l'audace, les bleus, les jaunes et les rouges intenses. Il jetait de temps en temps des coups d'œil dans l'allée pour voir si Helen Beck l'avait suivi, puis se remettait à l'abri derrière les peintures. Assise derrière une table à tréteaux, l'exposante l'observait. Elle avait les cheveux châtains et les yeux de la même teinte et avait enroulé un foulard violet délavé autour de sa tête. Des fossettes agrémentaient son visage rond et ses lèvres semblaient sans cesse esquisser un sourire.

— J'aime bien ce que vous faites, déclara Lex pour gagner du temps.

— Les gens trouvent que mes tableaux font joli dans leur maison de vacances, expliqua-t-elle. Mais bon, c'est purement alimentaire. On ne peut pas dire que ce soit de l'art.

— Ils me plaisent quand même. Les couleurs sont saisissantes.

— Disons que ça me permet d'éviter de dépendre des aides sociales, déclara-t-elle dans un haussement d'épaules.

— C'est si dur de gagner sa vie, par ici ?

— Le travail d'artiste n'est pas très lucratif.

— Vous pourriez partir pour la ville. Vous feriez fortune, à Sydney.

La fille sourit avant de répondre :

— Pourquoi est-ce que je voudrais aller vivre à Sydney alors que je peux vivre ici ?

Elle l'observait avec intérêt. Il le voyait dans ses yeux – elle l'examinait avec bienveillance, sans être indiscrète. Parler à quelqu'un lui faisait du bien.

— Vous faites souvent les marchés ? l'interrogea-t-il en se demandant s'il avait une chance de la revoir.

— Une semaine sur deux. Parfois, je prends un emplacement à un autre marché un peu plus au sud, quand il n'y en a pas à Merrigan.

Ne sachant pas quoi ajouter, Lex survola de nouveau ses peintures. Ses yeux bruns, son côté chaleureux lui plaisaient. Son manque d'ambition avait quelque chose d'attirant. Il était habitué à vivre dans un monde où tous se battaient pour devenir autre chose, gagner plus d'argent, accumuler plus de possessions. Son attitude était différente. Plus simple.

Il jeta un coup d'œil dans l'allée entre les stands. Et aperçut Helen Beck. Elle l'avait repéré et se dirigeait droit vers lui. Elle voulait sans doute l'inviter de nouveau à l'église. Bon Dieu. Lex ne voulait pas subir ça une deuxième fois. Il tenta de traverser le stand en se glissant entre la table de la fille et un chevalet.

— Excusez-moi, dit-il. Je dois passer par là.

— Quoi ? s'écria-t-elle, paniquée, en essayant de maintenir la table.

— Il faut que je traverse.

Un coup d'œil par-dessus son épaule lui apprit qu'Helen les avait presque rejoints. Il se pressa contre le côté de la table, se prit les pieds dans le chevalet, qu'il fit tomber au passage. Des tableaux dégringolèrent. Il aurait dû s'arrêter pour aider à les ramasser. Au lieu de quoi, il traversa le stand à toute allure, passa devant le Combi orange de la fille garé au bord de l'emplacement et se glissa dans l'allée suivante.

Il s'en voulut aussitôt. Quelle réaction démesurée ! Pourquoi Helen Beck le rendait-il si parano ? Avait-il si peur d'elle qu'il était prêt à créer un désastre pour lui échapper ? Honteux, il longea les stands et retourna dans l'allée d'où il venait, s'arrêtant à un endroit d'où il pouvait voir Helen et la fille discuter. Elles avaient déjà ramassé les peintures, qu'elles avaient posées en deux piles sur la table. Lex remarqua qu'elles se tenaient à bonne distance. À l'évidence, elles n'étaient pas à l'aise. Ce n'était pas parce qu'elles habitaient le même village qu'elles étaient amies. Elles examinaient un cadre cassé. La fille fit non de la tête et, d'un geste, refusa la main tendue d'Helen. Celle-ci avait dû lui proposer de le réparer. C'était plutôt à lui de le faire, vu qu'il avait provoqué la catastrophe.

Lex attendit qu'Helen s'en aille et se glissa jusqu'au stand de la fille. Elle sursauta en le voyant revenir et fronça les sourcils.

— Je m'excuse, dit-il.

— Vous auriez pu vous arrêter pour nous aider.

— Je sais. Je suis vraiment désolé.

Elle triturait le cadre brisé en essayant de remettre les coins en place autour de la peinture.

— Je peux arranger ça, si vous voulez, proposa-t-il.

— Non, c'est bon. Je fabrique mes propres cadres.

— Dans ce cas, je vous le paie. Ça ne me gêne pas.

— Ne vous inquiétez pas pour ça. Je le réparerai chez moi, le rassura-t-elle avant d'ajouter en souriant : C'était vraiment une fuite désespérée. Vous avez un problème avec Helen Beck ?

Lex se dandina sur place, gêné, sans répondre.

— Moi aussi, elle me met mal à l'aise, déclara-t-elle.

— Je devrais peut-être me présenter, dit-il. Je m'appelle Lex.

La fille posa les morceaux de cadre brisé sur la table et s'apprêtait à se présenter à son tour lorsqu'une cliente entra dans le stand pour regarder les peintures – une femme d'une cinquantaine d'années qui demanda à Lex de s'écarter pour mieux voir les tableaux.

— Je ferais mieux d'y aller, dit-il. Vous êtes sûre que vous ne voulez pas me vendre cette peinture ?

— Je vais la réparer d'abord. Vous la prendrez la prochaine fois.

— Tenez, voilà cinquante dollars, dit-il en posant un billet sur la table.

— C'est trop.

— Disons que c'est un dédommagement. Pour la gêne occasionnée.

Elle esquissa un sourire et se tourna vers la femme qui voulait voir les toiles empilées sur la table, celles qui étaient tombées du chevalet.

Lex se tourna à son tour et s'en alla. Il ne s'était pas senti aussi vivant depuis des semaines.

5

À la fin du marché, Callista avait l'habitude d'aller chez Jordi pour fumer tranquillement. Il y avait quelque chose de presque thérapeutique à gagner le bush après une journée passée dans le bruit et la foule. La cabane de son frère offrait un confort rudimentaire, c'était guère mieux que du camping, mais elle n'était pas humide et il avait un sac de couchage bien chaud – on pouvait donc vaguement y vivre, même en hiver. Au printemps, il s'installait à l'extérieur et, au lieu de cuisiner dans la vieille cheminée de pierre par où s'échappait toute la chaleur pendant la saison froide, il passait au feu de camp. Il avait une bonne marmite que leurs parents lui avaient donnée, qu'il suspendait au-dessus du feu à un trépied solide en fer. Il n'y avait rien de meilleur au monde qu'un thé infusé dans la gamelle noircie de Jordi. Il avait élevé ça au rang d'art, sachant exactement à quel moment il devait lancer la poignée de feuilles de thé et à quel autre moment décrocher la marmite.

Callista gara le Combi juste devant la cabane et sortit dans l'air parfumé au feu de bois. Des volutes de fumée flottaient au-dessus des lieux. Jordi n'était nulle part en vue. Son vieux Land Cruiser rouillé était à peine visible, plus haut, sur la colline, où la piste s'enfonçait profondément dans la forêt. Il était peut-être parti chercher du bois. Callista s'assit sur une souche d'arbre, dos au vent pour éviter la fumée, et contempla les braises. Un ménure caqueta et gloussa quelque part dans la montée semée de fougères arborescentes. À cause de l'altitude et du climat plus humide que celui du vallon côtier de Callista, Jordi vivait au milieu d'oiseaux qu'elle voyait rarement chez elle. Pas étonnant qu'il aime cet endroit. C'était complètement sauvage, si on exceptait le petit campement de son frère.

Callista regarda longtemps la fumée serpenter entre les troncs des eucalyptus jusqu'à la canopée puis siffla fort et lança un appel vers le haut de la colline. Un court sifflet sonore lui répondit. Jordi devait être en train de redescendre. Elle finit par l'entendre renifler et cracher puis il apparut derrière la cabane, aussi dépenaillé que d'habitude.

— Salut.

Il s'assit à côté d'elle sur une bûche.

— Où étais-tu passé ?

Il avait l'air hagard. Elle se demanda s'il mangeait correctement.

— Je cherchais des oiseaux jardiniers. J'en ai entendu chanter, ce matin.

Enfants, ils quadrillaient la forêt, à quatre pattes dans les taillis, suivant le cri distinctif de ces oiseaux, jusqu'à ce qu'ils trouvent les tonnelles en brindilles tissées que ces volatiles bâtissaient pour faire leur cour et qu'ils agrémentaient de tout ce qu'ils pouvaient trouver de bleu : des capsules de bouteille, des pailles en plastique, des plumes de perruche.

— Ils vont bientôt refaire la déco, disait Jordi, qui avait déjà enlevé la marmite du feu pour y jeter les feuilles de thé. J'imagine qu'ils vont réutiliser les nids de l'année dernière.

Il lui servit du thé dans une tasse en fer cabossée et ils restèrent un instant silencieux. À leur échelle, ils avaient déjà beaucoup parlé. La discussion, c'était bon pour le village. Là-haut, ils se contentaient souvent de boire du thé sans mot dire en regardant la flambée.

Jordi finit par aller chercher sa guitare dans la cabane. La musique, c'était toujours mieux que les mots. Une façon confortable d'être simplement ensemble, sans avoir besoin de se dire quoi que ce soit. Il se rassit et gratta quelques notes. Callista se pencha vers le feu et l'écouta, les coudes sur les genoux. Elle adorait l'entendre jouer. Il s'animait, dans ces moments-là, il perdait sa susceptibilité et son air amer, la désillusion qui causait son aliénation.

Une demi-heure s'écoula, peut-être plus. Il s'arrêta de jouer.

— J'ai rencontré un homme intéressant, aujourd'hui, dit-elle. Et je ne sais pas si je le reverrai un jour.

Il leva les yeux vers elle, joua quelques notes douces.

— Tu t'en fous, dit-il.

— Non, je ne m'en fous pas. Je ne rencontre presque jamais personne. J'aurais dû l'inviter à dîner.

— Il est du coin ?

— Ça m'étonnerait. Il n'y a personne d'intéressant, par ici. Il était sans doute de passage.

— Un prétentiard de la ville ?
— Peut-être.
— Tu n'as pas besoin de ce genre de mec, déclara-t-il, un sourire soudain, désabusé, aux lèvres. De toute façon, tu m'as, moi.
— Merci du cadeau.
— À quoi il ressemble ?
Sa question étonna Callista.
— Qu'est-ce que ça peut te faire ?
— Je me demandais, c'est tout.
— Tu penses que tu as pu le croiser ?
— Comment veux-tu que je le sache… si tu ne me réponds pas ?
— Il était grand. Large d'épaules. Visage lisse. Démarche de chat.

Cette précision fit rire Jordi.
— Et comment ça marche, un chat ?
— Je ne sais pas. Un, chat, ça marche d'un pas fluide, mais prudent, comme s'il était sur ses gardes, comme s'il guettait quelque chose.
— Un grand type est passé à la station-service, lui apprit Jordi avant de se lever pour remettre une bûche dans le feu et de le tisonner. Il conduit une Volvo argentée. Un break. Personne ne sait rien sur lui. Il est venu au moins deux fois. Un taiseux. Il ne dit pas grand-chose.
— Un vacancier, peut-être.
— Ou alors un nouvel habitant de Wallaces Point.
Callista lui en voulut de lui donner tant d'espoir.
— Tu te fais des films. Quelles sont les probabilités pour que ce soit le type à qui Beryl a vendu la maison ?

— À mon avis, les probabilités sont très fortes. Il était en tenue de camouflage, l'autre jour. Comme s'il avait acheté ses fringues chez Beryl, justement. C'est une preuve suffisante, non ?

— Une preuve de quoi ?

— Qu'il habite ici. C'est la seule raison qui puisse expliquer qu'il ait acheté ses fringues chez Beryl. Elle ne vend que de la camelote.

— Depuis quand est-ce que tu t'intéresses aux vêtements ?

— Est-ce qu'il était aussi en treillis, aujourd'hui ? Au marché ?

— Eh bien, oui. Je l'ai observé un moment. Il se cachait dans mon stand. Pour échapper à Helen Beck.

— Moi aussi, je me serais caché pour l'éviter, celle-là, répondit Jordi dans un sourire fugace. Il n'est peut-être pas si idiot.

— Il a renversé la moitié de mes toiles en cherchant à lui échapper.

— Il me plaît déjà, gloussa Jordi.

Callista resta silencieuse un instant, les yeux plongés dans les flammes.

— Moi aussi, il me plaît, déclara-t-elle. Je veux le revoir... Et si c'était vraiment lui ? Le type que tu as vu à la pompe ?

Un large sourire fendit la barbe de Jordi.

— Dans ce cas, tu vas devoir jouer finement. Il va refaire surface. Mais tu devras prendre ton temps. On ne peut pas pêcher un gros poisson avec une ligne trop fine. Tu dois le fatiguer d'abord et il finira par nager droit vers toi sans s'en rendre compte.

Callista leva les yeux vers lui.

— Pour une fois, ça pourrait être un bon conseil.
Jordi sourit de nouveau.
— Pense à la vipère de la mort. Tu dois te montrer patiente pour monter une embuscade.

Callista descendit de la montagne le long des routes sinueuses menant à la forêt. Là, la végétation changeait de nouveau – plus verdoyante, avec des sous-bois touffus et de grands eucalyptus à l'écorce en lambeaux. L'allée menant à la maison de ses parents était signalée par un tonneau découpé dans le sens de la longueur et rempli de pensées jaunes et mauves. Elle descendit de voiture un instant pour ouvrir le portail et ramasser le courrier.

La longue allée traversait un ravin et suivait une crique avant de remonter vers une colline où la maison était nichée sur une pelouse à la verdeur étonnante. Selon son père, le gazon bien vert était son assurance anti-feu de brousse. Mais, sachant que les broussailles descendaient jusqu'au poulailler, juste derrière la maison, Callista se demandait pourquoi il se donnait tant de mal. En cas d'incendie, leur pavillon fabriqué en bois et en tôle ondulée brûlerait comme un fétu de paille.

Elle descendit du Combi et claqua la portière. Il n'y avait pas d'autre voiture sur la pelouse mais quelqu'un devait être là car toutes les fenêtres étaient ouvertes. Elle entra dans la maison fraîche et sombre et jeta le courrier sur la table en traversant la cuisine. Cynthia, sa mère, bêchait le potager à l'arrière, le visage ombragé par un large chapeau de paille. En la voyant se redresser lentement, une main plaquée au creux des reins, Callista se rappela que sa mère vieillissait. Ces derniers temps, elle ne pouvait s'empêcher de remarquer les rides de plus en plus profondes dans le visage de sa mère et la peau pendante de son cou qui commençait à plisser.

— Callie, je ne t'ai pas entendue arriver.

— Vraiment, maman ? Mon Combi n'est pourtant pas très discret.

Cynthia planta sa pelle dans le sol et marcha d'un pas raide sur les mottes de terre.

— Je retourne ce coin et ensuite je vais le pailler pour le préparer pour l'automne, expliqua-t-elle en désignant d'un geste ample la terre brune. L'année dernière, on a été embêté par des sphinx de la tomate, alors je mets la terre en jachère pour une saison. Mais les mauvaises herbes repoussent sans cesse.

— Asperge-les de désherbant, suggéra Callista.

— C'est du poison ! On ne t'a donc rien appris ?

Elle passa gentiment son bras derrière le cou de sa fille et la serra contre elle.

— Comment vas-tu ?

— Bien. Je suis studieuse. Ça te plairait. Je peins beaucoup.

— Tu es inspirée, en ce moment ? demanda Cynthia, les sourcils haussés.

— Juste des trucs pour le marché. Je pourrai bientôt vous rembourser.

— Il n'y a pas le feu. Allons prendre une tasse de thé.

Elles s'assirent sur la terrasse à l'arrière de la maison, d'où l'on voyait la forêt par-dessus le poulailler. Les volailles picoraient et grattaient le sol avec leurs pattes écailleuses et démesurées. Cynthia servit le thé. Elle n'utilisait jamais de boule à thé, ce qui agaçait Callista, mais la boisson était toujours bonne une fois filtrée entre les dents. D'aussi loin que Callista se rappelait, ses parents s'étaient toujours servis de cette théière.

Callista connaissait bien la jeunesse de ses parents – l'histoire était une chose importante dans la famille. Grâce à elle, on apprenait à éviter de reproduire des erreurs passées et à mieux s'orienter dans la vie. Ses parents avaient beaucoup insisté là-dessus : il fallait s'arranger pour effacer les erreurs des générations précédentes. À croire parfois qu'ils portaient tous les problèmes du monde sur leurs épaules.

Son père avait grandi à Wallaces Point et était allé à l'école à Merrigan tout en suivant le mode de vie campagnard traditionnel. Il avait poursuivi ses études par correspondance pour devenir comptable et avoir la carrière que son propre père n'avait jamais pu faire. Mais la région n'offrait guère d'opportunités. Au début de la vingtaine, il avait fini par rejoindre une communauté de hippies de la banlieue de Melbourne – il y était devenu végétarien, s'était laissé pousser les cheveux, s'était mis à cultiver des légumes et à faire d'autres petits boulots utiles au groupe. Il aimait ce mode de vie coopératif, travailler avec les autres pour de nobles causes, pour un mode de vie moins intrusif. Pour lui, vivre au milieu de personnes qui remettaient en cause les traditions et avaient de nouveaux buts – la préservation de la nature, l'économie des ressources, l'égalité pour tous – était un vrai soulagement.

Il avait rencontré Cynthia en Tasmanie, au cours d'une manifestation contre l'inondation du lac Pedder, où ils avaient fait connaissance autour d'un feu de camp, unis par la passion et une communion de pensée. Pour leur mariage, ils avaient organisé la cérémonie dans le bush, avec un petit groupe d'amis de la communauté et aucun membre de leurs familles. Cynthia attendait déjà Callista. À cette époque, ils avaient fini par se convaincre que la seule façon d'agir vraiment, c'était de rentrer chez eux, dans leur communauté d'origine. Ainsi, un an plus tard, ils étaient retournés à Merrigan où ils avaient acquis un lopin de terre bon marché. La terre défrichée avait de la valeur, mais personne ne voulait d'un morceau de bush. Ils avaient acheté ce terrain dans la montagne en échange d'une chanson – ce qui était un coup de chance car ils n'avaient rien d'autre. Puis ils avaient agrandi la famille et continué à vivre selon leurs convictions, en laissant une empreinte plus que réduite sur la terre.

Cynthia passa une tasse de thé à Callista.

— Comment va Jordi ?

— Ça va.

— Tu en es certaine ? Je me demande souvent s'il n'est pas anorexique, il est si maigre…

— Il est filiforme, c'est tout.

Malgré sa réponse rassurante, Callista remarqua le front plissé de sa mère et s'en inquiéta. Peut-être que Jordi était vraiment trop maigre.

— Il a vécu des choses tellement dures… reprit Cynthia en s'enfonçant tristement dans son fauteuil. Lui parler n'a jamais été facile. Parfois, il est compliqué pour une mère de voir ses enfants souffrir, sans savoir comment les aider.

Elle resta longtemps silencieuse, le regard perdu dans le bush. Puis elle se tourna vers Callista.

— À toi, il te parlerait. Il te fait confiance.
— Je ne peux pas le forcer à se confier, maman.
Cynthia ne répondit pas.
— Un changement positif, ça pourrait l'aider, hasarda Callista. Quand est-ce que papa va commencer à l'inclure dans ses activités ?
Cynthia soupira.
— Quand Jordi fera mine de s'y intéresser.
— Jordi ne demandera jamais de l'aide à papa. Tu le sais.
— Et ton père n'osera pas le lui imposer s'il ne semble pas intéressé.
— C'est le serpent qui se mord la queue, on dirait.
— Peut-être pas. J'en parlerai à ton père.
Cynthia leur resservit du thé.
— Tu savais que Beryl avait vendu la maison ? lança Callista.
— Elle a quoi ? s'écria Cynthia en reposant la théière.
— Tu ne le savais pas ?
— Non.
— On ne parle que de ça, en ville. Tout le monde est furieux.
— Ils n'en attendaient pas moins de Beryl, pas vrai ? Est-ce qu'elle a fait un don extraordinaire à l'Église ?
— Bien sûr que non. Elle gardera tout l'argent pour elle.
Cynthia prit appui contre le dossier de son siège et sirota son thé.
— Tu n'es pas fâchée ? s'étonna Callista.
— À quoi cela servirait-il ?
— C'est tellement injuste que ça me rend malade.

— Avec le temps, tout le monde apprendra à vivre avec.

Callista jeta le fond de sa tasse au sol.

— Parfois, j'aimerais bien que tu sois un peu moins pacifiste, maman. Pas étonnant que papa et toi, vous n'arriviez jamais à rien, dit-elle en secouant violemment sa tasse pour déloger les dernières feuilles de thé. Et j'aimerais que vous vous achetiez une boule à thé.

— Tu dis ça depuis des années, répondit Cynthia, un sourire serein aux lèvres.

Le lendemain matin, Callista se remit au travail. Les planches de Mrs Jensen faisaient merveille. Joe Denton, à la quincaillerie, l'avait autorisée à les découper à la scie à ruban de la boutique et, une fois chez elle, elle les avait peintes et assemblées pour en faire des cadres. Tout cela mis bout à bout, elle économisait quelques précieux dollars. Et elle enchaînait les peintures à une vitesse folle. Des toiles franchement creuses. Honteuses, presque. Fabriquer les cadres lui demandait plus de travail.

Elle était bêtement excitée à l'idée de recroiser le chemin de Lex. Tout en travaillant sur sa terrasse dans l'air chargé de rosée, elle repensait à ses épaules larges et à sa démarche discrète. Quelque chose en lui lui plaisait. Il avait le sens de l'humour, elle en était certaine, mais il semblait accablé par le chagrin.

Il viendrait sans doute chercher la peinture qu'il avait payée et elle devait s'y préparer. Ce qu'il lui fallait, c'était un moyen de percer ses défenses pour attirer son attention. Tout en fredonnant, elle installa une toile sur son chevalet et déposa des couleurs vives sur sa palette. Le meilleur moyen de l'atteindre, c'était probablement à travers une peinture, quelque chose de différent, de puissant, qui s'imposerait à lui lorsqu'il s'approcherait de nouveau de son stand.

Elle flanqua d'abord sur la toile du bleu couleur ciel d'été puis du jaune vif pour le sable scintillant. Sans cesser de fredonner, elle recula d'un pas, le pinceau s'agitant comme un long doigt. Elle anticipait. C'était plus fort qu'elle. Une fois qu'elle le connaîtrait mieux, elle l'emmènerait à Long Beach. C'était sa plage favorite – sauvage, désolée, perdue, balayée par le vent. Pas une plage pour les petites natures. Voilà pourquoi elle l'aimait. La solitude. Le vent fouettant le sable et les vagues qui griffaient rageusement la côte. Personne. Le vide paradisiaque.

Son regard balaya le vallon où deux gobe-mouches agités voletaient et sautillaient en haut des arbres. Ce devait être leur cri de ciseaux rouillés qui l'avaient distraite, sans parler de la façon taquine dont ils relevaient leur queue. Callista soupira. Tête en l'air. Elle se laissait facilement distraire. Elle reposa les yeux sur la toile et l'idée lui vint.

Elle mélangea rapidement un bleu-noir et traça le contour d'un huîtrier fuligineux en plein vol – solide, massif, très présent. Elle peignit l'œil fier rouge-orange et les longs tibias de ses pattes repliées en arrière sous son corps. Le bec, elle le fit grand ouvert, comme s'il criait en survolant les vagues. Le temps fila tandis qu'elle se concentrait pour donner vie à sa peinture. Qui lui demandait plus d'efforts que ses croûtes destinées au marché.

Elle recula pour examiner le tableau, qui lui plut. Pas vraiment un chef-d'œuvre, tracé comme ça en une heure et quelques, mais il était approprié. Elle aimait ces pattes aux genoux noueux. La forme massive de l'huîtrier qui se découpait sur les couleurs de plage stéréotypées comme un grand « bang ! ». Si Lex ne le remarquait pas, c'est qu'il dormait debout. Ou, du moins, qu'il n'était pas digne d'une artiste.

Elle le laissa sécher sur le chevalet et rentra pour laver la vaisselle du petit-déjeuner.

6

Lex, qui prenait un café chez Sue, ouvrit le journal pour lire les nouvelles. C'était presque devenu une habitude de venir là lorsqu'il passait en ville tous les deux ou trois jours acheter des journaux. Ce jour-là, la pêche à la baleine faisait de nouveau les gros titres – un sujet récurrent, ces derniers temps. Il avait lu certains des vieux ouvrages de Vic Wallace, qui offraient un contrepoint intéressant. Chez lui, il se renseignait sur l'histoire de la chasse à la baleine et puis, dans les journaux, il apprenait des choses sur les baleiniers modernes et la réunion annuelle de la Commission baleinière internationale.

L'un des vieux livres de Vic Wallace s'intitulait *Les Tueurs d'Eden*. Lex l'avait pris sur l'étagère, pensant lire un polar, alors que cela parlait de la chasse à la baleine dans la baie Twofold d'Eden, une ville du sud-est du pays, à la fin du XIXe siècle. Le livre décrivait comment un clan d'épaulards, ou orques, avait assisté les baleiniers de la région pendant des années. La photo en noir et blanc de George Davidson, le plus célèbre des baleiniers d'Eden, l'avait particulièrement intéressé. Il avait l'air d'un homme sévère et dur, impitoyable, comme si rien ne pouvait l'effrayer. Mais l'expression de son épouse était le masque même de la résignation. L'auteur avait beau se démener pour que la vie des baleiniers paraisse héroïque, le visage de cette femme témoignait du prix à payer. C'était une vie difficile et pas jolie jolie.

Lex s'était attardé sur la photo d'une vieille baleinière, qui n'était guère plus élaborée qu'une baignoire en bois manœuvrée par six rameurs et qui semblait une arme bien dérisoire face à une baleine. Pourtant, selon le livre, les chasseurs en massacraient des tas en une année et les épaulards les y aidaient. Old Tom était le plus célèbre de ces « baleines tueuses ». Lui et sa tribu aidaient les chasseurs en les conduisant vers un groupe de baleines, qu'ils empêchaient ensuite de fuir en haute mer. Une fois que les pêcheurs avaient harponné une baleine, les orques lui mangeaient la langue. Lex n'avait jamais imaginé la taille d'une langue de baleine mais, apparemment, c'était un mets de choix pour un épaulard.

Dans un autre livre de Vic, Lex avait découvert une coutume des habitants des îles Féroé, dans l'Atlantique Nord. Chaque année se tenait une fête au cours de laquelle des gens rabattaient des baleines pilotes dans une crique et les massacraient. Parfois plus d'une centaine de baleines étaient tuées en même temps, et les photos étaient dérangeantes – des dizaines de canots dans la petite crique au milieu des corps empalés des baleines roulant dans l'eau pendant que d'autres tentaient de s'échapper devant les centaines de spectateurs rassemblés pour contempler la boucherie. Traditionnellement, ce peuple tuait des baleines pour se nourrir, ce que Lex aurait trouvé tout à fait acceptable. Mais cela lui rappelait la chasse à la baleine moderne et les Japonais qui prétextaient des « programmes de recherche » pour continuer à la pêcher.

Au XXe siècle, on avait inventé le harpon à grenade, fait pour exploser une fois fiché dans le dos d'une baleine. Si l'animal était censé mourir rapidement d'une hémorragie interne, cela dépendait de l'endroit où s'était enfoncé le harpon, et l'animal pouvait mettre jusqu'à quarante-cinq minutes à mourir. Voilà ce que Lex détestait dans la chasse à la baleine. La mise à mort était inhumaine. Et, pour une raison qui lui échappait, cela lui semblait pire dans le cas des baleines que pour tout autre animal. Lex ignorait pourquoi cela l'émouvait autant.

Dans les journaux, on ne voyait que des indignations sans fin concernant la proposition japonaise de mettre fin au moratoire sur la pêche commerciale. Lex savait, pour avoir couvert ce sujet à la radio au cours des années passées, que les Japonais et les autres pays baleiniers auraient besoin d'une majorité aux deux tiers pour annuler le moratoire. Depuis plusieurs années, les Japonais achetaient les voix d'autres nations, même de certaines qui n'étaient jusque-là jamais venues aux réunions. Et, chaque année, le vote était un peu plus serré. Comme d'habitude, les Japonais demandaient l'augmentation de leur quota annuel de baleines de Minke pour la recherche et, cette année, ils voulaient également y ajouter des baleines à bosse.

Une fois par semaine dans son émission de radio, Lex avait l'habitude de discuter avec un zoologue de l'université de Sydney. Loin du cliché du scientifique rasoir, ce type était très éloquent et avait le chic pour parler des problèmes qui intéressaient les auditeurs. Quand la chasse à la baleine refaisait les gros titres, ils discutaient du problème et le standard explosait sous les appels des auditeurs. Les gens voulaient exprimer leur colère contre les Japonais et ils étaient nombreux à décrire avec passion leur rencontre avec ces baleines à bosse migrant le long de la côte. Visiblement, tous ceux qui en avaient vu une avaient été bouleversés par cette expérience. Enfin, tous, sauf les Japonais, qui revendiquaient leur droit à manger de la chair de baleine. Au fil du temps, Lex avait découvert qu'il était tout aussi viscéralement opposé à la chasse à la baleine que ses compatriotes. L'idée d'avoir acheté sans le savoir la maison d'un vieux baleinier le mettait mal à l'aise et, chaque jour, il devait s'efforcer de l'accepter.

— Que pensez-vous de la chasse à la baleine ? demanda-t-il à Sue lorsqu'elle posa son café sur la table.

Du bout du doigt, il lui montra la une du journal : « Les Japonais veulent les baleines à bosse ».

— Je n'aime pas ça, répondit-elle. L'observation des baleines est une industrie importante dans le coin.

— Apparemment, les baleines à bosse font de bons steaks, renifla Lex.

— Non, merci. Ça suffirait à me rendre végétarienne. Elle se tourna pour essuyer la table à côté de lui.

— Parlez-moi un peu de l'observation des baleines, reprit Lex. Qui s'occupe des promenades, ici ?

— Jimmy Wallace.

— Vous avez bien dit Wallace ? Le fils de ?

Sue hocha la tête.

— Un autre Wallace dans une affaire de baleines, soupira-t-il.

— C'est un peu différent. Jimmy ne les tue pas.

— Vous pensez que je devrais faire une de ces promenades ?

— C'est vous qui voyez.

Sue termina d'essuyer la table et fit mine de regagner la cuisine.

— Et ma voisine ? lança Lex. Vous pensez que ça lui plairait ?

— Mrs Brocklehurst ? Je ne sais pas, répondit-elle dans un haussement d'épaules. Il faudra le lui demander.

— Je ne la vois presque jamais.

— Je me doute, elle reste seule, la plupart du temps. Cela dit, vous pourriez croiser son fils, Frank. Il vient environ une fois par semaine pour tondre la pelouse.

— J'espère que je ne lui ai pas fait peur, marmonna Lex, à moitié pour lui-même.

— En essayant de tuer son paon ? le taquina-t-elle, les sourcils haussés.

Ses yeux pétillèrent puis elle disparut en cuisine. Donc, les habitants parlaient de lui. Il aurait dû s'en douter.

Lorsque Sue revint pour placer les couverts sur la table qu'elle venait de nettoyer, il reprit le fil de la discussion.

— Pourquoi est-ce que Mrs Brocklehurst est si asociale ?

— Est-ce que j'ai dit qu'elle l'était ?

— Pas exactement. Mais Beryl aussi m'a dit qu'elle était un peu susceptible.

— Ah, ça n'a rien à voir, répondit Sue en disposant couteaux, fourchettes et serviettes. Votre voisine et Beryl ne peuvent pas s'encadrer.

— Et pourquoi donc ?

Sue réfléchit un instant.

— J'imagine que vous le dire ne fera de mal à personne... et vous le découvrirez sans doute tôt ou tard...

Lex hocha la tête pour l'encourager.

— Votre voisine n'était guère ravie lorsque Beryl s'est mise en ménage avec le vieux Wallace. Elle n'avait pas à s'incruster comme ça chez lui. Cela a dérangé l'ordre naturel des choses.

Ces paroles firent réfléchir Lex. Est-ce que Sue voulait dire que sa voisine avait une sorte de droit de préséance sur Vic Wallace ? Il décida de changer de sujet. Sue était visiblement mal à l'aise.

— Vous allez à la messe ? demanda-t-il.

— Non. Ce n'est pas mon genre.

— Vous me rassurez. Je commençais à croire que tout le monde était pratiquant, dans le coin.

Sue lui offrit un petit sourire.

— Helen Beck me saute dessus à la moindre occasion. Je n'arrive pas à la convaincre que mon âme ne peut plus être sauvée.

Un vrai sourire illumina le visage de la serveuse.

— Soit vous êtes avec eux, soit vous êtes contre eux, lui apprit-elle. En gros, le village est partagé entre les pratiquants et les autres.

— Son mari est étrange.

— Oui, se contenta-t-elle de répondre. Cela dit, c'est un bon boucher.

Lex termina son café, recula sa chaise et se leva en ramassant ses journaux.

— Je ferais mieux d'y aller, déclara-t-il. Et de vous laisser travailler. À bientôt.

Lex venait de rentrer chez lui lorsqu'il entendit des voix devant sa porte. C'était Sash et Evan, ainsi que leur mère, et le chien. Il n'avait pas vraiment envie d'avoir de la compagnie, mais ils étaient tout sourire, et ils avaient apporté un gâteau, si bien qu'il n'eut d'autre choix que de les inviter à entrer.

Sash et Evan déboulèrent à l'intérieur et allèrent s'asseoir sur le canapé pendant que leur mère posait le gâteau sur la table basse.

— Je m'appelle Sally, déclara-t-elle d'un ton hésitant, timide.

La marche l'avait essoufflée.

— Et moi, Lex.

— Je suis ravie de vous rencontrer. Sash m'a assurée que vous aimiez avoir de la visite. Il y a des jours qu'elle me harcèle pour que je fasse un gâteau. Au fait, merci d'avoir participé à leur collecte pour la bibliothèque. C'était très gentil de votre part.

Lex parvint à esquisser un sourire poli. Son espace vital lui semblait sévèrement envahi, à les voir assis là, tous les trois, leurs regards pleins d'espoir levés vers lui. Il battit en retraite dans la cuisine pour remplir la bouilloire.

— On nous invite rarement, disait Sally. En fait, nous ne sortons pas souvent ; ce n'est pas facile quand on est comme moi, une mère célibataire avec deux enfants…

Voilà, elle jouait cartes sur table. Elle leva la tête vers lui, les yeux pleins d'un terrible espoir.

— Thé ou café ? marmonna Lex en esquivant son œillade.

— Vous avez du jus de fruit ? demanda Sash en se mettant debout sur le canapé.

Elle redisparut de la vue de Lex lorsque Sally fronça les sourcils.

— Il y a plein de lait, répondit-il. Tu veux bien me donner un coup de main, Sash ?

La fillette accourut dans la cuisine et Lex repensa à Isabel. Son cœur se serra.

Ils remplirent ensemble deux tasses en plastique de lait, que Sash porta précautionneusement jusqu'à la table basse. Elle revint à toute vitesse chercher les assiettes. Pendant qu'Evan regardait les photos des navires baleiniers sur les murs, Sally s'extirpa de son fauteuil avec difficulté, se pencha sur le gâteau qu'elle découpa avec le couteau que Lex avait posé sur la table. Elle passa une assiette à Lex, puis à Sash et Evan, et se rassit, essoufflée. Par sa simple présence, la pièce semblait plus petite et étrange.

Les enfants dévorèrent leurs parts de gâteau puis quittèrent d'un bond le canapé pour aller explorer le salon et le reste de la maison.

— Lex ! lança Evan, tu as un grand lit dans ta chambre !

Comme s'il ne le savait pas.

— Lex ! s'écria à son tour Sash, il y a un paon dans ton jardin.

— Cours vite dehors pour le chasser, brailla-t-il. Il habite à côté.

Mieux valait que ce soit la fillette qui le chasse que lui, après l'incident de la dernière fois.

— Il y a une mappemonde dans tes toilettes, Lex, fit Evan, de nouveau.

— Et dix rouleaux de papier. Je les ai comptés. Ça en fait vraiment beaucoup, enchaîna Sash, qui semblait très excitée.

Entre deux gorgées de thé, Sally lui adressa un sourire contrit.

— Ils sont très jeunes et très enthousiastes. Je ne me rappelle pas avoir eu autant d'énergie à leur âge. Et vous ?

Le temps ne s'était jamais écoulé si lentement. Sally lui souriait beaucoup, parlait peu, pendant que les gamins couraient partout dans la maison pour continuer leur mission d'exploration. Sash finit par revenir et se percha sur ses genoux comme si elle l'avait fait toute sa vie. Elle ne sembla pas remarquer que Lex s'était crispé tant il était mal à l'aise.

— J'aime cet endroit, dit l'enfant. C'est joli, et tu as de belles choses. On pourra revenir ?

— C'est une belle maison, en effet, dit Sally en profitant de l'entrée en matière de Sash. Qu'est-ce que cela vous fait, de vivre ici ?

— Je ne suis pas certain de comprendre votre question.

— Oh, vous ne savez pas tous les problèmes que cette maison a causés ? s'étonna-t-elle. À la mort du vieux, il y a eu du grabuge. Il a légué cet endroit à Beryl, mais c'est sa famille qui aurait dû en hériter. Ça a divisé la ville, quand Beryl a récupéré la maison.

Lex resta un instant silencieux. L'agent immobilier ne lui avait rien dit de tout cela, et c'était peut-être aussi bien. Savoir qu'il était le propriétaire d'un bien litigieux n'était guère agréable. L'atmosphère dans la pièce était étrange : Lex réfléchissait aux paroles de Sally pendant que celle-ci regrettait de les avoir dites.

— Allons nous promener sur la plage, suggéra Lex.

N'importe quoi, pourvu qu'ils sortent de chez lui.

Les enfants se précipitèrent vers la porte.

— Est-ce que Rusty peut venir aussi ? demanda Sash, les yeux levés vers lui.

— J'imagine que c'est le chien ?

Tandis qu'ils descendaient vers la mer à travers la bruyère, Lex remarqua le sourire soulagé de Sally, comme si elle avait franchi une espèce de barrière invisible.

Il aurait aimé qu'elle remarque aussi qu'il était pris au piège.

Lex ne savait pas vraiment si elle avait fait exprès d'oublier son plat, mais elle vint frapper le lendemain à sa porte pour le récupérer. Elle le surprit en caleçon de bain, torse nu, une serviette autour du cou, prêt à se rendre à la plage. Il vit une lueur intéressée et approbatrice dans son regard, et il se retrouva comme la veille, à chercher un moyen de s'enfuir.

— Je vais nager, dit-il tandis qu'elle le suivait dans la cuisine.

Elle était bien trop près de lui et lui bien trop exposé. Sally dévorait du regard ses épaules et les quelques poils qui parsemaient son torse. Il lui tendit son plat, pour l'encourager à ressortir de la maison.

— Je crois que je vais vous accompagner. Les enfants sont à l'école et j'ai un peu de temps devant moi.

Lex se dirigea vers la porte en ramassant au passage son treillis et un T-shirt traînant sur le sol. Il les enfilerait en sortant de l'eau pour se protéger de ce regard insistant. Il s'attendait presque à ce qu'elle lui prenne la main alors qu'ils cheminaient dans la bruyère où des méliphages de Nouvelle-Hollande s'égaillaient entre les fleurs coniques des banksias. Il déplia sa serviette et la déploya autour de ses épaules, comme une cape protectrice.

— Désolée pour hier, dit Sally. Les enfants ont été un peu envahissants. Ils sont vraiment excités d'avoir un nouveau voisin dans la rue. Et vous avez été si gentil avec eux…

Et maintenant je voudrais m'enfuir, se dit Lex, qui hocha pourtant la tête en pressant le pas. Il n'avait que trop hâte de s'échapper dans les vagues.

— J'aime bien les enfants, dit-il.

Avant Isabel, il n'avait eu aucune patience, aucune indulgence pour les enfants. Après qu'Isabel fut née puis perdue, il avait appris à quel point les enfants étaient précieux. À quel point le fil qui les reliait à la vie était ténu. À quel point il était facile pour eux de cesser de respirer et de s'évaporer comme de la brume.

— Leur père leur manque beaucoup, poursuivit Sally. C'est dur pour eux, de ne pas avoir d'homme dans leur vie.

— Oui, j'imagine.

Sally tourna la tête vers lui mais Lex la prit de vitesse avant qu'elle n'ouvre les hostilités.

— Il faut que je coure. Je commence à avoir froid. Il vaut mieux que je plonge tout de suite sinon je vais changer d'avis – pour la baignade.

Il se mit à courir pieds nus sur l'herbe.

Une fois sur la plage, il fonça droit vers l'eau et plongea sous les crêtes des vagues. Heureusement, la mer était calme et, juste après les déferlantes, il nagea dans la houle aussi longtemps qu'il le put, dans l'eau froide, en jetant régulièrement des coups d'œil vers la plage dans l'espoir que Sally soit partie. Peine perdue. Elle restait là, assise sur la serviette de Lex, serrant ses larges genoux contre sa poitrine. Elle était prête à faire le siège et il devrait bientôt rentrer. Il nagea jusqu'à ce que le froid s'immisce jusqu'à ses os et engourdisse ses muscles puis il regagna lentement la plage.

Elle le regarda s'avancer dans le sable, et il n'eut rien pour se couvrir jusqu'à ce qu'elle décale sa masse de sa serviette et la lui envoie. Il la drapa en vitesse autour de ses épaules et la referma pour se réchauffer. Elle n'en perdait pas une miette. Il y avait sans doute longtemps qu'elle n'avait pas vu un corps d'homme aussi dénudé et elle l'étudiait toute honte bue. Heureusement qu'il n'avait pas mis un slip de bain.

— Vous êtes bien bâti, dit-elle d'un ton détaché. C'est rare, par ici. Vous devez venir de la ville.

Lex essuya le filet d'eau salée qui lui dégoulinait du nez et se passa en vitesse la main sur la tête, projetant une pluie de gouttelettes sur le sable.

— En effet. Je suis né et j'ai grandi à Sydney.

— Vous vouliez changer de décor, hein ? Ça ne dure jamais longtemps. Il n'y a pas suffisamment de choses pour distraire les citadins, à la campagne. Les gens qui viennent ici finissent par y pourrir, c'est trop calme.

Lex fronça les sourcils.

— La seule chose qui pourrait vous faire rester, c'est d'épouser une fille du coin. Alors vous seriez pris au piège. On ne peut pas non plus forcer les provinciaux à vivre en ville, vous savez. Ils ne supportent pas la superficialité – l'hypocrisie généralisée. Vous serez donc obligé de rester... si vous vous mariez.

— Je n'avais pas l'intention de me marier.

— Je m'en doute, répondit-elle. Comme tous les hommes.

Il se détourna et elle se releva gauchement.

— Je ferais mieux de rentrer, déclara-t-elle. Je vais laver mon plat.

Elle le regarda longuement d'un air triste puis s'éloigna d'un pas lourd, s'enfonçant dans le sable.

7

Lorsque Lex remonta de la plage, il aperçut une petite voiture blanche garée en biais devant sa maison, sur la pelouse. Il distingua aussi la silhouette d'une femme, mains sur les hanches, jambes écartées, campée sur la terrasse. Curieux et surpris, il continua à avancer sur le sentier herbeux menant à la route, jusqu'à ce qu'il reconnaisse la femme et comprenne sa posture bravache. Son allure faiblit, son cœur palpita et la vague d'émotion qui le submergea fut si forte qu'elle le meurtrit.

Jilly. Qu'est-ce qu'elle venait faire ici ? Il n'avait pas besoin de ça. Malgré tout, un fol espoir enfla dans sa poitrine.

Lorsqu'il traversa la bruyère pour la rejoindre, il remarqua qu'elle avait les manières brusques et impatientes typiques d'une citadine. Son attitude révélait une efficacité et une tension qu'il avait oubliées. À voir les petits gestes de sa main, il comprenait que les rafales de vent énergiques sur ses cheveux impeccablement lissés en arrière l'agaçaient. Pendant une fraction de seconde, il éprouva la folle envie de tourner les talons et de s'enfuir dans la bruyère pour retourner à la plage. S'il y cédait, il savait qu'il sauterait dans les vagues et nagerait aussi loin que possible. Droit vers le grand bleu et les crêtes d'écume naissantes poussées par la brise de l'après-midi. Mais il continua à avancer.

Il se posta au pied des marches du perron dans un lourd silence, les chevilles chatouillées par l'herbe jaunie, et ne ressentit qu'un vide abyssal en levant les yeux vers elle. Il se rendit compte qu'il cherchait sur son visage quelque chose qui ne s'y trouvait pas. Elle n'éprouvait aucune compassion pour lui. Son corps tout entier était tendu par la nervosité et la colère, et il eut du mal à se retenir de pleurer. L'espoir qu'il avait cru sentir en remontant vers la maison se rabougrit en vague curiosité. Au vu de leurs derniers échanges, il s'attendait à ce qu'elle le dénigre, qu'elle l'agonisse d'injures. Pourtant, elle resta immobile sur le perron, muette.

Ne sachant que faire d'autre, Lex grimpa les quelques marches et tendit les bras vers elle, enveloppant l'intégrité de son petit être, la serrant fort contre lui, attendant qu'elle fasse de même. Mais dans l'abîme qui les séparait, il n'y avait rien à quoi il puisse se raccrocher. Alors qu'il espérait de l'émotion, de l'intimité, son corps et son odeur lui semblaient étrangers, comme si elle était une inconnue. Pourtant, leur histoire finit par se glisser dans cet espace restreint anguleux et gênant, mais elle ne leur apporta nulle chaleur. C'était une histoire lourde et immensément triste. Lex se cramponna à Jilly comme s'il était en train de se noyer, puis elle s'écarta de lui et il la fit entrer dans la maison. Tandis qu'il préparait du thé dans la cuisine, elle resta près des fenêtres, d'où elle l'observa, crispée.

Elle portait un élégant bermuda beige ainsi qu'un débardeur orange foncé décolleté. Il lui moulait tant la poitrine que Lex voyait le pli à la naissance de ses seins. Elle était sans doute venue déterrer la hache de guerre et le démolir une nouvelle fois. Les mains de Lex tremblaient tant que la tasse cliqueta lorsqu'il la posa sur la table basse. Il battit en retraite vers le canapé, à l'autre bout de la pièce, dos au mur.

À voir la façon dont Jilly scrutait la pièce, Lex comprit qu'elle guettait la présence d'une autre femme – un chapeau de paille, peut-être, des lunettes de soleil, une paire de tongs, une robe jetée sur le dos d'une chaise. Elle serait déçue de voir que tout était si masculin, si solitaire. Une tasse de café à moitié vide oubliée sur la table. Un short traînant sur le sol et une serviette pendant sur un fauteuil. Il avait laissé un livre de poche ouvert sur le canapé, un jeu de cartes sur la table et une pile d'assiettes sales dans l'évier. Elle n'avait aucune preuve pour l'accuser de quoi que ce soit.

En la voyant de près, il fut surpris par son nez pointu. Il avait oublié qu'elle épilait ses sourcils si fins qu'ils ressemblaient à deux oiseaux surpris en train de voler. Sa queue-de-cheval si serrée lui donnait un air sévère, austère. Elle s'était laissé pousser la frange, et ses yeux n'en étaient que plus perçants.

— C'est quoi, cet endroit ? finit-elle par demander.
— Mon refuge.
— Non, je veux dire, cette région. Qui pourrait avoir envie de vivre ici ? Il n'y a rien à faire.
— Il y a beaucoup à faire. C'est très purifiant.

— Tu te mens à toi-même, Lex.
— Je lis beaucoup. Regarde ça, ajouta-t-il en s'approchant des étagères. Que des livres sur la chasse à la baleine.
— Depuis quand tu t'intéresses à ça ?
— J'en parlais tous les ans à la radio. Tu ne te souviens pas ?
— Non. Je n'écoutais pas toutes tes émissions, Lex.
— J'ai appris plein de choses sur l'histoire de cette industrie. Et je ne vois toujours pas la logique à tout ça. Est-ce que tu as suivi les querelles entre les Japonais et les nations opposées à la chasse à la baleine, à la CBI ?
— La CBI ? Putain, qu'est-ce que c'est que ça, encore ?

Jilly semblait incrédule. Ils n'allaient nulle part.

— La Commission baleinière internationale, expliqua-t-il.

Bon sang, il était pathétique.

— Lex, je ne suis pas venue ici pour que tu me donnes un cours sur la chasse à la baleine.

Elle se mit à faire les cent pas dans la pièce. Elle agitait les mains, maintenant, et Lex comprit que la discussion était finie avant même d'avoir commencé.

— Pour quoi es-tu venue, dans ce cas ? s'enquit-il.
— Ta mère m'a dit où tu étais. Et que tu voulais me voir. Dieu seul sait pourquoi. Je ne vois pas à quoi ça va nous avancer. À part à discuter du divorce.

Lex s'effondra. Ce n'était pas elle qui avait eu l'idée de venir.

— Ma mère est derrière tout ça, expliqua-t-il. Elle veut que nous nous remettions ensemble.

Jilly le dévisagea sans la moindre affection.

— On pourrait au moins discuter, suggéra-t-il.

— Nous n'avons plus rien à nous dire.

Elle balaya de nouveau la maison du regard, gagnant le couloir pour jeter un coup d'œil dans les chambres. Lex ne la suivit pas.

— Cette maison, Lex... C'est quoi ? Une maison de vacances ? Franchement, ce n'est même pas ton style.

— Ah bon ? C'est quoi, mon style, Jilly ?

Elle éclata d'un rire désinvolte.

— Ce n'est pas ça, en tout cas. C'est trop vulgaire. Toi, tu es plus sophistiqué.

Elle rit de nouveau avant d'ajouter :

— Allons-y. Discutons. Qu'est-ce que tu as à me dire ?

Lex avait la gorge nouée. Comment est-ce qu'ils en étaient arrivés là ?

— Allez, s'impatienta-t-elle. Tu as perdu ta langue ? Les mots, c'est ton boulot. T'es doué pour ça.

Elle ouvrit le placard de la cuisine et baissa les yeux vers les bouteilles de vin et de whisky.

— Alors, comme ça, tu t'es mis à boire, lança-t-elle d'un ton méprisant.

— Ça m'arrive, de temps en temps.

Elle allait se jeter sur l'occasion de lui faire des reproches. Il avait oublié ce que c'était... Jilly se transformant en mégère après la mort d'Isabel... Le flot incessant de critiques... C'était une des raisons qui avaient conduit Lex jusque-là.

— Ça ne ressemble pas à la cave d'un buveur occasionnel.

Elle referma le placard.

— Tu n'es pas obligée de me faire la morale.

Elle le jaugea avec mépris.

— T'es mon mari, putain ! Et tu te laisses complètement aller. Pas étonnant que je t'aie quitté.

Elle s'assit sur le canapé et sortit un paquet de cigarettes de son sac à main.

— Qu'est-ce que tu fais ? s'étonna-t-il. Tu ne fumes pas.

— Tu n'étais pas un alcoolique non plus.

— Je ne suis pas un alcoolique.

— C'est limite, si tu veux mon avis.

— Je ne te le demande pas.

— Qu'est-ce que tu me demandes, dans ce cas ?

— De réessayer. De tenter une thérapie de couple. Pour arranger tout ça. Il doit bien rester quelque chose de nous.

Elle se leva et souffla. Lex regarda la fumée serpenter hors de sa bouche. Cela lui paraissait tellement incongru. Elle se tourna vers lui, les yeux vides.

— Est-ce qu'il n'est pas un peu trop tard ? fit-elle.

— Nous sommes ensemble depuis cinq ans. Ça vaut le coup qu'on se batte pour ça, non ?

Jilly réfléchit un instant.

— Je pense qu'il vaut mieux qu'on garde notre dignité. Qu'on évite de disséquer notre passé. Nous ne ferions que gâcher ce que nous avons vécu.

— Ce n'est pas déjà le cas ?

— Au moins, il nous reste les bons souvenirs, ceux d'avant la mort d'Isabel.

Elle porta la cigarette à ses lèvres, inspira longuement et ajouta :

— L'époque où nous avons vécu nos meilleurs moments.

— On pourrait essayer de repartir de là.

— J'en doute.

Elle se tut et tourna la tête vers les vagues. Lex sentit le désespoir lui figer la poitrine.

— Je pense qu'on devrait parler divorce, dit-elle.

— Je ne suis pas prêt.

— Réfléchis-y quand tu seras prêt. Nous devons mettre ça derrière nous pour pouvoir tourner la page.

— Et si, moi, je t'aime encore ? implora-t-il.

Jilly lui jeta un coup d'œil avant d'aller écraser sa cigarette dans l'évier. Elle revint et s'assit. Puis elle parla sans lever les yeux.

— Chaque fois que je te regarde, je vois Isabel. Je ne peux pas vivre comme ça.

— Tu pourrais t'en servir pour te souvenir d'elle.

— Non. J'ai besoin d'oublier. Les souvenirs me rendent malade. Tu ne le vois pas ? Plus tard, je pourrai repenser à elle, quand je serai plus forte.

— Je peux attendre jusque-là.

— Lex, ça prendra des années.

— Le mariage, c'est pour la vie, non ?

— Eh bien, je suis désolée, mais je ne peux pas vivre avec toi en me demandant chaque jour si les choses auraient été différentes si tu avais été la voir un peu plus tôt, avant que je me réveille.

— On ne pouvait pas savoir qu'elle allait mourir.

Jilly pleurait, à présent, et elle monta d'un ton.

— Ça peut arriver à n'importe qui, n'importe quand. On aurait dû être plus vigilants, cracha-t-elle.

— Les médecins ont dit qu'on n'aurait rien pu faire de plus.

— C'était par gentillesse ! hurla-t-elle. Tu ne comprends pas ? On aurait dû aller la voir plus souvent. On aurait dû acheter un Babyphone !

— On ne pouvait pas guetter la moindre de ses inspirations, répondit Lex, la voix éraillée par le chagrin.

Jilly respirait bruyamment. Elle se leva avec des gestes lents.

— Je suis désolée, Lex.

Elle ouvrit la porte et sortit sur le perron, où elle s'arrêta un instant pour contempler la mer, comme le faisait Lex chaque fois qu'il quittait la maison.

— J'ai laissé des papiers dans ta boîte aux lettres, dit-elle. Essaie d'être raisonnable. Je sais que ce sera dur pour toi.

Puis elle descendit les marches et regagna sa voiture sans un seul coup d'œil en arrière.

— Ce n'était pas ma faute, murmura-t-il.

Pourtant, au moment même où il prononçait ces paroles, il n'était pas certain de le croire lui-même.

Il la regarda faire marche arrière, engager la voiture sur les graviers et s'éloigner. Lorsqu'il se retourna vers la maison, il crut voir bouger quelque chose dans la véranda de sa voisine. Une ombre remuant dans l'obscurité. Puis plus rien. Peut-être que Mrs Brocklehurst les avait écoutés. Peut-être qu'elle l'observait. Peut-être qu'elle avait entendu Jilly vider son sac. Sans s'en soucier, il rentra pour se servir son premier gros whisky de la journée. Et ce ne serait pas le dernier.

Lex avait rencontré Jilly cinq ans plus tôt, lors d'une soirée quiz à laquelle il avait été invité en tant que personnalité des médias. Ce genre de truc le barbait mais apparaître en *guest star* à des galas de charité, qu'il devait présenter ensuite, ça faisait partie de son boulot d'animateur radio. C'était toujours lui qu'on demandait car il était doué pour mettre les invités à l'aise et les faire rire. Il avait appris sur le tas, en studio, à force d'amadouer les gens pour leur faire raconter leurs histoires. Il savait occuper le temps d'antenne plaisamment et garder les auditeurs à l'écoute.

La nuit du quiz, Jilly était à la même table que certains amis de Lex. Il l'avait remarquée aussitôt. Elle semblait s'ennuyer, comme si elle était venue contre son gré pour compléter une équipe. Pendant que tout le monde parlait et buvait, Jilly restait assise devant son portable et un document de travail. Elle relevait la tête de temps en temps pour participer au jeu.

Lorsque Lex avait tenté de lui parler, elle avait réussi à ne lui répondre que par un petit sourire tout en continuant à discuter avec sa voisine – un rejet ferme en termes de langage corporel. Il s'était vexé, peu habitué qu'il était aux rebuffades. Entre deux brefs passages au micro, il s'asseyait et l'étudiait – les lignes aiguisées de son visage, la coupe nette de ses cheveux courts, la pâleur de sa peau, son port bien droit. Elle soutenait son regard et ses yeux écarquillés reflétaient son agacement. Elle avait pincé les lèvres et haussé les sourcils.

— Pourquoi est-ce que vous m'observez ? lui avait-elle demandé lorsqu'ils s'étaient retrouvés seuls.

— J'aimerais vous inviter à dîner, avait-il répondu en regardant ses sourcils se hausser un peu plus sur son front blanc, juste à la limite de sa frange droite.

— Et m'envoyer au septième ciel, ça va sans dire, rétorqua-t-elle, visiblement ennuyée. J'ai entendu parler de vous et de votre attitude avec les femmes.

Il rit pour dissimuler sa stupéfaction. D'une voix grave et profonde, il joua le tout pour le tout.

— Pourquoi ne pas juger par vous-même ?

— Pourquoi est-ce que ce serait différent avec moi ?

— Il n'y a qu'une manière de le savoir.

— Désolée. Je suis très occupée en ce moment.

— Vous avez un petit ami ?

— Vous êtes du genre insistant, vous.

— Ça ne répond pas à ma question.

— La réponse est non. Et je n'en cherche pas.

— Je peux être un vrai gentleman.

— Écoutez, je suis désolée, mais j'en doute.

Lex fut appelé au micro au même instant et elle partit peu après. Il la vit ramasser son minuscule sac à main noir à paillettes et s'éloigner à grands pas, sa silhouette mise en valeur par son tailleur noir cintré, ses longues jambes fines perchées sur d'élégantes chaussures noires.

Et voilà. Après ça, il était obligé de la conquérir. Le défi était trop beau. Et elle le fascinait. Elle était différente. À côté d'elle, les autres femmes ressemblaient à des feuilles d'automne. Jilly était forte, intelligente et culottée. Elle n'allait pas se laisser avoir par le charme. Il devrait se battre pour la séduire. Il devrait changer.

Ce qu'il fit. Cela prit des mois. Il chassa toutes les autres femmes de sa vie, diminua la boisson et la suivit obstinément en l'invitant sans cesse à dîner. Elle l'hypnotisait à force de se montrer indifférente et réservée, de l'esquiver, de s'écarter poliment de son chemin. Jusqu'à ce que, enfin, elle l'autorise à l'aimer – et le soulagement fut si immense qu'il se perdit complètement en elle.

Ensuite, Isabel était arrivée.

Le lendemain, le ciel était ensoleillé à vous brûler les yeux. Penché sur son café, Lex compta les jours passés depuis son arrivée là. Sept semaines à Wallaces Point, et sa convalescence était au point mort. Il scrutait le large, incapable d'arracher son regard de la surface scintillante de la mer. La visite de Jilly l'avait de nouveau écorché vif, et il sentait qu'il était dans un de ces jours où son côté sombre prenait le dessus – des souvenirs noirs qui s'étiraient jusqu'à l'enfance, sans un seul rayon de soleil. Le vide béait en lui, montait comme des sables mouvants ténébreux qui tentaient de l'aspirer. Seul, tout était trop difficile.

Sa mère avait raison. Il était incapable de vivre sans Jilly. Il avait besoin qu'elle le ramène chez eux. Mais cela n'arriverait jamais, même s'il le voulait plus que tout. Il avait lu la lettre qu'elle lui avait déposée, ainsi que la liste de toutes leurs possessions. Elle lui disait de faire une croix à côté de ce qu'il voulait, en lui demandant de se montrer équitable et de ne prendre que la moitié, en valeur. Elle avait même inclus une liste de prix indicatifs à côté des objets de leur vie quotidienne. Cela lui avait fait un choc. Est-ce que ça devait vraiment se finir comme ça ? Avec une liste de ce qu'ils avaient accumulé ? Est-ce que ces années de vie commune ne se résumaient qu'à cela ? Dans ce cas, qu'elle garde tout. Il ne voulait rien.

Il se leva pour aller chercher une bouteille de vin et s'arrêta un instant devant la fenêtre pour regarder le déferlement régulier des vagues. Le reflet argenté, aveuglant, du soleil sur la mer lui fit plisser les yeux. À l'intérieur, il faisait trop clair, trop chaud. Cet endroit était trop tout.

Alors qu'il allait se détourner, il se figea. Il y avait quelque chose, là-bas. La main au-dessus des sourcils, il plissa de nouveau les yeux.

Tandis qu'il se penchait dans la lumière pour voir à travers les fenêtres crasseuses, salies par l'iode et les orages du printemps, une longue nageoire noueuse jaillit au-dessus de la houle, à environ deux cents mètres du cap. Son cœur fit un bond dans sa poitrine. Là-bas, dans le grand bleu, la nageoire surgit de nouveau, noire et blanche, rehaussée d'argent. Elle se soulevait mollement au-dessus de l'eau puis claquait la surface en projetant des gerbes d'eau visibles même à cette distance. Lex n'en croyait pas ses yeux. Il y avait une baleine, là, dehors.

La nageoire se souleva, s'enroula, percuta la surface et se souleva encore. Lex se surprit à tendre l'oreille pour guetter les bruits d'éclaboussures, même si c'était ridicule vu la masse d'océan mouvant qui les séparait. Il arracha sa casquette du barreau de la chaise près de la porte, descendit d'un bond les marches du perron et courut pieds nus sur la bande d'herbe puis jusqu'au bord de la falaise.

Les yeux plissés à cause de la lumière, il attendit que la nageoire se hisse de nouveau au-dessus de l'eau et se sentit surexcité en voyant qu'elle se rapprochait, si près qu'il en distingua nettement les bords ondulés, qu'il aperçut un instant les marbrures blanches en dessous, qu'il ressentit presque la claque contre l'eau, les embruns volant dans l'air. Il se rendit compte qu'il retenait son souffle, attendant que la baleine réapparaisse, guettant un autre signe.

Lorsque la baleine roula, soulevant le lobe de sa queue au-dessus de l'eau chatoyante et l'abattit dans un *splash* phénoménal, Lex hoqueta et s'extasia comme un petit garçon. Il rit et chanta dans la brise tiède venue du large, une soudaine montée d'adrénaline irriguant ses veines. Lorsqu'un jet d'eau jaillit dans l'air au milieu des vagues, il siffla et cria de joie.

Le souffle d'une baleine.

Il ne but pas une goutte de vin ce jour-là.

8

Une semaine après la visite de Jilly, ce fut le tour de Margaret, la mère de Lex, de venir à Wallaces Point. C'était en fin d'après-midi ; il se trouvait sur la plage lorsqu'il reconnut sa voiture, là-haut, près de la maison. Ces derniers temps, il avait aperçu des baleines à plusieurs reprises, ce qui avait interrompu la mélancolie provoquée par la visite de Jilly, mais, aujourd'hui, il était dans un mauvais jour et, après trois bouteilles de vin, il n'était pas en état de recevoir du monde. Il ne s'était même pas douché.

Il jeta la bouteille bien loin de la laisse de haute mer – il reviendrait la chercher plus tard – et fonça dans l'eau pour se débarbouiller. Margaret se tenait sur la terrasse lorsqu'il remonta dans la bruyère.

— Alors, c'est ici ? lança-t-elle. C'est la bonne maison ?

— Oui. Rentre te mettre à l'abri du vent. Je m'occupe de tes bagages.

Vu l'expression de sa mère, il comprit que son séjour serait compliqué. Elle était visiblement venue avec une idée en tête. Pour ça, il pouvait compter sur elle. Elle n'entreprenait jamais rien sans arrière-pensée.

À l'intérieur, elle le serra un instant dans ses bras de mère. C'était une grande femme, bien charpentée mais, avec l'âge, elle se tassait et elle ne lui semblait plus aussi imposante que lorsqu'il était petit. Elle avait toujours cette façon un peu brusque de juger sans arrêt tout ce qui se trouvait sous ses yeux. Lex devina immédiatement que la maison ne lui plaisait pas. Elle ôta ses lunettes de soleil et les posa sur la table basse.

— Elle est très bien située, mon chéri, dit-elle en balayant du regard le salon. Mais la route est abominable. Tu devras contacter les services de voirie pour qu'ils arrangent ça. J'ai bien cru que ma voiture allait finir en pièces détachées à force d'être secouée dans tous les sens.

— Bienvenue chez moi, maman. Je suis content que tu sois venue. Tu veux un thé ou tu préfères d'abord voir ta chambre ?

Il s'étonnait de se sentir aussi sobre.

— Il vaut sans doute mieux que tu me fasses visiter d'abord. Tu n'envisages pas sérieusement de t'attarder ici, chéri, n'est-ce pas ? Franchement, tu es au beau milieu de nulle part. Et il fait déjà trop chaud, à l'intérieur, alors que nous ne sommes qu'au printemps. Tu n'as donc pas de ventilateurs ?

— Mon ventilateur, c'est la brise marine, maman. Elle se lève tous les soirs.

— Espérons qu'elle ne tardera pas trop.

Il la conduisit au bout du couloir.

— Tu n'as qu'à prendre la chambre qui jouxte la mienne. La vue est superbe. Tu peux même dormir les rideaux ouverts. La lune brillera, ce soir, et tu pourras regarder le déferlement des vagues.

— C'est hors de question. Je n'ai pas envie d'être épiée par un pervers.

Lex posa sa valise sur le lit.

— Comme tu l'as dit, maman, nous sommes au milieu de nulle part. Personne ne vient par ici.

Il alla préparer du thé et s'assit sur le canapé pendant que sa mère s'installait dans sa chambre et se refaisait une beauté dans la salle de bains. Il eut l'impression de l'attendre des heures. Il avait oublié comment, chaque matin, quand il était petit, elle monopolisait la salle de bains au point que tout le reste de la famille devait s'organiser en fonction d'elle et se doucher le soir. À cette heure-là, la salle de bains était libre, sauf lorsqu'elle revenait d'un rendez-vous avec l'un de ses amants et qu'elle devait se rafraîchir avant de rejoindre le lit de leur père, et tous deux faisaient comme si de rien n'était.

— Maman, ne te donne pas tant de peine, lança-t-il. Il n'y a que moi, ici.

— Chéri, je ne supporterais pas de me regarder dans la glace si je ressemblais à une sorcière.

Elle revint dans le salon, un magazine *Vogue* à la main.

— L'âge ne te fera pas de cadeaux.

— J'ai l'intention de vieillir avec grâce. Il y a plein de bons chirurgiens, de nos jours.

— Ne me dis pas que tu as pris rendez-vous pour un lifting.

— Pas encore, mais j'y pense.

Elle le toisa avec dégoût.

— Tu as besoin d'une bonne douche, on dirait, chéri. Ou bien c'est pour économiser l'eau ? J'ai vu les panneaux annonçant des restrictions, sur la route.

— J'irai me doucher. Juste pour toi.

Elle s'assit sur le canapé contre le mur latéral, dos à la mer, et feuilleta son magazine.

— Je l'ai apporté avec moi car je doutais de trouver quelque chose d'intéressant chez le marchand de journaux local.

— Tu serais étonnée de voir tout ce qu'on y trouve.

— Ce qui m'étonne, c'est que tu vives ici, Lex. Cela ne te ressemble tellement pas. C'est indigne de toi. Franchement, cet endroit, c'est un bungalow pour touristes ! Ta jolie maison doit te manquer. Jilly et toi, vous l'aviez si bien aménagée !

— La déco, c'était le domaine de Jilly. C'est elle qui avait bon goût.

— Les hommes se reposent toujours sur les femmes pour la décoration. C'est normal.

— Merci.

— Oh, chéri, ne te vexe pas. Toi aussi, tu as du goût. Mais il faut toujours une touche féminine, n'est-ce pas, pour qu'une maison soit chaleureuse, expliqua-t-elle en le dévisageant par-dessus ses verres en demi-lunes. Chéri, tu devrais vraiment te doucher. Tu as l'air d'une épave. La vie rurale ne te vaut rien. Et j'ai même l'impression que tu as bu.

— Est-ce qu'on peut garder ça pour plus tard ? soupira-t-il avant de se passer la main dans les cheveux. Tu viens à peine d'arriver.

Il entendit soudain des pas précipités sur les marches du perron et Sash déboula dans le salon.

— Je savais que tu avais de la visite, dit-elle, essoufflée, les yeux levés vers la mère de Lex. J'ai couru depuis chez moi.

— Sash, je te présente ma maman. Elle est venue de Sydney pour me voir.

Sa mère décocha un regard méprisant à la petite fille. Ses sourcils haussés trahissaient sa contrariété.

— Tu ne devrais pas être chez toi, en train d'aider ta mère ? demanda Margaret.

— Maman nous a dit de jouer dehors.

— Eh bien, reste donc dehors, répondit Margaret en posant son magazine. Je viens d'arriver et je n'ai pas vu mon fils depuis des semaines. Lex pourra jouer avec toi un autre jour.

Sash acquiesça et sortit en silence.

— Dieu merci, soupira Margaret.

— Tu aurais pu te montrer un peu plus gentille.

— Je n'ai plus de patience, avec les enfants… Évidemment, si tu en avais un autre, ce serait différent…

Elle n'avait jamais été douée avec les enfants. Et s'était avérée une mère déplorable. Sa sœur et lui avaient grandi seuls. La plupart du temps, leur père était à peine en état de parler. Ce n'était qu'à l'adolescence que Lex avait compris pourquoi son père restait si souvent seul avec sa bouteille et parlait si peu. Il s'animait seulement en présence de Margaret, et encore, il faisait tellement d'efforts pour attirer son attention qu'il en devenait ridicule. Bien sûr, il devait toujours rivaliser avec le dernier amant en date. Lui, le mari barbant. Jamais assez bien. Si petit et faible… Plus tard, Lex avait compris que c'était Margaret qui l'avait transformé. Avant de la rencontrer, son père était sans doute un autre homme.

Lex avait grandi bien déterminé à ne jamais ressembler à son père. Du coup, pendant des années, il avait été comme sa mère – un séducteur, qui entretenait secrètement plusieurs aventures en même temps. C'était le piège hérité de son enfance : la peur de s'attacher, de céder, de crainte de devenir comme son père. Pour l'éviter à tout prix, il s'était concentré sur le défi de la conquête en se constituant au fil du temps une vraie panoplie de séducteur. Mais lorsqu'une femme le regardait de cette façon-là, avec cette lueur dans les yeux, il en avait la chair de poule et fuyait de nouveau, se réfugiant dans une autre relation, un autre lit, un autre corps. Et l'histoire se serait répétée jusqu'à la fin de ses jours sans Jilly.

Margaret adorait Jilly, évidemment. Elle la considérait comme son égale – quelqu'un qu'elle ne pouvait dominer. Jilly était trop sûre d'elle. Et Margaret admirait le style de Jilly, ses goûts sûrs en matière de mode et de design. Jilly s'assurait toujours que Lex était bien habillé, pour que son image soit à la hauteur de sa notoriété. Même si Lex n'y accordait pas plus d'importance que ça, il finançait tout cela avec joie si ces efforts pouvaient rendre Jilly heureuse. Oui, Margaret devait vraiment regretter Jilly et son caractère fort et arrêté.

Ce ne fut qu'à la moitié de leur deuxième bouteille de vin que Margaret entama les hostilités.

— Mon chéri, tu dois vraiment tout me raconter. Je ne supporte pas de ne pas savoir ce que tu fais ici.

Son regard était perçant, ses traits faussement compatissants. L'expression qu'elle utilisait peut-être avec ses amants pour les amadouer. Cette idée donna la nausée à Lex.

— Il n'y a vraiment pas grand-chose à dire, éluda-t-il en remplissant leurs verres de vin.

— Je n'en crois pas un mot. Cela fait presque deux mois que tu es là.

Elle sourit en lui tapotant la main. Il aurait dû se douter qu'elle avait bien préparé son numéro.

— Que se passe-t-il ? demanda-t-elle.

Dans sa voix résonnaient des notes inquisitrices.

— Rien.

— Bon, dans ce cas, combien de temps comptes-tu rester ici ?

— Je ne sais pas.

— Chéri, je comprends que tu aies besoin d'un break, après tout ce qui s'est passé. Mais une fois que tu auras surmonté tout ça, tu pourrais retenter ta chance avec Jilly. Vous pourriez avoir un autre enfant. Jilly veut que tu reviennes, je le sais.

— Maman, quand tu m'as envoyé Jilly, elle m'a bien fait comprendre qu'elle ne voulait plus me voir. Elle m'a parlé de divorce, pas de nouveau départ.

Les traits de sa mère se durcirent.

— Elle ne te respecte plus, pas vrai ?

Lex vida son verre pour ne pas être obligé de la regarder. Sa mère pouvait se montrer si cruelle, parfois…

— Bien, soupira-t-elle. Quel dommage que tu n'aies pas mieux mis sa visite à profit. Tu n'imagines pas le mal que j'ai eu à la convaincre de venir te voir. À l'évidence, j'ai perdu mon temps.

— Je ne vais pas revenir tout de suite, maman.

— Il te reste des choses à faire, ici ? rétorqua-t-elle, les sourcils haussés. Continuer à boire ? À jouer avec les enfants des autres ?

Lex s'efforça d'ignorer ses piques.

— Je pensais chercher du travail.

— Du travail ! s'écria-t-elle d'une voix suraiguë. J'ignorais que ce trou offrait des opportunités aux journalistes.

— Je suis certain que ce n'est pas le cas. Je ferai autre chose.

— Comme quoi ?

— Je ne sais pas. Je pourrais travailler dans une ferme ou je ne sais quoi.

— Quoi ? ! fit-elle en se levant, furieuse, avant de se rasseoir. Oh, ressers-moi du vin. J'ai déjà trop bu pour rentrer chez moi ce soir, autant que je me saoule pour de bon. Mon fils surdiplômé va prendre un boulot de plouc dans une ferme !

Lex remplit son verre.

— Ça va aller, maman. J'ai besoin d'un peu plus de temps.

Le lendemain matin, il rangea ses bagages dans la voiture et la regarda partir. L'écart qui les séparait habituellement s'était encore creusé et ils savaient tous deux qu'elle n'était pas près de revenir le voir.

Lorsqu'il se rendit à Merrigan pour prendre les journaux, Lex demanda à John Watson, le marchand, où il pourrait acheter des jumelles. Il l'avait interrogé à tout hasard. Il serait sans doute obligé de remonter la côte vers une ville plus importante.

— Sam Black en a peut-être dans sa boutique d'articles de pêche, grommela John Watson.

— Il y a une boutique d'articles de pêche, ici ?

— Vous, vous n'êtes visiblement pas un pêcheur.

— Pas encore.

Cela ne fit pas sourire le marchand de journaux.

— Elle se trouve derrière le supermarché, près du dépôt. S'il n'en a pas, il saura au moins où vous envoyer.

Lex remonta la rue, suivit le virage en épingle à cheveux et longea le parking à l'ouest du supermarché. La boutique en question se situait dans un vieux local décrépi caché derrière les bennes à ordures. Pas étonnant qu'il ne l'ait jamais vue. Lorsqu'il ouvrit la porte, une grenouille en plastique coassa au niveau du sol.

L'intérieur était miteux. D'un côté, des cannes à pêche de différentes tailles sortaient de bacs en bois tandis qu'un long comptoir longeait l'autre mur. Un énorme congélateur blanc près de la fenêtre débordait d'appâts surgelés. Accoudé au comptoir, un jeune barbu dépenaillé examinait un moulinet en compagnie d'un petit homme rabougri qui devait être Sam Black. Les deux compagnons se tournèrent un instant vers Lex sans un sourire avant de reporter leur attention sur le moulinet. Après avoir fait mine d'observer les cannes à pêche, Lex s'approcha du comptoir.

— Qu'est-ce que je peux faire pour vous ? demanda Sam Black d'une voix éraillée.

Son regard affecté de strabique, bien que dirigé vers Lex, semblait l'éviter, comme s'il parlait à quelqu'un d'autre. Lex hésita un instant.

Le barbu renifla bruyamment et se racla la gorge.

— Vous êtes sourd ou quoi ? Sam vous a demandé ce que vous vouliez.

— Désolé, répondit Lex, qui s'efforça de ne pas rougir d'irritation. Je cherche une paire de jumelles.

Sam remonta ses lunettes sur son nez, grommela quelque chose et se dirigea d'un pas mal assuré vers l'arrière-boutique.

— Il va voir s'il en a, déclara le jeune homme en triturant le moulinet.

Ses fesses osseuses dépassaient à moitié d'un vieux jean élimé trop large et son dos maigre était un peu voûté. Ses omoplates pointaient sous le tissu fin de son T-shirt délavé. Ses cheveux étaient longs et emmêlés, et il sentait la fumée et la crasse.

— Vous êtes nouveau dans le coin ? lança-t-il, les yeux plissés. Je vous ai déjà vu. Vous conduisez une Volvo, non ? Je vous ai vu à la station-service. C'est moi qui vous ai fait le plein.

Lex se rappelait à présent le jeune homme pieds nus qui l'avait servi d'un air renfrogné sans dire un mot. Lex lui avait souri et l'avait salué d'un signe de tête mais l'autre avait esquivé son regard.

— Je viens d'acheter la maison sur le cap.

— Ah, fit le maigrelet en se grattant la jambe. La maison des Wallace.

Et c'était reparti. On insinuait encore que cette maison n'aurait pas dû tomber entre ses mains. Cette histoire commençait à l'énerver. Dommage qu'il n'ait jamais rencontré un de ces Wallace pour le remettre à sa place. Il n'avait aucune raison de se sentir coupable. Lex fit passer son poids d'un pied sur l'autre en espérant que Sam Black émergerait bientôt des profondeurs de sa réserve. Le jeune type puait et n'arrêtait pas de le fixer comme une bête curieuse. Le moins de temps il passerait près de lui, le mieux cela vaudrait.

— Sam, je reviendrai demain, beugla le maigrichon, avant de tousser des glaires qu'il ravala. Je dois retourner au boulot.

Il ramassa son moulinet, contourna Lex de loin et sortit d'un pas traînant.

Sam Black revint au comptoir en portant trois cartons.

— Qui est-ce ? lui demanda Lex. Il a bien besoin d'une douche, non ?

— C'est Jordi, grogna Sam. Ne faites pas attention à lui. Il n'est pas méchant. Il vit à la dure, c'est tout.

Sam fouilla du regard les trois cartons qu'il avait posés sur le comptoir et Lex sentit le malaise s'accentuer. Il avait espéré que ce vieil homme discuterait avec lui, mais il n'avait visiblement rien à ajouter.

— Je viens d'emménager dans le coin, déclara Lex en se raclant la gorge.

Sam Black loucha vers lui, sans parvenir à le fixer vraiment.

— Je me doute, fit-il. On n'est pas trop habitués aux inconnus, par ici.

Il rebaissa les yeux vers ses vieilles mains noueuses.

— Mais on finira par s'habituer à vous. J'ai entendu dire que vous aviez acheté la maison sur Wallaces Point.

— Oui, à Beryl Harden. Même si, à ce que j'ai compris, c'est un vrai crime.

Sam Black confirma d'un hochement de tête.

— Ça a divisé le village, quand elle a récupéré la maison. Le camp de l'Église contre celui des Wallace.

Voyant que le vieil homme semblait attendre un commentaire, Lex fronça les sourcils et haussa les épaules.

— Bref, fit Sam de sa voix éraillée. J'ai quelques paires de jumelles pour vous. Regardez donc si l'une d'elles vous convient.

Lex choisit une 10 × 40 qu'il paya en liquide.

— Au revoir, Sam, dit-il en sortant. Merci pour votre aide.

Ses pas le ramenèrent au marchand de journaux, où il inspecta le panneau d'affichage pour voir ce qui se passait en ville. Parmi les annonces habituelles de voitures et de meubles d'occasion à vendre, il repéra le numéro de téléphone de quelqu'un qui vendait une planche de surf, une vieille Malibu. Il recopia le numéro sur sa main et traversa la route pour l'appeler de la cabine téléphonique du village.

La femme qui décrocha lui expliqua qu'elle avait confié la planche à John Watson, pour qu'il s'occupe de la vente. Elle appartenait à son mari, qui ne s'en servait plus depuis des années. Son fils l'avait un peu utilisée lorsqu'il avait appris à surfer à l'adolescence, jusqu'à ce qu'il s'achète un modèle plus petit et plus nerveux. Il avait perdu beaucoup trop de temps à surfer alors qu'il aurait dû les aider à la ferme. Et maintenant, le fiston avait filé à la grande ville vers une vie plus palpitante. Alors qu'il était censé reprendre la ferme, c'étaient eux qui faisaient encore tout le boulot, à plus de soixante ans. C'était trop pour eux. Elle devait se débarrasser de la vieille planche, expliqua-t-elle, parce qu'elle se mettait en colère chaque fois que son regard se posait dessus. Les gamins disent qu'il n'y a rien à faire, par ici, ajouta-t-elle d'un ton amer, mais la vérité, c'est que les jeunes de maintenant ne veulent pas travailler. Ils sont fainéants. Ils ne pensent qu'à eux. Elle lui communiqua le prix de la planche, qu'il accepta sans négocier. Cent cinquante dollars, c'était donné pour mettre fin à une conversation dont il ne voulait pas.

Il laissa un chèque au marchand de journaux et enfourna la planche à l'arrière de sa Volvo. John Watson se demandait sans doute pourquoi il ne cherchait pas plutôt un boulot, comme tout adulte responsable l'aurait fait. Lex ne s'attarda pas pour lui expliquer qu'il n'avait pas acheté la planche pour surfer. Il avait juste besoin d'une embarcation qui le conduirait jusqu'aux baleines.

Le vendredi matin, le temps était calme, le ciel dégagé, et Lex sentait dans l'air la chaleur naissante de l'été. Les baleines n'étaient pas loin. Il enfila la combinaison trouvée dans la buanderie et débusqua même une vieille paire de lunettes de plongée et un tuba. La planche sous le bras, il descendit vers la plage.

Posséder une planche de surf lui semblait étrange. Quand il était jeune, le surf était une activité que tous les autres pratiquaient – les mecs branchés, dont les parents possédaient une maison sur la côte. Mais pas lui. Au lycée, ils les entendaient parler de leurs après-midi passés sur les falaises, à écouter de la musique en attendant les vagues. Cela lui avait toujours paru ennuyeux à mourir. À présent, sur la plage, c'était différent. Il posa la planche sur le sable et fit glisser sa main sur les bouts de vieille cire qui y étaient toujours collés. Posséder une planche chargée d'histoire, qui avait eu une vie avant lui, le rassurait un peu. Au moins, la planche, elle, était expérimentée.

Une fois les pieds dans l'eau, il attacha le leash de sa planche à sa cheville. Savoir que la planche ne pourrait pas s'échapper même si une vague le faisait tomber le rassurait. Il la porta dans les vagues, s'enfonçant dans les crêtes. Arrivé suffisamment loin, avec de l'eau jusqu'au torse, il profita d'une pause entre deux vagues pour se glisser à plat ventre sur la planche, et se mit à ramer, plongeant ses bras dans l'eau jusqu'aux coudes et poussant de toutes ses forces. Cela lui procura une sensation géniale de liberté, et la planche semblait étonnamment impatiente d'avancer. Une lame immense commença à se dresser devant lui et il rama comme un fou pour la franchir avant qu'elle ne déferle. La Malibu répondit aussitôt et se glissa par-dessus la crête. Lex sourit. Il pourrait finir par y prendre goût.

Au bout de cinquante mètres, il s'arrêta afin de regarder tout autour de lui. Comme il ne voyait pas grand-chose allongé sur le ventre, il se redressa pour s'asseoir et scruta les vagues. Il avait vu un groupe de baleines par ici, un peu plus tôt, quatre, peut-être cinq individus, qui nageaient lentement vers le cap. Elles n'étaient plus nulle part en vue.

Assis sur la planche, il sentit le courant le ramener vers la côte. Il se remit sur le ventre, rama vers le large, sur cinquante mètres, encore une fois, puis se rassit pour scruter de nouveau les vagues. Cinq minutes passèrent, peut-être même dix, puis il vit un jet s'élever plus loin. C'était son jour de chance. Les baleines, qui continuaient leur lente avancée, étaient encore près de Wallaces Point. Il se laissa tomber à plat ventre et recommença à ramer, droit vers elles. Il agissait d'instinct. Il n'avait vraiment aucune idée de ce qu'il allait faire. Son plan, acheter une planche et arriver jusque-là, n'allait pas plus loin.

Encore cinquante mètres et il s'arrêta de nouveau, enfila les lunettes et se glissa dans l'eau. Il ne savait pas à quel point il était proche d'elles, ni même s'il verrait quoi que ce soit, et son cœur palpitait d'excitation. L'eau, d'un vert-bleu profond, plus claire à la surface, était criblée de rayons de soleil. Il aurait pu se croire dans un autre monde.

Il regarda autour de lui. Au début, il n'entendit rien à part le bruit assourdi de sa respiration dans le tuba et le clapotis de l'eau et, chaque fois que la planche lui cognait la tête, cela produisait un claquement mat. Vint alors un son, un gémissement creux, qui descendait dans les graves avant de remonter dans les aigus, puis de redescendre. Plusieurs notes suivirent, l'une glissant sur l'autre, montant et descendant comme un arpège. Le chant des baleines. Abasourdi, Lex s'accrocha à sa planche, envahi par des vagues de frissons. Il avait de la compagnie, tout près. C'était une expérience formidable, une leçon d'humilité bouleversante.

Il ressortit la tête de l'eau pour tenter de les repérer. Deux ou trois minutes passèrent avant qu'un jet ne monte vers le ciel, à une centaine de mètres au large, souffle de vapeur en forme de V dominant la surface de la mer. Tout excité, Lex se hissa de nouveau sur sa planche et se dirigea vers le jet, plus lentement, à présent, plongeant doucement les mains dans les vagues. Il s'arrêta peu après. Il était trop difficile d'évaluer la distance, en mer, et il ne savait pas vraiment où se trouvaient les baleines. Soudain, sous lui, juste en dessous de la planche, une ombre massive se glissa dans les profondeurs. Une plainte monta dans l'eau puis, quarante mètres plus loin, un dos lisse et noir ondula à la surface et cracha un jet de gouttelettes dans un grognement explosif.

123

Lex gémit et son cœur fit un bond, quelque part entre la jubilation et la terreur. Mais il ne pouvait pas s'arrêter là. Il s'approcha encore puis descendit en vitesse de la planche et remit la tête dans l'eau. Dans la lumière verte et aquatique, il voyait les silhouettes de trois baleines à bosse qui fendaient doucement la brume marine. Elles étaient énormes et pourtant gracieuses. Comme si elles glissaient au lieu de nager. Près de l'une d'elles, une ombre plus petite, un baleineau collé tout contre le flanc de sa mère. Elles passèrent sous lui, roulant langoureusement sur le flanc, tournant doucement, revenant au point de départ. Il distinguait les formes pointues de leur tête, le lent mouvement de leurs longues nageoires pectorales, les tubercules qui crénelaient leur tête et leurs nageoires, le blanc étonnant de leur ventre, les longs sillons qui marquaient leur gorge.

Il se demanda si elles savaient qu'il était là, si elles l'observaient. Évidemment qu'elles le savaient. C'était leur monde, et lui l'intrus. Le cœur battant, il comprit qu'il avait peut-être fait une folie en les suivant jusque-là, en les approchant de si près. Elles pouvaient facilement le faire tomber de sa planche. Le tuer d'un coup de leur énorme queue. Pourtant, il n'arrivait pas à partir. Il était fasciné par ce qu'il voyait, la grâce de leurs corps immenses suspendus dans le bleu, tachetés par la lumière changeante des rayons de soleil.

Son cœur se serra soudain. Une baleine s'était séparée du groupe et nageait lentement vers lui, à environ vingt mètres sous lui. L'animal colossal roula sur le côté, lui montrant un instant sa gorge et son ventre blancs, et Lex fut surpris de voir qu'un œil le fixait, étonnamment petit. Puis la baleine roula de nouveau, glissant dans les profondeurs, et se dirigea vers son groupe. Un chapelet de gémissements graves s'ensuivit, résonnant dans l'eau. Lex était subjugué, mais il savait qu'il devait partir. Les baleines lui avaient donné un peu de temps, et il était peut-être trop près du baleineau.

Évitant d'agiter trop brutalement ses palmes, il se hissa sur sa planche et s'éloigna lentement.

Sur la plage, il s'agenouilla dans le sable, bouleversé. Les larmes vinrent ; il s'allongea sur la Malibu, pleurant comme s'il ne devait jamais s'arrêter. Il était en proie à des sensations contradictoires – la joie, la peine, la peur, l'hystérie – auxquelles il s'abandonna, laissant ces vagues d'émotions déferler sur lui, en lui, jusqu'à ce que, enfin, épuisé, il roule sur le dos, sur la surface implacablement dure de la planche, pour regarder le ciel. Il venait de vivre l'un des moments les plus forts de sa vie. Comment était-ce possible, s'étonna-t-il, alors que, tout récemment encore, il était au fond du trou ?

En se relevant, il vit que Sash l'observait, assise sur les rochers, et, en haut des falaises, il reconnut la silhouette de Sally, qui baissait les yeux. Comme il avait levé la tête vers elle, Sash courut dans le sable jusqu'à lui. Elle était petite, pâle, inquiète.

— Je t'ai vu, dit-elle.

Lex se sentait vidé, incapable de communiquer.

— Qu'as-tu vu ? parvint-il à articuler.

— Je t'ai vu nager avec les baleines.

Elle le dévisageait d'un air émerveillé, comme s'il venait d'accomplir un miracle.

— Oui.
— Et ensuite t'es revenu, et t'es resté allongé là sur la planche de surf pendant longtemps.
— Oui.
— Tu pleurais ?
— Oui.

Sash le gratifia d'un regard qui ne semblait pas de son âge. Elle lui prit la main.

— Tu es spécial. Je n'ai jamais vu personne nager avec les baleines.

Lex se tourna vers le large, où il voyait encore les jets des baleines qui contournaient la pointe.

— Elles t'ont laissé faire, pas vrai ? Enfin, elles n'étaient pas obligées, hein ?
— Non.

Son sourire fut comme un rayon de soleil subit.

— Elles t'aiment bien. Comme moi.

Lex lui passa la main dans les cheveux. Ils étaient doux et chauds. Elle sourit de nouveau et ils remontèrent ensemble le chemin de la plage.

9

Samedi, nouveau marché. Assise derrière son stand, Callista était nerveuse et déphasée. À cause de la peinture de l'huîtrier, de la venue, ou non, de Lex. Par chance, les tableaux partaient bien, ce matin-là, mais, entre renseigner les clients et chercher sa monnaie, cela ne lui avait pas laissé beaucoup d'occasions de le guetter dans les allées. À la fin de la matinée, elle finit par se dire qu'il ne viendrait pas.

Alors qu'elle cherchait une nouvelle fois son visage dans la foule, son regard percuta celui du guitareux et elle fut choquée par son audace croissante. Tout en jouant, il remuait les hanches, le sourire en coin, sans cesser de la reluquer. Aucune subtilité. Elle se força à garder une expression neutre et se détourna. Les bras croisés en un geste protecteur sur sa poitrine, elle reprit sa vigie.

Elle l'aperçut enfin dans la foule. Pas de chance. Il avait dû la repérer en premier. Elle le vit disparaître derrière un stand puis reparaître devant l'étal de l'Église. Il venait vers elle tout en s'arrêtant de temps en temps devant les exposants. Leurs regards faillirent se croiser mais il tourna la tête au dernier moment. Tant mieux. Le cœur de Callista palpitait. Elle savait qu'il la cherchait. Elle eut tout juste le temps de déplacer quelques peintures de parasols afin de mettre l'huîtrier en évidence. Lorsqu'elle reconnut la forme de ses épaules, qui se glissaient entre les stands pour venir jusqu'à elle, des picotements lui envahirent les mains et le cœur.

— Les affaires ont bien marché aujourd'hui, on dirait ? lança-t-il.

Sa voix, au timbre riche, doux et tendre, n'était destinée qu'à elle seule.

— Vous m'observiez ?

Le sourire qui se dessina progressivement sur ses lèvres désarma Callista.

— Il faut toujours regarder la météo avant de partir en mer.

— Je n'aime pas qu'on m'épie.

— C'est un bon jour pour vous, dit-il.

Il recula d'un pas pour examiner ses travaux.

— Celui-là est différent, déclara-t-il aussitôt en s'approchant de l'huîtrier.

Il le souleva et jeta un coup d'œil vers elle.

— Il est pour moi ?

Elle ne s'était pas attendue à ce qu'il se montre si direct. Sa question la prit de court.

— Il est pour moi, n'est-ce pas ? insista-t-il.

— Je ne sais pas encore si je vais vous le vendre, répliqua-t-elle dans un accès d'effronterie.

— Mais si, protesta-t-il. Je le veux.

Elle haussa les sourcils et répondit :

— Ce n'est pas aussi simple que ça.

Le visage de Lex se ferma aussitôt.

— Oui, j'imagine, dit-il en s'éloignant. Je vais y réfléchir.

Il était déjà parti, indéchiffrable, noyé dans une marée humaine. Callista s'assit, le cœur battant. Elle s'inquiétait, en proie au doute. Et s'il ne revenait pas ? Elle aurait tout gâché.

Une longue demi-heure s'égrena. Elle vendit quelques peintures de plus, consulta sa montre plusieurs fois, repoussa les avances du type répugnant à la guitare greffée au torse, tria sa monnaie, but quelques gorgées d'eau. L'excitation était retombée. Elle échangeait billets et pièces avec une vieille dame dans un cardigan bleu lorsqu'un hot dog apparut dans sa main. La saucisse, noyée dans la sauce tomate, pendouillait de chaque côté du morceau de pain.

— Merci, mais je suis végétarienne, dit-elle.

— Il n'y a pas beaucoup de viande, là-dedans.

L'éclat de rire soudain de Lex sembla jaillir du fond de son être. Il les ébranla tous deux et fit même tourner quelques têtes. Callista tenta d'éviter son regard, elle le sentait trop près d'elle, qui l'observait tout en mordant dans le hot dog. Il portait un jean moulant. Ça lui allait bien. Sa chemise, qu'il n'avait pas rentrée dans son pantalon, dissimulait sa bedaine.

— Combien, pour l'huîtrier ? demanda-t-il en s'adossant à un chevalet, sur le côté de son stand.

— Il n'est pas à vendre.

Le visage de Lex se ferma de nouveau et il s'éloigna d'un pas. Le cœur de Callista s'emballa lorsqu'il croisa les bras.

— C'est cadeau, ajouta-t-elle. Prenez-le. Et j'ai aussi l'autre, pour vous. J'ai réparé le cadre.

129

Elle sortit la peinture de sous la table à tréteaux.

Le regard de Lex était plus perçant que dans son souvenir, très direct, sans aucune trace de timidité. Il s'était de nouveau ouvert à elle. Callista le voyait à ses épaules soudain relâchées et au geste détendu qu'il fit pour attraper les lunettes de soleil juchées dans ses cheveux clairs. Elle devrait se montrer prudente avec lui – il était plus fragile qu'elle ne le pensait. Le sourire qui lui illuminait à présent le visage lui fit l'effet d'un feu de joie, jusqu'à ce qu'il l'interrompe en baissant ses lunettes sur ses yeux.

— Je peux vous offrir un café, après ? s'enhardit-elle.

— Après que j'ai fini votre hot dog, vous voulez dire ? Ou après le départ de la foule ?

— L'un ou l'autre.

— Vous voulez que je reste dans le coin pour vous tenir compagnie ?

Est-ce que c'était du culot ou de l'arrogance ? Callista n'aurait su dire. Le risque existait, mais elle était obligée de le prendre.

— Je vais remballer tout de suite, annonça-t-elle en commençant à ramasser ses peintures. J'en ai assez d'être polie avec les clients.

— Vous n'avez pas été très polie en refusant le hot dog, la taquina-t-il en l'aidant à placer les tableaux dans les cartons. Il était délicieux.

— Pour moi, ça ressemblait juste à un truc mort, rétorqua-t-elle en hissant un carton à l'arrière du Combi.

Lex porta une caisse pour l'aider. Il démonta ensuite la table à tréteaux pendant qu'elle pliait les nappes. On aurait dit qu'ils avaient l'habitude de coopérer.

Ensuite, elle ferma la portière latérale du Combi. Lex s'était déjà hissé sur le siège passager sans attendre d'y être invité. C'était une intrusion, qu'elle ne releva pas. Elle grimpa derrière le volant, à côté de lui, le cœur en fête.

— Vous feriez mieux de me dire qui vous êtes avant que nous partions vers le soleil couchant, déclara-t-il. Comme ça, je saurai que je ne suis pas en train de me faire kidnapper.

— Je m'appelle Callista. Callista Bennet.

L'atmosphère changea lorsqu'ils entrèrent dans la rue principale et Callista n'était pas certaine de comprendre pourquoi. Lex parut soudain un peu tendu.

— Je ne suis pas sûr de vouloir aller au café, dit-il.

Son regard était neutre et Callista comprit qu'il se refermait, effrayé. Elle devrait s'efforcer de ne pas lui mettre la pression.

— Il reste du café dans ma Thermos, répondit-elle. On pourrait aller s'asseoir au bord de la rivière.

— Ça marche.

Il fit descendre la vitre et s'accouda à la portière, le plus loin possible d'elle. Callista s'engagea dans une rue secondaire et se gara dans un petit parking dominant la rivière. Ce jour-là, le cours d'eau, large et bleu, reflétait le ciel printanier dégagé. Ils s'assirent sur un banc, la Thermos entre eux, et Callista remplit deux tasses en plastique.

— C'est du café noir, malheureusement. Je n'ai pas de lait.

— C'est très bien.

Il porta la tasse à ses lèvres et sirota le café.

— Vous êtes installé dans le coin ? demanda-t-elle.

Il tint la tasse entre ses deux mains et fixa la rivière.

— Pour quelque temps.

— La région est chouette. J'espère que ça vous plaira. Il y a plein de choses à voir. Pas trop de touristes. C'est calme.

— Oui. J'aime être tranquille.

Callista éclata de rire et le bruit la surprit – on aurait dit une clochette.

— Vous m'avez plutôt l'air du genre à avoir une vie trépidante.

Il esquissa un sourire puis son expression s'assombrit.

— Pas récemment. Mais je m'en remettrai.

Il semblait si malheureux... Elle le regarda boire son café. Il ne dit rien.

Peu après, il secoua la tête.

— Je n'aurais pas dû vous obliger à fermer boutique. Vous allez perdre de l'argent à cause de moi.

— Aucun problème. C'est moi qui ai décidé de tout remballer.

Ils restèrent silencieux un instant, pendant que la rivière impassible continuait à couler devant eux.

— C'est un endroit étrange, pour s'installer, retenta Callista. Il y règne une mentalité étriquée de villageois. Mais vous finirez par vous faire quelques relations.

— Je ne sais pas si je vais rester longtemps.

— Vous louez une maison par ici ?

— J'ai investi dans un bien immobilier. J'ai eu envie d'y habiter un moment. Pour me familiariser avec la maison.

— Eh bien, moi, je suis un pur produit local. Si vous voulez, je pourrais vous faire visiter la région, un jour. Il y a de jolis coins sur la côte qui sont durs à trouver quand on n'est pas d'ici.

Il la regarda pour la première fois depuis qu'ils s'étaient assis.

— Et qu'est-ce que vous faites, dans la vie ? demanda-t-il.

— Vous l'avez vu. Je peins. Mes toiles marines me permettent de vivre. L'été, je gagne suffisamment d'argent pour payer le loyer du reste de l'année.

— Et le reste de l'année, vous vous occupez comment ?

— Je peins d'autres choses. Si je suis d'humeur. Ou je ne fais rien – j'attends juste l'inspiration.

— Rien ?

Elle haussa les épaules. C'était dur à expliquer. Personne ne la comprenait, sauf Jordi.

— Je marche sur les plages. Je m'imprègne de l'atmosphère. J'observe la lumière. Si je vois quelque chose de spécial, je le peins.

Lex l'écoutait avec intérêt.

— Je n'ai pas du tout la bosse de l'art.

— La bosse de l'art ? reprit-elle dans un éclat de rire. L'art vient plutôt du cœur. Et de l'esprit. Ça se ressent.

— Je suis perdu pour la cause, dans ce cas. Je n'ai pas de cœur non plus.

Il s'interrompit comme s'il était à bout de souffle. Callista le regarda boire son café d'un trait.

— Il faut que j'y aille, déclara-t-il en se levant. Merci pour le café.

Elle le salua d'un signe de la main sans se lever.

— À plus tard.

Il s'éloigna dans la direction du marché, les mains dans les poches. Si on ne pouvait pas parler d'une conversation à cœur ouvert, c'était un bon début. Il s'intéressait à elle. Et Jordi avait raison. Il lui faudrait la patience de la vipère de la mort.

Callista ne pouvait s'empêcher de penser à Lex. À croire qu'il avait envahi son esprit. Elle rentra chez elle folle de joie, en chantant aussi fort que faux, profitant des bourrasques qui entraient par la vitre ouverte. Cette nuit-là, elle s'éveilla en pensant à lui, en essayant de se souvenir du bleu de ses yeux, et en frissonnant chaque fois qu'elle se rappelait son sourire. Elle devrait se montrer prudente, sinon il deviendrait une véritable obsession. Et les obsessions n'étaient pas bonnes pour sa santé, sauf lorsqu'elle travaillait sur un tableau stimulant, quelque chose qui nécessitait une détermination et une inspiration constantes.

Elle devait bien l'avouer, elle craquait pour lui. Réaction puérile et pathétique, mais follement excitante. Et elle se disait qu'une pointe de folie ne pourrait lui faire de mal. Tant qu'elle la gardait sous contrôle et qu'elle n'oubliait pas que la réalité n'accorde que rarement ce que promettent les rêves. À quoi bon vivre si elle ne pouvait même plus se permettre un petit fantasme excitant ? Elle papillonna dans sa maison au creux du vallon en fredonnant, en chantant, en peignant, et commença à se demander comment elle pouvait s'arranger pour le revoir.

Le problème, c'était de trouver un moyen de croiser sa route sans qu'il ait l'impression qu'elle le traquait. Par exemple, elle ne pouvait pas débarquer chez lui, sur le cap, parce qu'elle n'était même pas censée savoir où il habitait. Sue lui avait dit qu'il ne passait pas souvent en ville, alors elle avait peu de chance de l'y rencontrer par hasard, et puis elle n'allait pas perdre son temps à traîner sans cesse dans le bourg. Pour finir, la seule stratégie – pathétique – qu'elle trouva, ce fut de supplier Jordi de l'appeler depuis la station-service s'il voyait passer la Volvo.

Elle attendit son coup de fil pendant des jours. Puis il l'appela enfin. Elle était en plein milieu d'un tableau – un abri à bateaux – lorsque le téléphone sonna. Elle savait, avant même de décrocher, que c'était Jordi.

Callista jeta ses pinceaux dans l'évier et courut vers le Combi. Elle venait d'entrer en ville lorsqu'elle se rendit compte qu'elle avait oublié ses sandales. Bon, il la verrait au naturel – les pieds nus, les doigts pleins de peinture.

Lorsqu'elle ralentit dans la rue principale, elle se dit qu'elle était dans un bon jour. Le samedi, quand ce n'était pas jour de marché, un barbecue géant avait lieu en ville. C'était un événement organisé par Henry Beck afin de lever des fonds pour l'Église. Bien sûr, Lex pourrait vouloir éviter l'agitation. Mais, s'il comptait aller boire un café chez Sue, il n'y échapperait pas.

Callista se gara dans une ruelle et passa devant le marchand de journaux. John Watson avait toujours un présentoir rempli de livres de poche devant sa boutique, et elle fit mine de s'y arrêter un instant. Il y avait foule, sur le trottoir devant la boucherie. Mrs Dowling beurrait les petits pains. Mrs Jensen encaissait l'argent. Helen Beck s'occupait de la viande. Henry, lui, distribuait solennellement ses hot dogs tel Jésus-Christ multipliant les pains. À l'intérieur de la boucherie, Callista vit que Jake Melling, le commis, était en train de servir un client.

Alors qu'elle feignait d'être absorbée par sa lecture, Callista entendit Henry critiquer Helen car elle tournait les saucisses trop souvent à son goût. C'était vraiment un truc de bonne femme, disait-il, de triturer la viande sans arrêt. Pourquoi fallait-il que les femmes se mêlent sans cesse de tout ? Mrs Jensen garda un silence pincé – ce qui ne devait pas être facile pour quelqu'un de si franc – tandis que Henry ne cessait de jeter des coups d'œil furieux par-dessus l'épaule de la fragile Helen, qui semblait sur le point de pleurer. Il ne la laissait donc jamais tranquille ?

Callista venait de prendre un autre livre qu'elle feuilletait vaguement lorsque Rick Molloy, l'ami de Jordi, apparut au coin de la rue.

— Salut, Callista. Qu'est-ce que tu viens faire de beau en ville ?

— Je flâne.

— Arrête, Callie, répondit-il avec un sourire en coin. La flânerie, c'est pas ton truc.

— Aujourd'hui, si.

Elle repéra soudain Lex devant le café de Sue.

— Vite, fit-elle en traînant Rick chez le marchand de journaux, devant les magazines. Choisis quelque chose, murmura-t-elle. Je te le paie.

— Callie, tu perds la tête. Tu n'as pas les moyens de m'offrir un magazine.

— Fais ce que je te dis et tais-toi. Essaie d'avoir l'air normal.

Elle lui fourra cinq dollars dans la main.

— Qu'est-ce que c'est que ça ?

— Un pot-de-vin pour que tu la fermes.

Rick referma les doigts autour du billet en souriant.

— Qui est-ce que tu cherches ?

— Tu connais pas. Maintenant, tais-toi et prends un truc à lire. Je dois y aller.

Elle jaillit hors de la boutique juste à temps. Lex s'éloignait du barbecue, un hot dog à la main, et avançait droit vers elle, tête basse. Callista remarqua qu'Helen le suivait du regard. Elle se demandait ce qui s'était passé quand John Watson vint se poster dans l'embrasure de la porte de sa boutique pour l'observer. Bon. Elle s'en moquait. Tant pis si elle se donnait en spectacle.

— Lex ! fit-elle en lui barrant la route. Comment ça va ?

Il leva les yeux, étonné.

— Mmm. Vous me surprenez encore avec un hot dog, dit-il avant de marquer une pause. Vous en voulez un ? Ah, non, c'est vrai, vous êtes végétarienne. Jamais de viande.

Callista lui emboîta le pas et ils s'éloignèrent du barbecue et du marchand de journaux. Elle jeta un coup d'œil en arrière. Helen les fixait toujours.

— Est-ce qu'Helen vous a invité à la messe ?

— Comment avez-vous deviné ?

— J'espère que vous aviez une réponse toute prête.
— Je commence à manquer de bonnes excuses.
— Dites-lui juste que vous êtes athée. Ça marche à tous les coups.

Lex la fixa d'un air intrigué tout en mordant dans son sandwich.

— Au fait, reprit-elle. Vous avez oublié vos tableaux, l'autre jour. L'huîtrier, c'était un cadeau. C'est mal poli, d'oublier un cadeau.

Il la dévisagea un instant sans comprendre.

— Mais oui, c'est vrai. Quel étourdi !
— Je vois que je vous ai fait une forte impression, rit-elle. Est-ce que vous vous souvenez au moins de mon prénom ?
— Je me rappelle qu'il n'est pas commun.
— Callista.
— Voilà, c'est ça.
— Alors, quoi de neuf ?

Il avait meilleure mine que la dernière fois. Son visage, plus bronzé, paraissait plus détendu.

— Les baleines sont en pleine migration, répondit-il. C'est incroyable.
— Ce sont des créatures formidables, non ? On en voit plein, en ce moment. Leur population augmente vraiment.
— Je les ai entendues chanter, une fois. Au large du cap. Incroyable. Je ne savais pas qu'elles chantaient.
— Seuls les mâles en sont capables. Le plus souvent, on les entend dans les zones de reproduction. Elles ne sont pas nombreuses à chanter pendant la migration. C'est plutôt rare.

Elle avait piqué sa curiosité.

— Vous semblez en connaître un rayon, sur les baleines.

— On est sur la côte sud, expliqua-t-elle. On ne peut pas vivre ici sans apprendre quelques trucs sur elles.

Elle se tut et il remarqua ses pieds nus.

— Vous avez perdu vos chaussures ? s'enquit-il.

— Je les ai oubliées. J'en porte rarement. Ça me permet de rester en contact avec la terre.

Il sourit et lança :

— Ça marche bien, on dirait.

Callista, consternée, remarqua pour la première fois la terre entre ses doigts de pied. Lex avait presque fini son hot dog. Elle n'avait plus beaucoup de temps devant elle.

— Vous habitez où, déjà ? lança-t-elle.

— Sur le cap, à Wallaces Point.

— Ah. Pas étonnant que vous voyiez des baleines.

Lex acquiesça et sembla un instant se perdre dans ses pensées. Il avait l'expression désespérée d'un petit garçon qui ne retrouve plus sa mère.

— Maintenant, vous allez être obligé de venir déjeuner chez moi pour prendre vos peintures, déclara-t-elle. J'habite en dehors de la ville, mais le cadre est chouette. C'est un peu différent de ce à quoi vous êtes habitué. Je vis dans le bush.

— Je ne sais pas trop quand je pourrais venir.

— Pourquoi pas demain ? Sauf si vous allez à la messe, évidemment.

Elle lui offrit son sourire le plus franc, le plus joyeux, et il craqua.

Deuxième partie
Turbulences

10

Après avoir roulé vingt minutes vers le sud, Lex sortit vers l'ouest et s'engagea sur un chemin de terre qui serpentait le long d'un ravin puis remontait rapidement pour suivre une colline poussiéreuse semée d'arbres au tronc terreux. Le portail de Callista disparaissait à moitié sous les broussailles et son allée n'était guère plus qu'un sentier bosselé. Il suivit la crête, bordée d'eucalyptus dégingandés, avant de tourner brusquement pour descendre à flanc de colline, plongeant à travers des bosquets d'acacias et de manukas.

Le pied plaqué à la pédale de freins, Lex fit descendre sa Volvo, qui était secouée tous les vingt mètres au passage des caniveaux. Les deux bouteilles de vin posées au sol roulaient et tintaient tant qu'il dut s'arrêter pour les caler sur le siège passager.

Au pied de la colline, dans un vallon, le chemin quittait les broussailles pour aborder une zone de prairie. Voyant le Combi de Callista garé sur la droite, près du bassin de retenue des eaux pluviales, il se mit à côté, ses mains moites sur le volant. Il était nerveux. Depuis le siège passager, les bouteilles de vin lui souriaient. Il devrait faire attention à ne pas boire trop vite.

Tandis qu'il longeait le bassin, une bouteille dans chaque main, il vit Callista lui faire signe depuis la terrasse. Elle vint à sa rencontre sur la pelouse coupée ras qui entourait sa maison et jeta un coup d'œil vers le vin.

— On a déjà soif ?

— Je ne savais pas trop quoi apporter.

— C'est une très bonne idée. Surtout s'il est en bouteille. Chez moi, on trouve plutôt des cubis en plastique. Budget d'artiste oblige.

Elle tendit les mains vers les bouteilles et les prit juste en dessous de ses doigts, sans le toucher, Dieu merci. Lex leva les yeux vers la maison et admira ses lignes simples et ses larges fenêtres sans rideaux. Des carillons de plusieurs tailles tintaient dans le vent. Il jeta un coup d'œil en contrebas, dans le vallon, et sentit sur sa peau l'étreinte tiède de l'air moite, l'humidité ambiante.

— C'est une maison sans prétention, déclara Callista. Mais ça me plaît, ici.

— C'est calme.

— Vous, vous êtes habitué à la mer.

Elle souriait, et ses yeux bruns brillaient d'un air encourageant et chaleureux au milieu de son visage rond. Lex remarqua une fossette qui se creusait par intermittence en haut de sa joue gauche.

— Ce n'est plus calme du tout lorsque les cigales s'y mettent, en été, reprit-elle. On a l'impression que tout palpite.

Elle monta sur la terrasse et désigna un fauteuil élimé.

— Asseyez-vous. Il est confortable, malgré son grand âge. Est-ce qu'on débouche une bouteille ?

Lex hocha la tête et s'installa dans le fauteuil, bien content de la laisser piloter la conversation. Entre ses palpitations et la sueur qui lui picotait horriblement les aisselles, il ne trouvait rien à dire. Il y avait des années qu'une femme ne l'avait pas rendu aussi nerveux. Il balaya la terrasse du regard puis le vallon, où de petits oiseaux voletaient. Au cœur de la végétation luxuriante, un autre oiseau entonna un *houp-houp-houp* régulier.

Callista ressortit avec deux verres de vin et un sourire qui lui fit chavirer le cœur. Elle lui tendit un verre et posa le sien sur une petite table entre les deux fauteuils puis retourna à l'intérieur. Il regarda sa jupe violette claquer autour de ses jambes et admira sa taille fine. Elle était pieds nus, évidemment. La bouche sèche, il attrapa son verre et savoura le frais soulagement qu'il distilla dans sa gorge.

Sur un plateau, elle apporta du fromage, des crackers et un bol d'hoummous, puis s'assit près de lui et contempla la végétation.

— Vous savez, je ne me lasse jamais de la vue, dit-elle. J'aime la façon dont la lumière change sur les arbres au cours de la journée. Les ombres, les taches de lumière, les nuances de vert, tout est toujours différent.

Son rire cristallin évoquait ses carillons.

Le souffle coupé, Lex cherchait toujours quelque chose à dire. Il leva son verre et remarqua la condensation provoquée par le vin frais, lécha une goutte sans y réfléchir. Puis il sentit sur lui le poids de son regard.

— Qu'est-ce que vous faites, dans la vie ? lui demanda-t-elle.

— Rien, pour le moment. Je prends un peu de recul.

— Sur la vie ?

— On peut dire ça comme ça.

L'expression de Callista était très douce. Lex prit une nouvelle gorgée de vin et s'arracha à son regard.

— Vous allez rester ici longtemps ?

— Je ne sais pas, dit-il en détournant les yeux.

Une réponse positive pourrait signifier une sorte d'engagement. Elle le scrutait, comme si en observant son visage elle pourrait savoir qui il était.

— J'imagine que je vais devoir me trouver un travail bientôt. Si je reste. Des suggestions ?

— Il n'y a pas grand-chose, par ici. Vous savez… c'est une économie rurale. On galère, Jordi et moi.

— Jordi ?

Lex se souvint du grand type crasseux dans la boutique de Sam Black.

— Mon frère.

— Je crois que je l'ai déjà croisé. En ville, à la pompe à essence.

— Mon frère est un type compliqué, dit-elle, sourcils froncés. Il vit dans le bush. Il s'y sent à sa place. Il déteste la station-service.

Elle remplit le verre vide de Lex et fit remonter le niveau du sien. Ils restèrent un moment assis en silence, à observer le bush frémir de temps en temps dans le vent. Des mérions superbes sautillaient et pépiaient autour d'un bouquet de lantanas au bord du ravin. Les carillons tintaient par intermittence.

— Oh !

Callista sursauta comme si elle s'était assoupie. Il était si ennuyeux que ça ?

— Je ferais mieux de jeter un œil sur le repas. J'espère qu'il n'a pas brûlé.

Il se leva pour la suivre par la porte-fenêtre coulissante. Il faisait frais et sombre, à l'intérieur. La versatilité du bush pénétrait jusque-là. Une petite table carrée occupait l'entrée et la cuisine était un assemblage de fortune, avec un petit évier et des plans de travail en bois brut. Sous les plans, de la vaisselle dépareillée s'entassait en piles inégales sur des étagères. Lex se glissa prudemment entre la table et le mur et gagna un salon étroit où deux larges fauteuils élimés tournaient leurs dos décolorés aux fenêtres. Une vieille chaîne hi-fi avait été casée sous l'escalier, près de plusieurs tableaux rangés les uns contre les autres.

— Ça vous embête si je jette un œil ?

— Non, je ne crois pas, répondit-elle dans un haussement d'épaules.

Il s'accroupit pour regarder les peintures dans la lumière diffuse. La première représentait un chaos d'arbres et d'écorce, bleu et brun, une forêt dense. Il appréciait les formes folles des branches et les éclats d'écorce arrachés par le vent.

— Cette forêt n'est pas dans le coin, pas vrai ?

— Non. Dans les montagnes. C'est plus sec, là-haut, plus sauvage.

Elle s'éloigna du four pour s'approcher de lui, une manique couvrant sa main gauche.

— Je vous y emmènerai, un jour.

Lex plaça prudemment la peinture sur le côté. La suivante était sombre, frappante, un visage tordu, tout en dents et en yeux larmoyants, déformé et irrégulier.

— Qu'est-ce que c'est ? demanda-t-il.

Elle le rangea en vitesse.

— Autoportrait fait dans un mauvais jour.

Elle passa en revue les autres tableaux devant lui : une plage assaillie par des vagues écumantes, un ciel nuageux découpé par le V d'une nuée d'oiseaux, d'autres forêts, toutes différentes, des œuvres follement excitantes où dansaient des couleurs vives, puis un portrait de Jordi. C'était une peinture saisissante.

— Il n'a pas l'air heureux, si ? fit Lex.

Callista examina longuement la toile, d'un air si triste que Lex regrettait sa question.

— Il a connu des temps difficiles, dit-elle.

Dans la pénombre, il vit son expression peinée.

— Il était très jeune, alors, ajouta-t-elle, comme pour elle-même. Il devait avoir vingt ans. Il a traversé des épreuves que personne ne devrait connaître.

Elle rangea la peinture puis s'immobilisa un instant, déroutée, avant de reprendre pied.

— Je crois que je vais servir. La quiche est prête.

Pendant que Callista s'affairait en cuisine, Lex resta près de la chaîne hi-fi, mal à l'aise. Il vit une autre peinture appuyée contre le mur, sous l'escalier. Machinalement, il se pencha pour l'attraper et la posa sur les bras de l'un des fauteuils, qu'un rayon de soleil éclairait.

C'était une plage – une vue panoramique des fonds ensablés sous une mer calme en début de soirée, quand la lumière se tamise. Le ciel était un camaïeu de roses subtils qui se dégradaient vers le mauve, le violet puis le bleu marine juste au-dessus de l'eau argentée. Le disque blanc excentré de la lune était suspendu au-dessus de la mer calme. C'était un tableau paisible. Lex sirota son vin, plongé dans la tranquillité de la peinture.

— Vous devriez l'accrocher, celui-ci, dit-il. Pourquoi est-il caché ?

Dans la cuisine, Callista grimaça avant de se forcer à afficher une expression sereine.

— Je n'avais pas vu que vous aviez trouvé celui-là aussi, dit-elle.

— Désolé.

— Pas grave. Vous voulez bien le ranger ? Le repas est prêt.

Elle emporta les assiettes sur la terrasse.

Ils mangèrent en silence, seulement perturbé par le tintement de leurs couverts sur leurs assiettes.

— J'ai connu une période difficile juste après avoir fini ce tableau, finit-elle par expliquer en posant sa fourchette pour le regarder. Je vends ou je donne la plupart de mes travaux, mais je n'arrive pas à me séparer de celui-là. C'est bête. Il se vendrait sans problème. Sauf que, comment dire... m'en séparer reviendrait à me séparer d'une part de moi-même, et je ne suis pas encore prête à le laisser partir.

— Vous n'avez pas besoin de vous justifier.

— Je sais. Mais j'en avais envie.

Le vent fit tinter les carillons.

Le déjeuner déborda sur l'après-midi. Ils parlèrent un peu, burent, observèrent le vallon, parlèrent encore un peu. Lex n'arrivait pas à la cerner. Il avait l'impression qu'ils se surveillaient l'un l'autre, hésitants, presque nerveux. Il restait sur ses gardes, tiraillé entre l'attraction et la peur. Il gardait ses distances, contrôlant le nombre de verres de vin qu'il buvait, choisissant ses mots. Il avait changé. Avant, il était audacieux et entreprenant, avec les femmes.

La deuxième bouteille descendit tranquillement, rouge et tiède, dans une ambiance plus intime. Il y eut une pause dans leur conversation, un long silence, et l'atmosphère agréable dans laquelle ils baignaient depuis le début se chargea d'électricité. Soudainement. Ils se regardaient, se détournaient. Le cœur de Lex palpitait de nouveau, et ses jambes le suppliaient de s'enfuir en courant ou, dans un instant, il allait embrasser cette femme.

— Il se fait tard, dit-il. Je ferais mieux de rentrer.

La main de Callista était toute proche, sur le bras de son fauteuil. Il serait si simple pour lui de soulever sa propre main et de la refermer sur les doigts de Callista. Mais il se perdrait de nouveau, lui qui était si près de retomber. La peur le ligotait.

— Ça va aller, pour conduire ?
— Oui, ça ira.

Il devait partir au plus tôt. Il se leva trop vite et chancela un peu.

— Vous êtes sûr de pouvoir conduire ? Je peux vous garder à dîner, ça ne me dérange pas, et il y a une chambre d'amis, si vous voulez.

Ces yeux bruns étaient plongés en lui, ces lèvres pleines... Il devait se montrer prudent. Sinon, elle s'immiscerait en lui et l'arracherait à sa coquille.

— Non, ça va. Merci.

Il était descendu de la terrasse, prêt à rejoindre sa voiture.

— Vos clés sont sur la table, à l'intérieur, lança-t-elle, un petit sourire aux lèvres. Et vous ne pouvez pas partir sans être monté à l'étage. La vue qu'on a du balcon est superbe. C'est ce qui me plaît le plus, ici.

Elle lui tenait la porte, si bien qu'il n'eut d'autre choix que de la suivre à l'intérieur. Il monta les marches derrière elle, dans la lumière douce de cette fin d'après-midi qui illuminait l'étage. Une chambre très spacieuse l'occupait entièrement, meublée d'un très grand lit recouvert d'une couette blanche. Deux fauteuils en rotin encadraient une table basse en bois. Le balcon, où l'on accédait par une porte vitrée coulissante, se trouvait derrière les fauteuils.

Callista sortit pour s'accouder à la rambarde et, au soleil, sa chevelure prit des nuances cuivrées. De là-haut, le vallon et sa végétation exubérante paraissaient encore plus proches. Lex s'agrippa au garde-fou en tentant de se concentrer sur le paysage, mais la proximité de Callista, le duvet châtain sur son bras, ses mèches souples retombant sur sa joue et sa propre respiration saccadée le mettaient au supplice.

— Qu'est-ce que vous en pensez ? l'interrogea-t-elle, et il ne vit que ses yeux bruns souriants, ses joues lisses.

— De la vue ?

C'était si évident que ça, qu'il ne pensait qu'à ses lèvres, ses cuisses et au grain de sa peau ? Elle baissa les yeux et Lex vit que ses épaules se soulevaient légèrement à chaque inspiration. Puis elle déplaça sa main gauche et la referma doucement sur celle de Lex. Elle était chaude, douce, lumineuse. Il céda, tourna sa propre main moite pour saisir celle de Callista, l'attira contre lui, lui effleura les lèvres, soupira.

Ils s'accrochèrent, s'agrippèrent, se goûtèrent. Si la peur tétanisait l'esprit de Lex, son corps ne demandait qu'à découvrir celui de Callista. Ses mains longeaient sa silhouette, la serraient contre lui, s'emmêlaient dans ses longs cheveux châtains. Elle-même le caressait en le fixant droit dans les yeux.

Ils rentrèrent dans la chambre. Sans le lâcher de son regard devenu noir et fort, elle ôta son débardeur, fit tomber sa jupe au sol et dégrafa son soutien-gorge. À présent, il pouvait voir toute sa peau hâlée.

Il se déshabilla, se débattit un instant avec la fermeture éclair de son jean. Son corps tremblait, rouillé, hésitant. Il s'accroupit un instant devant elle, prit ses chevilles entre ses mains, tête basse, tentant de ralentir sa respiration. Il devait se sortir de là. Un accès de panique lui serrait la poitrine. Il n'avait pas touché une autre femme que Jilly depuis des années. L'effusion de désir qui lui gonflait le cœur le terrifiait.

Callista le tira par les bras pour qu'il se relève. Elle se colla à lui, l'embrassa, fit glisser légèrement sa langue sur ses cils.

Sur le lit, elle se montra entreprenante, même sur le dos, cambrée contre lui, parfaitement sous contrôle. Son gémissement se glissa délicieusement en lui, puis vint la tension de l'orgasme de Callista lorsqu'il s'abandonna en elle, incapable de se retenir.

Trempés de sueur, ils étaient allongés en travers du lit, l'un derrière l'autre, là où ils s'étaient laissés tomber. La joue de Lex était dans les cheveux de Callista, sa main posée légèrement sur son ventre, leurs jambes entrelacées. Le temps fila au-dessus d'eux, langoureux et voluptueux, ponctué par les bruits du bush au crépuscule : le lent chant des miros à poitrine jaune, le dernier roucoulement de la colombine wonga, le caquètement d'un kookaburra.

Lex inhala le doux parfum de ses cheveux qui sentaient la pomme. Du bout des doigts, il dessina de petits cercles sur son ventre. Il avait oublié à quoi ressemblait le grain soyeux d'une peau de femme, cette sensation particulière contre sa propre peau poilue. En perdant Jilly, il avait oblitéré tout le reste, jusqu'au souvenir de l'ivresse euphorique post-coïtale.

Puis il se souvint d'autres choses. Une idée le traversa tel un électrochoc. Il eut beau lutter contre elle, son corps se crispa. Dans son délire, il n'avait pas pensé à se protéger. Et si cette femme tombait enceinte ? Il ne la connaissait même pas. Que faisait-il ? Un après-midi à discuter et il en arrivait là, hors de contrôle, oubliant toutes les règles.

Callista avait dû sentir sa crispation. Elle resta contre lui un instant de plus puis s'écarta, relevant le drap sur elle, serrant ses genoux contre sa poitrine. Elle avait les larmes aux yeux.

— C'est bon, dit-elle comme si elle construisait un mur autour d'elle. Tu n'as pas à t'inquiéter. Je ne peux pas tomber enceinte.

Ils se regardèrent. Il fut soudain gêné d'être nu. La douce atmosphère qui les enveloppait s'était évaporée.

— Tu ferais mieux de partir, lança-t-elle tandis qu'il se rhabillait.

Callista resta lovée dans son lit alors que la nuit tombait. Elle entendit la Volvo démarrer, vit les faisceaux des phares dans les arbres, entendit le retour du silence crépitant du bush lorsque la voiture eut remonté la pente raide de la colline. Les draps étaient humides de ses larmes et de leur sueur à tous les deux. Ils portaient l'odeur musquée, aigre-douce, typique d'après l'amour.

Un noir abîme s'ouvrait de nouveau en elle. Elle avait lutté de toutes ses forces contre lui au cours de l'année passée. Pourquoi avait-il fallu qu'il revienne à cet instant, alors qu'elle était blottie au creux du corps chaud de Lex ? Était-ce juste parce qu'il s'était crispé ? Est-ce qu'elle était toujours fragile, après toute cette histoire ?

C'était à cause de la peinture. Elle savait qu'elle aurait dû la ranger pour de bon.

Dans la lumière bleutée du clair-obscur, elle roula sur le côté, se leva et descendit, nue, pour se verser un grand verre de mauvais vin. Après avoir replacé la peinture où Lex l'avait exposée, sur les bras du fauteuil, elle s'assit devant et vida son verre comme si c'était de l'eau. Aujourd'hui encore, il lui était difficile de regarder ce tableau, difficile de repartir à cette époque. Ah, la chambre forte de la mémoire… elle avait la fâcheuse habitude de s'entrouvrir.

Elle se rappelait une soirée tranquille, où elle était assise sur la plage, et Luke Bennet lui tenait la main. C'était son mari. Un peu plus tôt dans la semaine, ils avaient appris qu'elle était enceinte, ce qui avait rendu Luke fou de joie. Il avait insisté pour qu'ils se marient sur-le-champ. Ils s'étaient donc mariés. Il disait qu'il voulait être un vrai père. Et il était si sérieux, si impliqué qu'il lui avait même demandé de prendre son nom. Pourquoi pas, s'était-elle dit. Qu'est-ce qu'un nom, sinon un présent à offrir ? S'il était important pour Luke qu'elle devienne Callista Bennet, alors elle était heureuse de l'accepter.

Ils s'étaient mariés à la mairie, tout excités, tout enflammés. L'adjoint s'était montré sec comme s'il s'ennuyait ferme, à croire que leur joie et leur spontanéité l'agaçaient. Mais ce n'était pas grave. Ils avaient vécu quatre semaines de bonheur intense. Callista chantait, rêvait, peignait. Elle avait été si sereine… Dopée par la progestérone. Elle avait eu l'impression d'être légère, alanguie, belle. Le paysage de la plage avait jailli tout seul sur la toile. Elle se sentait si entière, si optimiste…

Luke allait et venait dans l'harmonie de Callista. Il partait chaque matin – des gouttes d'eau perlant encore sur son corps après la douche –, récupérait sa ceinture porte-outils sur la chaise de la cuisine et sortait en lui faisant un signe de la main. Il revenait à la maison en fin de journée, adorable, couvert de sciure et lascif. Ils faisaient l'amour tous les soirs dans la douche, la sciure coulant en filets, et ils recommençaient après le dîner, au lit ou sur la table de la cuisine.

Plus tard, Callista s'était demandé s'ils l'avaient fait trop souvent – si une overdose de sexe pouvait provoquer une fausse couche.

La nuit de sa fausse couche, Luke avait voulu lui donner des orgasmes multiples. Il l'avait excitée comme une folle au point qu'elle l'avait supplié de la prendre. Puis il avait continué, alors qu'elle n'en pouvait plus. Il avait continué jusqu'à ce qu'elle hurle en ressentant l'agonie extatique d'un orgasme qui ne voulait pas finir. Ils écoutèrent tous les deux l'écho de leurs râles dans le vallon.

Ensuite, Luke l'avait relâchée doucement. Il affichait un sourire triomphant, satisfait. Il avait roulé sur le côté sans lâcher la main de Callista et s'était endormi. Jusqu'à ce que les spasmes les réveillent en pleine nuit. Et qu'elle commence à saigner.

Callista ne se souvenait plus combien de temps Luke était resté, après ça. Elle s'était retrouvée dans un brouillard complet, malade et affaiblie après l'hémorragie. Le sang avait imbibé tout le lit et Luke l'avait emmenée à la clinique. Elle se souvenait à peine du trajet. Que de la douleur, du sang, encore, de sa faiblesse et d'une impression de s'enfoncer dans le noir telle qu'elle n'en avait jamais connue. Ils revinrent de la clinique aussi pâles et vides l'un que l'autre, choqués par leur perte. Un instant, il y avait un enfant, un avenir pour eux, l'autre il n'y avait plus qu'une place vide où résonnaient des espoirs trahis.

Callista avait eu l'impression qu'ils n'étaient plus que des fantômes, dépourvus de substance. Après leur retour de la clinique, elle ne se souvenait d'aucune conversation – même s'ils s'étaient forcément parlé. Tout ce qu'elle se rappelait, c'était le découragement de Luke, sa déception visible – non pas à travers ses mots, mais par son expression sans cesse triste. Les semaines précédentes, il avait imaginé son futur autour de cet enfant. Il avait épousé Callista pour lui. Et maintenant, il n'y avait plus rien. Pas de bébé. Pas d'enfant. Pas d'avenir. Deux semaines plus tard, il était parti pour quelque temps. Il disait qu'il avait besoin de faire son deuil seul.

Mais il était revenu au bout d'un mois. L'ombre de lui-même. Il était aussi vidé qu'elle. Lorsque Callista fut de nouveau en état, ils réessayèrent d'avoir un enfant. Ils n'étaient pas certains de le vouloir vraiment, mais ils s'y employaient pour combler le vide, pour voir s'ils pouvaient remplacer ce qu'ils avaient perdu. Le temps passa et Callista ne retomba pas enceinte.

Ils essayèrent, encore et encore, la colère de Luke croissant chaque fois qu'un nouveau mois s'écoulait. Pendant six, douze, dix-huit mois. Et elle n'arrivait pas à tomber enceinte. Ils avaient loupé le coche. Avec le temps, pendant l'amour, Luke était devenu brutal. Et ses caresses des claques, des coups. Jusqu'à ce que, un soir, d'un coup de pied, il la pousse dans l'escalier et saisisse ses bagages déjà prêts. Il était parti en pleine nuit et n'était jamais revenu.

C'était là que Callista avait peint l'autoportrait en noir et blanc.

11

Lex tentait de soigner sa gueule de bois carabinée chez Sue, devant un café très fort. En partant de chez Callista, il avait conduit comme un fou furieux et s'était jeté sur sa réserve de whisky. Cette femme avait creusé une brèche dans le barrage qu'il avait dressé autour de ses émotions, et il ne pouvait plus en contrôler le flux. Même le whisky n'y changea rien. Il savait qu'il avait été stupide d'y aller, qu'il n'était pas assez fort pour se contrôler. Et pour cause. Il avait succombé à la magie de Callista, en était ressorti ébranlé, meurtri. Il n'était pas prêt pour une nouvelle relation. Sa convalescence ne faisait que commencer. Malgré tout, le souvenir de Callista était encore très présent au creux de ses mains.

Sue vint lui remplir sa tasse. Elle baissa les yeux vers lui, impassible.

— Gueule de bois ?

— La semaine a été difficile, répondit-il sans lever le nez.

— J'ai entendu dire que vous aviez eu de la visite, récemment, sur le cap.

Il reposa sa tasse.

— Je n'avais pas compris que j'étais surveillé.

Quelque part au fond de lui, il sentit les premiers frémissements de la colère.

— Vous ne comptiez tout de même pas avoir une vie privée dans un si petit patelin, si ?

— Suis-je bête, fit Lex, de plus en plus agacé. Dire que je pensais pouvoir me planquer ici quelque temps.

Sue lui adressa un sourire entendu.

— La vie a la mauvaise habitude de nous débusquer, où qu'on soit, pas vrai ? On ne peut jamais se cacher.

Il ravala sa colère et se pencha à nouveau sur sa tasse.

— Ma femme est venue me voir, expliqua-t-il. Enfin, mon ex-femme, maintenant. Et puis ma mère est passée pour papoter.

— Vous n'êtes pas obligé de me raconter quoi que ce soit.

— Tout le monde sait déjà tout, de toute façon. Ce n'est pas ce que vous étiez en train de me dire ? rétorqua-t-il, si contrarié que des picotements grouillaient sous sa peau.

— Non. Les détails ne concernent que vous. Vous ne pouvez pas vous isoler, dans une petite communauté comme celle-ci. Il vaut mieux être franc.

— Je ne dissimule rien.

— Vous êtes juste très sélectif dans le choix de vos interlocuteurs, rétorqua-t-elle, les sourcils haussés.

— Je ne suis pas venu là pour parler. Mais pour oublier.

— Ben voyons.

Lex jeta quelques pièces sur la table et sortit en trombe. Il descendit la rue d'un pas rageur, passa devant la boucherie, puis le magasin de Beryl et continua jusqu'au supermarché où il commença à se calmer. Il fit demi-tour. Il devait se dépêcher avant qu'il soit trop tard.

Beryl passa la tête par la porte de sa boutique.

— Tout va bien, mon beau ? lança-t-elle.

— Très bien, merci, répondit-il en la saluant d'un geste de la main avant de presser le pas.

Il fit grincer la porte du café de Sue, qui sursauta en cuisine.

— Je suis désolé, lança-t-il.

Elle essuya ses mains sur un torchon en le regardant d'un air grave.

— Il n'y a pas de quoi. J'ai le cuir épais. Vous voulez une autre tasse ? demanda-t-elle en lui montrant la table d'un mouvement du menton. Vous avez l'air d'en avoir besoin.

Lorsque Lex se rassit, sa gueule de bois rappliqua en fanfare. Sue lui apporta une nouvelle tasse de café et s'installa en face de lui.

— Comment ça se passe, là-haut ?

— Dans la maison que je ne suis pas censé posséder, vous voulez dire ?

— Les gens vous rebattent les oreilles avec cette histoire, pas vrai ?

— Pas directement.

— Vous savez comment ça se passe. Ça fait toujours bizarre quand quelqu'un change son testament au détriment des héritiers directs. Surtout dans une si petite ville.

Lex haussa les épaules.

— Est-ce que vous êtes allé vous présenter à votre voisine ? s'enquit-elle.

— Autrement qu'en pourchassant son paon à poil ? Non.

Sue lui adressa un grand sourire.

— Vous devriez peut-être y songer. Mrs B. n'est pas une vieille bique. Et ce serait toujours agréable de pouvoir discuter avec quelqu'un, là-haut.

— Je vois Sally et ses enfants de temps en temps.

— Je m'en doute, mais je pense que vous apprécieriez Mrs B. davantage. Au fait, et cette promenade en mer pour voir les baleines ?

— Quel rapport ?

— Vous disiez que vous pourriez inviter Mrs B.

— Vous pensez que ce serait une bonne idée ?

— Pourquoi pas. Au pire, elle refusera.

— C'est encore une lubie des Wallace, non ? On y revient toujours, aux Wallace et aux baleines.

— On en a déjà discuté. Allez-y et jugez par vous-même. Jimmy est un très bon guide. Vous passerez un bon moment.

— J'imagine qu'il faut essayer avant de juger.

— Essayez plutôt de vous amuser, suggéra-t-elle. Ce sera meilleur pour votre santé.

Lorsqu'il rentra chez lui, Lex découvrit Evan, assis sur les marches du perron. Il ne l'avait pas vu depuis un moment. C'était surtout Sash, qui lui rendait visite à l'impromptu, ou bien ils venaient parfois tous les trois – Sally et les deux gamins – pour demander à Lex s'il voulait faire une promenade sur la plage. Ce jour-là, le garçon avait l'air malheureux. Les genoux serrés contre sa poitrine, il se balançait d'avant en arrière. Lex s'assit à côté de lui.

— Il s'est passé quelque chose, à la maison ? s'inquiéta-t-il.

Le garçon acquiesça sans lever la tête. Il s'efforçait de ne pas pleurer.

— Il y a un homme chez nous, déclara-t-il. Dans le lit de maman.

Lex tenta de paraître raisonnablement préoccupé.

— C'est un coup dur.

— Sash et moi, d'habitude, on la rejoint au lit le week-end. Maintenant, ce gros lard est là tout le temps.

— Où est-ce qu'elle l'a dégoté ?

— Chez Sue. Il s'y était arrêté pour manger un morceau.

— Ta mère était au café ?

— Oui, elle va donner un coup de main à Sue, de temps en temps. Elle rapporte un peu d'argent.

— Sauf que là, ce n'est pas de l'argent qu'elle a rapporté, hein ?

— Pourquoi est-ce qu'il ne veut pas nous laisser tranquilles ?

— Peut-être qu'il aime bien votre mère.

— Évidemment. Elle est gentille.

— Oui, et peut-être qu'elle se sent un peu seule.

— Comment elle pourrait se sentir seule ? On est là, nous.

— C'est un peu différent, tu ne crois pas ? Vous faire un câlin à vous et se blottir dans les bras d'un homme ?

Evan fit un grand geste vers la route.

— Son camion est là-bas. Vous l'avez vu ? Garé juste devant chez nous ? Tout le monde va être au courant.

— Heureusement que personne ou presque ne vient par ici.

Evan le dévisagea d'un air incrédule.

— Les gens en entendront parler. Tout le monde va se moquer de moi, à l'école.

Lex tenta de trouver une approche constructive.

— Il conduit quel genre de camion ?

— Un semi-remorque.

— Je pensais que ça impressionnerait un enfant comme toi. Un semi-remorque, c'est énorme.

— Il est au lit avec ma mère. Et ce n'est pas sa maison.

Lex n'insista pas et ils observèrent l'océan en silence. Des fous australs pêchaient au large.

— C'est quoi, l'attirance ? demanda Evan. J'ai entendu maman en parler à Sue. Ça fait quoi ?

Oh, bon sang… Est-ce qu'il faut vraiment en passer par là ? Il inspira profondément et élabora une tentative d'explication.

— C'est ce qu'éprouvent un homme et une femme lorsqu'ils se regardent et qu'ils savent qu'il va se passer quelque chose.

Il repensa à Callista, l'estomac noué. Même s'il avait perdu la tête en lui faisant l'amour, il espérait toujours la revoir – pourtant, il avait peur de la recontacter.

— Comme quand on pressent un accident de voiture ? l'interrogea Evan.

— Un peu, oui. Ils savent tous les deux qu'ils vont s'embrasser.

Cette idée semblait révulser Evan.

— C'est dégoûtant, fit l'enfant. Ça vous est déjà arrivé ?

— J'en ai bien peur, oui, avoua Lex, qui venait visiblement de baisser dans l'estime du garçon. Où est Sash ?

— Enfermée dans sa chambre. Avec ses poupées et Rusty. Rusty le déteste. J'aimerais bien qu'il le morde.

— Donc, ce n'est pas la première fois.

— Non. Il vient tous les week-ends.

— C'est une affaire qui dure, alors.

— Qu'est-ce que je vais faire ? gémit Evan, la voix tremblante.

— Est-ce que tu pourrais trouver un moyen de l'apprécier ?

— Pourquoi ?

— Parce que tu vas peut-être devoir t'habituer à lui.

— Mais je ne veux pas !

Lex envisagea une autre approche.

— Comment va ta mère ?

— Qu'est-ce que vous voulez dire ? contra Evan, méfiant.

— Eh bien, est-ce qu'il la rend heureuse ?

Evan réfléchit un instant et son visage se décomposa.

— Elle chante, admit-il. Et elle sourit toute seule.

— Donc, grâce à lui, elle se sent mieux.

— Peut-être.

— Bon. Comment est-il ? Est-ce qu'il est gentil, je veux dire ?

— Il ne m'adresse même pas la parole.

— Et toi, tu pourrais parler à ta mère, non ?

— Pour lui dire de l'empêcher de revenir ?

— Je doute que ça marche, et toi ? Tu pourrais peut-être lui demander de garder leurs câlins pour la chambre.

— Ce n'est pas mon père, lâcha soudain le garçon, les larmes aux yeux.

— Non, fit Lex. Tu as déjà un père.

C'était donc ça, le problème. Ce gamin ne voulait pas que son père soit remplacé.

Evan s'adossa aux marches.

— Est-ce que tu as déjà fait un tour dans le camion ? l'interrogea Lex.

L'enfant fit non de la tête.

— Tu pourrais peut-être lui demander de t'emmener.

— Vous pensez qu'il voudra bien ? Je ne lui parle jamais.

— Tu peux toujours essayer. Ça ira peut-être mieux si tu l'éloignes de ta mère. Il remarquera peut-être que t'es un chouette gamin.

Evan avait l'air moins soucieux. Après un court silence, il se leva d'un bond et fourra les mains dans les poches.

— Je crois que je vais lui demander, déclara-t-il en jetant un coup d'œil vers la route.

Quinze minutes plus tard, Lex entendit le camion démarrer.

Le paon se dressait sur le seuil de Mrs Brocklehurst lorsque Lex alla convier sa voisine à une promenade pour observer les baleines. Sa maison contrastait tellement avec celle de Lex qu'on aurait dit que la clôture marquait une frontière entre deux mondes. Chez Lex, c'était tout en lignes droites et en simplicité, alors que le pavillon de Mrs B. mêlait recoins sombres, vérandas, extensions et bazar. De la carcasse de bus rouillée au fond de son jardin jusqu'à la vieille Peugeot verte garée devant la maison, tout évoquait le désordre et la décrépitude.

Tandis que Lex montait les marches du perron, le paon, perché sur la balustrade, le fixa un instant avant de voleter jusqu'à lui, laissant sa queue traîner sur ses pieds. Lex le contourna et frappa si fort que la porte-moustiquaire trembla.

— Qui est-ce ? lança une voix râpeuse depuis l'intérieur.

— Votre voisin. Lex Henderson.

Il entendit des claquements et des pas traînants, puis une chevelure blanche sortit de la pénombre. La vieille dame leva vers lui ses yeux bleus perçants délavés.

— Lex, vous avez dit ?

— Oui. Lex Henderson.

— Et qu'est-ce que vous voulez ? demanda-t-elle, sourcils froncés, avant qu'un sourire ne vienne chatouiller la ligne droite de ses lèvres. J'espère que vous n'en avez pas encore après mon oiseau.

— Non, fit Lex. Le volatile a gagné.

— Au moins, vous êtes mieux habillé que la dernière fois, ajouta-t-elle en le regardant de la tête aux pieds.

Le paon traversa le perron et se glissa contre les jambes de Lex pour entrer dans la maison.

— En fait, je voulais vous proposer d'aller observer les baleines en mer avec moi. Je pensais prendre un billet pour une promenade commentée.

Mrs B. plissa les yeux et les rides de son front se creusèrent un peu plus.

Lex se dandina sur place, mal à l'aise.

— Ce serait l'occasion de partir sur de meilleures bases que la dernière fois... dans le jardin.

— Oui, je n'ai pas oublié, dit-elle, un vrai sourire aux lèvres. Plus d'animation qu'une vieille femme comme moi en a connu depuis longtemps. En revanche, mon vieux Percy, lui, n'en fut guère enchanté.

Le paon avança et glissa la tête entre les pieds de sa maîtresse.

— Dites-moi, pourquoi vouloir partir en mer ? Vous ne les voyez pas suffisamment bien d'ici, les baleines ?

— Si, je les observe souvent de chez moi. Mais je me disais que ce devait être différent, depuis un bateau.

— C'est Jimmy Wallace qui commente la promenade, non ?

— Oui. À ce qu'on m'a dit.

— Qui vous l'a dit ?

— Sue, au café.

— Jimmy propose ces excursions depuis des années, dit-elle. Si vous m'offrez une occasion de voir comment il se débrouille, je ne dis pas non.

Lex sourit et Mrs B. se baissa pour caresser le dos du paon comme s'il s'agissait d'un chat.

— Quand voulez-vous y aller ?

— Je pensais à mardi.

Elle hocha la tête.

— La maison appartenait aux Wallace, vous savez, reprit-elle. Celle où vous vivez.

— Oui, je suis au courant.

— Vous voulez en savoir plus sur eux, j'imagine ?

— Je ne sais pas trop.

— Sue ne vous l'a pas dit ? Que je les avais bien connus ?

167

— Non.
— C'est une maligne, pas vrai ? Elle a manigancé tout cela pour que je vous mette au parfum.
— C'était mon idée.
Mrs B. hocha la tête sans sourire.
— Très bien, je viendrai.
— Je passerai vous prendre à huit heures, dans ce cas.
Les yeux de la vieille dame scintillèrent.
— Et si je venais plutôt chez vous ? Je suis encore capable de marcher jusque-là.

12

Callista gisait sur son lit et suivait des yeux les ombres qui papillonnaient au plafond. Il lui semblait être allongée là depuis toujours, écrasée par le poids des ténèbres.

Le téléphone sonna et se tut. Sonna et se tut.

Le temps s'amollit.

Jordi apparut. Son visage émergeait par intermittence dans la lumière puis replongeait dans l'obscurité, perturbant les ombres.

— Je t'ai appelée depuis la station-service, dit-il. Je pensais que tu avais besoin d'aide.

— C'est toi, Jordi ? demanda Callista.

Sa propre voix lui parut raide, étrange.

— Ça fait combien de temps que t'es comme ça ? T'as mangé quand, la dernière fois ?

— Je ne sais pas.

Comme dans un rêve, elle sentit les mains douces de Jordi la déshabiller, la porter jusqu'à la baignoire, l'asperger d'eau chaude. Il l'enveloppa dans un peignoir et la déposa sur une chaise longue, où il lui démêla les cheveux. Il lui donna à boire, puis à manger. La recoucha. Sans poser de questions.

Il vint tous les matins. Il l'installait sur la terrasse avec de quoi manger, boire et lire. Elle regardait dans le vague, ne lisant que quelques phrases à la fois. Elle était si lasse. Au crépuscule, Jordi revenait. Il la faisait manger et l'aidait à se recoucher. Quand venait le soir, il fumait un joint sur le balcon et l'odeur aigre-douce de la fumée se glissait dans la chambre de Callista.

Un soir, il apporta sa guitare et s'assit à côté d'elle sur la terrasse, sous les chauds rayons du soleil. Il joua pour lui-même, penché sur son instrument, les yeux clos. Puis il reposa la guitare et la dévisagea.

— Ça suffit, Callie. Tu dois te reprendre.

Elle l'entendait à peine à travers le brouillard.

— Écoute-moi, reprit-il, un ton au-dessus. Tu dois arrêter ça. Je refuse de te voir replonger là-dedans.

Des larmes perlèrent au coin des yeux de Callista et glissèrent sur l'arête de son nez avant de tomber de sa lèvre.

— Non, insista-t-il. On ne va pas recommencer. Je sais que c'est difficile mais, parfois, il faut juste ramasser son fardeau et continuer à avancer.

Callista était si fatiguée qu'elle n'avait même pas la force d'envisager de bouger. Mais Jordi l'observait. Fouillait au plus profond d'elle. Elle essaya de s'extirper du brouillard.

— Tu dois continuer à avancer, répéta-t-il plus doucement. Je sais de quoi je parle.

Il avait raison. Il le savait, vraiment. Plus que quiconque. Callista le dévisagea et sentit une question prendre lentement forme en elle. Une question qui les mènerait là où ils n'étaient jamais allés. Mais, aujourd'hui, elle avait besoin de la force de Jordi.

De savoir comment il avait réussi à ramasser les morceaux de sa vie quand elle avait volé en éclats. Cela devait faire huit ans que sa petite amie s'était suicidée. Il l'avait retrouvée pendue dans l'abri de jardin, derrière leur maison de location. Il était juste sorti acheter du pain, au coin de la rue. Ce fut largement suffisant pour elle. Elle avait tout prévu. Elle voulait en finir. Même Jordi n'avait pas suffi à la retenir.

— Comment t'as fait ? demanda Callista. Après Kate ?

Jordi contempla longuement le vallon avant de répondre.

— Il n'y a pas de secret, finit-il par soupirer en se tournant vers elle, le regard brûlant. Pas de solution facile.

Il savait tout aussi bien que Callista qu'il est facile de se perdre dans la brume. Elle le dévisageait tandis que sa poitrine se serrait et que des larmes nouvelles coulaient sur son visage.

— Il faut juste réamorcer sa ligne et, dès que ça mord, suivre la marée, dit-il. Sinon, on se noie.

Callista s'essuya les yeux sur sa manche.

— Avec le temps, un chemin finit par apparaître.

Elle avait l'impression que la brise la portait vers le ciel. Elle observait les jeux de lumière dans la canopée, des taches claires glissant sur l'herbe tandis que les arbres remuaient.

— Comment c'est arrivé, cette fois-ci ? s'enquit-il.

Elle était incapable de parler.

— C'est cet homme, pas vrai ?

— Ce n'est pas sa faute, se força-t-elle à dire. Il était là, et je l'ai chassé.

— Et donc, qu'est-ce que tu comptes faire ?

Des larmes, de nouveau.

Jordi se roula un joint et tira longuement dessus.

— Tiens, dit-il en le lui tendant. Fume un peu.

— Non.

— Tu en as besoin.

Elle le prit à contrecœur. Elle ne voulait pas, elle n'avait pas assez d'énergie pour ça. Mais il la fixait, l'attendait. Elle prit quelques taffes. Juste pour lui. Puis il s'adossa à son siège et fuma d'un air pensif.

— Donc, qu'est-ce que tu vas faire, avec lui ? répéta-t-il en soufflant un nuage de fumée.

— Je ne sais pas.

L'herbe lui faisait tourner la tête et elle se sentait toujours aussi lourde qu'une statue de pierre.

— Si, tu le sais. Tu vas aller le voir, là-haut.

— Quoi ?

— Sur le cap, expliqua-t-il, un sourire tordu dans la barbe. Laisse-toi encore une semaine et il t'attendra.

Au port, Lex et Mrs B. rejoignirent un petit groupe qui patientait pendant que Jimmy Wallace approchait son bateau de son poste d'amarrage. L'embarcation se dirigeait lentement vers eux dans un ronronnement sourd, gîtant d'un côté puis de l'autre. Plus tôt dans la matinée, le temps avait été calme et doux mais, à présent, une légère brise s'était levée et Lex voyait de temps en temps des vagues crénelées d'écume. Il tira de sa poche une tablette de cachets contre le mal de mer.

— Il y a un peu de houle, aujourd'hui, déclara Mrs B., dont les yeux semblaient danser au milieu de son visage fripé. Vous voyez comme elle enfle déjà ?

— Je vais mourir, gémit Lex.

La vieille dame était animée, visiblement contente de sortir. Elle n'avait plus rien de la femme aux manières brusques qu'il avait vue quelques jours plus tôt en allant se présenter.

Ils regardèrent le bateau buter contre le quai puis un homme sec et barbu en short sauta à terre pour amarrer la proue. D'un bond, il retourna à bord et sortit une autre corde pendant que les moteurs grondaient doucement afin de faire pivoter l'arrière du bateau. L'homme amarra aussi la poupe puis accrocha une volée de marches en aluminium au bastingage pour que les passagers puissent embarquer.

— Bonjour, Jimmy, lança Mrs B. en agitant sa main osseuse.

Jimmy Wallace l'aida à monter les marches. Il était petit, énergique, et un large sourire fendait sa barbe grise.

— C'est un plaisir de vous voir ici, Mrs B., dit-il. Bienvenue à bord. Je suis surpris que vous ne soyez pas venue plus tôt.

— Je ne sors plus trop, ces temps-ci, expliqua-t-elle en prenant la main de Jimmy pour monter prudemment sur le bateau. Il a fallu que Lex, ici présent, m'invite à venir.

Les yeux plissés pour se protéger du soleil, Jimmy lui tendit la main dans un geste amical.

— Merci de l'avoir amenée.

— Lex est mon nouveau voisin, poursuivit Mrs B. Il a acheté la maison de votre père sur le cap. Mais il m'a l'air d'un type raisonnable.

— Enchanté, répondit aussitôt Jimmy.

173

Mrs B. les avait présentés avec tant de tact que la gêne n'eut pas le temps de s'installer entre eux. C'était une vieille dame futée.

— Allez vous asseoir là-bas, dit Jimmy en leur désignant deux sièges en poupe, près de la barre. Les clients peu avertis ont tendance à foncer à la proue, sauf qu'il fait froid et humide, devant. De là, la vue sera tout aussi bonne une fois qu'on sera en mer.

Pieds nus, Jimmy s'assura que ses passagers étaient bien installés, détacha le bateau puis ajusta les commandes. Ensuite, il s'assit derrière la barre, décrocha un micro suspendu au-dessus de sa tête et fit un clin d'œil à Mrs B.

— Je suis censé faire des commentaires. Pour renseigner un peu les gens, lui glissa-t-il.

Lex le regarda démarrer les moteurs et braquer la barre pour filer droit vers le large en prenant les vagues de biais. Il ne s'était pas attendu à ce que Jimmy soit si affable. Il ne savait pas vraiment à quoi il s'attendait, d'ailleurs, mais certainement pas à cet homme aux cheveux gris ondulés si ouvertement amical.

— Bonjour, tout le monde, déclara Jimmy tandis qu'il prenait de la vitesse malgré la houle. C'est un plaisir de vous avoir à bord. La météo est clémente, malheureusement ça va remuer un peu une fois qu'on se sera éloignés de la côte. Nous avons trois heures devant nous et de bonnes chances de voir des baleines. C'est la meilleure époque de l'année pour les observer.

Pendant que Jimmy parlait, Lex scrutait son visage. Alors qu'il avait sans doute déjà débité son speech des dizaines de fois, il semblait toujours sincère. Il s'exprimait d'un ton chaleureux et naturel. L'idéal pour transmettre des informations. Il n'avait pas l'air d'être le fils d'un baleinier ; le fils d'un homme qui avait migré à l'ouest pour chasser la baleine alors même que l'industrie agonisait. Comment Jimmy vivait-il cela ? se demandait Lex. Comment se sentait-il, à promener joyeusement des touristes pour leur faire observer les animaux que son père tuait autrefois ? Quelle ironie du sort, parfois, quand la vie renversait les choses…

— L'espèce que nous avons le plus de chance de voir, c'est la baleine à bosse, expliquait Jimmy. La plus courante sur la côte est. Pendant l'hiver, elles se reproduisent au nord du Queensland. Ensuite, pendant l'été, autant dire en ce moment, elles prennent la direction du sud, vers l'Antarctique. C'est ce qu'on appelle la migration alimentaire. Et c'est vraiment la meilleure période pour les observer parce qu'elles se déplacent lentement le long de la côte avec leurs petits.

Jimmy raccrocha le micro et laissa ses passagers se faire au rythme de la mer. Le bateau ondulait sur les vagues qui montaient et descendaient sous eux. Lex ne savait déjà plus s'il se sentait bien ou non et tentait de ne pas y penser.

Tandis qu'ils s'éloignaient de plus en plus, l'air se rafraîchit et le bateau prit de la vitesse. Tous les passagers cherchaient à se blottir dans des recoins de l'embarcation et sortaient des gilets pour se protéger des bourrasques qui balayaient la proue. Lex n'eut plus de doute sur le malaise grandissant dans son estomac. Il allait avoir du mal à tenir le coup, dans ces conditions. Il se réjouit lorsque Jimmy reprit la parole, l'écouter lui changerait les idées.

— Il y a quinze ou vingt ans, on voyait très rarement des baleines sur cette côte, déclara le guide. Après avoir été décimées par l'industrie baleinière, il leur a fallu des décennies pour s'en remettre. La plupart des baleines étaient tuées au large, pour le compte des navires-usines de l'Antarctique. À une époque, on comptait aussi des stations baleinières sur toute la côte australienne. La plus proche d'ici était installée à Eden, une ville un peu plus au sud. D'ailleurs, on y trouve un musée intéressant sur la chasse à la baleine. Je vous conseille très fortement de le visiter si vous passez dans le coin. Il faut savoir que, alors que l'industrie baleinière s'y est arrêtée dans les années vingt, elle a continué à Albany, en Australie occidentale, jusqu'à la fin des années soixante-dix. À cette époque, la population des baleines avait terriblement diminué…

Lex se demanda si Jimmy allait mentionner l'implication de sa famille dans la chasse à la baleine. C'était l'occasion idéale de dénoncer les agissements de ses ancêtres. Mais leur guide s'en tint là et Lex se pelotonna sur son siège en tentant d'ignorer l'horrible mal de mer qui lui soulevait le cœur. Le vent s'était levé au nord-est et le bateau roulait dans la houle grandissante. Lex avait dépassé le stade de la simple inquiétude et savait qu'il n'en avait plus pour longtemps. Fixer l'horizon ne faisait qu'accentuer la nausée. La fin était proche.

— Relevez la tête, mon grand, lui glissa Mrs B. en se penchant vers lui. Si vous ne le faites pas, vous allez être malade.

Pendant ce qui lui parut une éternité, Lex s'apitoya sur son sort. Tout à coup, Mrs B. se leva d'un bond.

— Jimmy ! Il n'y a pas quelque chose, là-bas ?

Lex était à peine capable de relever la tête. Il tenta de se concentrer pour regarder dans la direction pointée par Mrs B., mais la mer n'était plus qu'un maelström confus de lames crénelées d'écume. Il entendit tout le monde pousser des cris de joie et aperçut un jet d'eau à quelques centaines de mètres d'eux. Jimmy fit pivoter le bateau et la navigation devint soudain plus tranquille. Trop tard. Lex vomit par-dessus bord.

— Voilà des appâts pour les poissons, rit Jimmy en donnant une tape sur l'épaule de Lex. Qu'est-ce que vous essayez d'attraper ? Ça va aller, maintenant. Ça soulage toujours. Allons, levez-vous et guettez les signes. On oublie la nausée quand on pense à autre chose.

Lex tituba jusqu'au bastingage où il s'accrocha. Il se sentait déjà un peu mieux.

— Un autre jet ! lança quelqu'un à la proue.

Il voyait les baleines, à présent, un groupe de trois ou quatre, en pleine migration. Il apercevait leurs dos noirs et luisants qui glissaient sous l'eau et la petite nageoire dorsale qui se levait juste avant qu'elles relèvent la queue et montrent leurs lobes. Jimmy fit ralentir le bateau.

— Il ne faut pas aller ni trop vite, ni trop près, expliqua-t-il. Elles ont plongé, à présent, et nous risquons de ne plus les voir pendant quelques minutes. Nous allons les laisser tranquilles, histoire de voir ce qu'elles nous préparent.

Le temps s'écoula lentement. Lex s'étonna de se sentir excité, impatient. Après avoir nagé avec les baleines au large du cap, il s'attendait à être un peu blasé. Pourtant, il était captivé. Et Mrs B., le rouge aux joues, scrutait les vagues de ses yeux bleus perçants. Elle lui sourit et lui agrippa soudainement la main.

— Là-bas !

Elles étaient là, non loin. À une centaine de mètres, peut-être. Jimmy avait bien fait de couper les moteurs. Leur grondement, amplifié dans l'eau, devait gêner les baleines. Lex se rendit compte qu'il retenait sa respiration, dans l'expectative.

— Une nageoire ! lança Jimmy.

Ils virent le dessous blanc d'une nageoire pectorale soulevée au-dessus de l'eau comme pour les saluer. Elle percuta la surface en projetant des gerbes d'eau.

Puis le calme revint. Le bateau déviait dans la houle. Lex remarqua que Jimmy gardait une main ferme sur la barre pour maintenir le bateau de biais afin que les vagues ne fassent pas trop tanguer l'embarcation. Certains passagers commencèrent à grommeler et à échanger des critiques injustes mais Jimmy les ignora. Il devait avoir l'habitude.

Les minutes s'égrenaient doucement. La mer ondulait tout autour d'eux, les vagues claquant contre le bord du bateau. Puis une explosion d'écume brisa l'attente. Un jet jaillit à tout juste cinquante mètres à bâbord. Ils sentirent même l'haleine poissonneuse de la baleine et virent la courbe de son dos briser la surface de l'eau. Le cœur de Lex fit un bond dans sa poitrine. Il cria en même temps que Mrs B. lorsque la nageoire caudale se souleva, toute dégoulinante, avant de redisparaître sous les vagues. Mrs B. s'était cramponnée au bras de Lex, le visage pâle, les yeux écarquillés.

Ils attendirent en scrutant les lames.

Un peu plus loin, une nageoire bosselée surgit de l'eau. Elle s'agita, tremblota et replongea à toute vitesse.

— Hé ! hurla Lex. Qu'est-ce que c'est ?

Tout près du bateau, à une quinzaine de mètres, une tête noire visqueuse tachetée de blanc sortit doucement de la mer. La tête apparut à la verticale, de l'eau dégoulinant le long des sillons parallèles sous la gueule de la baleine et gouttant des bosses bordant sa mâchoire. Le souffle coupé, Lex observa les bernicles collées à la gorge de la baleine, l'œil blanc qui les scrutait. Puis l'animal replongea doucement, hors de leur vue.

— Elle fait l'espionne, expliqua Jimmy. C'est comme ça qu'on appelle ce comportement. Vous avez de la chance. Ce n'est pas si courant.

La tête remonta de nouveau à la surface. Cette fois-ci, Lex aperçut l'angle descendant de la bouche de la baleine et plusieurs petits cercles blancs au sommet de sa tête. Il se demanda comment elle arrivait à faire ça, à soulever sa tête hors de l'eau, si elle se servait de son immense nageoire caudale pour se maintenir à la verticale. Pourtant, ce mouvement semblait très doux, très contrôlé. Faire l'espionne. Quelle expression formidable pour décrire une rencontre avec une baleine. La manière dont elle observe les humains. Lex sourit et le cétacé replongea tout doucement sous la houle.

Près de lui, Mrs B. tremblait d'excitation, au point que Lex dut s'asseoir avec elle sur un banc au bord du bastingage. Elle lui saisit de nouveau la main, resta longtemps muette avant de se mettre à rire et à pleurer, s'essuyant les yeux d'un revers de main rapide.

Pendant au moins vingt minutes, Jimmy guida son bateau, à bas régime, suivant les baleines qui nageaient lentement vers le sud. De temps en temps, il coupait les moteurs et ils observaient les cétacés qui glissaient sous la surface de l'eau, tout près d'eux. Ils virent d'autres jets accompagnés d'une averse de gouttelettes, quelques nageoires agitées comme pour les saluer, puis les baleines replongèrent sous les vagues.

Les mammifères marins avaient brisé la glace entre Lex et Mrs B. Au cours des jours suivants, il la rejoignit souvent sur les falaises de Wallaces Point pour regarder les baleines passer le cap. Ils ne parlaient pas beaucoup mais, par fragments, elle lui raconta l'histoire des Wallace. Elle lui apprit que la première maison sur le cap avait été bâtie par le père de Vic, qui avait amené sa famille ici, loin d'Eden, à la recherche d'un avenir meilleur que ce que lui réservait la coupe des arbres dans la forêt tropicale. Vic était enfant, à l'époque et, pendant un temps, il fréquenta la même école que Mrs B., avant de rejoindre les cliques de bûcherons et de disparaître pendant des jours pour couper du bois dans les collines. Une fois adulte, il s'en lassa et emmena sa famille vers l'ouest, à Albany. Alors qu'il était inhabituel que des familles parcourent de si grandes distances à l'époque, Vic avait succombé à l'appel de la mer et aux mystères de la chasse à la baleine, après avoir entendu les vieilles histoires de son grand-père sur l'industrie baleinière autour d'Eden. Vic et sa famille quittèrent Albany pour revenir sur la côte est juste avant que la station baleinière ne ferme. La maison familiale était tombée en ruine après des années d'inoccupation et Vic repartit de zéro. Même s'il avait ensuite gardé une vie sédentaire jusqu'à sa retraite, après tant d'années en mer, il ne pouvait vivre loin de l'eau. D'où tous ces efforts pour reconstruire la maison du cap. Les baleines étaient peu nombreuses, alors, leur population s'était effondrée. Pourtant Mrs B. se souvenait que Vic restait assis pendant des heures sur sa terrasse, à l'affût, ses jumelles posées sur les genoux.

Lex imagina ce vieil homme en train d'observer les baleines. Il comprenait à présent pourquoi la maison n'était que fenêtres donnant sur la mer. Mais il ne pouvait deviner les pensées de l'ancien baleinier. Que se passait-il dans la tête de Vic Wallace lorsqu'il voyait un dos noir et lisse roulant sous les vagues ? Une célébration de son passé ? Un rappel de l'excitation ressentie en traquant une baleine, en tirant au canon harpon ? Ou pensait-il à autre chose ? Éprouvait-il une pointe de regret, de culpabilité, une impression de gâchis, de perte ? Comment pouvait-on ne pas être ému par la majesté de ces grands mammifères nageant le long de la côte ? Transformé par sa propre observation jubilatoire des baleines, Lex ne pouvait ressentir la moindre empathie pour le vieil homme. La colère l'emportait contre celui qui avait refusé, jusqu'à la toute fin, de voir la mort imminente d'une industrie devenue inutile. Quel genre de passion pour les baleines cela reflétait-il ? Au mieux, Lex n'y voyait qu'une passion pour le meurtre.

13

Par un bel après-midi, alors que Lex, seul sur le cap, guettait les baleines et observait Sash et Evan sur la plage, il entendit le rugissement guttural d'un moteur. C'était le Combi orange qui grimpait vers lui dans un nuage de poussière. Le véhicule se gara à reculons sur sa pelouse et Callista se pencha par la vitre côté conducteur, ses cheveux cascadant sur ses épaules bronzées.

— Monte, dit-elle. Je t'emmène faire un tour.

Si le pouls de Lex grimpa aussitôt, il garda une expression neutre. Il n'était pas certain de vouloir savoir à quel point il avait pensé à elle. En fait, à présent qu'il se trouvait de nouveau près d'elle, il n'était plus sûr de rien. La façon dont Callista avait réagi la dernière fois aurait suffi à effrayer n'importe qui. Surtout lui, tout empêtré qu'il était dans son incertitude.

Ce jour-là, il découvrit le côté sauvage de Callista, une espèce de témérité à toute épreuve qui le rendait nerveux. Et, malgré tout, il était content de la voir. Il n'avait vraiment pas su quoi faire après leur après-midi passionnel dans le vallon. Il était donc resté caché à Wallaces Point, comme si rien ne s'était passé. Il se disait sans cesse que c'était mieux ainsi, que c'était trop tôt pour lui. Mais il avait souvent pensé à elle, il avait rêvé d'elle.

— Je vais juste chercher des chaussures, déclara-t-il.

— Il te faudra des chaussures de marche, là où je t'emmène.

Callista fit demi-tour et laissa le moteur tourner pendant que Lex allait chercher de bonnes chaussures et une paire de chaussettes. Il jeta le tout dans le Combi, se hissa à l'intérieur et regarda Callista manœuvrer la bête réticente sur la route. Elle avait maigri et sa bonne humeur paraissait fragile.

— On va de surprise en surprise, avec toi, dit-il. Où est-ce que tu nous emmènes ?

Il se cramponna à la sangle au-dessus de la vitre tandis que le van bondissait et sursautait sur les nids-de-poule.

— Dans les montagnes. Je veux te montrer des paysages typiques du coin.

— Tu n'as pas de flingue dans ton coffre, au moins ?

Sa blague ne la fit pas rire. L'atmosphère restait tendue. Ce ne serait pas une promenade facile. Ils étaient tous les deux pris dans les rets de leurs souvenirs : la sensation de la peau de l'autre, la gêne provoquée par les larmes de Callista et le départ abrupt de Lex.

Il regarda les mains de la conductrice, blanchies à force de cramponner le volant, et laissa le silence s'installer. C'était elle qui était venue le chercher. Il allait la laisser mener la danse.

Une fois sur la nationale, ils traversèrent Merrigan puis, juste au nord de la ville, Callista prit un chemin de terre filant vers l'ouest. Ils grimpèrent brutalement sur un pont de bois qui enjambait la rivière, où l'eau était noire et où les branches des casuarinas balayaient les rives.

— Il y a une super piscine naturelle, en bas, hurla-t-elle, le doigt tendu, pour couvrir le tapage du moteur. On pourra se baigner en revenant, si tu veux. Il va faire chaud, aujourd'hui.

Lex hocha la tête et s'efforça de ne pas s'imaginer nu dans l'eau avec elle. Il ferait mieux de garder ses distances, d'être prudent. Comment savoir ce qu'elle attendait de lui, aujourd'hui ?

Le chemin suivit un moment la rivière, traversant les pâturages verts et irrigués des exploitations laitières. Lex sentait l'odeur de l'herbe et celle musquée de la bouse fraîche et des vaches. Au-delà des fermes, il voyait les crevasses sèches des contreforts se tendre vers le haut, jusqu'aux crêtes dentelées des montagnes distantes drapées dans leur manteau d'eucalyptus violet.

Ils finirent par tourner vers les montagnes. Lex se cramponnait tandis que le Combi faisait des embardées, dérapait sur les graviers, et que de la poussière s'immisçait dans la moindre fissure de la voiture. Callista dut se concentrer pour rester sur la piste bosselée lorsqu'ils entamèrent la montée. Elle dut vite rétrograder et, dans l'effort, le moteur poussa des hurlements aigus. Ils n'avaient pas le loisir de discuter, ce qui arrangeait Lex. L'atmosphère était toujours étrange, tendue, et la moindre de ses paroles pourrait être mal prise. Du coup, il étudia le paysage pour se concentrer sur autre chose que Callista.

Les contreforts montèrent et redescendirent avant de prendre leur essor pour de bon vers la crête. Voyant que la pente s'accentuait, Lex jeta un coup d'œil dans le précipice qui longeait la route. Des eucalyptus chétifs à l'écorce marbrée et rugueuse s'accrochaient au versant de la colline ; les sous-bois étaient clairsemés et rabougris. Il se demanda s'il y avait de l'eau, quelque part, dans cette campagne sèche.

Ils prirent un virage très serré. De l'autre côté de la vallée encaissée, Lex aperçut des falaises de granite. Le relief était étonnamment accidenté. Parfois, les précipices de chaque côté de la route lui paraissaient abyssaux. Lex fixait les pics au loin pour éviter de regarder en bas. L'instabilité du véhicule le rendait nerveux mais cette portion de route était plutôt en bon état et Callista conduisait avec confiance. Elle savait où elle allait.

— Ces routes servent aux camions de la scierie, hurla-t-elle pour couvrir les cris du moteur. Elles sont bien entretenues. C'est grâce à elles qu'on peut monter là-haut dans ce vieux tas de ferraille.

Il hocha la tête, les yeux baissés vers le genou de Callista qui vibrait en rythme avec le moteur malmené.

Le chemin finit par s'aplanir sur un plateau où, à intervalles réguliers, des voies pour les camions forestiers partaient vers le sud et où les montagnes reculaient au nord-ouest. Callista gara le Combi au début de l'une des voies. Lorsque le moteur se tut, un silence incommensurable s'installa. Le soleil tapait encore malgré les cumulonimbus qui s'accumulaient à l'ouest, derrière les sommets. Lex ne fit rien pour briser le silence. À elle de prendre les devants. Il n'avait pas envie de lui faciliter les choses.

— Il y a un sentier qui part d'ici, déclara-t-elle, le doigt tendu vers les taillis. Il mène jusqu'au promontoire, là-bas. On va devoir descendre puis faire un peu d'escalade, mais la vue est superbe.

Callista l'attendit au bord de la route le temps qu'il fasse ses lacets. Une fois prêt, il la rejoignit sur le talus.

La descente était raide et sèche, et le sentier très rudimentaire. Ils crapahutaient plus qu'ils ne marchaient, mais ils gagnèrent rapidement une ravine. De là, l'ascension difficile jusqu'au promontoire commença. Lex devait se concentrer sur ses pieds pour ne pas glisser. Alors qu'il dérapait sans cesse sur les cailloux, Callista semblait aussi à l'aise qu'un chamois.

Ils firent une pause pour reprendre leur souffle.

— J'ai grandi dans cette région, dit-elle. Le paysage est sec, mais magnifique. Peu de promeneurs viennent jusqu'ici. Ce parc est réservé aux amoureux du bush.

L'ascension jusqu'au sommet fut aussi exténuante qu'exigeante. Bien plus rocailleuse et hasardeuse que Lex ne s'y était attendu. Ils devaient escalader des rochers et des blocs de pierre, et se servir des arbres pour s'aider à grimper.

Au sommet, un grand surplomb dominait un précipice vertigineux qui plongeait jusqu'au creux de la vallée. Lex était en nage. Son cœur palpitait tant il se sentait vivant. Ils étaient si haut ! Les nuages qui s'amassaient au loin semblaient tridimensionnels. À l'est, la mer arborait un bleu roi. Le parfum épicé des eucalyptus imprégnait l'air chaud. Une brise légère venait lécher délicieusement la peau trempée de Lex. La présence de Callista, qui haletait près de lui et souriait en regardant le paysage, l'électrisait. Mains sur les hanches, yeux clos pour se protéger du soleil, elle paraissait moins diaphane que lorsqu'elle était venue le chercher sur le cap.

— Asseyons-nous à l'ombre, suggéra-t-il en avançant sur les rochers vers deux eucalyptus tentaculaires.

Du promontoire, une pente abrupte se déroulait jusqu'à la vallée et la vue embrassait les montagnes acérées qui se succédaient à l'infini comme les pages arrachées d'un livre. Callista laissa tomber son sac à dos et lui envoya une bouteille d'eau.

— Merci, dit Lex. Je crève de chaud.

— Tu sens bon.

Il émit un grognement sceptique.

— Non, c'est vrai. J'aime l'odeur de la sueur des hommes.

Il s'essuya le front avec le bas de son T-shirt.

— Je n'étais pas sûr de te revoir un jour, dit-il.

— Merrigan est un petit village. Il n'y a pas moyen de s'enfuir.

— Qui s'enfuit ? rétorqua Lex, qui s'en voulait de se sentir de nouveau attiré par elle.

— Moi, j'imagine, répondit-elle, de nouveau pâle. Je suis désolée de t'avoir mis dehors, l'autre jour.

— Je m'en remettrai.

— C'est à cause du tableau, expliqua-t-elle. Tu n'aurais pas dû le sortir.

— Tu devrais peut-être t'en débarrasser.

— J'y travaille. Il faut du temps pour se débarrasser de certaines choses.

— C'est vrai, murmura-t-il.

Elle se tourna vers lui, le regard perçant.

— Il n'y a rien dans ta vie qui t'affecte comme ça ?

Lex pensa à Jilly. Et à la photo d'Isabel. Mais il ne voulait pas en parler à cette femme. Il la connaissait à peine.

— Tout le monde traîne des casseroles, répondit-il. Malheureusement, on ne va pas loin dans la vie sans en ramasser quelques-unes.

Callista serra ses genoux contre sa poitrine.

— J'ai hérité d'une certaine histoire familiale, déclara-t-elle. Pas très belle à voir. Le passé peut être un vrai fardeau, ajouta-t-elle en tournant la tête vers lui.

— Ma propre histoire familiale est barbante.

— Barbante ou enfouie. Les familles ont tendance à taire les anecdotes les plus intéressantes. Elles veulent échapper à l'héritage laissé par les générations précédentes. Parfois, il vaut mieux ne pas savoir.

Ils contemplèrent les replis et les courbes des montagnes. Lex laissa le vent transpercer son âme. Le paysage était grandiose, accentué par le parfum sec du bush qui montait jusqu'à eux et par les nuages qui s'amassaient au-dessus des pics. Mais la présence de Callista l'empêchait de se perdre tout à fait dans sa contemplation. Elle le rendait nerveux et hyper réceptif.

— Pourquoi es-tu venu à Merrigan ? lui demanda-t-elle. C'est un choix étonnant.

— C'est l'inverse, en fait. C'est la maison qui m'a choisi. Une belle trouvaille.

Elle se crispa soudain.

— Et il fallait que je m'éloigne, ajouta-t-il en l'observant. Que j'essaie quelque chose de nouveau. J'ai toujours eu envie de vivre sur la côte.

— Tu ne trouves pas que c'est trop calme, après la ville ? s'enquit-elle en relâchant la tension qui avait crispé un instant ses épaules.

— Au contraire, ça fait du bien. On se laisse trop facilement prendre au piège, dans une grande ville. On se fait emporter par la bousculade. Je suis content de mettre un terme à tout ça.

Elle sourit et Lex se sentit pousser des ailes.

— Tant que tu ne mets pas un terme à ta vie, ça me va, dit-elle. Comment pourrais-je apprendre à te connaître, sinon ?

Appuyée sur la paume de ses mains, elle s'étira en arrière et détourna le regard pour contempler les montagnes. Puis elle poursuivit, comme si elle pensait tout haut.

— Je ne peux pas te reprocher de t'être réfugié ici. On dirait que cette région est intacte. Simple, même, en surface. Pourtant, nous avons nos faiblesses, nous aussi. J'ai vécu ici toute ma vie et, parfois, j'aimerais pouvoir m'enfuir. La vie devient compliquée, ici aussi, soupira-t-elle. Prendre un nouveau départ, c'est impossible, en fait, non ? Ce que je veux dire, c'est qu'on emporte tout avec nous, que ça nous plaise ou non. Ce à quoi je voudrais le plus échapper est enfoui dans mon cœur.

— *Enterre mon cœur à Wounded Knee*, murmura Lex.

— Pardon ?

— C'est un livre que j'ai lu il y a des années, sur le massacre des Indiens d'Amérique.

— En remontant suffisamment loin, on doit trouver des massacres dans toutes les familles blanches.

Lex la fixa. Cela lui parut étrange, comme déclaration.

— Mais on n'en entend jamais parler.

— Non, barbant ou enfoui, comme je disais. Enfoui, surtout, je pense. Personne ne veut traîner ce genre de casseroles. C'est pour ça que ce sont les Blancs qui écrivent l'histoire. Pour pouvoir l'expurger.

Lex resta silencieux, mal à l'aise.

— Est-ce que ta famille a participé à des massacres ? finit-il par demander.

— Non, Dieu merci ! Pas à des massacres de gens ; du moins.

— D'animaux, alors ? C'est moins grave. Il faut bien manger.

— J'imagine, répondit-elle à voix basse.

Il se tourna vers elle et remarqua que son visage était pâle et son expression pincée.

— Tu n'as pas l'air dans ton assiette, constata-t-il. Tu veux qu'on rentre ?

— Dans un moment. Je veux profiter du paysage encore un peu.

Ils restèrent silencieux, laissant leurs pensées vagabonder. Les nuages s'agglutinaient au-dessus des montagnes et un vent plus froid s'était levé. Lex se sentait étrangement purifié. La présence physique de Callista le touchait plus encore et il lui semblait que l'air se condensait entre eux à mesure que le ciel devenait gris.

Elle pencha la tête en arrière et le dévisagea – le cœur de Lex se mit à palpiter. Ils repensaient tous deux au jour où ils s'étaient retrouvés nus sur le lit de Callista. Il détourna le regard, nerveux, peu sûr de lui après la dernière fois. Le silence se poursuivit un instant puis elle se mit à genoux, lui prit le menton d'une main ferme et l'embrassa. Sa bouche avait un goût salé et envoûtant.

Ils firent l'amour sur le promontoire, tandis que les nuages galopaient au-dessus d'eux et que le vent balayait les arbres.

— Ne me dis pas qu'on a recommencé, si ? murmura-t-il ensuite, tendant la main vers le visage de Callista pour écarter une mèche collée à sa joue.

Le rire de Callista résonna dans les montagnes, où l'atmosphère rafraîchissait à mesure que le vent tournait.

— On n'a même pas enlevé nos chaussures.

Une fois de retour au cap, Callista resta assise dans le Combi – elle ne voulait pas que Lex ôte la main de sa cuisse. S'il brisait le contact, cela risquait de mettre fin à tout. Et elle ne s'imaginait pas rentrant seule chez elle.

— Ça t'embête si j'entre ? demanda-t-elle.

Elle avait eu du mal à prendre un ton détaché. Elle n'arrivait pas à lire en lui.

La main de Lex se resserra sur la jambe de Callista.

— J'espérais que tu resterais dormir.

— Ce serait génial.

Même si elle s'était montrée entreprenante dans l'après-midi, elle ne savait pas vraiment comment le prendre. Elle devrait profiter de la moindre ouverture qu'il lui laisserait. Trouver un moyen de vaincre ses défenses. Lorsqu'elle monta sur la terrasse, elle remarqua des rangées bien droites de coquillages et autres débris marins alignés le long des planches de bois.

— C'est une sacrée collection, dit-elle.

— Une collection de petits riens.

Il ne voulait pas se dévoiler, elle le sentait.

— Est-ce qu'elles ont une signification pour toi, toutes ces rangées ?

Lex contempla les coquillages un instant, comme s'il s'agissait d'objets inconnus.

— Le passage du temps, expliqua-t-il. Les jours qui filent. Les heures. Les minutes, parfois.

— Tu es pressé que le temps passe ?

La plupart des gens voulaient plutôt le ralentir.

Il fixait toujours les coquillages.

— Ça m'aide.

Il baissa les yeux et ouvrit la porte.

— C'est une chouette maison, pas vrai ? fit Callista en entrant.

— Tu ne vas pas me faire la morale, toi aussi ? demanda-t-il en laissant tomber ses chaussures de marche près de la porte.

— À propos de quoi ?

— De cette baraque. Du fait qu'elle aurait dû revenir aux Wallace et tout ça.

Callista scruta son visage.

— Est-ce que les gens d'ici t'ont bassiné avec cette histoire ?

— Pas vraiment. C'est juste qu'ils ne ratent jamais une occasion d'y faire allusion et j'ai l'impression d'être une espèce de traître, parce que je l'ai achetée. Tu connais les Wallace ?

— Bien sûr.

— Bon, alors dis-leur que je suis désolé d'avoir acheté leur maison. Je veux juste vivre ici en paix, pour un moment. Ça ne devrait pas être un crime.

— C'est une jolie villa, répondit Callista. Pas étonnant que les Wallace soient contrariés de l'avoir perdue.

— C'est vrai mais, son histoire, elle, n'est pas belle.

Il s'approcha d'elle et la plaqua contre le mur. Il l'embrassa, les mains se baladant sur son corps.

— Le vieux Wallace était un chasseur de baleines, dit-il. Enfin, tu sais déjà sans doute tout ça, alors n'en parlons pas maintenant.

Elle le repoussa gentiment.

— Tu as quelque chose contre la chasse à la baleine ? l'interrogea-t-elle.

Lex s'immobilisa et lui caressa la joue du bout du doigt.

— Pas toi ?

— Je n'aime pas trop ça, avoua-t-elle dans un haussement d'épaules. Mais la population des baleines à bosse augmente...

Il lui prit les deux mains et les posa contre ses propres joues.

— Ce serait tellement mieux si les hommes pouvaient laisser au moins une espèce animale tranquille, déclara-t-il.

— Tu es un idéaliste.

Il l'embrassa entre chaque mot.

— Et toi, tu n'es pas une idéaliste ? demanda-t-il en tentant de lui déboutonner son haut. En tant qu'artiste ?

— Je suis une fille de la campagne, dit-elle. Je suis pragmatique.

— Tu as raison. Soyons pragmatiques. Nous pourrons discuter plus tard.

Callista s'échappa de son étreinte en lançant :

— J'ai apporté du champagne. Dans une glacière, à l'arrière du Combi.

— Il n'aura pas survécu au voyage ! s'esclaffa-t-il.

— Je vais le chercher, on verra bien.

Elle sortit la bouteille de sa voiture. Elle s'était ruinée pour l'acheter, autant qu'ils la boivent.

— Apporte la bouteille par ici, lança Lex depuis la terrasse.

— Non, je t'attends près des falaises.

— Pendant que je vais chercher les verres.

— Tu lis déjà dans mes pensées, répondit-elle, un sourire sur les lèvres.

— J'en doute. C'est un peu tôt pour ça.

Il disparut dans la maison.

Callista traversa la route et trouva un petit coin confortable dans l'herbe, devant l'à-pic qui descendait jusqu'aux blocs de granite dominant l'eau. Elle s'assit et observa la mer, les nuages qui s'amassaient à l'horizon. Elle entendit Lex arriver derrière elle. Sa main frôla les cheveux de Callista puis il s'installa tout près d'elle.

— Je vais l'ouvrir.

Elle lui tendit la bouteille et le regarda la déboucher sans mal.

— Tu as de l'entraînement, on dirait, constata-t-elle.

— Un petit peu.

— Tu as eu beaucoup de grandes occasions à célébrer, dans ta vie ?

— Non, fit-il, les yeux soudain voilés. C'est juste que j'aime le champagne.

— Alors buvons.

Elle observa les bulles pétiller de bas en haut dans son verre et, pour tenter de repêcher la part de lui qu'elle venait de perdre, elle lui lança gaiement :

— Qu'est-ce que tu veux faire, quand tu seras grand ?

Lex sirota son champagne en faisant tourner le pied de sa flûte entre ses doigts.

— Je ne sais pas, dit-il, désinvolte. Acheter un yacht et faire le tour de l'Australie.

Sa réponse agaça un peu Callista. Il gardait ses distances, lui faisait savoir qu'il ne voulait pas qu'elle s'approche trop près. Elle n'insista pas.

— J'ai entendu dire que tu n'avais pas le pied marin.

— Qui te l'a dit ? s'étonna-t-il. Mrs B. ?

— Le téléphone arabe.

Il grommela avant de l'interroger :

— Et toi ? Qu'est-ce que tu veux faire ?

— Créer des tableaux formidables et les exposer dans les plus grandes galeries où des gens paieront des fortunes pour acheter mon travail.

Il sourit.

— Je sais... soupira-t-elle. Je rêve. Mais il faut bien. Qu'est-ce qui nous reste, sinon, dans la vie ?

— Le sexe, répondit-il.

Il l'embrassa et elle lui rendit son baiser.

Ce n'était pas un problème, se dit-elle, de jouer sur le fil du désir. Elle aussi, elle avait envie de lui. Pour l'instant, elle était contente de se laisser piéger par ces rets romantiques. Cela faisait partie du jeu. Plus tard, il devrait lui donner davantage, parce qu'elle attendait plus qu'une simple relation charnelle. Elle voulait connaître l'homme qui se cachait au fond de lui.

Le lendemain matin, Callista sortit un chevalet du Combi et l'installa de l'autre côté de la route, sur l'herbe. Elle esquissa les lignes de la côte sur une toile, accentuant les courbes des plages et les bosses des rochers pour les rendre plus intéressantes, relevant les falaises pour qu'elles soient plus impressionnantes. On pouvait faire ça, avec l'art : changer les règles, modifier l'horizon, embellir les couleurs. Dommage qu'il ne soit pas si facile de faire pareil dans la vraie vie.

Elle appliqua un lavis de fond pour faire ressortir les nuances et commença à vider quelques tubes de peinture sur sa palette.

Lex traversa la route avec un journal et une canette de limonade et s'assit sur l'herbe à côté d'elle.

— Qu'est-ce que tu fais ? s'enquit-il.

— J'essaie de mettre un peu de vie dans cette falaise, là-bas.

Il leva la tête, la main en visière au-dessus de ses yeux.

— Les couleurs sont intéressantes.

— Différentes de ce à quoi on pourrait s'attendre. Elles vont s'harmoniser. Il faut reculer pour saisir l'effet. Et c'est trop tôt, de toute façon. Je viens juste de commencer.

Il prit la cheville de Callista au creux de sa main et lui caressa un moment le mollet.

— J'essaie de me concentrer, dit-elle. Trouve-toi autre chose à faire.

— J'aime t'observer.

— Tant mieux. Mais tu me distrais.

— Quel genre de peinture utilises-tu ?

— De l'acrylique bas de gamme. La même dont je me sers pour les toiles que je vends au marché. Je fais du barbouillage, c'est tout.

— Et quand est-ce que tu peins des vrais trucs ?

— Qu'est-ce que tu veux dire ?

— Des trucs que tu veux exposer et vendre à un prix correct ?

— Quand je suis d'humeur.

— Et qu'est-ce que tu utilises, dans ces cas-là ?

— De la peinture à l'huile, le plus souvent. Ou de l'acrylique de meilleure qualité. Selon que j'ai envie que ça sèche vite ou pas.

Son regard se perdit vers les crinières écumantes des déferlantes. Il y avait longtemps qu'elle n'avait pas sorti ses peintures des grands jours.

— Tu es une femme changeante, la taquina-t-il.

— Je suis une femme normale.

— Ça, ça n'existe pas.

Il arracha une touffe d'herbe qu'il jeta vers elle.

— Quoi de neuf, dans le journal ? demanda-t-elle en essayant de se concentrer sur son travail.

Elle voulait recréer l'effet de colonne des rochers et des blocs de pierre empilés au pied des falaises.

— Encore les Japonais, répondit-il en étalant le journal sur l'herbe. Ils naviguent vers le sud pour leur mission de recherche annuelle.

— Leur mission de recherche ? Je pensais qu'ils allaient faire des provisions de viande de baleine pour les restaurants.

— C'est le cas, mais ils appellent ça de la recherche.

Callista baissa les yeux vers les cheveux blonds et fins de Lex, qui lisait les sourcils froncés.

— Un navire de Greenpeace s'y rend aussi, précisa-t-il. Pour perturber la chasse.

Elle le vit lever la tête vers l'horizon.

— Voilà quelque chose qui ne m'aurait pas déplu, quand j'étais jeune, dit-il. C'est bon de s'investir dans une cause. D'avoir une passion.

— Tu ne trouves pas que c'est un peu irrationnel ? dit Callista, qui n'était pas sûre de comprendre sa façon de voir. Ça doit coûter une fortune à Greenpeace, de les poursuivre jusque-là, non ?

— Les dons servent à ça. Et les cartes de membres aussi. De cette façon, des gens peuvent défendre leurs idéaux tout en restant chez eux, sachant que quelqu'un d'autre risquera sa vie en agissant en leur nom.

— Mais à quoi ça sert, au bout du compte ? Les Japonais récupèrent quand même leur quota de baleines.

— Grâce à la présence de Greenpeace, la chasse à la baleine fait la une des journaux. C'est ça, le but de l'opération.

— Et pas d'empêcher la chasse.

Lex leva la tête et lui sourit.

— S'ils y arrivent, c'est encore mieux.

Callista trempa son pinceau dans la peinture et mélangea un gris-brun.

— Pourquoi est-ce que ce devrait être un problème ? le provoqua-t-elle. Pourquoi ne pourraient-ils pas avoir le droit d'en pêcher un certain nombre ?

— Les Japonais n'ont pas besoin de manger de la baleine.

— Ce n'est pas censé être dans leur culture ?

— Seulement depuis la Deuxième Guerre mondiale. Je n'appelle pas ça une tradition ancestrale.

— Ils pensent sans doute que manger du kangourou, c'est inhumain.

— Les baleines sont moins nombreuses que les kangourous, renifla-t-il.

— Les baleines à bosse ne sont plus menacées d'extinction.

— C'est ce que disent les Japonais, fit-il en frappant le journal du revers de la main. Ils prétendent qu'elles peuvent supporter une chasse contrôlée. Mais qui a jamais réussi à contrôler les Japonais ?

— Mieux vaut coopérer avec eux sur la question plutôt que de les laisser faire ce qu'ils veulent.

— Ils ne devraient pas manger de baleine du tout.

— Ça, c'est un jugement de valeur de première catégorie.

Lex la fixa comme s'il n'en croyait pas ses oreilles.

— De quel côté es-tu ?

— Aucun.

— Tu dois bien avoir un avis sur la question, dans un sens ou dans l'autre.

Callista reposa sa palette.

— Moi non plus, je n'aime pas la chasse à la baleine. Mais comment s'y opposer de façon rationnelle, si leur population augmente ? Nous exploitons tout le reste.

— Ils en tueront trop.

— C'est pour ça qu'il faut parlementer. Pour pouvoir les contrôler.

— On n'arrive déjà pas à les contrôler maintenant, alors qu'ils sont juste censés faire de la recherche. De la recherche ? Mon cul, ouais !

Il se leva et jeta le journal par terre. Les pages se soulevèrent dans la brise.

— Je vais marcher un peu, dit-il.

Callista le regarda descendre le long du sentier tapissé d'herbe puis s'engager sur le rivage, vers le lagon. Elle peindrait Lex plus tard. Tache noire sur le sable. Cela donnerait une échelle au tableau et créerait une impression d'isolement et de solitude – une silhouette seule sur la plage. Elle aurait aimé avoir suffisamment confiance en elle pour se peindre elle aussi, à son côté.

14

Callista monta jusqu'à la cabane de Jordi. C'était une belle soirée d'été, fraîche, et son frère était dehors, comme toujours, assis près du feu de camp, penché sur sa guitare. La lampe à gaz qu'il avait bricolée sifflait doucement et, du feu de camp, il ne restait que des braises silencieuses. Tandis qu'elle traînait une souche vers le foyer, Callista vit son frère soulever le couvercle de la marmite afin de s'assurer qu'il y avait assez d'eau pour deux. Il posa sa guitare sur le côté.

— Salut, Jordi.
— 'lut, comment va ?

Il secoua une boîte pour en faire tomber quelques feuilles de thé dans sa main, les jeta dans la marmite qu'il suspendit au-dessus du feu.

— J'adore la façon dont tu fais ça.

Callista ne savait pas trop comment lui faire comprendre que ce geste familier était réconfortant, qu'il faisait partie du rituel lorsqu'elle venait le voir.

— Y a pas de quoi, dit-il en examinant deux vieilles tasses en fer-blanc avant de froncer un peu le nez. Elles sont crades.

Elle le regarda soulever un jerrycan, verser un peu d'eau dans les tasses puis en frotter l'intérieur du bout des doigts dans un geste circulaire pour décoller les saletés. Ensuite, il jeta l'eau par terre, devant ses pieds.

— Qu'est-ce que tu deviens ? demanda-t-il en servant le thé.

— J'ai été très occupée.

— À faire quoi ?

— Un peu de peinture. Les marchés. Et d'autres trucs.

— C'est ce type, pas vrai ?

— Ne me dis pas que l'info circule déjà en ville ? grimaça-t-elle.

— Nan. Mais ça ne va pas tarder. Je te connais, c'est tout, dit-il avant de cracher dans le feu. T'es à l'ouest. Je le vois.

— C'est si mal que ça ? Tu m'as encouragée à aller le voir sur le cap. Et je pense qu'il me fera du bien.

— C'est plutôt toi qui lui feras du bien.

— J'aimerais que tu apprennes à le connaître. Vraiment. Il est gentil, Jordi.

— Gentil ! s'exclama-t-il avant de recracher dans le feu. Tu parles. Comment est-il vraiment ? Et je ne parle pas de ses performances au pieu.

Elle réfléchit un instant tout en touillant son thé avec une cuiller ternie.

— Il est prudent, expliqua-t-elle. Il ne laisse rien transparaître.

— Tu crois qu'il cache quelque chose ?

— Il doit avoir une bonne raison pour être venu s'installer ici.

— Tu n'arrives pas à le percer à jour ?
— C'est un vrai bunker. Il refuse de parler.

Jordi tisonna le feu avec une branche puis ajouta une bûche.

— Qu'est-ce qui va le retenir ici, alors ?
— Comment ça ?
— Il partira dès qu'il se sera remis de ce qui le ronge en ce moment. C'est classique.
— Tu crois que je perds mon temps.

Il haussa les épaules et se resservit du thé.

— Il a besoin d'une ancre, répondit-il. D'une chose qui l'empêchera de partir.
— Comme quoi ? Une relation amoureuse ?
— Nan. Ça ne suffit pas. Il lui faudrait un objectif plus routinier, moins menaçant. Comme un boulot.
— En quoi un boulot changerait-il les choses ?
— On s'y investit. Une fois qu'on connaît des gens, partir est plus difficile. Quand, dans un couple, ça devient délicat, on peut juste prendre la porte. Une fois qu'on a d'autres amis, la fuite est plus compliquée.
— C'est cynique.

Callista jeta le fond de sa tasse au sol. Jordi renifla.

— Même si je t'aime, sœurette, je suis encore capable de te dire ça : il ne restera pas juste pour tes beaux yeux.
— Merci du compliment.
— Tu es une fille complexe, aux émotions bordéliques. Il lui faut un cadre plus stable, en plus de toi.

Elle fit de son mieux pour ne pas se vexer. Parfois, Jordi était si franc qu'il en était blessant.

— Et comment sais-tu tout ça ? demanda-t-elle. Pas par expérience, en tout cas.

Il la fixa, le visage creusé, émacié, à la lueur des flammes.

— J'observe les gens.

Il renversa sur le feu le thé qui restait au fond de la marmite et étouffa les dernières braises.

— Bon, alors, on se fait un dîner tous les trois ? hasarda-t-elle.

— Nan... Si je dois le rencontrer, on ira pêcher.

Jordi les conduisit jusqu'à un surplomb rocheux à l'embouchure de la Merrigan. Debout au bord des falaises dominant la mer écumante, Lex regarda en bas, dérouté, vers le petit chemin érodé que Jordi lui indiquait. Ils devaient suivre une ravine abrupte qui serpentait entre des buissons épineux rabougris puis descendre le long d'une fissure dans le granite pour atteindre le surplomb. On était loin de la partie de pêche tranquille que Lex s'était imaginée.

Une fois sur les rochers, il jeta un coup d'œil en arrière, tentant de ralentir les battements de son cœur. Descendre jusque-là lui avait paru risqué et, sans Jordi, jamais Lex ne s'y serait aventuré. Trop effrayant, trop dangereux. Il essaya de se concentrer pendant que Jordi lui montrait comment préparer la canne à pêche et appâter l'hameçon. Ils allaient pêcher le saumon, ce jour-là, avec des harengs comme appât. Lex n'aurait su dire si la puanteur ambiante venait des appâts ou de la chevelure de Jordi. Mais ce type savait ce qu'il faisait. Pendant que Lex se déplaçait prudemment sur le rocher dans ses chaussures de randonnée, Jordi sautillait de-ci, de-là, pieds nus. Il devait avoir de la corne sous toute la plante des pieds.

Inquiet, Lex suivit Jordi jusqu'au bord du surplomb et regarda la mer houleuse. Les vagues qui explosaient sur les reliefs lui semblaient un peu trop proches. Jordi lui montra comment débloquer le moulinet et se positionner. Avec ses gestes gracieux, il semblait avoir élevé le lancer de ligne au rang d'art. Il indiqua à Lex où il devait se tenir, lui donna la canne et alla en chercher une autre pour lui.

Lex tenait sa gaule avec l'impression d'être incompétent. Il n'avait pas la moindre idée de ce qu'il fallait faire si un poisson mordait à l'hameçon et, si cela arrivait, il n'était même pas certain de s'en rendre compte. Le courant qui tirait sur sa ligne était déconcertant. Il aurait l'air d'un crétin fini s'il restait planté là pendant une demi-heure et qu'il découvrait en remontant sa ligne qu'il n'y avait plus d'appât sur l'hameçon.

Jordi sauta de rocher en rocher, une canne dans une main, un panier de pêche dans l'autre et une clope au bec. Il adressa un signe de tête à Lex et se percha sur un autre rocher, encore plus près de l'eau. Lex regarda les embruns l'éclabousser pendant qu'il préparait sa canne. Jordi avait l'air complètement à l'aise, accroupi, en train de nouer l'hameçon. Et Callista, qui s'était assise pour pêcher un peu en retrait, nichée au creux des rochers, semblait elle aussi détendue, comme perdue dans une espèce de rêverie, les yeux plongés dans l'océan.

Au début, Lex ne parvint pas à se détendre. Le déferlement incessant des vagues en contrebas faisait bondir son cœur dans sa poitrine. Jordi l'avait prévenu qu'ils devraient regagner le surplomb quand la marée monterait, sauf que Lex n'était pas certain de s'en apercevoir le moment venu. Il avait entendu tant d'histoires au fil des années sur des pêcheurs emportés au large... Et même des pêcheurs aguerris. Des hommes qui savaient ce qu'ils faisaient. Lui, il n'avait aucune chance de se rendre compte qu'une vague plus haute que les autres se préparait. Et il se sentait déjà bien trop près de l'eau. Il ne voulait pas attendre que la mer commence à lui lécher les bottes pour reculer.

Il finit malgré tout par se relaxer et s'adossa au rocher derrière lui. Il était fascinant de regarder la houle émeraude monter vers le surplomb et les vagues exploser en gerbes d'écume sur les rochers puis refluer dans un sifflement, un souffle. Le grondement omniprésent de la mer était apaisant. Il les isolait du reste du monde.

Au bout d'un moment, Lex se rendit compte qu'il était heureux, étonnamment en paix, et étrangement seul malgré la présence de Jordi et de Callista. Il se tourna et vit leurs visages lisses et impassibles, leurs yeux perdus au loin, leurs esprits agréablement libérés, par le simple fait d'être là, sans penser à rien, comme lui. Voilà donc pourquoi les gens pêchaient. Pas seulement pour attraper des poissons mais aussi pour cela – ce détachement, cette solitude. Il sourit. C'était une révélation.

— 'tention ! lança Jordi.

Trop tard. Une vague s'écrasa soudain sur les jambes de Lex, l'attirant vers le bord, le trempant complètement.

— Recule !

Jordi indiqua à Lex où il devait battre en retraite, et Lex, mort de peur, y courut aussitôt. Lorsque sa ligne s'accrocha derrière lui, il tira dessus comme un fou tandis qu'une autre vague écumait par-dessus le surplomb et lui enveloppait les genoux. Une série de lames plus hautes devait se préparer. Il mourait d'envie de lâcher la gaule pour s'enfuir, mais elle appartenait à Jordi.

Ce dernier bondit soudain à son côté, la clope toujours au bec. Il se pencha et attrapa la canne d'une poigne ferme.

— Tout va bien, mec. Laisse-moi faire. Grimpe là-haut et je m'occupe de la décoincer.

Lex obéit avec joie. Il fila sur le rocher du dessus et vit Jordi, debout dans le courant écumeux, secouer la canne pour libérer l'hameçon. Il tira fort trois fois et l'hameçon dut se libérer ou se casser car Jordi rembobina la ligne et bondit sur le rocher où s'était réfugié Lex.

Un sourire fugace fendit un instant sa barbe.

— Celle-là, elle est sortie de nulle part, pas vrai ?

— Elle était un peu trop près pour moi, dit Lex.

— Tu t'en es bien tiré, répondit Jordi avant de regarder le pantalon de Lex. T'es juste un peu mouillé.

Il examina la ligne.

— On a perdu l'hameçon, constata-t-il. Je vais t'en mettre un autre.

Jordi sauta par-dessus les rochers pour aller chercher son panier. Il revint, sortit un autre hameçon, qu'il appâta de nouveau.

— Tiens, essaye de la lancer tout seul, dit-il en lui donnant la ligne. Comme ça, voilà. Maintenant, lance-la tout là-bas.

La canne au-dessus de son épaule, Lex imita le geste de Jordi. Il sentit la ligne jaillir du moulinet et le bruit qu'elle fit lui plut.

— Si je ne meurs pas noyé avant, je pourrais finir par y prendre goût.

Un autre sourire fugace de Jordi.

— Veille sur ma sœur, et je m'assurerai que tu ne te noies pas.

Il se pencha pour ramasser sa propre canne.

— Coucou ! lança Callista.

Lex la vit agiter la main. Elle s'était perchée un peu plus haut, lorsque les rouleaux avaient déferlé. Son sourire évoquait une brise fraîche.

— Tu t'amuses ? cria-t-elle pour couvrir le ressac.

— Comme un fou. C'est formidable. Tu as intérêt à me dire adieu tout de suite au cas où je me ferais emporter par la prochaine vague.

— Ça va aller. Ouvre grands les yeux et les oreilles, c'est tout.

Ils pêchèrent pendant deux heures. Jordi prit quelques poissons, Callista un seul et Lex ne remonta que des touffes d'algues et égara deux autres hameçons. Pourtant, il n'avait pas l'impression d'avoir perdu son temps. Ce moment de camaraderie toute simple, de connivence, était l'un des meilleurs qu'il avait passés à Merrigan. Il ressentait une forme de bienveillance, d'acceptation, malgré ses lignes bêtement cassées et ses lancers hasardeux. Sans parler de l'immersion dans la nature, paisible et étonnante, qu'il n'avait pas soupçonnée. Due sans doute à la proximité des vagues, à l'intensité du fracas des déferlantes sur les rochers, des gargouillements entre les fissures. Quelque part, il était grisant de prendre ces risques, de sentir des liens se tisser en partageant des moments forts.

Lorsqu'ils grimpèrent plus haut sur les rochers pour pique-niquer d'une baguette découpée à la main et de tranches de fromage, Lex éprouva un agréable sentiment de fraternité, même avec Jordi qu'il connaissait à peine. Il commençait à comprendre qu'on n'a peut-être pas besoin d'avoir des points communs avec quelqu'un pour apprécier sa compagnie. Il pourrait peut-être nouer quelques amitiés à Merrigan, finalement.

Il faisait doux, ce soir-là, et le soleil s'attardait, rond et chaud, au-dessus des montagnes. Dans la maison, qui attendait la brise vespérale, régnait une chaleur suffocante. Lex sortit le saumon que Jordi avait vidé et écaillé et le posa sur la planche à découper sans savoir qu'en faire. Ses connaissances en la matière se limitaient au *fish and chips* et aux rares occasions où Jilly avait préparé une recette élaborée à base de poisson pour un dîner entre amis. Dans ces cas-là, sa collaboration avait consisté à énoncer quelques compliments puis à débarrasser la table. Il hésita à jeter le poisson au fond du congélateur pour ne plus y penser, avant de se dire qu'il pourrait aller frapper chez sa voisine et lui demander conseil.

Voyant une voiture garée à côté de la Peugeot verte de Mrs B., Lex faillit faire demi-tour pour ne pas déranger mais une voix rauque l'appela depuis la terrasse ombragée.

— Nous prenons une tasse de thé au grand air, Lex. Venez donc vous joindre à nous.

Il grimpa d'un pas hésitant les marches de bois grinçantes menant à la terrasse et vit Mrs B. assise sur une vieille chaise longue élimée. Un homme était près d'elle, adossé au mur.

— Voici Frank, mon fils, déclara-t-elle. Je voulais vous le présenter depuis longtemps.

L'homme s'avança en lui tendant une main amicale et Lex eut l'impression de rencontrer une version plus jeune et masculine de Mrs B.

— Il y a un air de famille, lança Lex.

Mrs B. éclata de rire.

— Je ne pensais pas que quelqu'un pourrait avoir un visage aussi ridé et anguleux que le mien.

Lex et Frank se serrèrent la main.

— Frank, tu veux bien aller chercher une tasse de thé ?

Celui-ci sourit machinalement et rentra dans la maison.

— Comment allez-vous, jeune homme ? s'enquit Mrs B.

— Bien. Mais j'ai un poisson sur les bras et je ne sais pas quoi en faire.

— Ah, si je comprends bien, vous n'êtes pas un cordon-bleu.

— Je n'ai jamais eu besoin de l'être. Des suggestions ?

Frank revint et tendit une tasse à Lex.

— Essayez de l'envelopper dans du papier aluminium avec une noix de beurre et quelques herbes, suggéra-t-il. Ensuite, jetez-le sur le barbecue ou mettez-le au four. Un bon repas tout simple de célibataire. Délicieux et enfantin.

— Ça donne envie, dit Lex en le remerciant d'un signe de tête. Je vais essayer. C'est la première fois que je dois cuisiner un poisson frais.

— Vous ne pêchez pas ? demanda Frank, qui s'assit sur la banquette en grognant et en soupirant.

— Malheureusement, non.

— Ça viendra, si vous restez dans le coin.

— Frank est venu tondre la pelouse, expliqua Mrs B. Mais je lui ai dit d'attendre que la chaleur retombe un peu.

— Si un jour Frank ne peut pas venir, je pourrai m'en charger, suggéra Lex. Tant que la tondeuse fonctionne. Je ne suis pas très doué avec les machines.

— Avec les poissons non plus, le taquina Mrs B., ce qui les fit tous rire.

Lex s'accouda à la balustrade et sirota son thé.

— Les baleines se font rares, dernièrement.

— La migration est finie, expliqua Mrs B. Elles doivent déjà être au sud, à se nourrir en Antarctique. Si une baleine arrivait maintenant, elle ne serait pas du tout à sa place.

Lex repensa aux flux ascensionnels chargés en nutriments dans l'océan Austral où les eaux froides de l'Antarctique se heurtaient aux courants plus chauds du Nord. On appelait ce phénomène la convergence antarctique. Des bancs massifs de krill y abondaient et des créatures pélagiques de toutes sortes s'y retrouvaient pour un véritable festin. Il imagina les baleines à bosse en train de se nourrir, absorbant de grandes bouchées de krill.

— J'aimerais bien voir un repas de baleine, déclara-t-il. Ce doit être incroyable. Il y a des croisières organisées en Alaska pour les voir.

— Il fait trop froid pour moi là-bas, jeune homme. Et c'est trop loin, ajouta Mrs B., sourcils froncés. Vous rêvez toujours d'être ailleurs ?

— Non. Je me plais, ici.

— Je te disais bien que c'était un amoureux des baleines, dit-elle à Frank.

— Merci de l'avoir emmenée les voir, lui dit ce dernier. Elle s'est bien amusée. Elle n'a parlé que de ça pendant des jours.

— Tu aurais pu m'emmener, toi, lança-t-elle à son fils. Et depuis des années.

— Je ne savais pas que ce genre d'excursions t'intéressait, se défendit Frank.

— Tu ne me l'as pas demandé.

— C'est le boulot d'un voisin, intervint Lex. Il faut être un touriste pour penser à ce genre de chose.

— Vous venez de Sydney ? lui lança Frank, les yeux plissés.

— Oui.

— Je parie que vous n'avez pas été à l'opéra depuis des années.

— Ça fait longtemps, en effet.

— Tu vois ? glissa-t-il à sa mère. Il a raison. On ne pense jamais aux sorties qu'on peut faire près de chez soi.

Lex finit sa tasse de thé et jeta le fond par-dessus la balustrade.

— Je ferais mieux de rentrer et de m'occuper de ce poisson, annonça-t-il.

— Bonne chance, lança Mrs B., ses lèvres fines étendues en un sourire. Essayez de ne pas le laisser brûler.

Après la partie de pêche, Lex ne revit pas Callista pendant presque une semaine. Il l'avait appelée, avait laissé plusieurs messages, mais elle n'avait pas repris contact. Cette incertitude le mettait au supplice. L'après-midi avec Jordi avait fait naître en lui une espèce d'élan d'optimisme imprudent, une envie irrépressible de mieux la connaître. Et depuis, ce silence... que signifiait-il ? Avait-il projeté trop de choses dans leurs échanges ? Ou bien était-il juste gouverné par l'aspect charnel de leur relation ? Le sexe ? Il devait vraiment mieux se contrôler. Elle était beaucoup plus complexe qu'il ne le pensait.

Puis, un jour, elle arriva sur le cap au crépuscule, agitée et irritable, et suggéra qu'ils aillent faire un feu sur la plage.

Tandis qu'elle allait chercher des verres à vin, il enfourna du bois flotté dans un grand sac. Il s'était mis à ramasser du bois sur la plage en prévision de l'hiver, pour le poêle. Mais si Callista voulait faire un feu ce soir-là, elle l'aurait. Tout pour éviter un conflit – même si, à voir l'humeur dans laquelle elle était, cela paraissait inévitable. Quelque chose la minait. Ce qui poussa Lex à se demander s'il avait vraiment besoin de ça... d'une autre relation, alors qu'il ne s'était toujours pas remis de la précédente. Il prit le sac sur ses épaules et la suivit en bas, sur la plage.

Au-dessus des traces laissées par la marée haute sur le sable, il creusa un trou dans le sable afin d'y préparer un petit feu. Callista ne disait rien et il ne savait pas comment prendre ce silence. Les bras croisés, elle le regarda se pencher au-dessus du bois puis approcher une allumette du papier journal froissé. Lorsqu'elle s'assit dans le sable, il s'installa près d'elle et ils contemplèrent les flammes affamées léchant le bois sec. Même s'il lui semblait incongru de faire un feu alors qu'il était en short, il prenait plaisir à écouter les crépitements des flammes et à sentir l'odeur de la fumée. Peut-être que c'était une bonne idée, finalement. Et le vin n'était pas trop mauvais non plus. Il en buvait avec un peu plus de modération, ces derniers temps. Il n'éprouvait plus le besoin de se saouler.

Il jeta un coup d'œil vers Callista en se demandant si elle avait les larmes aux yeux ou si c'était juste la fumée qui l'irritait.

— Comment s'est passée ta journée ? voulut-il savoir.

— Je n'ai pas fait grand-chose. Juste un peu de peinture. Et quelques cadres.

Ils contemplèrent un moment le papillonnement des flammes.

— Tu te sens mieux ? finit-il par lancer.

— Mieux que quoi ?

— Que quand tu es arrivée ici.

— Tout va bien, dit-elle comme si elle se contrôlait. Quand vas-tu te mettre à chercher un travail ?

Un travail ! Lex faillit éclater de rire. Est-ce que c'était ça qui la tourmentait ?

— J'imagine que je pourrais trouver quelque chose, admit-il. Sauf que je ne sais pas par où commencer.

— Du côté des exploitations laitières. Elles cherchent toujours de la main-d'œuvre.

— Je pourrais me renseigner, concéda-t-il. Mais je ne suis pas sûr d'apprécier les vaches.

— Tu ne peux pas travailler dans une exploitation laitière sans les côtoyer.

— Je ne me suis jamais approché de près d'une vache.

— Même pas au Salon de l'agriculture de Sydney ?

— Même pas.

— Je suis certaine que ce sera le début d'une relation merveilleuse entre toi et elles, renifla-t-elle.

Un silence pesant s'abattit de nouveau. Lex sentait l'air frais de la nuit remonter de la mer.

— Et toi, qu'est-ce que tu as fait de beau, aujourd'hui ?

Au moins, elle essayait de discuter.

— J'ai bouquiné. Des livres d'histoire trouvés chez moi. Je suis devenu une encyclopédie ambulante sur l'industrie baleinière, maintenant. J'en connais tellement que je pourrais tourner un documentaire.

Callista ne dit rien.

— Je passe beaucoup de temps à penser aux Wallace, poursuivit-il. Il y a quelque chose, dans les murs de cette baraque.

— Voilà ce qui arrive quand on achète une maison chargée d'histoire. Mais ce n'est que ça. De l'histoire ancienne. Tu devrais tourner la page.

— J'essaie de comprendre quel genre de personne peut devenir chasseur de baleines. Est-ce que ce vieil homme les aimait ? Ou est-ce qu'il aimait juste les tuer ?

— Les deux, sans doute. On peut admirer le courage de celui que l'on tue. Il ne faut pas nécessairement haïr pour tuer.

Lex jeta d'autres bouts de bois dans le feu.

— D'accord, alors dis-moi pourquoi les Wallace gagnent toujours leur vie grâce aux baleines ?

— Comment ça ?

— Les croisières de Jimmy Wallace.

— Ça n'a rien à voir.

— C'est toujours une façon de vivre de l'exploitation des baleines.

Callista le dévisagea.

— Je crois que tu deviens parano, avec cette histoire. L'observation des baleines est une industrie touristique précautionneuse et Jimmy Wallace respecte les baleines. Sinon, il ne serait pas là. Il ne le ferait pas.

— Dans ce cas, pourquoi ne mentionne-t-il pas l'implication de sa famille dans l'industrie baleinière ? Ce serait l'occasion idéale de faire un *mea-culpa*.

— Tu en parlerais, à sa place ? demanda Callista, le feu aux joues. Tu t'obligerais à remuer le passé chaque fois que tu partirais en mer pour observer les baleines ? Je doute que tu en aies le courage ou la force. Certains sujets sont trop graves pour qu'on s'en excuse par de petites choses insignifiantes.

Elle était franchement en colère. Ses yeux, illuminés par les flammes, lançaient des éclairs. Il aurait mieux fait de s'abstenir de critiquer un type du coin. Il aurait dû se douter qu'elle serait solidaire.

— J'imagine qu'il ne t'a pas traversé l'esprit que Jimmy Wallace pourrait avoir honte de son passé, déclara-t-elle, tête haute. Figure-toi que je sais de source sûre qu'il adore les baleines. La chasse lui a toujours fait horreur. Et pourtant, toute sa vie, il a dû porter l'histoire de son père comme un fardeau. Mais, au moins, l'industrie a périclité. Alors, qu'est-ce que ça peut faire si le vieux aimait ses livres et ses vieilles histoires sur la chasse à la baleine ? C'était son boulot, son mode de vie. On s'accroche tous à nos passions. Surtout si elles appartiennent à notre passé. Quand on perd quelque chose, les souvenirs, c'est tout ce qu'il nous reste.

Lex secoua la tête. Elle était vraiment susceptible et irrationnelle, ce soir, et il ignorait ce qu'il avait pu dire pour qu'elle se mette dans cet état.

— Je pensais juste que si Jimmy dénonçait ce qu'a fait son père, cela aiderait à rééquilibrer les choses.

— Rééquilibrer quoi ? Il n'y a rien d'équilibré, là-dedans.

Elle était furieuse. Il fit machine arrière, stupéfait et dérouté.

— Je suis désolé. Je n'en parlerai plus.

Malgré tout, elle se leva en pleurant et s'éloigna de lui en contournant le feu. Elle marqua une pause, comme pour lui dire quelque chose, mais elle se ravisa et s'éloigna sur le sable, dans les ténèbres.

Lex resta assis près des flammes en se demandant à quel moment la soirée avait déraillé.

15

Dans son vallon, Callista observait le ciel depuis sa terrasse. Il était ocre, chargé de poussière, et les nuages ascendants masquaient le soleil. Le temps changeait – un orage d'été se préparait. Depuis la fin de la matinée, le vent avait forci, faisant claquer les carillons. L'année avait été sèche et, avec cette vague de chaleur en avance, l'air chaud dévalait les collines, éparpillant de la poussière à chaque rafale. Ce n'était pas le moment de sortir.

Elle allait et venait d'un pas impatient. Le vent lui faisait peur et la rendait nerveuse. Que faire par ce temps ? Est-ce qu'elle devait monter jusque chez Jordi, où le vent soufflerait plus furieusement encore dans les arbres ?

La sonnerie du téléphone la fit sursauter. Elle rentra dans la maison pour décrocher et referma la porte derrière elle.

— Qui est-ce ?
— Lex. Désolé, pour l'autre soir. Tu as raison. Je devrais chercher du travail.

Elle ne pensait pas avoir de ses nouvelles après son petit numéro sur la plage et elle n'avait pas réussi à savoir si elle devait le recontacter. Elle aurait cru qu'il lui en voudrait, qu'il avait fait une croix sur elle parce qu'elle était trop émotive et trop compliquée. Elle était arrivée elle-même à cette conclusion – aucun homme sain d'esprit ne tolérerait ses sautes d'humeur. Elle aurait dû garder son calme. Être plus mesurée, plus contrôlée.

— Est-ce que tu voulais me dire autre chose ? demanda-t-elle prudemment.

— Oui. Un orage terrible se prépare et je me sens seul.

Elle ne répondit pas, au bord des larmes, tant elle était soulagée.

— Tu pourrais venir dîner, suggéra-t-il.

— D'accord. J'arrive.

Ça se passerait peut-être mieux que l'autre fois. Elle ferait un effort pour garder son sang-froid. S'il envisageait de chercher un boulot, c'était encore plus encourageant.

Lorsqu'elle gara son Combi sur le cap, Lex était à la fenêtre, le regard sur les moutons de la mer agitée. L'air était plus frais, sur la côte, et tourbillonnait dans mille directions.

— Descendons sur la plage, lança-t-elle en sortant son manteau de la voiture. Le temps sera peut-être plus calme près du lagon.

Elle le vit secouer la tête, mais il apparut à la porte avec son manteau sur le dos et la rejoignit à l'abri de la tourmente, derrière la silhouette parallélépipédique du Combi. Le véhicule tremblait sous les assauts du vent. Callista prit Lex par le bras et ils traversèrent la route.

Tandis qu'ils descendaient vers la lande malmenée, le vent fouettait l'herbe, tirait sur leurs manteaux et rugissait étrangement dans les casuarinas. Une fois sur le sable, le temps calme les surprit. Ils longèrent la plage jusqu'au lagon. En regardant ses eaux brunes agitées, ils aperçurent les énormes nuages gris qui dégringolaient des montagnes, droit vers la mer. Le vent était froid. Il soufflait fort sur le lagon et, en quelques minutes, Callista fut transie jusqu'aux os. Elle prit la main de Lex et, l'espace d'un instant, ils se serrèrent l'un contre l'autre, dans la tourmente, avant de rebrousser chemin. Rester là n'avait aucun sens.

Le vent avait tourné et toute la plage était à présent fouettée par une tempête de sable. Ils coururent jusqu'au sentier qui grimpait dans la bruyère, coururent encore pour traverser la route, jusqu'à la maison. Callista fut soulagée de refermer la porte derrière eux et de bloquer le vent dehors.

À l'intérieur, il faisait bon, et il n'y avait plus aucun bruit, contraste saisissant avec le vent fou de la plage et les casuarinas malmenés qui ployaient vers la terre sous des bourrasques de plus en plus fortes. Callista prit le journal du week-end sur le canapé et le feuilleta pendant que Lex faisait du café et se mettait à préparer le dîner. Lorsqu'il alluma la radio pour écouter le bulletin météo du journal de sept heures, la voix du présentateur leur parut creuse, comme s'il parlait de très loin, sous l'eau. Au large, Callista voyait l'orage coaguler dans le ciel de cette fin d'après-midi, installant une obscurité prématurée.

Des éclairs lointains faisaient crépiter la radio et Lex finit par éteindre le poste.

— Je vais me doucher, annonça-t-il.

Callista envisagea de le rejoindre avant d'y renoncer. L'attente de l'orage l'avait épuisée. Au lieu de quoi, elle observa le ciel et jeta des coups d'œil au journal jusqu'à ce que Lex revienne, rasé de frais et repeigné. S'il avait prévu un programme romantique, elle ne sentait pas en état. Dehors, le ciel s'assombrit un peu plus et la morosité de l'orage s'accentua. Elle se leva pour aller allumer la lumière. C'était vraiment idiot d'être aussi nerveuse. Elle avait déjà vu des tas d'orages.

Lex ouvrit une bouteille de vin. Il s'assit près d'elle sur le canapé et lui tendit un verre.

— Aux orages, dit-il en trinquant avec elle.

— J'espère qu'on aura droit à un joli spectacle d'éclairs. Il n'y a pas meilleur endroit sur la côte pour observer un orage.

Le temps s'écoula lentement et l'obscurité s'immisça à l'intérieur, ponctuée par des rafales et des éclairs. Le vent se mit à gémir dans les câbles et à faire trembler les fenêtres. L'esprit distrait, ils firent plusieurs parties de rami sur la table basse en s'arrêtant de temps à autre pour regarder les flashes des éclairs à l'horizon. L'orage s'approchait. Bientôt, le grondement du tonnerre se joignit aux assauts du vent.

Callista tenait ses cartes dans une main et son verre de vin dans l'autre lorsque les lumières vacillèrent et s'éteignirent. Dans les secondes qui suivirent, elle eut l'impression que son cœur se brisait et sentit la sueur lui tremper les aisselles.

— Ça va ?

Dans l'obscurité totale, la voix de Lex lui parut étrange, toute proche.

— Oui.

— Bouge pas. Je vais chercher une lampe de poche et des bougies.

Callista espérait qu'il ne serait pas long. Elle n'aimait pas ces ténèbres qui l'oppressaient de tous côtés. Elle entendit un tintement lorsqu'il posa son verre sur la table. Puis des frottements et de petits bruits quand il gagna la cuisine, après quoi le faisceau cru d'une torche électrique rebondit dans la pièce et se braqua sur son visage.

— Désolé, dit-il avant d'éclater de rire. Regarde-toi. Du vin dans une main, des cartes dans l'autre. Quelle fille !

— Je n'y voyais rien, je ne savais pas où les poser.

Il farfouilla bruyamment dans les tiroirs de la cuisine pour trouver des bougies, qu'il disposa un peu partout dans la pièce, coincée dans des goulots de bouteille. Il disparut pour aller en mettre une dans la salle de bains.

— Une chance que tu aies toutes ces bouteilles vides.

Il sourit au-dessus d'une flamme vacillante.

— Je les préfère pleines. Mais je m'améliore. Tu as une bonne influence sur moi. Tu veux un autre verre ?

Sa proximité la mettait mal à l'aise, dans la pièce éclairée à la bougie, enserrée par les ténèbres extérieures. Il lui paraissait très grand, ombrageux et puissant. L'hystérie lui serrait la poitrine, la poussait à se recroqueviller comme un escargot qu'on taquine.

— Je ferais peut-être mieux de partir.

— Ne dis pas n'importe quoi. Je ne te laisserai pas conduire par ce temps. Assieds-toi. On va manger. Le dîner est encore chaud.

Callista obtempéra et s'efforça de ralentir les battements de son cœur. Elle contempla les éclairs qui ricochaient sur l'eau, illuminant les falaises avec une régularité presque prévisible. Elle tenta de se concentrer sur l'assiette de curry que Lex lui servit, sur l'odeur riche de la coriandre fraîche et sur le doux parfum du riz basmati.

— J'ai mis les petits plats dans les grands, ce soir, déclara-t-il. Je t'ai piqué deux ou trois trucs. Comme la coriandre. Je ne m'en étais jamais servi, avant.

Le frémissement des éclairs se rapprochait et, tandis qu'ils dînaient, l'orage explosa au-dessus d'eux, dans un déluge de flashes blancs. Le tonnerre fit trembler la maison tandis que les rafales de vent secouaient les fenêtres, se glissaient sous les gouttières. La construction frémit comme si elle allait s'envoler. La pluie s'abattit sur eux, crépitant contre les vitres et martelant le toit en zinc.

— Ça réussirait presque à nous faire croire en Dieu, dit Callista.

Après manger, Lex lui massa les pieds, concentré, la tête baissée, si bien qu'elle voyait les cheveux clairsemés sur son crâne. Elle découvrit qu'elle appréciait le contact des poings de Lex contre ses talons, ainsi que les cercles qu'il traçait sur sa voûte plantaire pour en chasser la tension. Le relâchement qu'il provoqua remonta jusque dans sa nuque et ses épaules. Il ne cessait de lui remplir son verre si bien qu'elle ne savait plus trop si c'était la présence de sa silhouette large et rassurante ou la chaleur du vin qui la fit se détendre. Peu à peu, elle cessa de sursauter à chaque éclair aveuglant et chaque coup de tonnerre cinglant. Elle fixa plutôt la ligne de sa mâchoire lorsqu'il portait son verre à ses lèvres. La douce lumière jaune des bougies dansait sur le menton de Lex et parvenait à réchauffer le salon, malgré le vent qui soufflait sous les portes.

Est-ce que la tempête s'était calmée ou était-ce la lumière des bougies qui lui alourdissait les paupières ? La pièce tournoya doucement lorsqu'elle ferma les yeux pour laisser Lex l'embrasser dans le cou, puis sur la gorge et le menton.

Une bougie à la main, il la conduisit à la chambre, la fit asseoir sur le lit. Il se déshabilla devant elle, passant rapidement sa chemise par-dessus sa tête sans la quitter des yeux. Puis, très doucement, il lui ôta ses vêtements, les enlevant délicatement un par un comme du papier cadeau, avant de remonter la couette chaude sur eux deux.

Quand Callista s'endormit, Lex se releva pour éteindre les bougies. Il faisait froid, dans la maison, et le vent faisait grincer les gouttières. On avait du mal à croire que c'était l'été. Dehors, il faisait nuit noire. Il resta debout dans la cuisine pour écouter le fracas de l'orage. Une fois retourné au lit, il se lova contre la femme endormie près de lui et, tout en restant éveillé, il absorba le contact de sa peau et l'odeur de pomme de ses cheveux. Le bruit continu de l'averse finit par le bercer.

Une lumière aussi vive que fugace le réveilla en sursaut. Un autre éclair, ou autre chose, des phares de voiture ? Il s'assit dans le noir, l'oreille tendue. Il ne distingua rien que le grondement du vent.

— Qu'est-ce qu'il y a ? murmura Callista sous la couette chaude et duveteuse.

— J'ai vu une lumière. Il faut que je sorte.

— C'est un orage, Lex. Il y a des éclairs.

— C'était peut-être une voiture.

Il alluma la lampe torche et Callista s'assit à son tour.

— Personne ne conduirait par ce temps, déclara Callista. Surtout pas pour venir jusqu'ici.

Lex s'habilla à toute vitesse à la lumière de la petite lampe.

— Je préfère aller vérifier. Je n'ai pas vu Mrs B. rentrer chez elle de l'après-midi. Elle était partie chez Frank.

— Tu vas vraiment sortir ? Tu veux que je vienne ?

— Comme tu veux.

— Tu as une autre lampe ?

Il alla chercher une deuxième lampe de poche dans la cuisine et la jeta sur le lit. Il enfila son manteau et ses bottes pendant que Callista s'habillait en vitesse. Il lui lança un duffle-coat en laine.

— Attends ici, dit-il. Je viendrai te chercher s'il y a quoi que ce soit.

Dehors, c'était le chaos. Il fut frappé par l'intensité du vent, le bruit de la pluie qui crépitait sur son anorak et lui fouettait le visage. Il fut trempé en quelques secondes. Dans le faible faisceau de la lampe, il avança tant bien que mal jusqu'au bord de la falaise et jeta un coup d'œil en bas, dans les ténèbres. Il n'y avait rien – que le rugissement et le martèlement de la mer sur les rochers. Il longea le bord de la falaise, mal à l'aise, peu sûr de lui, craignant qu'une bourrasque ne le saisisse et ne le précipite dans le vide.

Là ! Lex crut voir une faible lumière dans l'obscurité. Il se pencha, les yeux plissés pour se protéger de la pluie et du vent, jura et s'essuya les yeux. Il n'aperçut que deux rais de lumière – des phares, peut-être – c'était dur de voir dans cette tourmente iodée. Une voiture avait pu basculer là. Pris de panique, il se précipita chez lui.

— Vite ! hurla-t-il. Je crois qu'une voiture est tombée des falaises. Prends mon portable sur le frigo.

Dieu seul savait pourquoi il avait continué à le charger régulièrement, depuis le temps. Est-ce que, inconsciemment, il attendait un appel de Jilly ?

Callista sortit dans la nuit, agitant la torche tout en mettant un bonnet. Lex ne prit pas le temps de regarder son visage. Il l'attrapa par le bras et l'entraîna de l'autre côté de la route à travers la pluie et le vent, dans les frémissements de la lande tourmentée, jusqu'à la plage. Alors qu'il trébuchait sur le caillebotis qui couvrait le sable, il entendit le rugissement furieux des vagues sculptées par le vent qui s'abattaient sur le rivage. Il faisait tellement sombre ! De temps en temps, un éclair zébrait le ciel. La pluie drue les trempa jusqu'aux os.

À la lumière des torches, la mer était méconnaissable. Les vagues se percutaient dans une confusion totale – désordre d'eau et d'écume, lames cassantes dans les brisants. Lex pressa le pas en tirant Callista vers les falaises. Ils approchèrent des rochers, noirs et luisants à la lueur tremblante des lampes. Scrutant l'eau, Lex ne vit que la bosse d'un toit de voiture où des vagues venaient s'écraser.

— Reste sur la plage, lança-t-il à Callista. Et essaie de m'éclairer si tu peux.

Il ôta son manteau et son pantalon et s'élança dans la mer démontée, luttant contre la force des vagues et du vent. L'eau était froide, furieuse, vivante, comme une bête. Elle s'enroulait autour de ses cuisses, le tirait vers le large, percutait son torse, le griffait pour le retenir.

Après avoir contourné les rochers sur dix mètres, il distingua mieux la voiture. En tombant, elle avait pivoté si bien qu'elle faisait face à la côte. Les phares fendaient à peine les ténèbres enragées. L'avant était coincé sur un rocher, ce qui le maintenait hors de l'eau, alors que les vagues engloutissaient l'arrière.

Il progressa pieds nus sur les rochers malgré les arêtes qui lui tranchaient les talons et la plante des pieds. Il se tordit la jambe dans une crevasse mais s'efforça d'ignorer la douleur. Son genou devait tenir le coup.

Il atteignit la voiture, la Peugeot de Mrs B., et s'appuya contre elle tandis qu'une vague s'abattait sur lui, vaste masse d'eau fuligineuse. Sous l'eau, il tâtonna pour trouver la poignée de la portière côté conducteur et la serra de toutes ses forces.

Mon Dieu, faites qu'elle s'ouvre, songea-t-il.

Elle ne bougea pas. Coincée. Peut-être qu'en tirant à deux mains. Comme ça. La poignée tourna enfin. Il se cala sur le rythme de la vague et ouvrit la portière de toutes ses forces malgré la pression de l'eau. Il devait faire vite. Trouver la ceinture. La détacher, sortir Mrs B. Et si elle était déjà morte ?

À la vague suivante, l'eau s'engouffra dans la voiture. Le niveau monta jusqu'au plafond avant de redescendre presque aussi vite. La faible lumière des phares était inutile, Lex devait tâtonner dans le noir, les mains tendues. Un corps était effondré sur le volant. Lex se pencha et se débattit avec la ceinture de sécurité. Ses doigts étaient lents, engourdis par le froid, et il n'arrivait pas à trouver le mécanisme.

Une nouvelle vague s'engouffra dans la voiture. Lex retint sa respiration, submergé. Il recracha un jet d'eau salée lorsque la vague écumante ressortit par la porte. Là. La ceinture se détacha brusquement. Il prit Mrs B. dans ses bras. Ce devait être elle, même s'il ne la voyait pas, dans ces ténèbres aquatiques. À cause des vagues, il ne pouvait prendre le temps de la sortir précautionneusement. Il lui fallait être rapide pour lui maintenir la tête hors de l'eau.

Tandis que les lames les martelaient sans répit, Lex la tira de là et la hissa sur son épaule en la serrant bien contre lui. Puis, à pas lents, il reprit le chemin de la côte, les jambes collées aux rochers, le dos fouetté par les déferlantes. Il se remémorait déjà les gestes de premiers secours.

Tout à coup, il entendit le rugissement terrible du vent au large, laid et sinistre, comme la mort. Il sentit le rouleau arriver, une masse d'eau gonflée par le vent. S'il ne parvenait pas très vite à rejoindre la plage, Mrs B. et lui se feraient submerger puis entraîner au large comme des fétus de paille. Il força ses jambes à avancer au milieu des vagues transversales. La mer le poussa alors avec une intensité qui l'horrifia, le souleva, le faucha presque. Ils furent aspirés vers le haut, jetés en l'air puis propulsés dans une masse d'eau furibonde qui les engloutit et les fit tourbillonner. À son grand étonnement, Lex se retrouva sur ses pieds, poussé par une force qui le ramena sur la plage et qui ne fut bientôt plus qu'un léger courant léchant ses talons.

Vite. Il était peut-être déjà trop tard.

Il se mit à genoux près du corps de Mrs B., appela Callista en hurlant puis chercha dans le noir le visage de la vieille dame pour commencer le bouche-à-bouche. Ses mains reconnurent les traits de son visage. Il la redressa, enfonça le bout de ses doigts au creux de son cou pour lui prendre le pouls. Il le trouva, faible et hésitant. Pas le temps de voir si elle respirait, elle était sans doute gorgée d'eau.

Il lui pinça le nez de sa main gauche, lui releva le menton de sa main droite, prit son inspiration, plaqua ses lèvres contre celles, vieilles et molles, de sa voisine et insuffla de l'air dans ses poumons. Trois fois. Il faisait trop noir pour s'assurer que sa poitrine se soulevait et redescendait, mais l'air devait bien aller quelque part et il sentait un faible souffle sur sa joue mouillée.

Comment se faisait-il qu'il se retrouve encore dans cette situation ? Est-ce qu'il n'avait pas assez donné ?

Il devait tuer toute pensée. Se concentrer sur le rythme. S'assurer que la poitrine de Mrs B. se soulevait. Sentir le léger souffle qui s'échappait de ses lèvres à elle lorsqu'il s'écartait. Essayer de protéger leurs deux visages de la pluie. Où était Callista ?

Il finit par l'entendre, criant son nom, quelque part en haut de la plage. Entre deux souffles, il rugit une réponse puis se pencha de nouveau vers Mrs B. Il percevait toujours son pouls – faible, mais régulier. Ils allaient peut-être gagner.

L'ambulance finit par arriver. Callista avait appelé les secours. Elle avait dû hurler dans le téléphone pour qu'ils l'entendent malgré le vent, expliqua-t-elle. Elle les avait appelés même si elle doutait que Lex puisse sortir de là quelqu'un de vivant. Lorsqu'elle avait vu les gyrophares fendant les ténèbres près du sommet des falaises, elle était allée à leur rencontre pour les guider jusqu'à la plage où Lex était resté avec Mrs B., prostré dans sa posture de secouriste, tentant désespérément de la ranimer.

Les médecins prirent le relais, armés de leurs torches électriques puissantes qu'ils tenaient dans leurs mains fermes et assurées. Ils firent rouler la vieille dame sur le côté pour la placer en position latérale de sécurité et lui tapèrent dans le dos. Elle vomit la mer sur le sable et se mit à tousser entre deux goulées d'air. Lex fut ébloui par leur compétence. C'était la même chose que la première fois, avec Isabel – la même chose, à un point près. Mrs B. survivrait. Il rentra en lui-même, dans le froid et l'épuisement qui le gagnaient peu à peu.

Les secouristes placèrent Mrs B. sur un brancard. Lex avait l'impression d'en avoir besoin d'un, lui aussi. Son corps était raidi par le froid et ses pieds à vif le faisaient grimacer. Heureusement que Callista le prit par le bras pour qu'ils puissent suivre les brancardiers jusqu'au sentier dans la lande. La pluie n'était plus qu'un crachin et un brouillard épais s'était levé sur la mer. Lex voyait les embruns tourbillonner dans les faisceaux des phares. La nuit s'essouffla, gagnée par un apaisement étrange, inquiétant. Sur le sentier, l'herbe lui fit l'effet d'un coussin sous ses pieds meurtris.

Les médecins glissèrent le brancard dans l'ambulance, baignés par des lumières rouges stroboscopiques.

— Montez, leur dit l'un d'eux. Il faut s'occuper du visage de la fille et vous, vous avez l'air d'un zombie.

Les joues de Callista avaient été fouettées jusqu'au sang par les rafales de vent chargées de sable et ses jambes comme les pieds de Lex étaient zébrées d'entailles sanglantes. Ils grimpèrent dans l'habitacle éclairé d'une lumière vive et s'assirent, immobiles, engourdis, pendant qu'un médecin plaquait un masque sur le nez et la bouche de Mrs B. et déclenchait le flux sifflotant d'oxygène. Ensuite, il leur lança deux couvertures puis se retourna vers la vieille dame. L'ambulance dévala la route de Wallaces Point dans une succession d'embardées pour foncer vers Merrigan.

La clinique n'était que lumières vives et lino blanc immaculé. Vision surnaturelle après les ténèbres chaotiques de la plage. Lex était toujours sous le choc, après avoir senti les lèvres molles de Mrs B. sous les siennes, et la séance de premiers secours l'avait épuisé. Il entra dans la réception en boitillant derrière Callista pendant que les ambulanciers disparaissaient derrière des portes battantes avec Mrs B. La salle d'attente était déserte. À l'accueil, une infirmière tout en blanc fixa durement Callista.

— Vous êtes déjà venue ici ?

— On a l'air en si mauvais état que ça ? Je m'appelle Callista Bennet. Oui, je suis déjà venue. Pour mes amygdales, quand j'étais gosse. Et d'autres choses, ensuite.

Le regard de Lex balaya la salle éclairée par une lumière crue avant de revenir sur l'infirmière. Il avait la drôle d'impression d'être absent, comme s'il regardait tout cela de loin. Il vit l'infirmière taper sur son ordinateur, les sourcils froncés.

— Je ne trouve rien à « Bennet », dit-elle en louchant vers Callista. Vous êtes peut-être enregistrée sous un autre nom ? Vous êtes la fille de Jimmy Wallace, non ?

Elle baissa les yeux vers son écran.

— On va chercher à « Wallace »... et voilà !

L'infirmière avait l'air fière d'elle, mais Callista avait blêmi et Lex se sentit oppressé. Il eut l'impression de partir quelque part vers les néons du plafond, d'où il se regardait, ainsi que la fille près de lui.

— Elle s'appelle Bennet, s'entendit-il répondre. Callista Bennet. C'est ce qu'elle a dit, non ?

— Je l'ai retrouvée, insista l'infirmière en lui tendant un dossier. Callista Wallace.

Après un sourire amical à la blessée, elle dit :

— Eh bien, ma chérie, vous avez dû avoir une sacrée nuit, tous les deux. Qu'est-ce qui vous est arrivé ?

Lex lutta contre un accès de vertige. Il lui semblait qu'il s'effondrait lui-même. Callista Wallace ? Il devait y avoir une erreur. C'était impossible.

— Je ne me sens pas bien, dit-il.

Les deux femmes se tournèrent vers lui et, tout à coup, il réintégra son corps. L'infirmière semblait hésitante, Callista paniquée. Une douleur pulsatile irriguait les pieds et les jambes de Lex. Il avait chaud, il transpirait.

Le monde se referma sur lui comme une couverture de silence.

Le lendemain matin, ils allèrent voir Mrs B. dans sa chambre. Elle semblait frêle et minuscule, dans son lit d'hôpital, son visage aussi gris et pâle que ses cheveux. Elle dormait. Elle était épuisée, avait dit l'infirmière. Épuisée et faible. Elle n'était pas en danger, tant qu'elle n'attrapait pas de pneumonie. Le risque existait, leur avait-elle expliqué, à cause de tout le fluide infiltré dans ses poumons, mais ils lui avaient administré des antibiotiques, au cas où.

Debout près du lit, Lex la regarda respirer. Il était rassurant, le mouvement régulier de sa poitrine. La nuit passée n'avait pas été tendre avec lui. Malgré les antalgiques qu'on lui avait injectés après son malaise, ses pieds le mettaient au supplice. Il ne s'était pas douté que la douleur pouvait infliger ça – un évanouissement. La douleur et l'épuisement total.

Ce matin-là, Callista se montrait hésitante avec lui, et les médicaments lui embrumaient trop l'esprit pour qu'il l'interroge. Chaque fois qu'il repensait à son nom – Callista Wallace – un bourdonnement sourd lui emplissait la tête. Pourquoi le lui avait-elle caché ? Pourquoi avait-elle dissimulé son identité ? Il repensa à leurs discussions sur la chasse à la baleine, les Wallace, les Japonais… s'il avait su, peut-être aurait-il compris. Ou aurait-il battu en retraite. Qui sait. Il était trop dans les vapes pour y réfléchir.

Une infirmière qui venait de finir son service les reconduisit au cap. Lex s'assit à l'arrière, sans dire un mot, n'écoutant que d'une oreille les femmes qui discutaient de la tempête. Des câbles de téléphone et d'électricité abattus. Des arbres arrachés. Des toitures envolées. Leur bavardage paraissait tout banaliser.

Au bout de la route du cap, l'infirmière se gara devant la maison. D'un bond, elle sortit du véhicule pour s'approcher du bord des falaises et jeter un coup d'œil à la Peugeot de Mrs B., submergée par les déferlantes.

— Je suis impressionnée que vous ayez réussi à la sortir de là, lança-t-elle à Lex.

Mais ce dernier regardait la maison, mal à l'aise.

— Il y a quelque chose qui cloche, dit-il.

Tandis qu'il contemplait la façade, son cœur faisait des montagnes russes dans sa poitrine. Qu'est-ce qui avait changé ? Il n'arrivait pas à mettre le doigt dessus. Est-ce que les médicaments lui faisaient encore tourner la tête ?

La façade de la maison paraissait bizarrement plus propre. Il remarqua du mouvement, à l'intérieur, le léger battement des rideaux. Cette impression d'absence revint lorsqu'il traversa la route d'un pas claudicant. Il s'avança à pas douloureux sur le gazon et jeta un coup d'œil à l'intérieur. Il n'y avait plus de fenêtres. Toute la façade avait été soufflée.

Il grimpa doucement les marches du perron. La porte vitrée n'était plus qu'un cadre vide bordé de tessons, qui crissèrent lorsqu'il ouvrit le battant. L'intérieur n'était qu'une explosion de verre et d'eau. Des éclats avaient volé partout dans la pièce.

Lex entra. Il se fraya un passage parmi les morceaux qui jonchaient les lattes du parquet en prenant garde à ne pas glisser dans les flaques d'eau. Le canapé et les fauteuils étaient détrempés. Les cartes à jouer, éparpillées sur le sol. La moitié des livres avaient dégringolé des étagères et les photos du bateau de Vic Wallace, tombées au sol, gisaient dans leurs cadres brisés. Les fenêtres donnant à l'arrière, sur le jardin, avaient explosé elles aussi. Vers l'extérieur. Au-dessus de l'évier, les rideaux claquaient et voletaient dans le vent tels des drapeaux de prières.

Comme anesthésié, Lex erra dans les ruines de sa maison, balayant du revers de la main les tessons sur la table et le comptoir de la cuisine. Il ramassa un livre détrempé et le secoua pour faire tomber les éclats de verre de sa couverture. C'était étrange, ce flottement, cette absence de réaction qui s'était de nouveau emparé de lui, comme si tout cela arrivait à quelqu'un d'autre.

— On dirait qu'une bombe a explosé, déclara Callista.

Lex ne l'avait pas entendue entrer. Il fixa son visage choqué et ne ressentit rien. Il était si détaché, si éloigné… Il aurait sans doute dû être bouleversé.

Il posa le livre sur le comptoir et emprunta le couloir. Le vent avait fait claquer la porte de sa chambre. D'un coup d'épaule, il l'ouvrit et s'immobilisa. Des éclats de verre partout. Le lit trempé. Les rideaux battaient dans le vent et la mer rugissante semblait déferler à l'intérieur, sans entrave.

Comme engourdi, Lex resta sur le seuil et contempla le désastre. Callista passa devant lui, enroula une serviette autour de sa main et balaya les morceaux de verre répandus sur les draps pour les faire tomber par terre. À coups de pied, elle se dégagea un passage et alla redresser la commode penchée contre le lit. Un tiroir en tomba et, avec lui, une photo encadrée, la photo d'Isabel. Callista se pencha pour la ramasser.

— Merci, dit-il d'une voix creuse. Je la veux bien.

Elle émit un bruit étrange lorsqu'il lui prit la photo des mains. Elle était blessée et furieuse, ça se voyait dans ses yeux. Elle tenta de la lui reprendre.

— Qu'est-ce que ça veut dire ? demanda-t-elle, le regard noir. Un bébé ? Le tien ?

Elle ouvrit frénétiquement les autres tiroirs et renversa leur contenu sur le sol.

— Et ta femme, alors ? Il y a une photo d'elle aussi ? Que me caches-tu d'autre ?

— Qu'est-ce que *moi* je te cache ? s'étrangla Lex, fou de rage. Moi ? Et toi, alors ? Tu ne m'as jamais dit que tu étais une Wallace.

— C'est si important ?

Callista, furibonde, se débattait contre le sentiment désespéré qu'elle sentait monter en elle. Elle avait envie de jeter quelque chose contre le mur.

— Oui, ça l'est, vu que nous sommes dans la maison de ton grand-père, répondit Lex, devenu bloc de pierre.

— Qu'est-ce que tu veux dire ?

Une sensation étrange lui tordait la poitrine, comme une vague sur le point de déferler. Il aurait voulu que Callista se taise avant que quelque chose ne se brise en lui. Ses palpitations martelaient dans son crâne. La colère qui bouillonnait en lui remontait peu à peu vers la surface. Il eut beau s'efforcer de se contenir, il lui parla d'un ton dur.

— Quand est-ce que tu comptais me le dire ?

— Te dire quoi ? fit-elle, les yeux lançant des éclairs.

— Ton vrai nom… Callista Wallace.

— Je te l'ai dit, mon vrai nom. Mon nom d'épouse. Je ne te cachais rien.

— Bien sûr que si ! Nous avons parlé des Wallace des dizaines de fois et tu n'y as jamais fait allusion. Pourquoi ? Tu essayais de me séduire pour récupérer la maison ?

— C'est une idée répugnante, rétorqua Callista, dont la colère menaçait d'exploser. J'aime passer du temps avec toi, voilà tout.

— Quoi ? Comme l'autre soir, sur la plage, quand tu as passé tes nerfs sur moi ?

— Tu t'en prenais encore à mon père ! Qu'est-ce que j'étais censée faire ? Te laisser le traîner dans la boue ?

Acculée, elle se défendait comme une tigresse. Et Lex était si furieux qu'il était en sueur. La pièce était trop petite pour contenir leurs émotions.

— Tu ferais mieux de partir, dit-il.

Mais Callista se redressa et le défia du regard.

— Pas avant que tu me dises.

— Que je te dise quoi ? fit-il, incrédule.

— Pour ta femme et ton bébé.

Lex jeta un coup d'œil à la photo d'Isabel et sa fureur s'évapora. Il se sentit dépouillé, trahi, démoli.

— Ma fille est morte, dit-il d'une voix blanche, lasse. Mort subite du nourrisson. Et ma femme me le reproche. Elle veut divorcer. C'est tout ce que tu as besoin de savoir.

Il dépassa Callista et son visage blême, traversa la vitre brisée et gagna la terrasse.

— Ne pars pas, dit-elle. Je t'en prie.

Mais Lex descendit les marches en claudiquant.

L'infirmière était toujours là, sur la pelouse.

— Si le Combi ne veut pas démarrer, ramenez-la chez elle, dit-il en boitillant vers la lande. Je ne veux plus personne chez moi à mon retour.

Lorsqu'il revint, les deux véhicules étaient partis et la maison plongée dans le silence. Tant mieux. Il avait besoin de solitude, d'espace autour de lui, de sentir la pureté du vide. Les dernières vingt-quatre heures avaient été un peu trop mouvementées pour lui – la tempête, une autre tentative de ranimation, Callista...

Il se dirigea vers la maison de Mrs B. pour évaluer les dégâts. Pas mal de choses renversées, là aussi. Un coin de la toiture s'était soulevé. Le vieux bus s'était couché sur le côté. La porte d'entrée pendait de travers sur des charnières tordues. À l'arrière, il découvrit le paon, écrasé sous une plaque de zinc, ses plumes aux couleurs vives déjà ternies. Au milieu des ravages, c'est ce qui lui fit le plus de peine.

Alors qu'il était assis sur les marches à l'arrière de la maison de sa voisine, les larmes vinrent de nulle part. Il pleura pour Isabel, pour Mrs B., pour le paon, pour sa maison. Même pour Callista. Ils venaient tous de perdre une part d'eux-mêmes.

Troisième partie

Séquelles

16

Après avoir enterré le paon, Lex redescendit en ville afin de voir comment les autres s'en tiraient après le passage de la tempête et contacter un vitrier qui pourrait remplacer ses fenêtres. Le centre était rempli de voitures de police. Lex était sûr qu'elles n'étaient pas là lorsque l'infirmière les avait raccompagnés quelques heures plus tôt. Lorsqu'il gara sa Volvo, il remarqua que la porte de la boucherie était condamnée avec du rubalise. Il s'engouffra dans le café de Sue en se demandant ce qui se passait.

À l'intérieur, un groupe d'inconnus en costumes sombres était penché autour d'une table qu'on avait poussée contre un mur. Comme Sue n'était nulle part en vue, Lex se glissa dans la cuisine, à sa recherche.

— Sue ! souffla-t-il. Qu'est-ce qui se passe ?

Elle leva les yeux du plan de travail, le visage blême, les traits tirés.

— Oh, c'est vous, dit-elle avant de fondre en larmes. C'est un jour terrible, Lex. Terrible.

— Qu'est-ce que ces types font ici ?

— Henry Beck est mort pendant la tempête. C'est un accident.

Elle s'assit sur un tabouret et sanglota.

— Comment est-ce arrivé ?

— C'est moi qui l'ai découvert, expliqua-t-elle en séchant ses larmes. Je suis venue de bonne heure, au cas où il y aurait des dégâts dans le café, et j'ai remarqué que la lumière était allumée dans la boucherie et la porte de service ouverte, à l'arrière. Du coup, je suis entrée pour voir si je pouvais les aider à nettoyer ou déblayer. Henry était à l'intérieur, roulé en boule sur le sol, un couteau planté dans le ventre et, au-dessus de lui, un énorme morceau de bœuf suspendu, dont le sang gouttait sur son visage.

Elle frémit et se remit à pleurer.

— Je n'oublierai jamais ce que j'ai vu.

Lex se sentit inutile. Il ne savait pas quoi dire.

— J'ai appelé la police aussitôt, reprit Sue avant de sangloter de plus belle. Et ils ont contacté Helen. J'aurais dû le faire moi-même mais je n'ai pas eu le courage. J'étais dans tous mes états, après l'avoir trouvé.

— Et ensuite ?

— Helen voulait le voir, évidemment, mais ils ont refusé de la laisser entrer, parce que les médecins légistes n'avaient pas fini leur travail.

— Ils l'ont fait attendre ?

Elle opina et reprit :

— Pauvre Helen. Oui, ils l'ont fait attendre et elle, elle se tordait les mains, elle voulait savoir pourquoi ils appelaient Henry « le corps ». Elle n'arrêtait pas de me demander si cela signifiait qu'il n'était plus Henry. Qu'il n'était plus un homme.

Lex s'efforça de ne pas imaginer Helen, près de la porte, morte d'inquiétude, terrifiée.

— Ensuite, ils l'ont laissée entrer. Ils étaient tous alignés contre le mur, voyez-vous, parce qu'ils voulaient voir sa réaction pour savoir si elle l'avait assassiné ou pas. Je savais ce qu'ils pensaient. Qu'ils soient maudits. Eh bien, quand ils l'ont laissée entrer, Helen est restée plantée là, cramponnée à la porte. Elle était si pâle, Lex, et elle tremblait comme une feuille. Je ne sais même pas comment ils ont pu envisager qu'elle l'ait tué. Elle a marché très lentement jusqu'à lui, elle s'est assise à côté de lui dans la mare de sang et elle a écarté ses mèches de cheveux de son visage, tout doucement. Ça me fend le cœur rien que d'y repenser, ajouta-t-elle en versant de nouvelles larmes. Il avait du sang plein la figure, et elle, elle l'essuyait avec ses doigts. Elle était si prévenante et douce, comme pour ne pas lui faire mal... Lex, ça vous aurait fendu l'âme de voir ça.

Il lui tapota le bras.

— Ces stupides policiers restaient plantés là, à l'observer. Ils ne savaient pas quoi faire. Alors j'ai joué des coudes pour entrer et je l'ai ramenée chez elle. J'ai dû la faire passer en vitesse devant Darren, son pauvre fils, pour qu'il ne voie pas tout le sang. Pauvre gosse. Il était resté dans le couloir, à attendre. Il ne savait pas ce qui se passait. Donc, je l'ai fait entrer en vitesse et je l'ai mise sous la douche pour qu'elle puisse se nettoyer. La pauvre. Ensuite, j'ai dit au gamin d'appeler Mrs Jensen. Je ne pouvais rien faire de plus.

— Et maintenant, qu'est-ce qui se passe ? Est-ce que les médecins légistes ont rendu leur verdict ?

Du menton, elle désigna la porte menant à la salle de son café.

— C'est ce qu'ils font, là-bas. Ils ont leurs théories.
— Comme quoi ?
— Il n'y a aucun témoin, voyez-vous. Ils doivent déduire ce qui s'est passé.
— Et ?
— Ils pensent que Henry était dans l'arrière-boutique en train d'aiguiser ses couteaux, près du morceau de bœuf suspendu qui attendait d'être découpé. Ils imaginent qu'un coup de vent a propulsé la porte dans le bœuf, qui a roulé sur le rail et poussé Henry sur son propre couteau. Selon eux, il s'est poignardé.

Lex voyait très bien la scène, même s'il s'en serait passé avec joie.

— Est-ce que je peux faire quelque chose ? s'enquit-il.
— Non, elle est avec ces dames de la paroisse. Elles la soutiennent. C'est là-bas qu'elle est le mieux. Auprès des siens.

Les funérailles attirèrent un monde fou. Lex fut impressionné par le nombre de voitures garées devant l'église lorsqu'il arriva avec sa Volvo. Il grimpa sur la colline en compagnie d'autres gens silencieux, au visage grave, et se trouva une place debout au fond de l'église. Plusieurs personnes qu'il ne connaissait pas le saluèrent d'un signe de tête en passant devant lui. Surpris, il se demanda ce que ça signifiait. Peut-être que tout le monde se disait bonjour, aux enterrements, dans les petites villes.

L'église était bondée. Lex ne s'était pas douté de la popularité d'Henry. Bouffi d'arrogance, il n'était pas facile à vivre et, par certains aspects, il mettait mal à l'aise. Chaque fois que Lex allait lui acheter de la viande, Henry prenait son assistant de haut, le battait froid et lui balançait ses instructions en agitant ses mains aussi charnues que des steaks. Lex ne pouvait oublier son ton méprisant lorsqu'il donnait des ordres à sa femme ni le regard soumis et effrayé d'Helen.

Celle-ci était là, bien évidemment. Au premier rang, raide, toute de noir vêtue, près de son fils qui lui tenait la main. Lex la vit jeter un coup d'œil par-dessus son épaule vers la foule avant de se retourner. Elle avait toujours l'air apeurée. Henry la contrôlait encore.

Le cercueil était en bois laqué, brillant, coûteux. De taille imposante, pour un homme imposant. Il rappela à Lex celui d'Isabel. Mais le sien avait été blanc et si petit que c'en était obscène. Il avait pleuré lorsqu'ils l'avaient choisi. Il ne voulait pas l'enterrer six pieds sous terre, loin de la lumière du soleil.

Il y avait eu foule aussi pour les funérailles d'Isabel – grande assistance, petit cercueil. Jilly avait insisté pour un service religieux, même s'ils n'étaient pas croyants. Une histoire d'inquiétude pour son âme, juste au cas où il y avait un paradis, là-haut. Elle ne voulait pas imaginer Isabel ratant cette occasion et finissant par brûler au purgatoire. Sauf que Lex savait que le purgatoire, c'était ici, sur Terre, pour ceux qui restaient avec leur terreur et leur chagrin. Isabel n'était morte que depuis une semaine et, déjà, cela les détruisait.

Avant la cérémonie, devant l'église, tout le monde lui avait tournoyé autour, lui tapotant l'épaule en déplorant cette tragédie. Les larmes coulèrent, une marée infinie. Souvenir d'avoir été submergé d'accolades. Les gens s'accrochaient à lui comme des noyés, alors que c'était lui qui touchait le fond. L'idée d'entrer dans l'église et de regarder ce cercueil minuscule pendant toute la messe le paralysait. Il doutait d'en être capable. De pouvoir rester assis en sachant que le corps d'Isabel, fragile, minuscule, était là-dedans. Déjà en voie de décomposition, malgré tous les efforts des pompes funèbres pour le dissimuler. La mort était censée toucher les personnes âgées, ceux usés par la vie, aux corps brisés, qui avaient dépassé leur date de péremption. La vie d'Isabel avait à peine eu le temps de commencer.

Dans l'église, il s'était assis à côté de Jilly, crispé. Elle n'était plus qu'une loque rougeaude et larmoyante qui essuyait des larmes incessantes. Celles de Lex étaient enfermées quelque part en lui et il n'avait même pas été capable de lui prendre la main. La mère de Jilly avait dû la soutenir, ce jour-là. Pour lui fournir l'appui que Lex était incapable de lui donner. Il aurait dû être fort, pour elle. Mais tout en lui était brisé et, sans le frêle échafaudage de ce qui lui restait de sang-froid, il se serait effondré sous le poids d'une plume.

La cérémonie s'était déroulée dans une espèce de brume. Lex ne se rappelait rien – il n'avait aucun souvenir des paroles réconfortantes sans doute déversées lors de l'élégie, aucun souvenir des fleurs colorées qui avaient dû décorer l'église pour symboliser la vie nouvelle et la résurrection. Tout ce dont il se souvenait, c'était le cercueil. Le bois blanc brillant, l'éclat doré des poignées, la pensée terrible de devoir enterrer son enfant profondément sous terre.

Après la messe, c'est lui qui avait porté Isabel hors de l'église. Lorsqu'il avait soulevé le cercueil, il l'avait trouvé si léger qu'il l'avait cru capable de s'envoler le long de l'allée centrale, jusqu'au grand jour, jusqu'au ciel. Si seulement. Non, cela avait fini au cimetière, avec les mottes de terre qu'on lâche sur le cercueil. Chaque bruit sourd comme un coup de marteau asséné à l'âme de Lex. Comme si on l'enterrait aussi, l'essence de son être scellée pour toujours dans le cercueil auprès d'Isabel. Son cœur arraché, enfoui.

Dans l'église de Merrigan, alors qu'il fixait le cercueil d'Henry Beck, Lex sentit que son cœur avait réintégré sa poitrine, altéré, mais étrangement régénéré, palpitant à cause des souvenirs angoissants. Il vit le pasteur – un grand homme, imposant, dans son costume noir et son col blanc – monter en chaire. Élevé au-dessus de la congrégation, le pasteur garda la tête basse pendant que l'orgue entonnait vigoureusement « All Things Bright and Beautiful ». C'était incongru, avec le cercueil de Henry, là, au milieu de l'église. Personne ne chanta. Et c'en fut trop pour Helen Beck. Lex voyait ses épaules secouées de sanglots.

Quand la musique se tut, le pasteur leva la tête et les mains, et sa voix se déversa dans un micro dissimulé. Le sermon fut long et sec, rempli de prêchi-prêcha, avec une touche de feu et de soufre, suivi d'un discours interminable sur l'amour et le pardon. Lex jetait des coups d'œil vers la porte en regrettant de ne pas pouvoir s'enfuir. S'il avait tenu à témoigner son respect à Henry – et ce même si l'homme avait été étrange –, c'était sans savoir qu'il revivrait l'enterrement d'Isabel. À présent, il était émotionnellement épuisé et il voulait partir. Il savait que ce serait une longue épreuve. Mais maintenant que la cérémonie avait commencé, il pouvait difficilement reculer.

Pour s'arracher au poids des souvenirs et du chagrin, Lex regarda autour de lui. Tous les fidèles de Merrigan étaient assis dans les premières rangées, avec une vue imprenable sur le cercueil. Lex parvint à esquisser un sourire intérieur. Il imaginait qu'il devait y avoir certains avantages à venir chaque semaine payer ses cotisations à Dieu. Mrs Jensen et son mari étaient assis à la droite d'Helen. À sa gauche, un autre couple. Ses parents, sans doute.

Les autres, ceux qui n'allaient jamais à la messe, étaient entassés dans la deuxième moitié de la salle. Sue était là, bien sûr. Sans être une amie proche de la famille, elle avait noué une relation de travail avec eux, vu la proximité de leurs commerces. Certains devaient être des éleveurs chez qui Henry se fournissait. Sue lui avait dit que la viande d'Henry venait d'un abattoir situé plus haut, sur la côte, mais les bêtes venaient du coin. Henry préférait passer des contrats avec des fermiers qu'il connaissait.

Il remarqua que Sally était là, elle aussi, avec Sash et Evan. Sash, qui semblait s'ennuyer, ne tenait pas en place. Elle ne comprenait sans doute pas ce qui était arrivé au boucher, ce qui était tout aussi bien. À la connaissance de Lex, Sally n'était pas particulièrement amie avec le boucher, mais elle allait sans doute acheter sa viande chez lui, comme tous les habitants du coin. Dans une petite ville, peut-être que tout le monde assiste aux enterrements.

Il chercha Callista du regard, en vain. Pas étonnant. Elle n'aimait pas beaucoup les Beck. Et elle voulait sans doute éviter de le croiser, lui, après la tempête. Lex s'en voulait de ne pas l'avoir deviné avant... le fait qu'elle était une Wallace. Il comprenait mieux pourquoi elle avait toujours pris la défense des Wallace, à présent. Il se demanda où il avait eu la tête, pour ne pas y penser tout seul. Pire, ils n'auraient pas dû se disputer après l'orage. Il aurait dû se contrôler. Il aurait dû lui dire posément de partir, et s'en tenir là. Sauf que le saccage de sa maison l'avait fait sortir de ses gonds. Et ils étaient tous les deux à cran, après l'orage. Il secoua la tête. Il se cherchait des excuses. Après la mort d'Isabel et le mal que Jilly et lui s'étaient fait mutuellement, il aurait dû éviter ça.

Après la cérémonie, la soirée fut lumineuse. La mer était calme, argentée dans la lumière déclinante. Lex laissa la photo d'Isabel sur le comptoir de la cuisine et descendit sur la plage. Les funérailles l'avaient replongé dans ses recoins les plus noirs et il avait passé l'après-midi à fixer la photo d'Isabel, essayant de retrouver la forme de son visage dans sa mémoire. Sa tristesse coulait à flots sous sa peau. Elle se mêlait à la colère qui couvait en lui depuis des semaines, la colère qu'il ressentait contre lui-même, parce qu'il avait relâché sa prise sur Isabel, qu'il avait oublié, et la colère contre Jilly, contre Callista.

Essayant de laisser son esprit glisser au rythme de la mer, il marcha lentement dans le sable mouillé jusqu'au lagon. Une fois au bord de l'eau brune immobile, il se creusa une place dans une petite dune, à mi-hauteur, et s'y assit. Sur les genoux du ciel, il regarda le soir tomber. Au-delà de la barrière de sable, il entendait le ressac étouffé de la mer. Au bord du lagon, les vaguelettes léchaient la plage paisiblement. Dans le ciel bleu-noir de ce début de soirée, quelques étoiles scintillaient. Loin, de l'autre côté du lagon, des cygnes sifflaient et trompetaient par intermittence. De temps en temps, un poisson sautait. Et toujours, le flux et le reflux régulier de la mer.

La nuit souffla doucement ses murmures sur la plage. Lex s'adossa à la dune et essaya de se fondre dans la brise invisible et l'air froid. À mesure que l'obscurité tombait, les cieux s'élargissaient jusqu'à ce qu'ils s'élancent au-dessus de lui en un dôme semé de poussière d'étoiles – l'arche de la Voie lactée. Confronté à l'infini, Lex toucha du doigt l'insignifiance de son existence, sa discrète inutilité.

C'est sans doute le bruit de la mer qui le berça et il ne se rendit pas compte à quel moment l'éveil et le sommeil fusionnèrent dans la brume des rêves. Helen Beck fondit sur lui, avec l'expression désespérée qu'elle avait lors des funérailles, les mains blanches. Ses yeux étaient fous – des orbes noirs qui le fouillaient, fouissaient en lui. Puis une autre bouche flotta au-dessus de lui, plus douce. Un sourire qu'il reconnaissait à peine mais qui, d'une façon ou d'une autre, le connaissait, lui. Les lèvres étaient douces, souriantes, confortables. Il devait forcément connaître ce visage. Si familier. Il sentit sur lui, à travers lui, la caresse de mains généreuses. Bien sûr.

Callista. Le bonheur se serra en une boule de douleur vague qui s'intensifia et s'ouvrit lentement tel un abîme. De l'air froid, gonflé de tristesse, en remonta soudain, l'engouffra, l'ouvrit en deux d'une seule frappe lourde. Isabel, maintenant, planait au-dessus de lui. Son visage filant dans les cieux. Le chagrin l'engloutit, comme une vague de sang frais. L'horreur de la non-existence d'Isabel, la perte d'Isabel, le frappa. Elle se faisait aspirer au loin et il ne pouvait l'atteindre. Il l'appelait, se dressait de toute sa hauteur pour la toucher. Mais il était rivé à la terre, enfoncé dedans jusqu'aux genoux, pendant qu'elle s'éloignait, sourde à son appel, absorbée par autre chose, autre part. Elle était partie.

Il était seul dans le néant. Éviscéré. Il n'y avait plus rien.

17

Même si Callista savait que les funérailles avaient lieu ce jour-là, en ville, elle ne voulait pas y aller. Elle n'avait jamais fréquenté les Beck. Bien sûr, elle était triste pour Helen. Mais celle-ci était libérée de l'emprise de son mari, maintenant, non ? La mort d'Henry était peut-être un mal pour un bien.

Elle entendit une voiture descendre la colline et se demanda qui cela pouvait être. Sa mère n'était pas passée depuis des jours. Mais, non, c'était sans doute Jordi. Il savait qu'elle boycotterait l'enterrement.

Cet après-midi-là, l'air était moite, dans le vallon. Après les pluies diluviennes de l'orage, l'humidité remontait du sol et il n'y avait pas de vent pour la dissiper. Callista sentit l'odeur de la sueur de son frère lorsqu'il la serra brièvement dans ses bras avant de s'asseoir à côté d'elle sur la terrasse.

— Quoi de neuf ? lança-t-il.

— Pas grand-chose. Je n'avais pas envie d'aller à l'enterrement d'Henry.

Jordi lui adressa un bref sourire.

— Je m'en doutais. Je savais que je te trouverais là. J'ai entendu dire que tu t'étais disputée violemment avec Lex.

— Et tu as entendu parler du reste, aussi ? Des vitres de la maison qui ont explosé vers l'intérieur et du lit rempli de tessons ? J'ai eu de la chance de ne pas finir en charpie.

Callista essayait d'en parler d'un ton léger, mais les événements de la nuit de l'orage pesaient sur sa poitrine et elle avait du mal à respirer.

— Remercie ta bonne étoile de t'avoir envoyée sauver Mrs B.

— J'essaie encore de m'en remettre, avoua-t-elle.

— Qu'est-ce qui s'est passé, avec Lex ?

— Il a découvert mon vrai nom à l'hôpital.

— Tu ne lui avais pas dit ?

— Je n'en avais pas eu l'occasion.

Jordi grogna.

— Pas étonnant qu'il t'ait mise dehors. Du coup, la maison nous échappe à nouveau.

— La maison n'a rien à voir là-dedans.

— Même pas un petit peu ?

— Non, dit-elle dans un sourire. J'en ai assez d'être seule.

— Donc, tu t'es remise de Luke et du reste ?

— Comment ça, je me suis remise ? fit-elle, piquée au vif. Tu t'es remise de Kate, toi ?

Jordi grimaça et elle regretta de s'en être prise à lui.

— C'est bas, dit-il.

— Désolée. Je ne m'en remettrai jamais. Tu le sais. Mais tu m'avais dit d'aller de l'avant, non ? Lex était une occasion parfaite.

— Était ?

Les larmes vinrent, aussi soudainement qu'une averse printanière.

— Il a perdu un enfant. Et il est marié.

— Ah, fit Jordi, un sourire cynique aux lèvres. L'intrigue s'épaissit.

— Je crois qu'ils sont en train de divorcer.

— C'est pas plus mal, puisqu'il s'envoyait en l'air avec toi.

— Il n'y avait pas que ça.

— C'est-à-dire ?

Les larmes de Callista coulèrent de plus belle.

— Ça se passait bien. En quelque sorte.

Jordi haussa les sourcils.

— Notre partie de pêche lui avait vraiment plu. Et il m'avait même dit qu'il allait chercher du travail.

— C'est merveilleux, surtout qu'il est là depuis trois mois.

Elle l'ignora.

— Il n'y a qu'en parlant des Wallace et de la chasse à la baleine que ça déraillait.

— Et tu as tout compliqué en dissimulant ton nom.

— Tu crois qu'il l'aurait bien pris, s'il avait su ?

— Ça n'a pas trop marché en le lui cachant, en tout cas, pas vrai ?

— Ne sois pas si dur avec moi. Je me flagelle suffisamment comme ça.

— Alors, pourquoi est-ce que c'est fini ? s'enquit Jordi, sourcils froncés. Parce que tu es une Wallace ?

Callista serra ses genoux contre elle, désespérée.

— C'est sans doute à cause des circonstances dans lesquelles il l'a appris.

Elle se souvenait très bien du visage de Lex, blême de rage. Elle avait perçu de la haine, au milieu de toutes ces autres émotions. De la haine et de la rancœur. Elle ne voyait pas comment ils pourraient se réconcilier après ça.

— Il pense qu'il y a eu tromperie, dit-elle.

Ses larmes se tarirent et une profonde lassitude s'empara d'elle. Jordi partit vers la maison et en revint avec deux verres d'eau. Il se rassit à côté d'elle, sur le bord de la terrasse.

— Papa m'a demandé si je pouvais l'aider, sur le bateau, lui apprit-il.

— Quel mal y a-t-il à cela ?

Il cracha dans l'herbe.

— J'ai l'habitude de travailler seul. C'est mieux comme ça. Personne ne compte sur moi.

— Barry compte sur toi.

— C'est différent.

— Pas du tout.

— Je gère les choses à ma façon, insista-t-il en la foudroyant du regard.

— C'est-à-dire ?

— Je me débrouille, marmonna-t-il.

— J'aurais cru qu'être sur le bateau te rendrait plus heureux. Que tu serais moins seul.

— Je *suis* heureux. À ma façon. Je n'ai pas besoin que tu te mêles de ma vie.

— Quoi ? C'est ma faute si papa t'a proposé ça ?

— Maman m'a dit que tu lui en avais parlé, à elle.

— Jordi, bon sang, je voulais juste t'aider. Comme toi tu m'aides. Je ne m'en mêlerai plus, promis.

— Tant mieux.

— Mais tu ne veux pas au moins essayer ? dit-elle d'un ton hésitant. Ça te plairait peut-être. Et ça te changerait un peu de la pompe à essence. Tu ne vas pas me dire que tu t'éclates, là-bas.

Silence.

— S'il te plaît ?

— J'y réfléchirai.

Elle lui posa doucement la main sur le bras et l'y laissa un instant.

— On trace notre propre route, toi et moi, dit-elle à voix basse. Notre propre route.

Jordi la dévisagea avant de répondre :

— Non. Toi, tu as ta route, et moi la mienne, Callie. Je ne peux pas porter ton fardeau. J'en ai déjà suffisamment sur le dos.

Elle l'observa, assis sur la marche, ses frêles épaules volontaires et ses lèvres fermes. Il y avait tant de force, dans cette silhouette osseuse et dans ces yeux fous, déterminés…

— Je ne sais pas comment arranger les choses avec Lex, dit-elle.

Il lui jeta un coup d'œil.

— Facile. Comme l'orage. Attends que le vent retombe.

— Ça n'aurait pas dû se passer comme ça.

— Non. Mais personne n'a dit que la vie devait être juste.

Il sortit un joint de sa poche et l'alluma.

— Assez parler, dit-il avant de prendre une taffe et de le lui tendre.

Ils restèrent assis là longtemps, à respirer le bush, observant la lumière, dérivant dans une brume douce où ils n'avaient plus besoin de réfléchir.

Après le départ de Jordi, Callista sortit son tiroir à fournitures de sous l'évier. C'est là qu'elle rangeait ses peintures de qualité, les plus chères, celles qu'elle gardait pour ses plus grands projets. Vidant le tiroir sur la table, elle jeta de côté le vieux chiffon qui les recouvrait. Une énergie inattendue lui chatouilla le bout des doigts lorsqu'elle fit rouler quelques tubes tachés de peinture entre ses mains. Elle les regarda comme s'ils lui étaient étrangers, comme si elle n'arrivait pas à se connecter à eux. Les minutes s'écoulèrent lentement pendant qu'elle examinait le contenu du tiroir : des tubes de peinture à l'huile et acrylique, des couteaux à moitié sales, des pinceaux tout neufs et d'autres mal rincés, une poignée de crayons cassés, des morceaux de fusain, des éclats de peinture séchée.

Elle laissa le temps glisser sur elle, en elle, et attendit que la magie émerge. Elle fit le vide dans son esprit jusqu'à n'être plus concentrée que sur les tubes de peinture, jusqu'à n'entendre que sa propre respiration tremblante. Sous sa peau, des événements bouleversants attendaient de dégorger. Des émotions et des blessures, énormes, couvaient. Pensées et visions lui traversaient lentement l'esprit : ordre et chaos, amour et terreur, peur et déception, perte. Des flashes d'angoisse. Lex. L'orage. Le vent noir sur la plage cette nuit-là.

Elle épousseta sa palette et gratta la peinture qui y était restée collée. Cela faisait longtemps. Elle examina de nouveau ses tubes de peinture, plus soigneusement. Certains étaient inutilisables, séchés depuis la dernière fois où, dans sa frénésie, elle avait oublié de refermer correctement les bouchons. Quel gâchis. Mais il lui en restait assez.

L'ancienne excitation bouillonna sous ses doigts et pétilla dans sa poitrine lorsqu'elle commença à appliquer les couleurs sur la palette : noir, bleu, violet, blanc, rouge, jaune. À partir de ça, elle pourrait créer les bleus métalliques forts et les violets turgides qu'elle se rappelait avoir vus dans le ciel avant l'orage, tandis que les nuages furibonds s'y amassaient, s'y déployaient tant verticalement qu'horizontalement dans les vents de plus en plus violents.

Elle flanqua une toile sur son chevalet. Frénétiques, ses mains fouillèrent au milieu des pinceaux, poussant de côté les pointes sèches, choisissant de ses doigts tremblants des grandes tailles. Tout en elle était rêche, empressé.

C'est à cet instant, avec une poignée de pinceaux dans une main, qu'elle surprit son reflet dans le miroir. Son regard fou l'effraya presque et elle fut saisie par les palpitations paniquées de son cœur.

Elle posa doucement les pinceaux sur la table. Elle souleva le miroir et l'installa sur le chevalet. Tout en s'observant, elle se déshabilla et se tint nue devant la glace, la palette calée sur son bras droit. Elle plongea son pinceau dans le noir, l'y fit tournoyer. Une pulsion puissante et primitive s'empara d'elle. À petits coups de pinceau, elle appliqua le noir sur ses seins, couvrant les orbes généreux de chair laiteuse, puis mélangea un gris sur la palette qu'elle déposa sur ses tétons. Concentrée, absorbée par la couleur, elle prépara un bleu-noir qu'elle étala plusieurs fois sur son abdomen, remontant jusqu'au menton, avant d'en déposer des petits points sur son visage.

Une fleur de panique s'ouvrit en elle.

Elle remit du noir, s'en peignit les bras et les jambes. Puis une autre giclée de noir, étalée en couche épaisse et lisse sur le V de son pubis. Elle le recouvrit de peinture – sentant la haine, la terreur, la peur, le sentiment de perte, de dégoût, remontant du sol dans ses pieds, explosant jusqu'au sommet de son crâne. Ses mains se mirent à trembler. Sa poitrine se serra. Des frissons coururent sur son échine.

Elle leva les bras en l'air pour se recouvrir les doigts. Son cœur palpitait. Tout s'échappait d'elle, tout l'enlisait dans le noir.

Puis le silence s'abattit et elle s'évanouit sur le sol.

La caresse froide du soir la réveilla. Son corps était raide mais léger. La peinture avait séché sur tout son corps. Enlever cette croûte dans la douche lui demanderait un sacré effort. Les couleurs se craquelèrent lorsqu'elle voulut s'asseoir. Elle s'agrippa à une chaise pour se relever. Elle était transie jusqu'aux os et ses mouvements étaient gauches. Elle parvint tout de même à grimper les marches – ses pieds ne semblaient porter aucune charge et ses tremblements auraient pu appartenir à quelqu'un d'autre.

Après sa douche, la peau rougie à force de frotter, elle but un café dehors, dans les ténèbres paisibles de la terrasse, contemplative. Les bruits du bush s'immiscèrent en elle, tout comme l'odeur des arbres la nuit, le silence crépitant, habité.

Puis elle alla ranger le miroir, remit la toile en place sur le chevalet et se connecta avec son orage interne pour qu'il puisse entamer le long processus par lequel il prendrait corps sur la toile.

18

Sash vint le voir le lendemain de l'enterrement. Pendant que Lex rangeait la vaisselle, elle jouait tranquillement avec deux Barbie sur le canapé. Mrs B. devait rentrer le lendemain soir et Lex n'avait pas fini de remettre les choses en ordre chez elle, du coup il était un peu agacé que la fillette ait débarqué alors qu'il avait autant à faire. Mais il se sentait aussi coupable d'être agacé. Elle attendait si peu de lui, à jouer seule, là, immergée dans son monde imaginaire. Quand il eut fini de ranger, il s'assit près d'elle et l'observa.

— À quoi est-ce que tu joues ? demanda-t-il en s'efforçant de s'intéresser à elle.

— Au papa et à la maman.

Il regarda un moment par la fenêtre puis tenta une nouvelle approche.

— C'est laquelle, la maman ?

— Celle-là.

Sash avait levé une Barbie vêtue d'une robe violette à paillettes et pourvue d'une épaisse chevelure blonde.

— Suis-je bête, dit-il. Les mamans s'habillent tout le temps comme ça. Et c'est qui, le papa ?

— Celle-ci.

Sash souleva son autre poupée, nue, pourvue d'une poitrine en plastique indéniable.

— Comment sais-tu que c'est elle, le papa ?

— Elle a les cheveux coupés court.

— Et qui sont les enfants ?

— Evan et moi. J'ai pas assez de Barbie, alors je dois faire semblant.

— D'accord. Désolé, j'y connais rien. J'espère que tu me pardonnes.

Elle arrêta de jouer soudainement pour lever la tête vers lui.

— Ils ont parlé du « pardon », à l'église, hier. Du « pardon » et des « péchés ». Ça veut dire quoi ?

— Un péché, c'est quelque chose que tu fais alors que tu sais que c'est mal.

— Comme quand je tape Evan.

— Un peu comme ça, oui.

— Et le pardon ?

— Eh bien, on pardonne à quelqu'un qui a fait quelque chose de mal ou qui nous a peinés mais qui le regrette. On veut qu'il sache qu'on n'est pas fâché contre lui.

Sash fronça les sourcils.

— Je ne veux pas pardonner à mon papa. Je suis fâchée à cause de ce qu'il a fait.

— Tu as le droit. Parfois, il faut du temps avant d'être prêt à pardonner.

Elle recommença à jouer.

— Et maintenant, qu'est-ce qui se passe ? demanda Lex.

— Le papa est resté longtemps loin de la maison et il vient juste de revenir. Tu vois, ils vont s'embrasser et faire la paix, expliqua Sash en collant les visages des poupées l'un contre l'autre. Et ils vont se remarier.

— Je vois, répondit Lex, le cœur en miettes.

Pauvre gosse.

— Mon papa ne va pas revenir à la maison, reprit-elle. Je crois qu'il m'a oubliée.

— Comment est-ce qu'il aurait pu oublier quelqu'un comme toi ?

— Il a oublié mon anniversaire. C'est pour ça que je peux pas encore lui pardonner.

Les paroles de la gamine refroidirent Lex. Il tenta de rester léger, de dévier un peu du sujet.

— C'était ton anniversaire ?

— Oui, je viens d'avoir six ans. Sauf que mon papa ne m'a pas envoyé de cadeau. Même pas une carte.

Il la dévisagea, impuissant.

— C'est très dur à comprendre, dit-il. Mais, parfois, les adultes sont tellement pris dans leurs propres vies, leurs soucis, qu'ils oublient même des choses qui comptent pour eux. Comme les anniversaires de ceux qu'ils aiment.

Il ébouriffa Sash et alla se faire un café. Il avait la nausée. Que pouvait faire un enfant lorsqu'un de ses parents s'en allait ? Bien sûr, les gamins se remettent vite. Ils n'ont pas le choix. Que pouvaient-ils comprendre des complexités des relations entre adultes ? Heureusement, Jilly et lui n'en étaient jamais arrivés là. Mais, peut-être qu'Isabel s'était envolée avant que cela se produise. Que leur était-il arrivé après sa mort ? C'était comme si les fondations de toute leur relation étaient mortes avec elle. Jilly l'avait accusé. Elle l'avait criblé de paroles cinglantes jusqu'à lui mettre les chairs à vif. Au début, il n'avait pas répondu. Il s'était contenté de regarder cette inconnue qui le fouettait verbalement puis il s'était mis à montrer les crocs, à utiliser le même langage qu'elle – la langue des condamnés. Des paroles cruelles qu'on ne peut retirer. À eux deux, ils avaient broyé l'âme de leur amour, le coquillage fragile de leur respect mutuel. Après ça, il était impossible de recoller les morceaux.

Frank ramena Mrs B. chez elle le lendemain. Dès que Lex vit sa voiture s'arrêter, il se précipita pour les aider, mais Frank guidait déjà la vieille dame vers sa maison, une main sous son coude. Elle semblait fragile et frêle, son visage plus pâle, plus creusé que d'habitude, son dos plus voûté, comme si sa vie devenait plus lourde à porter.

— Ils m'ont gardée au lit trop longtemps, se plaignait-elle. Ce n'est pas bon pour les os, de moisir au lit. Les personnes âgées comme moi ont besoin de rester actives.

— Tu as besoin de repos, maman, la corrigea Frank avant d'adresser un signe de tête à Lex. Ils avaient peur qu'elle fasse une pneumonie.

— Je suis capable de respirer, non ? répliqua-t-elle. Ça se voit, que je n'ai pas de pneumonie.

— Tu étais sous le choc, après la chute.

— Oui. C'est vrai, j'imagine, concéda-t-elle avant de se tourner vers Lex. Mon grand, quel plaisir de vous revoir. Vous pouvez venir prendre une tasse de thé, tout à l'heure ? Une fois que Frank m'aura aidée à me coucher ? Ils m'ont tellement ramollie, à l'hôpital, que mes jambes flageolent.

Lex attendit chez lui une demi-heure en lisant le journal de la veille puis il retourna la voir. Frank faisait le tour du jardin en ramassant des plaques de tôle ondulée éparpillées par la tempête. Il agita la main en voyant Lex.

— Entrez. Elle est dans sa chambre. Elle voudra sans doute une autre tasse de thé.

Lex se dirigea vers la porte principale. Il trouva la théière sur la table de la cuisine et la porta prudemment dans le couloir. Il n'était jamais allé si loin dans la maison et, quelque part, il avait l'impression d'être un intrus.

— Mrs B., lança-t-il. C'est Lex.

— Par ici, mon garçon.

Se guidant au son de sa voix, il entra dans une chambre mal éclairée. Sa voisine était assise contre des oreillers dans un grand lit à baldaquin. Les rideaux étaient tirés et la faible lumière de la lampe de chevet baignait la pièce dans des teintes sépia.

— Je vous ressers du thé ? s'enquit-il.

— Oui, merci, dit-elle en lui montrant sa tasse sur la table de nuit.

Dans le clair-obscur, les ombres sur son visage lui donnaient un air hagard.

— Est-ce que je peux ouvrir les rideaux ? demanda-t-il.

— Vous voulez voir ce que la tempête m'a infligé ?

— Je le sais déjà.

— Ouvrez-les, dit-elle. Pour que je voie ce qu'elle vous a fait, à vous.

Lex tira les rideaux et s'assit sur un fauteuil près de la fenêtre. Les yeux de Mrs B. retrouvèrent un peu d'éclat lorsqu'elle les braqua vers lui d'un air accusateur.

— Où est passée la fille ?
— Qui ? Callista ?
— Oui.

Lex réfléchit un instant avant de répondre :

— Nous avons eu un différend.

Les lèvres de sa voisine se pincèrent en ligne droite.

— À quel sujet ?
— Je ne savais pas qui elle était.
— Vous ignoriez que c'était une Wallace ?
— Oui.
— Est-ce que c'est important ?
— Oui, je le pense, affirma-t-il, tendu.
— Vous, vous le pensez.
— C'est important, confirma-t-il, étonné qu'elle ne se montre pas plus gentille avec lui après l'accident.

— Et pourquoi est-ce important ? insista-t-elle.

Il aurait cru qu'elle saurait pourquoi. C'était évident, et il ne comptait pas le lui expliquer. Après une semaine coincée au lit, elle se montrait difficile et provocatrice. Il fut surpris qu'elle se mette soudain à rire.

— Et vous allez me dire que vous ne lui avez rien caché, vous ? gloussa-t-elle.

Il parvint presque à sourire.

— Absolument rien, évidemment.

— Comment avez-vous su que ma voiture était tombée de la falaise ? l'interrogea-t-elle, les yeux plissés.

— Vos phares ont éclairé ma fenêtre. Vous deviez conduire n'importe comment. Incroyable qu'on ne vous ait pas retiré votre permis.

— J'aurais voulu vous y voir, sur cette route, par ce temps, dit-elle avant de s'adosser aux coussins pour soulever sa tasse jusqu'à ses lèvres. Bien, reprit-elle. La dispute, donc.

— Inutile d'en parler.

— Vous l'avez rayée bien vite de la carte, la pauvre fille.

— La pauvre ? reprit-il en s'agrippant aux accoudoirs. On ne peut pas dire ça.

— Tss tss tss. Tant de colère…

Oui. Elle avait raison. Tant de colère. Elle bouillonnait en lui. Au point qu'elle lui brûla les jambes, le força à se lever de son siège, le poussa à s'accouder à la fenêtre pour tenter de sentir la brise sur son visage. Il risquait d'exploser, là, dans cette chambre.

— La colère est une bonne chose, déclara Mrs B.

— Une bonne chose ? reprit-il en se tournant vers elle, incrédule.

— Oui. Qui dit colère dit guérison.

Il pouffa.

— Qui dit colère dit colère, rétorqua-t-il. Callista m'a menti.

— Et vous, vous avez été entièrement honnête avec elle ?

Elle l'oppressait, avec ses questions indiscrètes. Il détourna le regard.

— Elle sait tout, maintenant.

— Tout, reprit Mrs B.

— Tout ce qu'elle a besoin de savoir.

La vieille dame soupira et reposa sa tasse sur la soucoupe.

— Je dois vous raconter l'histoire des Wallace, dit-elle. Pour que vous puissiez comprendre certaines choses.

— Pas maintenant.

— Pourquoi pas ? Cela ne m'épuisera pas, si c'est ce qui vous inquiète.

— Vous devriez vous reposer.

— Me reposer ? Je n'ai fait que ça pendant une semaine à l'hôpital.

— Je vous apporterai à dîner, ce soir. Quand Frank sera parti. Nous pourrons discuter à ce moment-là.

— Vous avez intérêt à venir, lança-t-elle avec humeur.

— Rassurez-vous, je ne laisserai pas une malade mourir de faim.

Lex alla marcher sur la plage pour évacuer sa colère puis rentra mitonner un poulet au curry qu'il emporta chez Mrs B. à sept heures. Elle était assise à la table de la cuisine, drapée dans une robe de chambre bleue.

— Je me sens déjà mieux, maintenant que je suis chez moi, dit-elle. Frank m'a aidée à prendre un bain puis il est parti le cœur léger sachant que vous alliez m'apporter mon repas.

— Tant mieux. Il ne faudra pas vous épuiser au point que je doive vous porter jusqu'à votre lit.

Les yeux de Mrs B. lançaient des éclairs.

— Je ne laisserai personne de votre sorte me porter où que ce soit.

Il sourit.

— Qu'est-ce que vous m'avez préparé de bon ? demanda-t-elle en essayant de jeter un œil au contenu de la casserole.

— Poulet au curry. Doux. C'est ma spécialité.

— Qu'est-ce que vous savez faire d'autre ?

— Des pâtes et des œufs au plat. Mais ne me grondez pas. J'apprends. C'était ma femme qui s'occupait de la cuisine.

— Votre femme, reprit-elle, sourcils haussés. C'est la première fois que vous m'en parlez.

— Eh bien, ce n'est plus un secret, pas vrai ? Plus depuis la tempête.

— Est-ce qu'elle est au courant ?

— Oui. Callista le sait.

— Aaah, fit Mrs B. en hochant la tête. La dispute.

Lex servit le riz puis le poulet en sauce.

— Ça mange beaucoup, une vieille dame ? la taquina-t-il.

— Pas autant qu'un jeune homme costaud comme vous.

— Un peu trop costaud ces jours-ci, Mrs B., dit-il. Et plus très jeune. Je vais avoir trente-neuf ans.

Elle renifla.

— Ne vous plaignez pas avant d'avoir de bonnes raisons de le faire, mon garçon. Il n'y a rien de plus ennuyeux qu'un jeune qui fait un caprice.

Il sourit et poussa une assiette vers elle.

— Ce soir, je suis là parce que vous-même vous avez fait un caprice, dit-il.

— Non. La discussion que nous allons avoir est une nécessité. La perspective, voilà ce dont un jeune homme en colère comme vous a besoin. Et vous en aurez quand vous repartirez d'ici ce soir. Je vais vous raconter l'histoire qui me lie aux Wallace.

— Vous n'êtes pas obligée, Mrs B.

— Non, mais je le souhaite.

Elle prit une bouchée de curry et hocha la tête d'un air approbateur. Elle agita la fourchette devant lui.

— Vous avez acquis bien plus qu'une maison lorsque vous êtes devenu mon voisin. Vous avez acquis une histoire. Dans ces murs, il y a l'amour, la mort, et plus d'une trahison. Et je suis liée à tout cela.

Elle mangea un moment en silence puis reposa sa fourchette. Quelque chose dans son geste délibéré fit comprendre à Lex que ce ne serait pas une discussion ordinaire.

— Les Wallace ont récupéré ce terrain il y a bien longtemps, dit-elle. Ce devait être à la fin des années 1880. Le grand-père de Vic l'avait acquis lors d'une escale dans le coin tandis qu'il remontait sa cargaison d'huile de baleine vers Sydney pour la vendre. Personne ne vécut ici jusqu'à ce que le père de Vic n'hérite de la terre et remonte d'Eden pour s'installer ici avec sa famille. Vic n'était qu'un garçon, à l'époque. Il a aidé son père à construire la maison... Je vous ai déjà raconté ça.

Elle prit une nouvelle bouchée de curry qu'elle mâcha pensivement.

— Vic était un jeune homme fougueux. Grand et bien bâti, dit-elle en glissant un coup d'œil vers Lex. Il avait causé une certaine agitation le jour où il était entré dans la salle de classe. Nous autres, les filles du coin, nous le trouvions beau comme un dieu...

Non qu'il soit resté à l'école très longtemps. Deux ans, tout au plus, le temps d'être en âge de travailler auprès de son père avec les équipes de bûcherons.

— Vous en pinciez pour lui, la taquina Lex.

— Oh, évidemment, admit-elle en lui jetant un regard en coin. Il nous avait tapé dans l'œil à toutes… C'est bien là le problème. Nous nous surpassions pour essayer de l'impressionner.

Lex sourit. Il n'était guère étonné que Mrs B. ait été une jeune fille intrépide.

Elle fut prise d'un rire rouillé, un peu gêné.

— Pour sûr, j'ai réussi à attirer son attention quelques fois. À dire vrai, je faisais toujours des cabrioles pour qu'il me remarque – je grimpais aux arbres les plus hauts, je nageais dans la rivière par les journées les plus froides. Mais c'est Queenie qui a emporté son cœur, conclut-elle, les yeux plissés. J'étais peut-être la plus hardie, c'était elle la plus jolie.

Il scruta son vieux visage fatigué.

— On ne peut pas gagner à tous les coups, dit-il.

— Effectivement.

Elle finit son curry en silence, plongée dans ses pensées.

— Donc, Vic et Queenie se marièrent jeunes et partirent vers l'ouest, reprit-elle. Vic avait la bougeotte, il était aventureux et voulait se lancer dans la chasse à la baleine. Il en avait assez de travailler avec les bûcherons et les histoires que son grand-père lui avait racontées sur la chasse à la baleine hantaient ses pensées. Ils sont donc partis… Pendant près de quinze ans.

Elle se tut, le regard fixé sur un coin du plafond, perdue quelque part dans le passé. La journée avait été longue pour elle, depuis qu'elle avait quitté le cocon aseptisé de l'hôpital.

— Je vais faire du thé, annonça-t-il en débarrassant la table.

Il fit la vaisselle, mit de l'eau à bouillir et remplit la théière. Lorsqu'il revint s'asseoir, elle lui adressa un sourire las.

— Vous êtes un amour.

— Nous pouvons nous arrêter là, suggéra-t-il.

— Non, finissons-en. J'oublierai où j'en suis si je m'arrête maintenant.

Mrs B. lui raconta bien des choses. Comment elle avait rencontré son mari, Ted Brocklehurst, environ un an après le départ de Vic et de Queenie pour l'ouest. Ted était un homme bon, dit-elle, dur à la tâche, un homme de principes. Il s'occupait de l'exploitation laitière de ses parents pendant que Mrs B. travaillait à la fromagerie. Quand ils eurent suffisamment épargné, ils achetèrent le lopin de terre sur le cap où ils construisirent leur maison. Peu après, Ted commença à perdre la tête. Il ne pouvait plus travailler et la ferme avait dû être vendue. Les parents de Ted avaient donné à Mrs B. sa part de la vente, sachant qu'elle en aurait besoin. De fait, presque dès que Ted arrêta de travailler, son état empira rapidement. Un cancer du cerveau, sans doute. Il n'avait que trente-sept ans mais, au bout de quelques mois, il n'était déjà plus capable de rien et Mrs B. devait s'occuper de lui à plein-temps.

Voilà où elle en était lorsque les Wallace étaient rentrés, expliqua Mrs B. Vic revint d'abord seul pour retaper la maison pendant que Queenie restait à

Albany afin que les enfants puissent y finir l'année scolaire. L'ancienne demeure était trop délabrée pour être habitable si bien que Vic abattit les ruines et recommença de zéro. À ce moment-là, la folie avait gangrené l'esprit de Ted. Les jours où il pouvait se lever, elle devait l'enfermer dans la maison pour l'empêcher d'aller errer sur les falaises. Il perdit très vite du poids, et c'était une chance qu'elle soit suffisamment forte pour pouvoir le porter dans son lit et l'en sortir. Ce fut une époque difficile. Elle ne s'était pas attendue à traverser ce genre d'épreuves si tôt dans sa vie.

Elle discutait souvent avec Vic pendant qu'il construisait la maison. Presque tous les soirs après qu'elle avait nourri et couché Ted, Vic venait chez elle et elle lui préparait à manger. Parfois, il l'aidait à sortir Ted du bain pour l'habiller puis il le portait jusqu'au lit à sa place. Elle lui était reconnaissante de lui tenir compagnie. Elle se sentait seule – elle, encore jeune et énergique, qui devait s'occuper d'un mari qui ne proférait plus que des insanités. Et Vic était comme une bouffée d'air frais – si plein de vie. Elle ne pensait pas qu'elle aurait pu survivre au déclin de Ted sans Vic. Pendant trois mois, il travailla sur la maison avant que sa famille puisse faire les valises et revenir dans l'est. Mrs B. sortait souvent sur la terrasse, pour s'occuper de Ted, et Vic était là, luisant de sueur, travaillant torse nu, à scier ou marteler.

Ils se sentaient seuls, tous les deux, expliqua Mrs B. Ce qui devait arriver arriva donc. Toutes ces longues soirées à se raconter des histoires pendant le dîner…

Elle était enceinte de trois mois lorsque la maison fut terminée et que Queenie arriva enfin avec les enfants.

Ce fut aussitôt fini, entre Vic et Mrs B. Et personne ne s'en douta. Les gens pensaient que Ted avait pu concevoir un enfant juste avant de mourir. Que ce devait être réconfortant pour elle d'avoir Frank pour lui rappeler Ted. Mais Vic, lui, le savait, évidemment. Elle le voyait parfois dans ses yeux – une passion que ni l'un ni l'autre ne pouvait exprimer. Une ligne qu'aucun d'eux ne pouvait franchir du vivant de Queenie.

Quand celle-ci décéda, leur histoire aurait dû connaître un dénouement heureux. Malheureusement, Mrs B. avait été trop choquée par la mort de Queenie pour courir aussitôt après Vic. Queenie avait toujours été une amie proche et il n'était pas convenable de convoiter son mari alors qu'elle venait à peine de rejoindre la tombe. Vic venait souvent dîner chez elle et, parfois, Mrs B. voyait qu'il l'observait, qu'il attendait qu'elle dise quelque chose. Elle laissa les mois s'écouler, prenant son mal en patience pour attendre une date décente. Ce fut une erreur, dit-elle. Au bout d'un moment, le regard de Vic s'éteignit et, peu après, il ramena Beryl chez lui. Lorsque Mrs B. essaya alors de lui parler, c'était trop tard. Beryl lui avait déjà mis le grappin dessus.

À la mort de Vic, Beryl hérita de tout. Ce fut un vrai coup de massue pour la famille Wallace. Beryl l'avait persuadé de signer les documents appropriés plusieurs mois avant que sa santé ne commence à décliner. Ils auraient pu contester l'héritage, sauf qu'ils n'avaient rien pour étayer leur demande. Et ce n'était pas des gens agressifs. Jimmy et sa femme, Cynthia, avaient laissé couler passivement. Jordi et Callista avaient été contrariés parce que cette maison était leur héritage, après tout. Mais les documents de Beryl étaient inattaquables. Et Beryl pensait mériter la maison après s'être occupée de Vic jusqu'au bout. Pour elle, ce n'était pas négociable.

À la fin de son récit, Mrs B. se leva et alla vider le fond de sa tasse de thé dans l'évier. Elle semblait épuisée, vidée, et Lex se félicita qu'elle ait fini.

— Allez vous coucher, lui conseilla-t-il. Vous êtes fatiguée.

— Oui, admit-elle. C'est éreintant. Et ça me fait toujours bouillir.

— Quelqu'un aurait dû lyncher Beryl.

— C'est un miracle que je ne l'aie pas tuée de mes propres mains... répondit la vieille dame dans un petit sourire. Et encore, cela n'aurait rien changé. On ne peut pas forcer un cœur à éprouver une passion qui ne brûle plus en lui... Et je comprends à présent qu'il valait sans doute mieux que cela se passe ainsi. Les gens auraient peut-être deviné, pour mon Frank, s'ils nous avaient vus ensemble, Vic et moi. Il se serait senti humilié. Je l'ai élevé dans l'amour de Ted, même s'il ne l'a jamais connu.

Elle s'interrompit et dévisagea Lex d'un air grave.

— Vous vous demandez pourquoi je vous ai raconté tout ça, mon grand, n'est-ce pas ? Même mon Frank n'est pas au courant, et il ne le saura jamais, avoua-t-elle avant de froncer les sourcils. Je veux que vous compreniez une chose : je n'ai jamais regretté ces quelques mois merveilleux avec Vic, quand Ted était encore en vie. J'ai vécu selon mon cœur et j'ai osé aimer, alors même que cela allait contre la morale... Je ne dis pas que j'ai bien fait d'avoir une liaison avec le mari de mon amie. J'en ai toujours honte, même si Queenie est morte depuis longtemps. Là où j'ai eu tort, c'est de n'avoir pas ouvert mon cœur à Vic après la mort de sa femme. J'étais trop prudente. Trop blessée et trop soucieuse de la bienséance.

Elle tendit la main et effleura celle de Lex.

— Si je vous raconte tout cela, mon garçon, c'est parce que vous êtes blessé, vous aussi, comme je l'étais. Et des blessures telles que la vôtre mettent toute une vie à se refermer.

— J'ai perdu un enfant, Mrs B.

— Je le sais.

— Elle vous l'a dit ?

— La fille Wallace ? Non. Les vieilles gens tels que moi sentent ce genre de chose. Une perte pareille est si grande qu'elle vous hante... Je l'ai vu quand vous êtes venu la première fois. Vous portez votre chagrin dans votre démarche, mon grand. Et votre tristesse insondable, dans vos yeux. Cela vous rend vulnérable.

Elle s'interrompit et Lex crut voir des larmes dans ses yeux.

— Mais, reprit-elle, sachez aussi que la vie passe vite et, quand on atteint mon âge, on se rend compte qu'aimer, choyer et donner de soi, c'est tout ce qui compte... Je veux que vous sachiez que je ferais certaines choses différemment, si je pouvais recommencer. Je ne veux pas que vous fassiez les mêmes erreurs que moi.

Toute tremblante, elle s'appuya un instant contre l'évier, à croire qu'elle était à bout de forces. Puis elle lui adressa un signe de tête.

— Voilà comment je vois les choses, du fond de ma vieille carcasse. À vous d'en faire ce que vous voulez.

19

Lorsque Lex demanda conseil à Sue pour trouver du travail, elle lui donna plusieurs noms de fermiers. Quelques jours plus tard, il fut embauché à l'exploitation laitière de Ben Hackett, de l'autre côté de la rivière. Il devait s'occuper de la traite du soir quatre fois par semaine et donner un coup de main de temps en temps, comme pour la taille des haies, l'épandage de pesticide et d'engrais. Il avait tout à apprendre, y compris à conduire un tracteur et à vaincre sa peur des vaches.

Ben Hackett possédait une salle de traite en épi dotée de seize places. Son troupeau était essentiellement constitué de Holstein mais il comptait aussi quelques vieilles Jersiaises aux yeux de biche et aux cornes de diablotin. Au début, toutes l'effrayaient – les Jersiaises encore plus que les autres, car elles n'hésitaient pas à lui donner des coups de corne sournois dès qu'il baissait la garde. La première traite fut la pire – et la plus drôle, à en croire Ben. Les vaches entrèrent à la queue leu leu, les yeux écarquillés, agitées, leurs sabots fendus claquant contre le béton mouillé tandis qu'elles se mettaient en position.

— Elles vont être un peu anxieuses, aujourd'hui, l'avertit Ben. Les inconnus les rendent nerveuses.

Il ouvrit le portail et entra à pas lourds dans la fosse avec ses bottes en caoutchouc. La trayeuse électrique tétait déjà goulûment en rythme.

— Pas grave, elles s'habitueront bientôt à toi. Et tu finiras par les connaître toutes par leur nom, à moins que tu ne leur donnes tes propres surnoms.

Dans son bleu de travail élimé, Ben longea les rangées de vaches, enlevant des croûtes sur leurs trayons pour les glisser dans les gobelets-trayeurs comme s'ils n'étaient que des extensions de ses propres doigts boudinés. Ses bras étaient épais tels des cordages et son visage avait pris une teinte de terre cuite après toutes ces journées passées au soleil sans chapeau.

— Elles ont chacune leur personnalité, comme les gens. Certaines t'aimeront bien, d'autres pas. Méfie-toi de celle-là, dit-il en se redressant pour lui montrer du doigt une Jersiaise impatiente dont les yeux lançaient des éclairs. C'est Brownie. Elle te donnera des coups de corne, des coups de sabot, elle éjectera les gobelets et elle fera de ta vie un enfer. Je devrais me débarrasser de cette vieille carne mais c'est une trop bonne laitière.

Il lança un faisceau trayeur pourvu de quatre gobelets vers Lex.

— Tiens, essaie donc.

Lorsque Lex souleva le faisceau d'où les manchons pendouillaient, ils s'agitèrent comme s'il tenait une créature vivante. Ben lui montra du doigt le pis rose et poilu de la vache d'à côté. Elle trépignait sur place, agitait la queue et frémissait d'impatience.

— Ne traîne pas. Enfile-lui le bazar, c'est facile.

D'un geste hésitant, Lex frôla l'arrière du pis de la vache et referma prudemment sa main autour d'un des trayons. Le contact était surprenant, on aurait dit du cuir, rugueux, dur et ridé. La vache tapa de nouveau du sabot lorsque Lex approcha d'une main tremblante le premier gobelet. La trayeuse n'aspira qu'à moitié le trayon si bien que la machine hoqueta et que l'animal donna de nouveaux coups de sabot.

— Regarde, dit Ben en tendant sa grosse main. C'est comme ça qu'on interrompt la succion. Tu n'as qu'à plier le tube, comme ça.

Il plia en deux le tube relié au faisceau et les manchons se décrochèrent aussitôt.

— Ça leur fait un peu mal quand le trayon est tordu, comme ça, dans le gobelet. Tu dois le tenir bien droit et tu lui glisses ça dessus en vitesse.

Le trayon se coula parfaitement dans le gobelet-trayeur.

— Maintenant, occupe-toi des autres trayons.

Malgré ses gestes gauches, Lex y arriva sans trop embêter la vache. Même si elle agitait la queue, elle attendit patiemment.

— Elles devront être très indulgentes avec moi, marmonna-t-il.

— T'inquiète, mon gars, répondit Ben en lui assénant une claque sur l'épaule. Elles sont patientes, les bougresses. C'est leur boulot. Il faut juste que tu prennes le coup de main avant d'arriver aux plus susceptibles. On va te former en un rien de temps. Avant la fin de la semaine, tu seras capable de faire tout le troupeau tout seul. Maintenant, essaie sur une autre.

Ensuite, on te mettra sur le tracteur. T'es un vrai défi. J'avais jamais eu besoin de décrotter un citadin. On va faire de toi un homme.

Tout se passa bien jusqu'à ce que Brownie finisse par entrer dans le box. Lex commençait à maîtriser le geste pour enfiler les manchons sans tirer sur les trayons. Il arrivait aussi à interrompre la succion quand une vache avait fini et à ôter les gobelets d'un seul mouvement. Ben lui avait montré comment surveiller le flot de lait lorsqu'il ralentissait dans le tube. Chaque faisceau trayeur comptait quatre manchons reliés à un récipient de mesure transparent. Au début de la traite, le lait giclait, éclaboussait le récipient et s'y écoulait largement. Vers la fin de la traite, le lait ne tombait plus qu'en goutte-à-goutte. C'était le moment d'enlever les gobelets et de soigner les trayons s'ils étaient crevassés pour éviter une mammite.

Et puis Brownie était arrivée. Elle entra dans la salle de traite avec d'autres vaches et se fraya un passage à coups de corne vers une place libre. Sourcils froncés, Ben descendit la barre de croupe pour maintenir les vaches dans leurs boxes.

— Vieille carne, beugla-t-il pour couvrir le bruit de la machinerie.

Lex préparait un faisceau trayeur pour la vache à côté d'elle lorsque Brownie lui envoya une giclée de bouse liquide sur la tête, les épaules et les gobelets-trayeurs qu'il tenait. Il secoua les gobelets pour en faire tomber la substance gluante et chercha un robinet du regard. Là, elle l'arrosa de pisse.

Au-dessus de la fosse, penché sur la barrière, Ben était plié de rire. Il rit si fort que sa respiration devint sifflante.

— Je suis dans la merde jusqu'au cou, jura Lex qui se tortillait pour décrocher la bouse de ses vêtements.

Elle était chaude, verte, fibreuse, et horriblement humide.

— Pire, j'en ai même dans l'oreille.

Soudain, il crut que la vache lui pissait de nouveau dessus mais c'était Ben qui le rinçait avec un tuyau d'arrosage. Tête baissée, Lex s'empara du tuyau pour se laver les cheveux. Ben s'étouffait toujours de rire. Son air goguenard finit par agacer Lex.

— Allez, je te laisse te rincer un peu et puis tu viendras te doucher à la maison. Glenda te trouvera un bleu de travail.

— Ça fait partie des risques du métier, c'est ça ?

— Ça arrive à tout le monde, répondit Ben, le regard jovial et ridé. Et Brownie est vraiment une sale bête. Mais, tu sais quoi ? Ça valait le coup de la garder toutes ces années rien que pour ça !

Au bout d'une semaine, Ben vint voir Lex un soir, un peu avant la fin de la traite. Il agita les bras et le héla pour attirer son attention malgré les cliquètements et le ronronnement de la trayeuse.

— Viens à la maison quand t'auras fini. J'ai un truc à te demander.

Lex décrocha les faisceaux laitiers, nettoya la salle au jet et vérifia la température de la cuve de lait. Il aimait le calme qui régnait dans la salle une fois que les vaches n'y étaient plus. Après le nettoyage, une douce odeur de lait y flottait et il y faisait sombre et frais. Il devait enfiler les gants en caoutchouc de Ben trop grands pour lui pour racler les bouses et autres déchets accumulés autour de l'évacuation. Il en remplissait un seau qu'il allait ensuite vider dehors. Il voyait les dernières vaches descendre lentement du quai de traite pour sortir dans le pré. Elles étaient toujours plus calmes, après la traite, comparé à la période d'attente où elles claquaient des sabots. Elles devaient apprécier qu'on soulage leurs pis pleins de lait.

Il éteignit les lumières et remonta vers la maison. C'était une bâtisse recouverte de bardeaux et entourée par un jardin coquet où Glenda faisait pousser des géraniums rouges et des hortensias violets. À l'arrière de la maison, la terrasse disparaissait sous un bazar de bottes et de sacs de jute où dormaient les chiens. Leurs griffes puissantes avaient creusé de profonds sillons dans la porte menant au jardin. C'était le genre de chose que Glenda tolérait tant que l'avant de la maison était soigné et qu'il n'y avait pas trop de vieux engins et d'autres débris autour des hangars. Elle craignait que des serpents ne s'approchent trop de la maison ou n'entrent dans le poulailler.

Lex ôta ses bottes et frappa à la porte. À l'intérieur, il entendit la voix forte de Ben, qui beuglait au téléphone pour tenter de couvrir la radio. Il ouvrit la porte et fit signe à Lex d'entrer, le combiné toujours vissé à l'oreille.

— Entre, mon gars, assieds-toi.

En chaussettes, Lex avança prudemment sur le lino brillant et s'assit à la table de la cuisine. Ben raccrocha et ouvrit le frigo à la volée.

— Je t'offre une bière. Glenda est en ville pour faire les courses, dit-il en décapsulant une canette fraîche qu'il fit glisser sur la table vers Lex. Je veux te parler de la foire.

— La foire ?

Ben s'assit et but une longue gorgée de bière.

— La foire de Merrigan. C'est dans deux mois. J'ai envie d'y inscrire l'une de mes vaches et l'un de mes taureaux. Qu'est-ce que t'en penses ?

Lex haussa les épaules.

— Je n'y connais rien, en concours de bovins.

— Je m'en doute. Mais t'es sans doute plus doué que moi pour te faire beau, tu feras meilleure impression dans le ring, avec mes bêtes.

— Tu rigoles ? Le taureau va me réduire en miettes.

— Nan. Il a un joli anneau en laiton dans les naseaux. Tu tires dessus un bon coup s'il s'excite un peu et tout ira bien.

— C'est si simple, tu crois ?

— Je prends ça comme un « oui ». Génial. Ça, c'est chouette, dit-il avant de boire une autre gorgée de bière. Je voulais te demander autre chose.

— Quoi donc ?

— On a besoin d'un présentateur pour le concours de la Miss de la foire.

— Pourquoi ? Qu'est-il arrivé au précédent ?

— John Watson ne veut plus le faire. Il dit qu'il a assez de boulot comme ça avec le reste.

— Pourquoi moi ?

— Je me disais qu'une nouvelle tête serait pas mal. Et je t'en crois parfaitement capable.

— Merci pour ce vote de confiance.

— C'est encore un « oui », pas vrai ?

Ben lui donna une bourrade dans le dos.

— T'es déjà dans le bain. Tu vas assurer. Je vois que t'as du potentiel.

— Ça, c'est un grand mot pour un gars de la campagne, s'esclaffa Lex.

— J'ai un bon vocabulaire. Maintenant, trinquons à la foire de Merrigan.

Il semblait content.

— Allez, dit-il en s'extirpant de sa chaise pour prendre deux autres bières. Remets tes bottes. Je vais t'emmener voir Trevor Baker, le voisin. Il m'a dit qu'il couperait du bois, ce soir... et je ne te parle pas de petits bois pour la cheminée.

Ben conduisit Lex jusqu'aux barbelés et enjamba la clôture électrifiée qui séparait les deux terrains. Le bruit sec des coups de hache leur parvenait depuis l'arrière d'un hangar, une frénésie rythmée, continue. Un claquement retentit, suivi d'un craquement sonore.

— C'est un vrai gentleman, déclara Ben lorsqu'ils tournèrent au coin du hangar et virent Trevor Baker expulser une giclée de morve de ses narines.

— Aah, va chier, Hackett, grogna Baker, mais un franc sourire éclairait son visage ruisselant de sueur, et il engloutit la main de Ben dans sa grosse paluche poilue.

C'était plus un ours qu'un homme – grand, épais, épaules carrées et velues à moitié recouvertes par un marcel bleu trop large, ventre proéminent qui retombait sur son pantalon. Lex fut surpris par ses jambes fluettes et son absence de fesses. Tout son poids se dirigeait vers l'avant.

— C'est ma nouvelle recrue, Lex Henderson, dit Ben.

— Ça, c'est un nom de la ville, pour sûr, lâcha Trevor avant de cracher par terre. Promis, on essaiera de pas t'en vouloir.

Lex accepta la main tendue et sentit ses jointures s'émietter. Trevor Baker était le bûcheron légendaire de la région. Il avait gagné tous les concours du coin depuis sept ans et restait le champion invaincu.

Lex montra du doigt la tête brillante de la hache.

— On dirait que vous avez pas mal d'expérience, avec ce truc.

— Ouais. Trop d'années passées à couper du bois pour ma mère, répondit Baker avant de cracher de nouveau. Hé, Hackett. Tu veux bien me donner un coup de main avec cette bûche ? Ce sera la dernière.

Les deux fermiers firent rouler la grume jusqu'au chevalet et l'y hissèrent.

— La coupe horizontale, c'est ce que je préfère, expliqua Baker. Allez, on va lui faire de belles marques.

Il sortit un bout de craie de sa poche et traça quelques lignes sur le bois. Puis il souleva sa hache au-dessus du sol et fit courir son pouce le long de la lame. Reculant d'un pas, il se plaça à une longueur de bras de la bûche, plaça doucement la tête de la hache sur le sol, devant lui, s'étira et saisit le manche. Puis, avec une courte inspiration, il souleva son outil d'un mouvement rapide et net et l'abattit sur la bûche, juste sur l'un des traits de craie. Lex et Ben le regardaient en buvant leurs bières tandis qu'il soufflait, grognait et plantait sa hache dans le bois. Il ne lui fallut pas longtemps pour couper la grume en deux.

— Je parierai sur toi, pendant la foire, déclara Ben en vidant sa canette.

— J'sais pas trop, vieux, rétorqua Baker, qui remonta son pantalon et se tâta l'entrejambe pour se remettre les bourses en place. Je suis plus tout jeune et je commence à faiblir. Ça fait trop longtemps que je gagne ce truc de toute façon.

— Nan. Tout le village est derrière toi. Merrigan sera rayée de la carte si tu gagnes pas. Et, cette année, Lex ici présent s'est proposé pour tenir le taureau à ma place, en plus.

Baker, qui rangeait sa hache dans une boîte en bois, éclata de rire.

— T'es qu'un fils de pute, Hackett.

— Il va s'en tirer. J'ai fait castrer le vieux taureau, cette année. Ce sera une partie de plaisir.

— Allons chercher de la bière et buvons à ta survie, Lex, rétorqua Trevor avant de renifler et de cracher encore une fois. Hackett m'a dit que t'avais fait la connaissance de Brownie.

Sur le chemin du retour, Lex s'arrêta au pub pour acheter un pack de six. Les canettes bues avec Ben l'avaient mis en appétit et il se disait que, même s'il regrettait constamment d'avoir perdu Callista, il pouvait n'en boire qu'une ou deux sans péter les plombs et s'envoyer tout le pack. Lorsqu'il paya, il se rappela que son frigo était vide. S'il se dépêchait d'aller en ville, il pourrait peut-être arriver avant la fermeture de la boucherie. Ce soir, ce serait saucisses-purée.

Après la mort d'Henry, Helen avait repris le flambeau. Tout le monde s'était attendu à ce qu'elle vende son fonds de commerce à Jake Melling, le commis, et retourne auprès de sa famille, à Eden. Mais la fermeture de la boutique n'avait été que temporaire. Helen s'était coupé les cheveux à la garçonne, avait enfilé un tablier et avait rouvert les portes, gardant Jake à mi-temps pour préparer la viande et lui enseigner les ficelles du métier. Selon Sue, ces dames de l'Église étaient scandalisées. Apparemment, la boucherie était un travail d'homme. Tout comme le fait de tenir un commerce. Mrs Jensen racontait à qui voulait l'entendre que Henry se retournerait dans sa tombe s'il savait ce qu'Helen avait entrepris. Sue trouvait grotesque que Mrs Jensen répande ses perfidies habituelles alors qu'Helen ne faisait que son travail.

Lorsque Lex arriva à toute vitesse devant la boucherie, Helen refermait juste la porte de la chambre froide.

— Qu'est-ce que je peux faire pour vous? demanda-t-elle.

— J'espérais avoir le temps de vous prendre quelques saucisses pour ce soir. Mais on dirait que vous avez déjà tout rangé.

— Oui. Ça va être compliqué de ressortir des choses, maintenant.

— Pas grave. Je me ferai des toasts avec du fromage.

Sa déception devait se lire sur son visage.

— Si vous êtes coincé, j'ai mis un rôti à cuire chez moi. J'habite au coin de la rue.

— Je ne voudrais pas m'imposer.

Un mince sourire se dessina sur les lèvres d'Helen.

— Vous ne vous imposez pas du tout. Henry avait l'habitude d'inviter des gens à manger à la maison, après la fermeture. Je ne fais que perpétuer la tradition.

Lex hésita. L'idée de faire la conversation à Helen Beck ne lui disait rien mais celle de manger un bon rôti déjà plus.

— C'est d'accord, dit-il. Merci beaucoup pour votre hospitalité.

Ce n'était pas vraiment un temps à faire un rôti. Il faisait chaud et moite dans la cuisine, et Helen était une vraie boule de nerfs. Tout en elle dégageait une certaine crispation. Lex s'assit à la table de la cuisine et l'observa : dans son mouvement pour placer la bouilloire sous le robinet, elle la cogna contre l'évier puis ouvrit l'eau à fond pour la remplir avant de l'abattre bruyamment sur la cuisinière.

— Thé ou café ? demanda-t-elle.
— Du thé, s'il vous plaît. Avec du lait et un sucre.

Il balaya la pièce du regard pendant qu'elle mettait une dose de thé dans une théière en argent. La cuisine était dominée par la blancheur des meubles stratifiés et du lino. Sans âme, trop immaculée pour avoir du caractère. Une corbeille où quelques fruits étaient sagement rangés décorait le centre de la table et une pendule bruyante tictaquait au-dessus de la cuisinière. Seuls le grésillement de la graisse dans le four et l'odeur de la viande qui s'en échappait annonçaient le dîner à venir.

Helen posa brusquement une soucoupe et une tasse devant lui et versa le thé d'une main tremblante. Une porte claqua dans le couloir.

— Maman, je suis rentré.

— C'est Darren, dit-elle. Il va chez ses grands-parents après l'école.

Lex se tourna et vit un garçon qui le fixait depuis le bout du couloir. Il avait l'air anxieux. Pauvre môme. Il n'avait perdu son père que depuis quelques semaines.

— Viens, je vais te présenter Mr Henderson.

Le garçon entra dans la cuisine d'une démarche indolente et se laissa tomber sur une chaise.

— Bonsoir, monsieur, dit-il machinalement avant de se tourner vers sa mère. Qu'est-ce qu'on mange ?

— Du rôti.

Lex se rendit compte qu'elle l'observait tandis qu'il sirotait son thé, avec ses yeux noirs insondables. Il aurait apprécié qu'elle parle. Ce n'était pas à lui de faire la conversation. Il était son hôte. Il pensa à Callista et comprit à quel point elle lui manquait. La soirée allait être longue.

— C'était comment, l'école ? lança Lex au gamin, n'importe quoi pour briser le silence.

— Bien.

Le garçon vérifia que sa mère ne le regardait pas et se décrotta le nez.

— Tu as des devoirs ? lui demanda Helen.

— Je les ai faits chez mamie. Je peux regarder un DVD ?

— Nous avons un invité, rétorqua-t-elle en le toisant durement.

Darren baissa la tête en soupirant.

— C'est quoi, ton film préféré ? lui demanda Lex.
— *Star Wars.*

Lex haussa les sourcils et lui fit un petit sourire.

— Qu'est-ce que tu penses de Dark Vador ?
— Il est trop cool ! s'écria le gosse en s'animant.
— Darren ! fit Helen d'un ton sec, et les épaules de son fils s'affaissèrent soudain.
— Je n'ai pas le droit de regarder les films, expliqua-t-il. Maman dit que c'est trop violent.

Le dîner fut servi à sept heures tapantes. Helen glissa les assiettes sur la table et, alors que Lex allait s'emparer de son couteau et de sa fourchette, il vit qu'elle le dévisageait, les mains jointes sur les genoux.

— Nous devons dire le bénédicité avant de manger, expliqua Darren.
— Bien sûr, marmonna Lex. J'avais oublié.

Il baissa la tête et prit soin de dire « Amen » avec eux au bon moment. Il mourait de faim et il avait hâte d'entamer son assiette, malgré la chaleur étouffante de la cuisine. L'odeur de la viande était alléchante.

Ils mangèrent en silence, couteaux et fourchettes cliquetant dans leurs assiettes. Lex entendait la pendule égrener les secondes au-dessus de leurs têtes. C'était l'un des repas les plus embarrassants qu'il ait connus. Dès qu'il eut fini, il remercia Helen et se leva pour s'en aller. Elle lui proposa un dessert, qu'il se sentit impoli de refuser, mais l'atmosphère dans la cuisine était oppressante et il voulait s'enfuir au plus vite. Helen le raccompagna à la porte puis disparut dans la maison. Darren le suivit jusqu'au portail.

— À votre avis, c'est lequel, le meilleur épisode de *Star Wars* ? murmura le gamin.
— J'adore celui où Luke Skywalker fait exploser l'Étoile noire, répondit Lex. Et toi ?

— Mon préféré, c'est le troisième. Quand Anakin devient Dark Vador. Je l'ai vu chez un copain. Maman ne le sait pas.

Lex lui fit un clin d'œil.

— Je suis sûr que tu survivras à toute cette violence, dit-il. Pas vrai ?

Le gosse lui fit un grand sourire et rentra chez lui en courant.

Le lendemain matin, alors qu'il était passé chez Sue prendre un café, Lex comprit vite qu'il avait des ennuis. Sue lui en voulait. En entendant les bruits qu'elle faisait dans la cuisine, il repensa à sa mère, dans ses mauvais jours. Il attendit qu'elle vienne le resservir et, quand elle finit par le faire, tout en elle exprimait l'agacement et la contrariété.

— Désolé de vivre, dit-il.

D'un mouvement brusque, elle versa du café dans sa tasse et flanqua la cafetière sur la table.

— Vous ne comprenez pas, n'est-ce pas ? Vous n'avez pas encore pigé le truc. Vivre ici, ce n'est pas courir partout et filer se cacher dans un coin. Ce n'est pas prendre ce qu'on veut et se défiler comme un putois en espérant que personne ne s'en apercevra.

Elle tira un chiffon de la poche de son tablier et se mit à astiquer de toutes ses forces la table voisine.

— Ici, nous vivons en communauté, nous nous respectons. Nous sommes tous liés les uns aux autres. Nous dépendons tous des autres d'une certaine façon. Vous avez intérêt à mieux vous comporter, Lex, sinon vous n'aurez jamais le soutien que vous attendez le jour où vous en aurez besoin.

Elle fit tomber les miettes par terre en secouant son chiffon et le replaça dans sa poche avant de reprendre :

— Vous aviez fait plus de la moitié du chemin en sauvant Mrs B., pendant l'orage. Les gens ont parlé de vous en termes favorables. Je les ai vus vous saluer, à l'enterrement. Un signe d'acceptation, même si vous ne vous en êtes pas rendu compte. Mais, maintenant, vous allez retourner à la case départ. Vous retrouver à l'écart.

Elle parlait à toute vitesse, essoufflée, le visage rougi.

— Voilà, conclut-elle. J'ai dit ce que j'avais sur le cœur. Je vous ai toujours apprécié, Mr Henderson. Mais ça, c'est le pompon.

— Mais, enfin, de quoi parlez-vous ?

— John Watson vous a vu suivre Helen Beck jusque chez elle, hier soir.

Lex baissa la tête vers son café et remarqua que Sue en avait renversé la moitié dans la soucoupe.

— Donnez-moi ça, dit-elle en tendant la main vers la tasse. Je m'en occupe.

Elle revint avec une tasse propre.

— Maintenant, à vous de vous reprendre en main. Gardez vos distances avec Helen Beck. Elle n'a pas besoin que vous vous mêliez de ses affaires. Elle est suffisamment perdue comme ça. Laisse-la aux grenouilles de bénitier. Elles la comprennent.

— Je n'ai rien fait ! se défendit-il. Elle m'a gentiment proposé de venir dîner, j'ai accepté et je suis rentré chez moi. Il ne s'est rien passé.

— Je ne veux pas entendre vos explications, rétorqua Sue. Ne vous approchez pas d'elle. Il y a des choses dont vous ne devez pas vous mêler, et Helen Beck en fait partie. Maintenant, suivez mon conseil et laissez-la tranquille.

— Merci, je vous écouterai.

Il finit son café et rentra chez lui, abasourdi. Un repas innocent et tout le monde à Merrigan l'avait casé avec Helen Beck. Il lui restait encore beaucoup de choses à apprendre sur la façon dont vivaient les gens, ici.

20

Chez elle, dans le vallon calme de cette fin d'été, Callista peignait une furie de teintes sur ses toiles – explorant, expérimentant, dessinant des éclairs de couleurs, des visions. Au cours des semaines passées, son travail autour de l'orage avait évolué pour devenir un voyage émotionnel. Ce qu'elle mettait dans ses toiles, c'était bien plus que ses observations de l'ambiance et de la lumière. C'était la colère et la frustration que lui inspirait Lex, plus que le chagrin, après leur affrontement dans la maison brisée. Elle avait découvert que la peine s'accumule. Qu'une peine toute fraîche peut rouvrir le caveau de celles passées et non guéries, et le tout s'entremêle pour former une nouvelle douleur complexe.

À cela, il fallait encore ajouter la nostalgie terrible qui transperçait tout ce qu'elle faisait : la nostalgie de ces jours colorés où sa relation avec Luke était magnifique, de la sensation de porter cet enfant qu'elle avait perdu au cours de son court voyage de création, des espoirs qu'elle avait fondés sur Lex.

Pendant qu'elle peignait, Callista approfondit sa connaissance de la désillusion. Les dissimulations de

Lex lui avaient laissé un goût amer. Elle s'efforçait de l'imaginer marié à une autre. Bien sûr, il avait sa propre histoire, mais le savoir ne pouvait qu'apporter de la déception. Il avait été trop souvent blessé par le passé pour qu'elle puisse espérer l'avoir rien que pour elle un jour. Même si elle pouvait ressusciter des fragments de leur relation, il serait toujours partiellement possédé par quelqu'un d'autre. Et c'était douloureux à admettre.

Pour finir, elle s'était déçue elle-même de ne pas avoir eu le courage d'être franche. Si seulement elle avait été plus forte, elle aurait pu dire à Lex qui elle était. À dire vrai, sans honnêteté, leur relation avait perdu toute crédibilité émotionnelle. Ensemble, ils avaient formé comme un lagon peu profond aux eaux troubles. La tempête avait brisé leurs rives et le peu qu'ils avaient réussi à accumuler s'était écoulé au loin. Ils avaient commencé sans rien et fini sans rien.

La maison sur le cap avait constitué à elle seule une grande partie du problème. C'était leur Némésis : Lex et son achat inconscient de l'histoire familiale de Callista, et l'impuissance de celle-ci à y changer quoi que ce soit. Revisiter cette maison sur les falaises avait fait remonter des tas de souvenirs en elle. Grand-père. Sa vie là, avec Queenie. Courir pieds nus avec Jordi dans la bruyère. Préparer des cupcakes dans la cuisine. Queenie souriant au-dessus de leurs têtes bouclées. La lumière qui chatoyait à travers les fenêtres. Les histoires de baleinier de grand-père. Les baleines qui étaient revenues onduler sous les vagues, au fil des ans.

Elle ne pouvait rien partager de tout cela avec Lex. Jamais de la vie. Elle avait tenté de lui présenter un point de vue alternatif sur la chasse à la baleine. Pas nécessairement parce qu'elle y croyait elle-même. Elle avait essayé de le convaincre à tout prix parce que, s'il ne pouvait accepter qu'on pense différemment, il ne pourrait pas l'accepter, elle non plus. En vérité, elle avait échoué sur toute la ligne.

Face à une toile sur son chevalet, l'échec n'était pas envisageable. Elle repoussa Lex dans un recoin de ses pensées et travailla sur les humeurs de la tempête. Accentuer sa texture. Réfléchir. Peindre. Visualiser. Travailler en écoutant ses sensations. S'orienter dans le labyrinthe de ses émotions.

C'était une obsession. Elle ne pouvait plus penser à autre chose. La nourriture devint un luxe auquel elle ne se livrait que lorsqu'elle se sentait faiblir. Elle était remontée sur la côte pour acheter des toiles avec de l'argent emprunté à sa mère. Quand une toile était trop humide pour être travaillée davantage, elle la mettait de côté et en posait une autre sur le chevalet, passant à la phase suivante de l'orage, à son humeur suivante.

Elle ne se rappelait pas avoir déjà travaillé comme cela. C'était comme une recréation. Comme un réagencement des couleurs qui constituaient sa personnalité compliquée. Et elle aimait ça. Au beau milieu de la bourbe de ses sensations meurtries et bouillonnantes, une rose nouvelle avait poussé. Et son nom était confiance.

Pourtant, ce jour-là, elle était distraite et cela l'agaçait. Helen Beck l'avait appelée deux semaines plus tôt en lui demandant de faire le portrait d'Henry. C'était une commande pour l'Église, très bien payée, et Callista n'arrivait pas à se motiver pour s'y mettre.

Autant elle progressait bien sur la série de la tempête, autant ce tableau allait lui donner du fil à retordre. Elle avait feuilleté les clichés qu'Helen lui avait donnés et elle savait que Henry n'allait pas apparaître facilement.

Le problème venait de ses yeux – ce qu'elle y voyait et aussi ce qu'elle n'y voyait pas. Il passait pour un homme pieux, un fervent paroissien. Et pourtant, Callista ne voyait en lui qu'un homme arrogant, intolérant. Chez lui, la compassion était portée disparue, tout comme la gentillesse, l'humilité et la tendresse. Le problème sous-jacent, c'est qu'elle ne l'aimait pas. Elle ne l'avait jamais aimé. Elle l'avait évité, préférant de pas se frotter à sa personnalité abrasive. Bien sûr, elle le connaissait. On ne pouvait pas grandir dans une petite ville comme Merrigan sans connaître tout le monde. Il avait quitté le lycée l'année où elle y était entrée, pour travailler dans le commerce familial. Inutile qu'il poursuive des études alors qu'on avait besoin de lui dans la boutique. Et comme la famille de Callista ne mangeait pas de viande et n'allait pas à l'église, ils le voyaient rarement.

Avec Helen Beck, c'était différent. Callista avait toujours eu pitié d'elle, si opprimée par le regard patriarcal de Henry. Elles n'avaient jamais été amies mais Callista l'avait vue se recroqueviller sur elle-même au fil des années passées avec Henry. Elle avait vu la peur s'allumer dans ses yeux. Même si, plusieurs fois, elle avait eu envie de proposer son aide à cette pauvre femme écrasée par l'Église et la domination de son mari, elle savait que se mêler de leurs affaires n'était pas une bonne idée.

Lorsque Helen était venue lui apporter les photos, Callista avait failli refuser le travail. Mais comment aurait-elle pu, quand toute sa vie cette pauvre femme avait été rejetée ? Elle avait donc pris les photos et dit qu'elle verrait ce qu'elle pouvait faire, tout en sachant qu'elle n'y arriverait pas. Comment pourrait-elle peindre Henry sous un jour positif ?

Plusieurs fois, elle avait éparpillé les photos sur la table et avait tenté de l'esquisser, d'abord au crayon puis au fusain. Et les dessins étaient toujours plats, peu satisfaisants. Son cœur n'y était pas. Elle ne pouvait entrer en lui et elle n'en avait d'ailleurs aucune envie. Et, à mesure que les jours passaient et que l'avance versée par Helen restait sur l'appui de la fenêtre au-dessus de l'évier, sa culpabilité grandissait. Elle serait obligée de prendre les choses en main. D'aller parler à Helen.

Ce soir-là, elle descendit en ville dans son Combi, acheta une bouteille de vin rouge à vingt dollars avec l'argent d'Helen et alla frapper à sa porte.

— Qu'est-ce que c'est que ça ? fit la bouchère en lorgnant la bouteille d'un air méfiant lorsqu'elle vint lui ouvrir.

Callista la suivit dans le couloir blanc jusqu'à la cuisine.

— Du vin de messe, la taquina-t-elle en s'asseyant à table. Vous ne communiez jamais ?

— Jamais avec du vin du commerce, se défendit Helen en faisant la moue.

— Vous en prendrez quand même un verre.

Helen sortit deux grands gobelets d'un placard et les posa sur la table.

— Comment ça va ? lança Callista.

— Bien, répondit l'autre avec un petit sourire avant de détourner rapidement le regard. On se débrouille.

Callista savait qu'Helen tenait à peine le coup. Elle avait entendu tous les commérages odieux qui couraient en ville depuis qu'Helen avait repris la boucherie. Mrs Jensen qualifiait son attitude de scandaleuse. Vieille bique stupide. Callista espérait que cela n'avait pas d'impact sur les ventes de la boucherie. Sans doute pas étant donné que, à part la rangée misérable de saucisses sous vide au supermarché, il n'y avait pas d'autres endroits en ville pour acheter de la viande.

— Le portrait avance bien ? lui demanda Helen.

Callista réfléchit un instant.

— Je n'ai pas l'habitude de faire des portraits. J'avoue que j'ai quelques difficultés.

— Les photos ne sont pas assez bonnes ?

— Si. Mais je suis frustrée. C'est la raison de ma visite. J'ai fait quelques esquisses, sans réussir à avancer. Je ne connaissais pas Henry suffisamment bien.

— Qu'est-ce que je peux faire ?

— Buvez ça, répliqua Callista en versant du vin dans l'un des verres. C'est du lubrifiant. Pour vous délier la langue. Ne vous inquiétez pas, je vous accompagne, annonça-t-elle tout en remplissant le deuxième verre. Aux portraits !

Elles trinquèrent puis burent une gorgée. Helen n'avait pas l'air convaincue.

— Dites-vous que c'est un investissement, l'encouragea Callista. J'espère que ça m'aidera à mieux connaître votre mari.

— Il m'en voudrait, s'il me voyait boire.
— Il n'est plus là. Vous pouvez faire ce que vous voulez.
— Je ne veux rien faire de réprimable.
— Ça vous paraît réprimable ?

Helen leva les yeux et ses lèvres esquissèrent un sourire.

— Ça me donne envie d'en boire une autre gorgée.
— Allez-y, dans ce cas. Faites-vous plaisir.

— Qu'avez-vous besoin d'entendre ? s'enquit Helen après le premier verre.

Elle était déjà écarlate et son phrasé un peu hésitant.

— Tout, sauf des louanges. C'est ennuyeux. Et je connais déjà tout. J'ai lu l'oraison funèbre.
— Vraiment ? Comment en avez-vous eu une copie ? Ce texte était réservé aux funérailles.
— John Watson en distribuait, à sa boutique. Il y en avait une pile sur le comptoir, du coup j'en ai pris une. J'espère que cela ne vous dérange pas.
— Il aurait dû avoir la gentillesse de me demander d'abord.
— Votre mari était une figure locale. John pensait sans doute bien faire.
— Peut-être…

Helen se perdit dans ses pensées, portée par le vin, et Callista ne savait pas trop comment poursuivre.

— Écoutez, je veux faire ce portrait pour vous, sauf que je suis bloquée. J'ai besoin que vous me donniez des informations. Pour que je puisse rentrer dans la peau de votre mari.

— Dit comme ça, ça semble étrange.

Callista haussa les épaules.

— Peut-être, mais c'est la seule façon pour moi de le peindre.

Helen soupira.

— Qu'est-ce que je pourrais vous dire ? Mon mari était un homme très généreux.

Callista la fixa un instant puis remplit les deux verres. C'était probablement une mission impossible, alors autant qu'elle profite du vin. Elle aurait adoré révéler à cette femme ce que tout le monde pensait vraiment de son pharisien de mari, mais ce serait trop cruel. Même s'il s'était toujours mal conduit avec elle de son vivant, Helen ne trahirait pas sa mémoire. Au moins, la pauvre femme était libérée de son emprise.

— Henry aurait peut-être pu passer un peu plus de temps avec son fils, disait Helen.

Elle émit un petit rire las et détourna la tête en battant des paupières.

— J'essaie de trouver autre chose que des louanges, comme vous me l'avez demandé. Il… Henry… prenait son métier très au sérieux et il était aussi très dévoué aux œuvres de l'Église, par conséquent, je pense qu'il n'a pas assez profité de Darren…

Callista reprit une gorgée de vin en tentant d'avoir l'air intéressée. En son for intérieur, elle levait les yeux au ciel. C'était vraiment ce qu'Helen avait de mieux à lui offrir ?

— Il est aussi possible que Henry se soit quelque peu montré un peu indiscret avec ses donations à l'Église, admit Helen. Je pense que, par moments, il n'était pas aussi désintéressé dans ses donations que

Dieu l'aurait voulu. Un peu vantard, peut-être. D'un autre côté, il était très fier de soutenir l'Église et il n'y a rien de mal à cela... être fier de servir Dieu...

Callista hocha la tête en réprimant un bâillement. Helen prit soudain une profonde inspiration, comme pour se donner du courage.

— Très bien, dit-elle avec un petit sourire effrayé sur les lèvres. Je vais dire quelque chose de très osé.

Elle regarda Callista droit dans les yeux et, avant même qu'elle parle, Callista sut que c'était un pas dans la bonne direction. Helen paraissait plus assurée.

— J'espère que vous ne seriez pas trop choquée si je vous disais que Henry aimait beaucoup faire l'amour, déclara Helen, qui pâlit aussitôt et resserra ses doigts autour de son verre. Et il était très doué pour ça... Est-ce que c'est mal d'en parler ?

Callista éclata de rire.

— Non. C'est justement ce que j'ai besoin d'entendre. Comment est-ce que ça pourrait être mal, si c'était si bon ?

Helen but nerveusement.

— Je soupçonne Henry de s'être senti coupable, tant il aimait ça. Notre Église dit que cela ne doit servir qu'à la procréation. Sauf que Henry adorait vraiment ça.

Helen piqua un fard. Elle se tut et jeta un coup d'œil à Callista.

— Ça ne vous horrifie pas, ce que je vous raconte ?
— Non. Tout ça, c'est bien normal.
— Je ne vois pas ce que je pourrais vous dire de plus.
— Reprenez du vin.

Helen gloussa. À cause de l'alcool, ses joues viraient au cramoisi.

— J'ai l'impression de faire une bêtise, dit-elle.

— Mais vous vous amusez, non ? C'est mieux que la communion, pas vrai ?

Helen acquiesça et prit prudemment une nouvelle gorgée de vin.

— Et vous, vous avez déjà communié ?

Callista renifla.

— Même si je pouvais faire entrer mon âme damnée sous le porche de l'église, je doute que le pasteur me laisserait y rester.

Helen secoua la tête de façon théâtrale. Le vin exagérait ses mouvements.

— Je suis certaine qu'il vous accueillerait à bras ouverts. L'église est la maison du Seigneur, après tout.

L'alcool avait renforcé son désir d'évangéliser, au lieu de le noyer, comme Callista l'avait espéré.

— Je pense que je m'en tire très bien comme je suis.

— Ce n'est pas l'avis de Mrs Jensen.

Helen écarquilla les yeux en comprenant sa gaffe et, la main sur la bouche, elle gloussa.

— Oh, mon Dieu, je manque de tact, non ?

— Et Mrs Jensen, elle ne manque pas de tact, elle ?

Elles rirent de bon cœur.

— Vous savez, reprit Helen, en se penchant, un peu pompette. Je pourrais vous dire des choses sur Henry qui vous feraient dresser les cheveux sur la tête.

— Vraiment ? fit Callista en resservant Helen. Je ne vous crois pas.

— Oh, si, insista la bouchère en agitant un doigt devant son invitée surprise. Mais cette histoire n'est pas très jolie et cela pourrait changer l'opinion que vous avez de lui, alors je ne crois pas que je peux vous la raconter.

— Ça ne doit pas être si terrible que ça, insista Callista en lui tendant le verre plein.

— Si, je vous assure.

Helen, de nouveau pâle, reprit quelques gorgées de vin. Si l'alcool lui avait délié la langue comme espéré, elle semblait soudain si agitée et tendue que Callista regretta son insistance. Elle aurait mieux fait de peindre le portrait lisse que cette femme torturée attendait.

— Vous n'êtes pas obligée de me le dire, vous savez. Ce n'était pas gentil de ma part d'être si indiscrète.

— Non, fit Helen, les yeux écarquillés par l'angoisse. Il faut vraiment que je vous raconte ça.

Callista remplit son propre verre et regarda Helen.

— D'accord. Je suis prête. Rien de ce que vous pourrez me confier ne me choquera, alors ne vous inquiétez pas pour ça.

Helen eut un sourire timide, puis elle vida son sac d'un coup, comme si elle attendait depuis des années de libérer tout ce qu'elle gardait au plus profond d'elle-même.

Cela avait commencé deux ans après la naissance de Darren. Avant cela, ils avaient essayé en dilettante d'avoir d'autres enfants, juste au cas où Helen tomberait enceinte. Ce qui n'était jamais arrivé. Puis Henry avait décrété que le moment était venu, qu'il fallait remplir toutes les chambres du premier avec des enfants. Il était de leur devoir moral et religieux de donner à Dieu une fratrie de petits chrétiens. Après tout, c'était bien pour cela qu'ils s'étaient mariés.

Pendant des mois, ils avaient essayé. Henry était déterminé et, chaque soir, après dîner, une fois qu'ils avaient nettoyé la cuisine et pris leur douche, il insistait pour qu'ils fassent l'amour. Il ne voulait pas risquer de manquer une seule chance. Il disait que c'était « leur devoir envers Dieu » et qu'ils ne devaient pas faillir à la tâche. Et puis, enfin, les règles d'Helen tardèrent. Elle n'avait que quatre jours de retard mais Henry fut aussitôt convaincu qu'elle était enceinte. Il lui prépara des tisanes et chanta des hymnes dans la maison, les yeux éclairés par les lumières du paradis. Sauf que, évidemment, Helen n'était pas enceinte. Le jour où ses règles arrivèrent, elle eut peur de lui dire. Peur d'affronter son jugement. Il espérait cela depuis si longtemps…

Elle avait attendu toute la soirée, jusqu'à ce que Darren soit couché, et ne le lui avait annoncé qu'une fois qu'ils furent dans leur chambre, pour que leur fils ne les entende pas si Henry se mettait en colère. Sauf que Henry n'avait pas crié. Il était resté silencieux, et Helen avait attendu tandis qu'il la fixait d'un air incrédule. Puis son expression avait changé et elle avait su qu'elle devait s'enfuir. Quand elle avait tenté de se réfugier dans la salle de bains, il l'avait rattrapée, l'avait traînée en arrière. Il l'avait frappée, lui avait arraché ses vêtements. Il l'avait prise violemment sur le lit. C'était la première fois, pas la dernière.

Helen s'interrompit brusquement, affolée.

— Ça suffit, lui dit Callista. Vous pouvez vous arrêter là.

— C'est vrai ?

Helen avait une mine si pathétique, si reconnaissante que Callista se maudit de l'avoir poussée à cette extrémité. Puis la veuve devint plus blême que d'habitude et se leva en chancelant.

— Je me sens mal, gémit-elle. Que se passe-t-il ?

Elle courut jusqu'aux toilettes et vomit.

— C'est Henry ! hoqueta-t-elle entre deux spasmes. Il me punit.

— Non. C'est le vin. Je ne m'étais pas rendu compte que vous aviez bu tant que ça.

Helen se cramponna à la cuvette et vomit de plus belle en pleurant.

— Dieu ne me le pardonnera jamais.

— Mais si, Dieu vous le pardonnera. Ce que Henry vous a fait était mal. Aucune femme ne devrait être traitée comme ça.

Helen se laissa glisser au sol, incapable de s'arrêter de pleurer.

— Venez.

Callista l'aida à se relever, trouva un seau dans la buanderie et la fit monter dans sa chambre.

Loin de la débloquer, ce qu'elle avait découvert sur Henry ne lui inspira que colère et dégoût. Chaque fois que Callista sortait les photos pour se mettre au travail, elle avait envie de le tuer, de le faire souffrir d'une façon ou d'une autre, comme il avait fait souffrir Helen. La violence d'Henry était la chose la plus répugnante qu'elle connaisse. Elle n'avait jamais oublié le coup de pied de Luke, donné dans l'escalier avant de partir, comme si elle n'était qu'un chien. Et maintenant, Helen, impuissante sous le joug d'un homme abritant droiture et courroux divin entre ses reins.

Helen devrait pouvoir reprendre le contrôle de sa vie, puisque Henry n'était plus là. Malgré tout, Callista était épouvantée de sentir en elle-même cette impuissance, même après Luke. Elle avait tourné autour de Lex sur la pointe des pieds, craignant trop de lui révéler qui elle était. Cette vieille impuissance la rongeait encore, elle aussi. N'avait-elle donc rien appris, avec Luke ?

Et pourtant, ces derniers temps, la peinture lui avait redonné goût à la vie. Sensation de fraîcheur, vitale. La série sur l'orage avait jailli d'elle comme un chant, même si elle lui demandait beaucoup de travail. Aussi ridicule que cela puisse paraître, il était jubilatoire de créer ces humeurs de couleurs et de lumières. Elle avait tenu son pinceau avec force. Les teintes étaient magnifiques.

Avec le portrait d'Henry, c'était une autre paire de manches. Après chaque accès de colère, Callista finissait faible et léthargique. Elle avait essayé de le mettre de côté, de bloquer les émotions noires qu'il remuait en elle. Mais ce tableau la harcelait, la déprimait. Elle avait tellement cherché à le fuir qu'il finit par l'acculer dans un recoin et elle comprit qu'elle devait l'affronter. Qu'il refuserait d'attendre. Qu'elle ne pourrait pas peindre le portrait d'Henry commandé par Helen tant qu'elle n'aurait pas commencé un autre portrait de lui. Il y avait tant d'aspects de lui qu'elle devait purger pour réussir le portrait dont Helen avait besoin... Elle devait travailler sur la vérité avant d'être capable de produire un mensonge crédible. Cette décision lui fit du bien. Elle pourrait toujours cacher ce portrait-là. Personne ne le verrait jamais.

Elle installa sa toile sur le chevalet et s'attaqua à Henry. Elle le peindrait éclairé par une lumière blanche crue sur un fond noir. Tout à fait à son image, non ? Un homme de contrastes studieux : noir et blanc, bon et mauvais, mort et vif.

Grâce aux révélations d'Helen, elle comprenait à présent comment le peindre. Elle puisa dans sa haine, cette nouvelle haine contre Henry Beck, et la renvoya contre lui. Le noir et blanc était puissant. Pas de nuances subtiles de gris pour Henry. Elle le fit naître des ténèbres d'une façon qu'il aurait comprise : en lignes aiguisées, austères, frontières rigides entre le noir et le blanc. Henry Beck devenait le caillot de toutes les émotions négatives qu'elle avait portées toute sa vie.

Elle travailla avec acharnement, bâtissant ses traits, modelant son visage. Et, enfin, elle put peindre ses yeux.

21

En revenant du boulot un vendredi soir, Lex aperçut une auto-stoppeuse sur la nationale. Elle se tenait près du panneau limitant la vitesse à cent kilomètres à l'heure, son sac calé contre le pied du panneau. Il commença à ralentir. Elle portait un short en jean effiloché, un débardeur noir échancré, des chaussures de marche poussiéreuses et des chaussettes en laine crème. Lex la contempla des pieds à la tête, admirant sa pause décontractée, pleine d'assurance et presque séductrice. Ses jambes, longues et bronzées, étaient attirantes. Lorsqu'il s'arrêta, il vit qu'elle portait des dreadlocks où se nichait toute une colonie de perles. Son visage hâlé était constellé de taches de rousseur.

Elle ouvrit brutalement la portière arrière de la Volvo, jeta son sac à dos à l'intérieur et la referma en la faisant claquer. Puis elle tira de toutes ses forces pour ouvrir la portière avant et sauta sur le siège passager, à côté de Lex. Il émanait d'elle quelque chose de détendu, il n'arrivait pas à mettre le doigt dessus. De la nonchalance ? De l'assurance ? Une ignorance puérile ? Une arrogance puérile ? Il passa la première et repartit sur la route. La fille descendit la vitre pour s'accouder à la portière.

— Tu m'emmènes jusqu'où ? demanda-t-elle.

Sa familiarité et la proximité de ses cuisses et de ses mollets musclés et fermes, qui frôlaient le levier de vitesses, le mirent mal à l'aise. Il n'y avait pas un seul poil sur ses jambes. Il y avait bien longtemps qu'il ne s'était pas retrouvé si près du corps d'une jeune fille.

— Je sors dans environ six kilomètres.

— Tu déconnes ? Pourquoi tu m'as fait monter, alors ?

— Est-ce que ta mère sait que tu fais du stop seule sur les routes de campagne ?

— Qu'est-ce que ça peut te faire ?

— Tu as de la chance que je sois un type bien. Ce n'est pas le cas de tout le monde, dans le coin.

— Merci, papa, cracha-t-elle. Laisse-moi descendre, dans ce cas.

Elle ouvrit la portière alors que Lex prenait de la vitesse. S'il fut surpris, il ne ralentit pas. Il savait qu'elle bluffait et il n'était pas encore prêt à la laisser partir. Elle était intéressante.

— Tu veux venir dîner ?

Elle referma la porte.

— J'imagine qu'il faudra bien que je mange à un moment ou un autre. Il n'y a pas grand-chose d'ouvert, par ici.

— Il n'y a même rien du tout. La prochaine ville est à quarante kilomètres.

— Et tu allais me larguer à peine six kilomètres après Merrigan ? Merci beaucoup.

Lex n'était pas certain que telle avait été son intention.

— Ça veut dire « oui », pour le dîner ?

— Tu veux que je te supplie ? grogna-t-elle avec impatience.

Il braqua pour prendre la route du cap. Il allait trop vite et dérapait de temps à autre sur les nids-de-poule. La vitre ouverte de la fille aspirait la poussière. Ils roulèrent en silence dans le bush puis le long des collines ondoyantes menant à la mer.

— T'habites au bout du monde ou quoi, mec ? finit-elle par demander tout en remontant la vitre.

— Je m'appelle Lex Henderson.

— Putain. Ça, c'est un nom classe. Tu descends de la famille royale ou quoi ? se moqua-t-elle.

Son rire était dur et détaché, comme si elle avait déjà perdu une partie d'elle-même au cours des jeunes années de sa vie.

— Moi, c'est Jen. On peut s'appeler par nos prénoms, j'imagine, puisqu'on va dîner ensemble. Au fait, je suis végétarienne. Ça ne sera pas trop compliqué à gérer ?

— Ça me donnera du fil à retordre mais je devrais y arriver, répondit-il en levant les yeux au ciel.

Ils se garèrent sur l'herbe devant la maison. C'était une soirée calme, la mer était d'un bleu argenté et une lumière abricot semblait fondre à l'horizon.

— Tu m'emmèneras à Eden, après ?

— J'y réfléchirai. On verra si t'es sage ou pas.

— Génial, je suis tombée sur un chef scout, grommela-t-elle avant de sortir son sac et de le suivre à l'intérieur. C'est cool, comme endroit. Si on oublie le dépotoir d'à côté.

— Ma voisine est trop vieille pour se soucier du désordre.

— Ça se voit. Avec un corps musclé comme le tien, tu devrais déblayer ça à sa place.

Lex n'était pas certain d'apprécier cette référence à son corps. Ni son regard jeune et critique qui s'arrêtait sur sa bedaine et sa calvitie naissante. Il lui servit une bière puis farfouilla dans le placard pour trouver quelques légumes. Tandis qu'il les émincait, elle fit le tour des étagères et inspecta les peintures de Callista accrochées au mur. Il admirait sa décontraction tandis qu'elle se déplaçait dans la maison, touchant à tout et explorant le moindre recoin comme une gamine.

— Ce n'est pas mal, chez toi, dit-elle en lui jetant un coup d'œil. Tu vis seul, ici ?

— La plupart du temps.

— Ça craint.

Elle prit un livre, s'assit sur le canapé, un bras étalé sur le dossier, et but sa bière en contemplant l'océan. Elle ne se força pas à lui faire la conversation et ne proposa pas de l'aider pour le dîner. Le silence ne la dérangeait pas. Elle lisait par intermittence, comme si elle patientait à un arrêt de bus.

Une fois le dîner prêt, Lex posa deux bols de pâtes sur la table.

Jen ne leva pas le nez de son livre.

— Ça vous embête si je mange là, sur mes genoux ?

Il s'assit et choisit de ne pas lui répondre.

— OK, dit-elle en dépliant ses longues jambes fines. Je vous accompagne.

Ils mangèrent sans un mot.

— Tu fais des études ? demanda-t-il pour briser le silence.

— Nan. Je suis une activiste.

— Qu'est-ce que ça veut dire ? s'enquit-il avant de masquer son sourire en enfournant une fourchetée de pâtes.

— Je manifeste, expliqua-t-elle, la bouche pleine.

Elle dévorait littéralement le contenu de son assiette.

— Hmm, c'est bon, dit-elle avant d'agiter sa fourchette et de poursuivre : Quand il y a de grosses manifestations autour de sujets sociaux ou écologiques, comme... je sais pas, moi... la déforestation, l'avortement, l'injustice sociale, la hausse des frais d'inscription des universités... eh bien, je suis là.

Elle se remplit de nouveau la bouche.

— J'étais en fac de droit. C'était trop chiant, alors je me suis mise à manifester. Il y a trop de causes à défendre... En plus, on nous donne de la bonne bouffe et un toit où dormir.

— C'est qui, « on » ?

— Les organisateurs des manifs. Surtout si c'est dans un coin paumé. C'est pour ça que je vais à Eden. Manif anti-déforestation. Mais ils ne sont pas très doués pour la logistique. Ceux qui ne partaient pas avec le premier groupe devaient se débrouiller seuls.

— Tu es donc une femme de combats.

— On peut dire ça comme ça. Cette semaine, je sauve des forêts.

La nourriture n'en finissait pas de disparaître dans sa bouche. Lex n'avait jamais vu quelqu'un manger aussi vite.

— Il y a du rab ? demanda-t-elle.

— Fais comme chez toi.

Elle se leva d'un bond, la bouche toujours pleine, et revint en tenant la casserole. Incrédule, il la regarda la poser sur la table et manger directement dedans, avec sa fourchette. Elle était si concentrée sur son plat que toute conversation était impossible. Quand elle eut fini, elle leva les yeux vers lui, un sourire tordu aux lèvres.

— Tu me trouves sexy, pas vrai ?

Lex ne répondit pas. Il n'avait pas anticipé ce changement de sujet.

— T'as déjà couché avec une jeune de mon âge ? demanda-t-elle.

— Oui. Quand j'avais ton âge, s'esclaffa-t-il.

Son trait d'humour agaça Jen. Elle n'aimait visiblement pas qu'on se moque d'elle.

— Selon mon expérience, les hommes mûrs apprécient beaucoup les femmes plus jeunes qu'eux.

— Pas tous, rétorqua-t-il. Tu me donnes quel âge ?

— Je sais pas, dit-elle dans un haussement d'épaules. Cinquante ?

Elle se vengeait.

— Presque. Et toi ?

— Vingt. Mais j'ai déjà vu beaucoup de choses, dans ma vie.

La question de l'âge la mettait autant sur la défensive que lui.

— Tu veux essayer ? insista-t-elle.

— Essayer quoi ?
— Un corps jeune. Ensuite, tu pourras m'emmener à Eden.

Il se leva pour débarrasser la table.

— Les adolescentes ne m'intéressent plus.
— Pourquoi tu m'as prise en stop, alors ?

Lex posa la casserole dans l'évier et la remplit d'eau froide. Il n'était pas certain de connaître la réponse à cette question.

— Tu avais l'air d'avoir besoin d'un bon repas, feinta-t-il en attrapant les clés de la Volvo. Allons-y. Qu'on en finisse. Ce sera ma contribution pour la préservation des forêts.

Il la déposa donc à Eden, dans Imlay Street, près des cabines téléphoniques. L'endroit avait beau être bien éclairé, il se sentait un peu coupable de l'abandonner là, seule, de nuit, même si elle-même ne semblait pas du tout inquiète.

Elle tira son sac de la voiture et le laissa tomber sur le trottoir.

— T'as vraiment des goûts de chiotte, niveau musique, dit-elle.
— Merci.

Elle sourit.

— On se reverra dans une autre vie. Peut-être que tu céderas, la prochaine fois. On peut coucher juste pour s'amuser, tu sais.
— Merci du conseil, dit-il d'un ton sec. Il m'ouvrira les portes d'un avenir fou et merveilleux, j'en suis sûr.

Elle rejeta ses dreads vers l'arrière en riant.

— Maintenant, tu ne m'oublieras jamais. Je fais toujours cet effet-là, aux gens.

Elle était tellement sûre d'elle ! Lex remonta sa vitre et se remit en route. Il se sentait toujours un peu coupable lorsqu'il fit demi-tour au bout de la rue pour rentrer chez lui. Jen était là où il l'avait laissée, assise sur son sac à dos – et elle parlait à quelqu'un dans son téléphone portable. Dire qu'il la croyait seule ! Elle s'en tirerait.

Il allait regagner la nationale lorsqu'il repensa au musée sur la chasse à la baleine d'Eden que Jimmy avait évoqué au cours de la promenade en mer. Puisqu'il était venu si loin, autant qu'il passe la nuit là et qu'il visite le musée le lendemain matin.

Il prit une chambre au premier hôtel venu.

Le Killer Whale Museum – le musée de l'Orque ou Baleine tueuse – se trouvait au bout d'Imlay Street, après les boutiques. Il était facile à trouver : un bâtiment crème flanqué d'un petit phare blanc. Perché au sommet d'une colline aux versants abrupts, le musée dominait les eaux grises et lunatiques de la baie Twofold, l'ancienne zone de chasse à la baleine, un endroit approprié pour un mémorial. Juste après l'ouverture, Lex paya son entrée dans le hall silencieux. Le prix dérisoire le stupéfia. Seulement six dollars. À Sydney, un musée de ce genre serait bien plus cher. Et, comme c'était un jour de semaine, il n'y avait personne. Il aurait le lieu pour lui tout seul. Il prit la brochure distribuée par la dame de l'accueil et s'engagea dans les allées de l'exposition.

Deux choses le frappèrent aussitôt : le long squelette d'Old Tom, l'épaulard qui aidait les baleiniers, et une réplique à taille réelle d'une baleinière, la grande barque des chasseurs de baleines.

Old Tom le fascina. Il était difficile de s'imaginer que ce squelette souriant et ce long alignement de vertèbres appartenaient à l'orque figurée sur les affiches placardées aux murs. Le crâne aurait pu être celui d'un grand marsouin. Les nageoires ressemblaient à des mains boudinées et le trait distinctif de la baleine tueuse – l'aileron, la longue nageoire dorsale – était absent. Dans la vie, c'était une grosse tranche de cartilage. Donc, dans la mort, il disparaissait. Lex n'arrivait pas à voir dans ce chapelet d'os une terrible baleine tueuse, qu'on préfère appeler orque ou épaulard de nos jours.

Il longea le squelette, la main sur la rambarde de bois qui les séparait. Au bout de la galerie, il lut une affiche explicative puis rebroussa chemin pour inspecter les dents d'Old Tom. De grandes chevilles blanches. Lex voyait sans mal quel genre d'armes elles pouvaient être. Fait intéressant, Old Tom s'était usé les dents à force de saisir l'amarre des baleinières pour les tirer le plus vite possible vers le large quand il avait repéré des baleines. L'épaulard voulait sans doute accélérer la préparation de son dîner.

Dans un coin près de la tête d'Old Tom, une boîte diffusait un enregistrement de cris d'orque. Lex resta longtemps tout à côté, lisant et relisant les panneaux narrant la vie d'Old Tom et laissant les bruits le traverser. Ils étaient très différents du chant des baleines à bosse qu'il avait entendu au large du cap. Les orques semblaient vraiment discuter : elles échangeaient des trilles et des cris, des clics réverbérants, des gémissements répétitifs et sourds, des grincements. Il les écouta encore et encore, comme si les entendre en boucle lui permettrait de comprendre ce qu'elles disaient, de comprendre le lien qui les unissait aux baleiniers. Cette relation de bénéfices mutuels. Cette symbiose.

Il finit par rebrousser chemin vers l'embarcation et les séries de photographies exposées le long du mur. Le bateau prenait de la place, dans cette salle. Il paraissait immense, jusqu'à ce qu'on l'imagine en pleine mer, avec six rameurs, un harpon à bord et une baleine au moins deux ou trois fois plus grande qu'Old Tom à côté. Une fois que Lex eut ajouté des vagues à sa vision ainsi qu'une énorme queue soulevée, le bateau devint tout petit – une arme bien dérisoire contre une baleine. Même dans ses rêves les plus fous, Lex ne pouvait s'imaginer là-dessus, ramant dans une baie orageuse pour gagner du terrain sur un groupe de baleines migrantes. Il serait trop terrifié. Lorsque ce bateau s'était suffisamment approché d'une baleine, on la harponnait et, si le harpon tenait dans la chair, le bateau pouvait être remorqué par-delà la baie, en pleine mer, jusqu'à ce que la baleine s'épuise et soit suffisamment fatiguée par son hémorragie interne pour commencer à ralentir. Là, c'était au tour du chef de l'embarcation de faire son travail : achever la baleine avec une longue lance. Lui infliger le coup de grâce.

Toute l'expédition était périlleuse. Quand le harpon était lancé, il arrivait que la corde s'enroule autour d'une jambe et qu'un rameur soit emporté en mer et se noie quand la baleine plongeait ou s'éloignait de la barque. Une baleine blessée avait encore l'énergie de soulever sa queue et briser l'embarcation d'un seul coup. Le mauvais temps pouvait couler la baleinière alors qu'elle rentrait au port. À n'importe quel moment, un marin risquait de passer par-dessus bord. Ce métier n'était pas une partie de plaisir.

Lex regarda les photographies alignées sur le mur. Certaines étaient des agrandissements de photos de son livre sur les tueurs d'Eden. Il fixait les visages des baleiniers, tentant de les comprendre, eux et leurs motivations, ce qui les avait poussés à choisir ce mode de vie. Sur une photo, deux hommes portant des bêches acérées, perchés sur le ventre gonflé d'une baleine bleue morte, retournée sur le dos. On aurait dit des ouvriers du bâtiment, appuyés à leurs outils devant un chantier en bord de route, sauf que leurs bêches étaient aiguisées spécifiquement pour pénétrer la chair de la baleine et la découper. La dépecer. Une autre photo montrait les chaudières et les larges bouilloires où le lard était mis à bouillir pour récupérer l'huile. La pestilence qui devait y régner rivalisait sans doute avec celle d'une morgue.

Lex scrutait ces hommes et rien dans leurs visages ne lui expliquait leurs choix. C'étaient les traits d'hommes normaux. Des hommes qui luttaient pour survivre à une époque difficile. Ils ressemblaient à n'importe qui travaillant au soleil avec une pelle, ramant sur un bateau, labourant un champ pour se faire de l'argent. Ils ressemblaient à des gens ordinaires qui avaient des familles, qui mangeaient, buvaient, transpiraient, travaillaient dur, craignaient, souffraient. Il aurait pu être n'importe lequel d'entre eux s'il avait vécu à leur époque, dans leur ville, dans leur situation. Aucun d'eux n'avait l'air d'un démon. Ce n'était pas des assassins sanguinaires qui aimaient donner la mort. Mais des hommes qui faisaient leur boulot. Et un boulot sacrément difficile.

Il sortit de la salle sur l'industrie baleinière pour rejoindre celle qui présentait l'histoire de la marine locale où des objets récupérés sur la côte après des naufrages étaient exposés en vitrine. Puis il se plaça à la fenêtre et contempla la mer. Pendant qu'il s'était enfermé là, dehors la couverture nuageuse s'était déchirée pour révéler un ciel bleu clair et la mer, plane, immense, s'étirait à présent jusqu'à l'horizon. Il plissa les yeux pour voir le plus loin possible. Cette visite au musée ne s'était pas passée comme il s'y attendait. Au lieu de se sentir plus en colère que jamais contre les vieux baleiniers d'Eden en général et contre Vic Wallace en particulier, il se rendit compte que sa haine avait pour ainsi dire disparu. Dissoute. Il comprit que chaque individu devait accepter son histoire personnelle, que personne ne pouvait y échapper. Même ces hommes, avec leurs visages normaux, avaient dû porter comme un fardeau leur mode de vie passé. Ils avaient dû parvenir à faire la paix avec eux-mêmes, quelle que soit la façon dont ils s'étaient conduits, les risques qu'ils avaient pris, la peur et le chagrin qu'ils avaient infligés à leurs familles.

En les regardant sous cet angle, Lex s'aperçut qu'il n'était pas différent d'eux. Lui aussi, il avait une histoire personnelle à accepter. Quelque part, droit devant, il devrait trouver le chemin vers l'absolution.

22

Il fallut toute une semaine à Callista pour trouver le courage d'appeler Alexander Croft, le galeriste. Elle savait qu'elle ne faisait que reculer l'inévitable mais, chaque fois qu'elle regardait le téléphone, elle se mettait à trembler. Et s'il refusait ? Elle ne le supporterait pas, pas après tant de travail.

Lorsqu'elle décrocha enfin pour composer son numéro, ses mains étaient moites et la nervosité fit trembler sa voix. Elle fut gênée par le long silence qui suivit lorsqu'elle lui expliqua le thème de ses tableaux. À l'évidence, il doutait de sa capacité à produire une série de peintures dotées d'une substance. Pendant ce long instant, sa confiance fragile se flétrit et elle se maudit d'avoir ne serait-ce qu'essayé. Seuls les artistes connus exposaient dans la galerie d'Alexander. Des artistes déjà établis. Influents. Pas des bouseux rêveurs comme elle. Avec la tête dans les nuages.

Lorsque Alexander finit par lui proposer de passer chez elle voir ses productions, elle savait qu'il se montrait juste poli. Sa voix nasillarde, aiguë, apaisa son malaise. Il expliqua qu'il avait besoin de voir ses tableaux en privé afin de juger si sa galerie était le meilleur endroit possible pour exposer son travail. Callista avait conscience que ce n'était qu'un mensonge merveilleusement gentil et prévenant. Elle faillit refuser, sachant qu'elle lui faisait perdre son temps.

Alexander vint – comme elle s'y attendait – dans son 4 × 4 argenté, qu'il gara près de la retenue d'eau à côté du Combi. Il traversa la pelouse dans ses chaussures de ville et son costume élégant et arriva au pied de la terrasse en serrant les mâchoires.

Elle le rejoignit à toute vitesse et, gênée de le mettre dans une posture si peu élégante, l'invita à grimper la haute marche pour monter sur la terrasse. La maison dans le vallon lui faisait honte. Elle voyait bien que le galeriste était contrarié d'avoir dû pousser si loin sa mascarade pour épargner l'ego de Callista. Ils tentèrent vaguement d'échanger les politesses d'usage puis Alexander se redressa comme si le moment était venu de parler affaires.

— Et si on passait aux choses sérieuses ? suggéra-t-il dans un petit sourire que son regard contredisait.

L'espace d'un instant, Callista douta d'en être capable. Elle savait exactement ce qui allait se passer. Elle lui montrerait la première peinture et l'opinion d'Alexander serait aussitôt évidente. S'il tentait de le cacher, son dédain serait manifeste. Bien sûr, il aurait le tact d'observer le tableau comme il se devait – il était suffisamment perspicace pour connaître les artistes et leurs egos fragiles. Non, un coup d'œil trop rapide serait cruel. Après être venu jusque-là, il resterait courtois. Mais il serait incapable de dissimuler sa pitié. Ensuite, il lui recommanderait une autre galerie plus appropriée à son travail. Elle le remercierait de s'être dérangé, le raccompagnerait jusqu'à sa voiture, le saluerait d'un geste de la main faussement gai et remiserait pour toujours les tableaux sous son lit.

Elle hésita un instant tandis qu'Alexander s'impatientait puis, quelque chose se cristallisa en elle et elle sut qu'elle devait en finir. En toute hâte, elle jaugea la position du soleil et plaça le chevalet au milieu de la terrasse, là où la lumière naturelle flatterait les toiles. Elle indiqua à Alexander l'endroit où il devait se poster. Puis elle installa le premier tableau sur le chevalet et recula d'un pas. C'était un instant crucial et elle se força à ne pas regarder le galeriste. Au lieu de quoi, elle fixa la verdure enchevêtrée du bush en s'efforçant de calmer sa respiration et les battements anxieux de son cœur.

Alexander ne dit rien.

Quelque part dans le vallon, une colombine wonga roucoula. Callista attendit environ une minute puis ôta la toile en évitant toujours de regarder Alexander. Elle installa le deuxième tableau et s'écarta. De nouveau, elle contempla la forêt. Dans la clarté de ces quelques instants, le chant des oiseaux semblait amplifié et la nature s'épaississait tout autour d'elle. C'était comme d'habitude – une douce lueur d'espoir qui tournait vinaigre. Elle s'était fait des idées, évidemment, en pensant qu'un jour elle réussirait. Alors qu'en réalité les marchés côtiers marquaient la limite de son talent et elle n'aurait jamais dû aspirer à davantage. Après tout, n'était-ce pas pour cela qu'elle était restée à Merrigan toute sa vie ? En feignant de croire que c'était son amour pour les grands espaces qui l'y retenait ? Si elle déménageait pour une grande ville, elle serait obligée d'accepter ce qu'elle avait en fait su toute sa vie. Qu'elle était une cause perdue, dissimulée derrière une façade de marginale. Une autre façon de nommer sa médiocrité. Sous cet angle, la banalité devenait acceptable. Le désespoir lui noua la poitrine. C'était une honte qu'elle n'ait pas su s'éviter cette ultime humiliation.

Pendant une quinzaine de minutes, elle lui présenta la plupart de ses tableaux. Ensuite, elle rentra dans la maison pour aller remplir deux verres de vin. Elle ressortit et, les mains tremblantes, elle en tendit un à Alexander. Il était toujours en train d'examiner la dernière peinture. Ses traits étaient graves, immobiles. Encore pire que ce à quoi elle s'attendait. Ce silence... Cette absence de réaction...

— Eh bien, fit-il en regardant enfin le visage rougi de Callista. Vous n'avez pas chômé.

Elle fixa le doigt d'Alexander qui caressait doucement le bord du pied de son verre.

— C'est tout ce que vous avez ?
— Il y en a encore quelques-uns.
— On ferait mieux d'y jeter un œil aussi.

Callista se précipita dans la maison, secouée de tremblements. C'était bon signe. Il ne demanderait pas à en voir d'autres s'il la trouvait nulle. Les mains agitées, elle posa successivement cinq autres toiles sur le chevalet. Elle ne se contrôlait plus du tout et fixait à chaque fois le visage d'Alexander pour guetter sa réaction. Son expression impénétrable était exaspérante.

— Vous avez des toiles en cours ?
— Quelques-unes.

— Finissez-les.

Elle fit mine d'aller les chercher.

— Non, je n'ai pas besoin de les voir tout de suite.

— Évidemment, répondit-elle, gênée.

— Tenez, dit-il en lui redonnant le verre de vin. J'ai fini.

Il tendit alors le bras pour lui serrer la main et elle crut discerner de la surprise et peut-être un nouveau respect dans ses yeux.

— Vous êtes douée, déclara-t-il. Vous avez gagné votre exposition. Elle aura lieu dans deux mois. Vers mi-avril. Pour l'encadrement, laissez-moi faire.

Callista sentit les larmes lui monter aux yeux.

Alexander recula d'un pas et la fixa de manière éhontée.

— Il y en a d'autres, n'est-ce pas ?

— Pas vraiment.

— Arrêtez. Vous travaillez sur autre chose, je me trompe ?

Elle hésita un instant avant de lui demander :

— Comment le savez-vous ?

— Mettez ça sur le compte de l'expérience, dit-il, un petit sourire aux lèvres. Les artistes exsudent une certaine tension quand ils doivent affronter un nouveau défi.

Il balaya les tableaux sur la tempête d'un large mouvement du bras.

— Vous avez conquis ce thème. Donc, il y a autre chose. Dites-moi tout.

— Ces derniers temps, je travaille sur un portrait.

Il leva les sourcils et croisa les bras.

— Qui ? fit-il. De qui s'agit-il ?

— Henry Beck.
— Hein ? Le boucher qui s'est poignardé pendant la tempête ?
— Oui.
— Très bien. Sortez-le. Ne me faites pas attendre.
Callista alla chercher le portrait officiel de Beck, commandé par l'Église, qu'elle n'avait pas encore livré à Helen. Elle l'installa sur le chevalet.
— Vous me faites marcher, grinça Alexander. Qu'est-ce que c'est que ça ?
— Une commande. Pour sa femme.
— Un faux, pas vrai ? Vous en avez un autre.
— Je ne suis pas sûre de devoir vous le montrer. J'avais juste besoin de me débarrasser d'un fardeau. Je ne pourrais pas l'exposer. Sa femme ne me le pardonnerait jamais.
— Ah. C'est une amie à vous ?
— Il y a des choses qui ne se font pas.
— Allez. Montrez-le-moi.
Callista rentra dans la maison pour prendre le vrai portrait d'Henry Beck. Son cœur cognait dans sa poitrine. Elle le sortit lentement et le hissa sur le chevalet. Elle entendit Alexander prendre une courte inspiration, puis plus rien.
— Intéressant, finit-il par lâcher.
— Je ne peux pas l'exposer.
— Pas ici, peut-être, dit-il en réfléchissant. Par contre, nous pourrions éventuellement le soumettre aux jurys de différents prix.
Callista blêmit.
— C'était juste pour moi... je ne l'ai pas fait pour... Je crois que je devrais le ranger.

Il lui tapota le bras.

— Vous survivrez. Désolé, mais vous ne pouvez pas le laisser au fond d'un placard. Confiez-le-moi quand il sera fini et je m'en occuperai pour vous.

— Je ne peux pas. Je peindrai autre chose.

— Vous ne pourrez pas. Pas comme ça. Vous essayeriez de peindre un mensonge. Comme pour la commande. Et vous ne pourrez pas retrouver votre passion. Il faut un véritable débordement émotionnel pour créer quelque chose de cet ordre. Quand tout concorde en vous pour produire un tel tableau, vous devez mettre de côté les sentiments des autres pour récolter les éloges.

— Je ne peux pas.

Alexander sourit.

— J'arriverai à vous convaincre.

23

Le jour de la foire, Lex arriva de bonne heure afin de préparer la scène pour l'élection de la Miss. John Watson y était déjà, avec Geoff, le mari de Sue. Ensemble, ils clouaient et scotchaient des pans de tissu bleu roi au bord de la scène pour la décorer. Lex proposa son aide mais ils lui montrèrent du doigt un bac en plastique abandonné, plein de câbles et de fils.

— Regardez ce que vous pouvez faire avec ça, lui dit John. Pour moi, ça ressemble surtout à un énorme plat de spaghettis.

Lex souleva le couvercle du bac et jeta un coup d'œil à l'intérieur. Après des mois passés à se bâtir peu à peu une toute nouvelle vie, il retrouvait quelque chose de familier. Il posa une main sur les câbles pour en sentir la texture sous ses doigts. Un voile de tristesse s'abattit sur lui. Il prit une poignée de fils enroulés et les posa sur la scène. Le matériel était ancien. S'il n'en avait pas vu de semblable depuis des années, il avait l'air fonctionnel et raisonnablement costaud. Et les fils avaient été enroulés et rangés proprement. Il ne lui faudrait sans doute pas longtemps pour s'organiser.

Il vissa ensemble les différentes parties du pied et y accrocha deux micros. Puis il y brancha des câbles qu'il relia à l'ampli et aux enceintes installées à l'avant et sur les côtés de la scène. Lorsque John et Geoff eurent fini de leur côté, Lex tenta de localiser la source de courant pour tester le bon fonctionnement de l'installation.

John Watson le fixa d'un air étonné.

— J'ignorais que vous saviez faire quelque chose de vos dix doigts.

Lex haussa les épaules.

— C'est pas compliqué. Même Mrs Jensen pourrait comprendre comment ça marche.

— J'en doute, rétorqua John en le jaugeant de la tête aux pieds. Trevor Baker va tirer un câble d'alimentation. Il partira de cette remise, là-bas.

Tandis qu'il s'éloignait pour se rendre utile ailleurs, Lex installa d'un côté de la scène la table et les trois sièges pour les juges. Tout en dépliant les chaises, il balaya la foire du regard et se demanda si Callista était dans le coin. Il ne l'avait pas revue depuis l'orage et, ces derniers jours, son sang bouillonnait dans ses veines à l'idée qu'il allait peut-être la croiser là.

Il scrutait toujours les environs à la recherche de son stand lorsque Mrs Jensen vint lui apporter une nappe blanche. Elle le salua d'un hochement de tête tout en la lui tendant.

— J'espère que vous vous arrangerez un peu avant le concours, déclara-t-elle.

— J'ai un costume dans la voiture.

— Tant mieux. C'est un événement très important. Je compte sur vous pour être à la hauteur de nos petites.

— Je ferai de mon mieux.

— Quand vous en aurez fini avec les préparatifs, venez prendre une tasse de thé au stand de restauration. Il se trouve là-bas.

Elle pointa du doigt l'un des abris en tôle ondulée qui entouraient le ring où défileraient les bêtes.

— Merci, répondit Lex. Je verrai si j'ai le temps.

Après son départ, il brancha le tout à l'alimentation. Puis il alluma les micros et vérifia la balance des sons. Il était en train de scotcher les fils à la scène pour que personne ne se prenne les pieds dedans lorsque John Watson revint le voir.

— On dirait que tout est prêt, dit ce dernier, surpris. Comment vous vous êtes débrouillé ?

— La chance des débutants, biaisa-t-il en baissant les yeux vers sa montre. Presque huit heures. Autant aller prendre une tasse de thé avant le début des hostilités.

Lorsque Lex pénétra dans le pavillon « gastronomie et artisanat », Mrs Jensen et Mrs Dowling s'affairaient autour d'une table où étaient exposés des gâteaux recouverts de glaçage. Sachant que ce n'était qu'un vieux hangar, il fut impressionné par le travail de décoration effectué : des bannières couvraient les murs et des banderoles avaient été accrochées en travers des poutrelles métalliques. Mrs Jensen le vit arriver et lui fit signe de s'approcher d'une table pourvue d'une fontaine à eau chaude entourée de rangées bien droites de tasses et de soucoupes. Il trouva un sachet de thé et se servit une tasse. Puis il fit le tour du pavillon pour voir de plus près ce qui y était présenté.

Sur de longues rangées de tables installées sur toute la longueur du pavillon, on avait disposé toutes sortes de victuailles : des cakes coupés délicatement pour que l'on voie la répartition uniforme des fruits, des assiettes de scones, des fruits en conserve, différents arrangements de légumes cultivés localement, des pains faits maison, des cupcakes préparés par des écolières. Il fut tout aussi ébahi par la variété des artisanats locaux : des tricots pour bébé, des pulls, des bonnets, des robes cousues avec soin, des objets en bois tourné, des avions et des voitures en modèles réduits.

Une femme était en train d'installer un rouet au fond du hangar. Elle portait un vieux pantalon écru et un corsage en mousseline violette. Il était certain de ne l'avoir jamais vue et pourtant quelque chose en elle lui semblait vaguement familier. Il n'arrivait pas à mettre le doigt dessus. Sa gestuelle, peut-être. Il la regarda visser quelques morceaux du rouet puis s'approcha des gâteaux recouverts de glaçage. Mrs Jensen s'occupait toujours de la disposition des sets, des nappes et de l'emplacement des étiquettes mentionnant le nom des lauréats.

— C'est superbe, Mrs Jensen. Vous vous êtes surpassée.

Elle se redressa et lui jeta un coup d'œil par-dessus son nez crochu.

— Nous ne manquons pas de gens talentueux, dans notre petite communauté, comme vous pouvez le voir.

Il la suivit le long de la table.

— Là, ce sont les pièces montées. Voyez le travail de dentellière sur celle-ci. Le doigté de Sharon Morris est spectaculaire, déclara-t-elle avant de lui jeter un regard en coin. C'est la femme de Barry. Le propriétaire de la station-service. Elle gagne tous les ans.

— Et que faites-vous des gâteaux, ensuite ?

— La plupart sont vendus. Que pourrions-nous en faire d'autre ? Sharon prend les siens en photo, elle en a tout un album.

— Vous aussi, vous faites de la pâtisserie ?

— Non, renifla-t-elle. Je suis plus douée pour le tricot délicat et le point de croix, même si j'ai plus de mal ces derniers temps car ma vue commence à baisser.

Ils arrivèrent au bout de la table présentant les gâteaux et Lex vit que la femme au rouet était toujours là, dans le fond, occupée à disposer de la laine dans un vieux panier en osier.

— Qui est-ce ? demanda-t-il à Mrs Jensen.

Celle-ci le regarda d'un air étonné.

— Je pensais que vous le saviez, lâcha-t-elle, les lèvres un peu pincées. C'est Cynthia Wallace. Chaque année, elle propose une démonstration de filage.

— Je vois, fit Lex en tentant de dissimuler son malaise.

Pas étonnant qu'elle lui ait semblé familière. Il le voyait, à présent. Elle se déplaçait comme Callista et s'habillait un peu dans le même style. Elle ramenait aussi ses cheveux derrière son oreille de la même manière. Son cœur fit un salto dans sa poitrine.

— Je vais reposer ma tasse, dit-il. Où est-ce que je peux la rincer ?

— Donnez-moi ça, répondit Mrs Jensen, qui la lui prit des mains tout en le jaugeant de plus belle. Allez la saluer.

Lui qui comptait ressortir aussitôt du pavillon, il se retrouvait coincé par le regard de Mrs Jensen. Il se dirigea vers le rouet tout en s'arrêtant de temps en temps pour admirer d'autres articles en exposition.

— Bonjour, lui lança gaiement Cynthia en le voyant approcher. Vous êtes là de bonne heure. Je ne savais pas qu'ils avaient déjà ouvert les portes.

— J'étais venu tôt pour préparer la scène, expliqua-t-il. Pour le concours des Miss.

— Oh, fit-elle, déroutée. On vous a recruté ?

— Oui. Pour animer le concours.

Elle fronça les sourcils et le dévisagea. Lex se demanda à quoi elle pensait, si elle avait compris qui il était.

— Je suis Cynthia Wallace. Je ne crois pas que nous nous soyons déjà rencontrés.

Elle lui tendit une main fine et bronzée qui aurait pu être celle de Callista, en un peu plus calleuse et ridée.

— Lex Henderson.

Cynthia sourit.

— Ah, fit-elle. J'ai beaucoup entendu parler de vous.

— J'imagine, dit-il en rougissant.

Il ne savait pas quoi dire.

— J'espère qu'on ne vous a pas trop importuné parce que vous avez acheté la maison, reprit-elle en rajoutant de la laine dans le panier. À Merrigan, les gens ont tendance à être un peu véhéments. Au point d'embarrasser leurs interlocuteurs, parfois.

— Désolé, dit-il en piquant un nouveau fard.

— Il n'y a pas de quoi, lui assura-t-elle avant de se relever et de s'étirer le dos. Ce n'est pas votre faute.

Franchement, vous n'avez rien à vous reprocher, pas vrai ?

Elle le dévisagea en fronçant un peu les sourcils.

— Alors, comme ça, on vous a sollicité pour orchestrer l'élection des Miss ? Ce n'est pas rien.

— Oui, surtout pour un gars de la ville. Il faudra que je fasse des acrobaties pour les impressionner.

— Oubliez ça. Essayez juste de vous amuser. Ça vaudra mieux pour tout le monde.

— Et vous ? Vous filez la laine ?

— Je pourrais le faire en dormant. D'ailleurs, ça m'est arrivé souvent. Quand les enfants étaient petits. Mais c'était il y a longtemps.

Elle lui sourit de plus belle.

— C'est un plaisir de vous rencontrer, Lex, depuis le temps. Dieu sait que, après ce que Callista me racontait parfois, je pensais avoir affaire à un ogre.

— Je suis un ogre, dans mes mauvais jours.

— Comme nous tous. Callista y compris. J'aimerais dire qu'elle tient de son père. Mais vous savez ce que c'est. C'est sans doute à moi qu'elle ressemble le plus.

Lex éclata de rire. Il appréciait cette femme lumineuse, chaleureuse. Callista lui devait beaucoup.

— J'espère que vous viendrez boire un verre chez nous, bientôt, si Callista se décide un jour à vous inviter.

Lex se sentit de nouveau mal à l'aise.

— Oui, eh bien, nous verrons comment ça se passe.

Il se demanda de nouveau ce qu'elle savait et comprit, maussade, qu'elle connaissait sans doute toute l'histoire. On était dans une petite ville, après tout. Et Callista était sa fille. Il devrait y être habitué, depuis le temps.

— Arrangez-vous pour la croiser dans la journée, lui conseilla Cynthia en lui souriant avec bonté. Les choses pourraient tourner pour le mieux. La chance a frappé à sa porte, récemment. Je ne peux pas vous en dire plus. Elle voudra sans doute tout vous annoncer elle-même.

Qu'est-ce qui avait bien pu se passer ?

— Je dois m'assurer que tout est prêt, dit-il.

— Oui, et moi, j'ai un chargement à récupérer dans la voiture. À croire qu'il me faut la laine de soixante moutons pour filer toute la journée ! Bonne chance pour le concours.

Callista se gara le plus loin possible de la fête foraine, sur un emplacement où elle pourrait installer son stand à l'écart du bruit des manèges mais d'où elle verrait bien les animaux défiler. Elle adorait la foire. D'aussi loin qu'elle se rappelât, elle y était toujours venue. C'était un grand jour pour la communauté. Tous les gens qu'elle connaissait dans les environs y participaient d'une façon ou d'une autre. Son père passait toujours la journée à guider les compétiteurs vers le ring et sa mère faisait une démonstration de filage dans le pavillon des artisanats. Jordi était à la pompe à essence. Avec toute la circulation supplémentaire en ville, il y restait souvent coincé du matin au soir.

En apprenant que Lex animerait le concours des Miss, elle avait commencé par rire en l'imaginant muet et gêné devant le micro. Puis elle avait éprouvé une bouffée de sympathie pour lui. Même après leur dispute, elle ne voulait pas qu'il se ridiculise. Et elle devait bien admettre qu'il lui manquait, qu'elle pensait souvent à lui et qu'elle avait passé des jours à attendre qu'il l'appelle. Or, le téléphone n'avait jamais sonné et, à présent, elle ne savait plus comment elle réagirait si elle devait le croiser aujourd'hui. Si elle lui en voudrait toujours, ou si le revoir raviverait le désir qui s'était atténué ces derniers temps pour n'être plus qu'une vague douleur.

Un peu plus tôt, elle avait aperçu trois hommes qui s'affairaient autour de la scène réservée au concours des Miss et son cœur avait fait un bond dans sa poitrine. Même si elle savait que Lex devait être l'un d'eux, elle n'était pas allée le saluer. Mieux valait qu'elle garde ses distances.

Au moins, le temps avait l'air de leur côté, cette année. Le ciel était un peu couvert mais les nuages étaient hauts et fins dans le ciel, et il était même possible qu'ils s'évaporent en fin de matinée et laissent place au soleil. Elle s'assit et sortit sa Thermos pour se servir un café. La foule allait bientôt arriver et elle aimait bien regarder tranquillement les gens passer.

Juste avant onze heures, Callista tendit une corde devant l'entrée de son stand et se dirigea vers la scène. L'élection de la Miss de la foire avait toujours lieu en fin de matinée pour laisser le temps aux visiteurs d'arriver, de regarder les stands, de faire quelques tours de manège, voire d'acheter une ou deux bricoles. Ce serait sans doute particulièrement intéressant cette année, avec Lex en maître de cérémonie bafouillant. Callista se sentait un peu nerveuse pour lui.

La foule commençait à s'amasser. Callista aperçut Lex au pied de la scène, sur le côté, une liasse de feuilles à la main. Les candidates surexcitées s'agitaient derrière lui. Il portait un costume bleu nuit rehaussé d'une cravate jaune et, tandis que Callista l'étudiait, son cœur se serra. Elle le vit tourner le dos aux concurrentes et consulter sa montre. Puis il grimpa les quelques marches menant à la scène. Il s'approcha d'un micro qu'il ajusta d'un mouvement rapide du poignet. Elle remarqua que c'était un geste réflexe, qu'il aurait pu faire les yeux fermés. Et que Lex balayait calmement l'assemblée du regard. C'était presque étrange, il semblait trop à l'aise.

— Bonjour, mesdames et messieurs, lança-t-il.

Les enceintes diffusaient sa voix suave. Douce, mais claire, presque sexy. Il n'était pas le moins du monde intimidé.

— Bienvenue au concours de Miss Foire de Merrigan. Un événement que beaucoup d'entre vous attendaient avec impatience.

Sans cesser de parler, il tournait la tête vers les juges, les filles, la foule, sans jamais perdre le contact avec le micro, sa voix toujours veloutée, douce, renversante. Le cœur de Callista fit un bond dans sa poitrine. Il avait déjà dû faire ce genre de chose.

— Je m'appelle Lex Henderson et je serai votre maître de cérémonie pour la matinée.

Il sourit en désignant d'un geste ample du bras les filles qui l'observaient nerveusement depuis le pied des marches.

— J'ai déjà pu discuter avec nos concurrentes. Avant de vous les présenter, je voudrais d'abord vous parler un peu de ce concours.

Son introduction sortait de l'ordinaire et Callista se demanda ce qu'il avait en tête. Si Mrs Jensen allait sans aucun doute avoir une crise cardiaque, Callista se doutait que Lex savait parfaitement ce qu'il faisait. Comme il s'était tu un instant, il lui jeta un coup d'œil et lui adressa un petit sourire, rien qu'à elle. Elle comprit qu'il prenait plaisir à être sur scène et elle ne put s'empêcher de lui rendre son sourire.

— Par tradition, toutes les filles des familles de Merrigan et des environs participent à ce concours à leurs dix-huit ans. C'est donc un vrai rite de passage. Un véritable événement. Une journée excitante pour tous les habitants de Merrigan. Et, plutôt que de voir cela comme une compétition dont une seule sortirait gagnante, je voudrais que vous vous éloigniez mentalement de ce concept pour considérer ce concours comme une présentation de jeunes talents et une célébration de la fraîcheur et de l'enthousiasme des jeunes femmes de notre région.

Callista apprécia son discours, qu'elle trouva intelligent. Elle observa Lex au micro, les mains dans les poches, les yeux glissant tranquillement sur la foule. En regardant autour d'elle, elle vit que la communauté de Merrigan buvait ses paroles – ébahie. Mrs Jensen elle-même hocha vigoureusement la tête. Callista se rendit compte qu'elle était fière de lui.

— D'habitude, les jeunes filles passent une par une sur scène pour nous parler un peu d'elles-mêmes et de leur vie, reprit Lex. Mais, cette année, si vous me permettez quelque licence poétique, je vais les aider pour rendre l'exercice un peu plus amusant pour elles. Nous allons discuter, comme lors d'une interview décontractée, si vous préférez. La première jeune femme que je vais vous présenter aujourd'hui se prénomme Frannie Baker.

Il se tourna et fit signe à une grande fille élancée aux cheveux longs, qui monta docilement sur scène.

— Bienvenue, Frannie.

Tandis que le public l'applaudissait, Lex se pencha pour régler en vitesse le deuxième micro à la bonne hauteur. Frannie semblait épouvantée. Mais Lex lui parla avec beaucoup de douceur.

— Voilà, dit-il. Approchez-vous. Le micro ne mord pas. Comme ça. Restez à dix centimètres. Et parlez normalement. C'est parti.

— Bonjour. Je m'appelle Frannie Baker.

La fille sourit en entendant sa voix claire. Elle parut soudain très jolie.

— J'habite avec mes parents dans leur exploitation laitière, dans la plaine à la sortie de Merrigan.

Elle hésita et fixa la foule d'un air angoissé. Un silence gênant s'installa. C'était habituel, pour ce concours. En fait, rien n'avait changé. Mais Lex vint discrètement à son aide.

— Vous avez sans doute d'autres choses à nous dire sur votre famille, n'est-ce pas ? J'ai entendu dire que votre père était assez connu dans la région.

— Oh, ça, oui. Très connu. Mon père est là, dit-elle, le doigt tendu. Trevor Baker. C'est le meilleur bûcheron de la région. Il va défendre son titre, aujourd'hui. Bonne chance, papa !

La foule applaudit avec enthousiasme et Trevor agita le poing en l'air. Frannie sourit. Elle raconta ensuite comment son père avait gagné tous les concours de bûcheronnage de ces dernières années et décrivit ses séances d'entraînement. Ainsi que le soutien que lui apportait sa famille – qui se cotisait pour lui payer de nouvelles haches à son anniversaire. Les anecdotes étaient amusantes. Détendue, Frannie laissait ses paroles couler d'elles-mêmes. Puis elle s'interrompit, à bout de souffle.

— Et vous, Frannie ? fit Lex. Quels sont vos projets d'avenir ?

Elle rougit et expliqua d'une voix timide qu'elle voulait devenir institutrice pour pouvoir sensibiliser les enfants aux problèmes environnementaux. La communauté pouvait faire beaucoup, sans mettre en danger son mode de vie, pour protéger les fermes, la rivière et la côte, expliqua-t-elle. L'école était le meilleur endroit pour commencer à changer les habitudes. Le public l'écouta en silence, captivé. Lorsque Frannie redescendit de la scène, elle paraissait heureuse et la foule la couvrit d'applaudissements.

La suivante s'appelait Tracey Dowling. La nièce de Mrs Dowling. On aurait dit une petite souris qui resta bouche bée devant le micro, visiblement terrifiée. Mais Lex intervint de nouveau et lui demanda de raconter la chose la plus drôle qui lui était arrivée.

La fille réfléchit un instant avant de lui adresser un sourire timide.

— Eh bien, je pourrais vous raconter ce qu'il m'est arrivé une fois, quand j'étais petite…

Lex l'encouragea d'un hochement de tête et Tracey sourit de plus belle.

— Alors, ce jour-là, papa nous ramenait des prés, mon frère et moi, à l'arrière du tracteur. On était assis sur les meules de foin, qu'on rapportait pour les vaches…

Elle eut un moment d'hésitation et la foule attendit en silence qu'elle poursuive. Elle s'éclaircit la gorge.

— En fait, un de nos prés est très pentu. On vit au pied des collines. Pas dans la plaine comme Frannie. Et il avait beaucoup plu cette année-là, si bien que le sol était très glissant. Et quand mon père a engagé le tracteur dans la descente, il a commencé à glisser, du coup il nous a crié dessus pour qu'on saute. Puis il a essayé de faire demi-tour, mais le tracteur continuait à glisser, poursuivit Tracey, dont le visage s'illuminait, surexcité. Et il allait de plus en plus vite, pendant que papa sautait à pieds joints sur la pédale de frein pour essayer de le ralentir. En fait, les freins étaient coincés, et mon père fonçait vraiment à toute allure, toujours debout, les mains cramponnées au volant.

Elle se mit à glousser avant de conclure :

— Et là, presque au pied de la colline, comme il a cru qu'il allait percuter un arbre, il a sauté le plus loin possible du tracteur. Et tout ce dont je me souviens, c'est de voir mon père s'envoler d'un côté, pendant que le tracteur allait s'écraser dans les mûriers de l'autre.

Tracey s'interrompit et sourit derrière sa main.

— Le plus drôle, c'est que, avant ce jour-là, mon père avait toujours été en guerre contre les mûriers. Il les aspergeait de désherbant tous les ans. Mais, depuis qu'ils ont sauvé son tracteur, il les laisse tranquilles. Et maintenant, on fait des confitures avec les fruits et on les présente au concours de la foire chaque année.

Des rires et des applaudissements fusèrent dans la foule. Quelqu'un lança :

— Et est-ce qu'elle a remporté un prix ?

— Pas encore, admit Tracey en rougissant. Ma mère n'est pas très forte en confitures... elles sont toujours trop liquides.

Et cela se passa de la même façon pour les dix candidates. Lex les aidait à surmonter leur nervosité et parvenait à leur soutirer des anecdotes distrayantes. Et il s'y prenait d'une façon telle qu'aucune ne se rendit compte qu'il les avait manipulées pour faire sortir le meilleur d'elles-mêmes. Ensuite, il invita les juges à délibérer et se retira sur le côté. Il jeta un coup d'œil à Callista, croisa son regard et se détourna aussitôt. Il savait qu'il avait été démasqué.

L'écharpe de la gagnante revint à Frannie Baker. Ce n'était pas le plus important. Toutes les concurrentes jubilaient.

Après le concours, Callista chercha Lex derrière la scène mais il était déjà parti. Elle n'y trouva que John Watson.

— Où est Lex ? voulut-elle savoir.

— Parti se préparer pour la grande parade.

— C'était quoi, son petit numéro sur scène ?

— Cet homme n'en finit pas de nous surprendre, pas vrai ?

— Oui. Ce n'était assurément pas la première fois qu'il se servait d'un micro.

— Qui est-il ? lui demanda John.

341

Callista balaya la foule du regard à la recherche de la silhouette familière de Lex.

— En toute honnêteté, je n'en sais rien.

La grande parade avait lieu à quatorze heures trente. C'était le moment préféré de Callista, un moment calme et presque majestueux, avec le bétail qui défilait autour du ring en file indienne en agitant la queue, les chèvres qu'on forçait à avancer, drapées dans des écharpes cachant leurs dos cambrés et les enfants qui trottaient sur de jolis poneys tressés. Elle salua de la main Frannie Baker qui passa devant elle assise à l'arrière d'un pick-up, l'écharpe de Miss Foire de Merrigan sur l'épaule. C'était la même chose tous les ans – seul le visage changeait à l'arrière du pick-up. Pour tout le monde, la grande parade était l'occasion de montrer son cheptel et d'afficher ses succès.

Elle se versa un autre café et s'assit pour admirer le défilé. Elle inspecta aussi la foule, à la recherche de Lex. Elle voulait lui parler, lui poser des questions sur le concours des Miss. Il s'ouvrirait sans doute à elle, le temps avait passé depuis la tempête et il ne restait plus rien à cacher.

Chaque année, Callista s'étonnait que la parade se passe toujours sereinement. De nombreux animaux et exploitants y participaient. Son père et les autres bénévoles travaillaient dur pour faire entrer les différents groupes sur la piste en s'efforçant d'éviter des affrontements. Elle était émerveillée que des chevaux ne se cabrent pas dans tous les coins, vu comme certains étaient excités par leur régime strict d'avoine et le manque de contrôle de quelques cavaliers. Et toutes ces vaches qui passaient la plupart de l'année à brouter dans un pré – incroyable qu'elles puissent marcher si calmement autour du ring comme si elles le faisaient tous les jours.

Cette année, cependant, tout n'allait pas si bien. Tout au bout de l'esplanade, il y avait du grabuge. Un taureau tirait derrière lui un homme tout en effrayant les autres animaux qui s'éparpillaient autour de lui. C'était un énorme Holstein que son accompagnateur avait toutes les peines du monde à contrôler même en tirant à qui mieux mieux sur son anneau nasal. Elle regarda le taureau caracoler comme si des ressorts lui avaient poussé sous les sabots et se demanda comment cela allait finir.

Le taureau poussa un meuglement étrange et courut à reculons, traînant l'homme derrière lui. Des vaches et des chevaux s'écartèrent du cortège pour esquiver les bonds et les revirements du taureau. Ce dernier s'arrêta un instant et la tension fut palpable. Puis il baissa sa tête lourdaude, pivota et s'élança sur la piste extérieure. Un enfant cria quand son poney rua. Des chèvres s'éparpillèrent. L'un des chevaux d'attelage se cabra dans ses traits puis pivota follement pendant que le passager jurait en tirant sur les rênes. C'était le chaos total.

L'homme essayait de courir à la même allure que le taureau mais il trébucha et se fit traîner sur la terre battue sans lâcher la corde. Quand il finit par abdiquer, le taureau accéléra encore, traversant dangereusement une file de chevaux effarouchés. L'homme, qui portait un pantalon marron et une chemise blanche crasseuse, se releva au milieu de la piste pour jauger la situation. La pagaille régnait dans la grande parade.

Le taureau fonça droit dans le pick-up de Frannie Baker, et celle-ci bascula par-dessus bord. Puis l'animal s'immobilisa, secoua la tête, chancela de côté avant de repartir au trot puis au petit galop en prenant soin de tourner la tête pour éviter de marcher sur sa corde. Un fermier tractant une remorque pleine de paille primée se plaça en travers de la piste principale pour bloquer la course de l'animal emballé. Celui-ci freina des quatre sabots dans un frémissement de muscles et enfouit son mufle dans la paille – les yeux toujours blancs et fous. Un autre fermier sauta par-dessus la clôture et saisit la corde.

La grande parade était terminée.

Tandis que la foule se dispersait, l'homme en pantalon marron s'épousseta et se dirigea vers la clôture, tête basse. Il sauta par-dessus d'un mouvement tremblant, se réceptionna gauchement et glissa sur sa hanche droite, ajoutant une tache d'herbe au coude de sa chemise déjà dégoûtante. Il s'était étalé juste à côté du stand de Callista. À présent que le taureau était maîtrisé, l'incident semblait cocasse et elle rit jusqu'à ce que l'homme se relève et la regarde.

Lex.

Il blêmit puis boitilla tout de même vers elle en se frottant la hanche et en inspectant ses paumes écorchées.

— Est-ce qu'on a tué quelqu'un, dans la foule ? s'inquiéta-t-il.

— Non. Mais on a eu un peu peur. Il te reste un peu de peau indemne ?

Elle le poussa vers sa chaise pliante.

— Tu veux une bière ? J'en ai dans la glacière.

Elle passa le haut du corps dans le Combi, décapsula une canette qu'elle plaça dans la main droite de Lex, égratignée et brûlée par la corde.

— Ça fait mal ?
— Un peu.
— À qui, le taureau ?
— Ben Hackett.

— Cette sale bête a déjà fait des siennes l'année dernière. Tu t'es fait avoir.

Lex resta un instant silencieux. Callista le regarda fixer ses peintures de bord de mer puis il la dévisagea longuement.

— Alors, comment ça va ? demanda-t-il.
— Très bien, dit-elle, le cœur serré.

Elle s'ouvrit une bière et s'assit sur l'herbe à côté de lui, juste derrière le stand.

— Dis-moi, c'était quoi, ce numéro ?
— Quel numéro ?
— Au concours des Miss. Ton assurance, avec le micro.
— Ah, ça…. Je me disais bien que tu me poserais la question.

Il sirota sa bière tranquillement, pour gagner du temps.

— Alors ?
— J'ai fait un peu de journalisme radio. Quelques interviews.
— Quelques ?
— Sans doute plus que ça, admit-il en lui jetant un coup d'œil avant de détourner les yeux. J'ai écrit

quelques articles pour la presse écrite, aussi. Quand j'étais jeune. Pas de quoi pavoiser.

— Ils ont eu du flair, en te demandant d'animer le concours, pas vrai ?

— Peut-être pas. Je suis démasqué.

— Tu n'as pas besoin de te cacher, Lex. Les gens ne vont pas te crucifier simplement parce qu'ils savent ce que tu fais.

Il posa sa canette vide sur l'herbe et se tourna vers elle.

— J'ai quelque chose pour toi, dit-elle. Je vais le chercher. C'est dans le Combi.

Elle se leva et contourna le véhicule pour accéder à la portière côté conducteur. Sur le siège, l'enveloppe qu'Alexander lui avait donnée la veille. Elle contenait les invitations pour son vernissage. Elle hésita un instant puis glissa la main dans l'enveloppe afin d'en sortir un carton. Elle revint sur ses pas et le tendit à Lex.

— Qu'est-ce que c'est ? fit-il.

— Lis.

Elle l'observa tandis qu'il parcourait le texte.

— C'est génial ! Formidable. Je viendrai.

À l'évidence, il était ravi pour elle. Callista sourit et se détourna pudiquement.

— C'est important, n'est-ce pas ? Ça signifie beaucoup pour toi ? s'enquit-il, les yeux brillants.

— Oui. C'est grâce à l'orage. Et à toi – d'une façon un peu bizarre, abstraite. J'imagine que je devrais t'en remercier.

— Peu importe, dit-il, gêné. J'ai hâte de voir tes peintures.

— Je suis nerveuse. J'ai l'impression de mettre ma vie en jeu.

Lex lui prit la main et la serra.

— Ça va aller, la rassura-t-il. Je le sais.

Une fois rentré chez lui après la foire, Lex emporta deux bières sur la plage et observa le déferlement des vagues. Un fou austral pêchait au loin au-dessus de l'eau. Il le regarda raser la surface de la mer puis prendre son essor avant de replier ses ailes et de plonger dans la mer comme une lance. Il faisait frais. Le soleil de cette fin d'après-midi ne dégageait guère de chaleur. Pourtant, Lex s'attarda là et, avec chaque inspiration, l'amertume qu'il éprouvait à l'égard de Ben et de son fichu taureau s'apaisa, comme emporté au loin par la marée.

Revoir Callista lui avait fait plaisir. Devait-il se dire qu'il avait eu de la chance d'avoir atterri à ses pieds ? Ou était-ce juste une de ces coïncidences ridicules que nous réserve parfois la vie ? Dieu merci, ce n'était pas devant Helen qu'il était tombé. Il l'avait vue déambuler dans la foule avec Darren. Et Sally, Sash et Evan aussi, qui se promenaient tout en piochant dans leurs sacs à friandises. Les festivités à la campagne tournaient un peu trop à la fête paroissiale. Et il n'arriverait jamais à faire oublier le concours des Miss. Les gens s'étaient rués vers lui, après l'élection, pour lui dire à quel point il était talentueux, lui demander où il avait appris à se servir d'un micro. Dommage qu'il soit incapable de se contrôler quand il montait sur scène. Enfin, au moins, les candidates avaient passé un bon moment.

Le fou s'était éloigné. Lex regardait les vagues s'enrouler et les embruns s'envoler de leur crête lorsqu'elles s'étiraient avant de déferler. Il avait l'impression que son corps s'était fait emporter par un rouleau. La lumière tamisée du soir tombait peu à peu, accompagnée d'une sorte de calme résigné. La bière s'avérait une bien piètre compagne, mais elle lui avait apporté une douce chaleur dans la fraîcheur du crépuscule.

Il avait apprécié sa rencontre avec Cynthia, la mère de Callista. Il l'aimait bien. Elle était chaleureuse et directe, mais humble. Avec elle, on devait toujours savoir à quoi s'en tenir. Si sa fille pouvait surmonter quelques complexités, elle aurait les mêmes qualités.

Lex inclina sa canette et prit une autre gorgée de bière, pensif. Que voulait-il de Callista, au juste ?

L'odeur de ses cheveux, ce parfum sucré de pomme. La chaleur de son dos, tourné contre lui dans son sommeil. Son expression concentrée lorsqu'elle était absorbée par un livre, sur le canapé. Et des petites choses plus banales. Des couverts pour plus d'une seule personne à laver. Deux verres de vin sur le comptoir de la cuisine. Ses longs cheveux sur le sol de la salle de bains. Rentrer chez soi et être accueilli par l'odeur d'un bon repas en train de mijoter. Des bras autour de lui. S'asseoir sur la plage, tranquille, comme ça. Le sexe. Parler de tout et de rien. Un autre corps dans la maison. La complexité féminine.

Ouais, tout ça.

24

Le vernissage avait lieu un samedi soir et Callista était excitée comme une puce. Elle avait essayé de convaincre Alexander de le fixer plutôt en début d'après-midi, après la fermeture des boutiques de Merrigan. Mais, lui, il avait tenu à l'organiser en soirée. Il avait prétendu qu'il s'y connaissait mieux qu'elle pour ce genre de chose et qu'elle devait s'en remettre à lui.

Face au miroir, Callista eut l'impression de voir une inconnue. Elle ne s'était jamais considérée comme pulpeuse mais, dans ces vêtements-là, elle se sentait trop féminine. Tout en seins, hanches, courbes. La vendeuse de la boutique où Alexander l'avait envoyée, plus haut sur la côte, l'avait relookée avec un chemisier blanc moulant et cintré à la taille, des bas noirs et une jupe marron minimaliste. Le mascara qu'elle avait soigneusement appliqué agrandissait, arrondissait ses yeux, et du rouge carmin mettait en valeur ses lèvres pleines. Ajouté à ses boucles brunes fraîchement lavées qui dansaient autour de son visage, elle était certaine que c'était trop.

Le pire, c'était les chaussures. Après les avoir regardées un instant avec regret, elle les enfila. C'était des escarpins à bride – les premiers qu'elle achetait de toute sa vie. Elle doutait d'être seulement capable de marcher avec. Quelle idiote de les avoir pris ! Au magasin où on l'avait envoyée, la jeune vendeuse avait examiné sa nouvelle tenue avant de prendre ce modèle sur l'étagère. Callista avait essayé les chaussures en vitesse pour vérifier la taille, bien trop consciente de sa maladresse dans des godasses pareilles. Elle avait l'impression d'être sur des échasses.

— Oui, ça ira, avait-elle menti en sentant le regard sceptique de la vendeuse.

— C'est pour une occasion spéciale ?

— Oui.

— Un mariage ?

— Non, non, rien à voir.

— Une fête surprise ?

Callista l'avait dévisagée, déroutée.

— Peut-être. Sans doute. J'imagine.

Si elle vendait ne serait-ce qu'un tableau, ce serait effectivement une vraie surprise.

— Allez, dites-moi. De quoi s'agit-il ?

— Une expo. De tableaux.

— Oh, vous allez à Sydney ?

— Non, apparemment, c'est Sydney qui vient à moi. Et je ne peux pas m'habiller comme ça, avait-elle répondu en baissant la tête vers sa jupe de mousseline et son chemisier ample.

— Sans doute pas. Ce sont les tableaux de qui ? Quelqu'un de connu ?

— Pas du tout. Ce sont les miens.

La fille s'efforça de ne pas montrer sa surprise.

— Vous avez raison, avait dit Callista. Je n'ai pas l'air particulièrement talentueuse.

— Ce n'est pas du tout ce que je pensais.

— Et je ne suis pas non plus sophistiquée. Tout vient de là, avait-elle expliqué en se tapant le front. Puis ça redescend jusqu'ici, avait-elle ajouté en agitant la main gauche. C'est un peu grotesque, vraiment. Penser que je puisse faire illusion parmi un groupe de citadins. Dès qu'ils m'auront vue tenter de marcher avec ça, ce sera la fin.

— Je suis certaine que vous allez y arriver, l'avait gentiment encouragée la vendeuse.

— Je n'en suis pas si sûre.

— Les mecs des grandes villes ne sont pas si prétentieux qu'ils veulent le faire croire. Ils font semblant.

Oui, s'était dit Callista. Ils sont obligés, pour cacher le vide.

Elle regarda une dernière fois les chaussures et les fourra en vitesse dans un sac en toile. Elle glissa ses pieds dans ses vieilles bottines, enfila une veste grise élimée et fonça vers le Combi.

Elle se gara au fond du parking d'Alexander et enfila ses talons aiguilles juste avant de sortir de voiture. Elle était ridicule, c'était évident. On voyait bien qu'elle ne savait pas marcher avec ces trucs. Elle progressa péniblement sur les gravillons, à tout petits pas, comme si elle avait les genoux cagneux.

Elle grimpa sur le trottoir en bois et, lorsqu'elle passa devant la vitrine de la galerie, elle aperçut du coin de l'œil son reflet. Malgré sa démarche gauche, elle avait l'air d'une fille élégante et branchée. Elle n'avait jamais eu l'impression d'être sexy, d'avoir des jambes particulièrement longues, ni d'avoir une poitrine particulièrement généreuse, mais elle devait bien admettre que la fille qu'elle voyait marcher, avec ses genoux un peu repliés et sa moue carmine, flirtait avec la sophistication. Elle se détourna en vitesse. Mieux valait ne pas se voir. Cette image l'effrayait. Si elle y pensait trop longtemps, elle risquait de balancer ses godasses dans le massif de grévilléas et de s'enfuir pieds nus.

Alexander la surprit sur le seuil, où elle s'attardait, hésitante. Il la jaugea avec le coup d'œil rapide du professionnel puis la serra amicalement dans ses bras.

— Tu es magnifique.

Il la prit par le bras et la conduisit vers son bureau où il lui versa une coupe de champagne.

— Dieu merci, tu n'es pas allée chez Beryl. Sinon j'aurais dû te trouver une doublure pour ce soir, le taquina-t-il avec un sourire enjôleur. Elles se sont bien occupées de toi, dans ce petit magasin, pas vrai ?

Callista se souvint du hochement de tête de la vendeuse lorsqu'elle avait expliqué que c'était Alexander qui l'envoyait. Elle devinait à présent qu'il avait appelé ce magasin à l'avance pour faire quelques suggestions.

— J'ai l'impression d'être un épouvantail.

Alexander fit tinter sa flûte de champagne contre celle de Callista.

— Mais mes collègues de Sydney vont t'adorer. C'est tout ce qui compte. Quand tes chaussures commenceront à te faire mal aux pieds vers vingt heures, souviens-toi juste que tu le fais pour leur en mettre plein la vue, pour que leur argent sorte plus facilement de leurs poches arrière.

— Je pensais que les peintures réussiraient à se vendre elles-mêmes.

— Oui, évidemment. Cependant, l'image de l'artiste peut faciliter les choses.

— J'ai horreur de ça.

— Je sais. Mais tu es vraiment magnifique.

Callista tournait le dos à la galerie. Elle avait peur de regarder et il faisait trop sombre, de toute façon, avec les ombres de ce début de soirée qui envahissaient l'espace non éclairé. Alexander la vit tourner le pied de son verre nerveusement entre ses doigts. Il les resservit.

— Il va t'en falloir encore un peu. Tu dois être détendue avant que tout le monde arrive.

— Tu as invité beaucoup de monde ?

— Des hordes, dit-il en savourant ce mot avec délice. Il y a au moins déjà une douzaine de personnes qui attend chez moi.

Callista jeta un coup d'œil nerveux par-dessus son épaule, vers la porte.

— Tu te moques de moi.

— Non. Juré craché. Ils sont en train de boire un verre en discutant de la scène artistique de Sydney.

— Pourquoi ne pas les recevoir ici ?

Le sourire d'Alexander s'élargit.

— J'attends la lumière parfaite, ma chérie. J'ai placé tous les spots pour une exposition de nuit. Et la première impression doit toujours être la bonne.

— Il y a donc une douzaine de membres du gratin, et c'est tout ?

— Mon Dieu, non. Ils vont arriver par cars entiers, par avion, même. Au moment où nous parlons, l'espace aérien de Merrigan va faire ressembler l'aéroport international de Sydney à un aérodrome de campagne.

— Tu te moques de moi. Il vaut mieux que je reprenne quand même un peu de champagne. Je n'ai pas l'habitude d'être une pièce d'exposition.

— C'est là où tu te trompes, ma chérie. Avec ton joli visage et ton sourire radieux, chaque jour de ta vie, tu es une œuvre d'art. C'est aussi bien que tu ne t'en rendes pas compte.

Il reposa sa flûte et passa devant Callista pour entrer dans la galerie.

— Tu ne veux pas jeter un œil ? C'est l'heure d'allumer les lumières. Plus que quinze minutes avant l'ouverture.

Elle le suivit nerveusement dans la pièce sombre. Il l'immobilisa au centre de la galerie puis se dirigea vers les interrupteurs. Les unes après les autres, les lumières s'allumèrent rapidement et la galerie fut soudain éclairée par une lumière suffisamment vive sur les peintures mais qui créait une ambiance chaleureuse, étonnante, dans le reste de la pièce. Le cœur de Callista s'emballa soudain lorsqu'elle balaya la galerie du regard. Les tableaux lui sautaient au visage, vivants, saisissants. Ils étaient bons. Et Alexander était un maître.

— Tu as perdu ta langue ? demanda-t-il, un sourire satisfait ourlant ses lèvres fines. Et garde tes grands yeux pour les acheteurs, veux-tu ? Sur moi, c'est du gâchis.

À dix-neuf heures trente, la pièce était déjà bondée et bruyante. La conversation, qui résonnait sur le plancher et les murs nus, enflait dans l'excitation ambiante. Des corps se déplaçaient, se mélangeaient, papotaient, riaient, examinaient. Des gens de Sydney habillés chic déambulaient parmi la foule joviale des habitants de Merrigan qui portaient pour la plupart leurs vêtements habituels – chandails en laine, robes fleuries et chemises en flanelle.

Callista avait l'impression de surfer sur une vague immense. Des inconnus venaient constamment vers elle pour lui serrer la main et la féliciter, comme s'ils voulaient emporter un morceau d'elle. Des hommes élégants de Sydney reluquaient son décolleté. Ils s'approchaient de très près. Les joues rosies par l'excitation et le champagne, elle tentait de ne pas y prêter attention, les laissait faire pour éveiller leur intérêt et les encourager à réexaminer ses peintures. Tout comme Alexander l'avait voulu. Elle prenait sur elle pour jouer le jeu.

Des points rouges apparurent rapidement sur les cartels des tableaux vendus. Alexander se déplaçait lestement dans la foule, hochant la tête, souriant, échangeant quelques mots avec les encravatés de la ville, acceptant leurs poignées de main, remplissant leurs verres.

Entre les assauts des citadins, des gens du cru se bousculaient autour de Callista, lui tapotaient le dos, souriaient fièrement et l'appelaient « notre Callista », comme si elle faisait partie intégrante de l'exposition. La galerie était pleine à craquer. Presque tout le village était venu. Même Helen Beck, qui se glissait timidement entre les tableaux en serrant bien fort la main de Darren. Mrs Jensen déambulait dans la pièce en se donnant des airs importants pendant que Denis, son mari, la suivait en traînant des pieds. Sue était en grande conversation avec John Watson. Ce soir-là, elle était trop tout : trop large, trop gaie, trop bruyante. Mais, dans l'ambiance de cette salle bondée, ce n'était pas bien grave.

Même Jordi vint faire un saut. Il se glissa furtivement de toile en toile, les examina longuement, puis partit comme une ombre après l'avoir saluée de la main depuis l'autre bout de la pièce. Ses parents aussi avaient fait un effort. Jimmy s'était taillé la barbe et avait emprunté un costume à quelqu'un, et sa mère avait fait toutes les boutiques de la région pour trouver quelque chose à son goût sans être trop hippie. Elle avait l'air fière et radieuse dans une robe longue saumon au décolleté plongeant.

Et puis Lex aussi était là. Impeccable, en jean et en chemise blanche décontractée. Mais il traînait trop souvent près du bar, où il remplissait sans cesse son verre sans la quitter des yeux. Elle savait qu'il était perturbé par l'essaim d'hommes autour d'elle, les doigts invasifs placés sur ses épaules, leurs yeux sur ses seins. Chaque fois qu'elle inspectait la galerie, son regard percutait celui de Lex. Ses épaules crispées trahissaient sa tension, ses joues creusées sa colère. Elle forçait son regard à glisser sur lui, comme si elle l'avait à peine remarqué. Autrement, comment aurait-elle pu le tenir à distance ?

Ce soir-là, elle avait peur de lui. Avec tout ce champagne ingurgité et la jalousie qui couvait dans ses yeux, il était capable de tout gâcher. Elle espéra qu'elle pouvait lui faire confiance, qu'il ne ferait pas une scène s'il se saoulait trop.

— Qu'a donc Mr Henderson, ce soir ? demanda Alexander en lui remplissant son verre.

— Nous étions ensemble, il y a quelque temps.

— Ah, l'ex-petit ami jaloux. Il n'apprécie pas que tu reçoives tant d'attention, n'est-ce pas ? Tu crois que je peux le persuader d'acheter quelque chose ? Il vient de Sydney, il doit avoir un compte en banque bien rempli. Sauf s'il a déjà tout dépensé au pub.

— C'est un peu injuste.

— J'ai entendu dire qu'il avait fait marcher le commerce, à son arrivée ici.

— Alexander, vous commérez comme une concierge.

— Et j'adore ça ! dit-il en lui déposant une bise sur la joue. Il y a tant d'intrigues dans cette petite ville. Qui l'eût cru ?

Il se pencha pour lui chuchoter à l'oreille :

— Finalement, je vais faire une présentation privée de Mr Beck à mes amis, après le vernissage.

— C'est une blague !

— Je veux juste connaître leur avis.

— Je n'aurais jamais dû vous le montrer.

— Mais tu l'as fait. Et tu vas devoir me faire confiance.

Il lui sourit, la chatouilla sous le menton et fendit la foule pour aller aborder Lex.

Lorsque Lex était arrivé à la galerie, un petit groupe de citadins était agglutiné autour de Callista.

Alexander la présentait à un noyau de visiteurs, tous en costard. Lex sourit pour lui-même. Callista avait l'air d'un lapin effrayé devant des phares de voiture. Il resta un moment à l'écart, la regardant sourire et serrer des mains. Elle était renversante. Il ne l'avait jamais vue avec du maquillage.

Puis Sue le débusqua.

— Lex ! Comment ça va, ce soir ?

— Bien.

— J'ai entendu dire que vous aviez un peu trébuché, à la foire.

— À cause du foutu taureau de Ben Hackett.

— Une honte. Quelqu'un aurait peut-être dû vous prévenir.

— Peut-être, oui. Mais personne n'a pris cette peine.

Sue éclata de rire et alla se chercher un autre verre de champagne.

Lex resta seul un moment, sourit à plusieurs connaissances dans la foule qui le saluèrent d'un geste de la main, puis Sally vint lui tapoter le bras. Elle portait une jupe ample et un long T-shirt blanc. C'était sans doute sa tenue la plus habillée.

— Vous avez vu les toiles ? lui demanda-t-elle.

— Pas encore. Je viens d'arriver.

— Elles sont fantastiques. Vous ne reconnaîtrez pas l'endroit.

Il sourit.

— Je pensais que le principe de la peinture de paysages, c'était de pouvoir reconnaître ce que c'était.

— Ce que je voulais dire, c'est qu'elles sont magnifiques, expliqua-t-elle après avoir levé les yeux au ciel. Elle est incroyable.

— Où sont les enfants ?

— Je les ai laissés avec Merv, mon nouveau petit ami. Vous savez ce que c'est... ce n'est pas très amusant de venir à ce genre d'événements avec des enfants pendus aux basques... Vous avez pris un verre ?

— Non. Je ferai mieux de m'en occuper.

Il attrapa un verre de champagne sur une table protégée par une nappe blanche. Le verre était si rempli qu'il dut aspirer en vitesse le premier centimètre et sentit la condensation glacée sur la paroi. Il contourna poliment un cercle d'inconnus en grande conversation et se fraya un passage dans la mêlée pour regarder les peintures de Callista.

Dès qu'il fut devant la première de la série, le temps se figea. Il reconnut sa plage, et la falaise était illuminée par un éclair qui semblait briser en mille éclats un ciel menaçant d'une teinte violet-noir. Il sentait presque le vent qui remuait la mer et lacérait les nuages. Ce fut un choc. Il ne s'était pas attendu à ce que Callista soit si douée.

Il parcourut lentement la pièce, allant de toile en toile, attendant que la foule bouge pour avoir une vue dégagée de chacune d'entre elles. La série suivait les différentes étapes de l'orage puis sa reddition aux eaux incroyablement calmes de l'océan sous un ciel d'acier, pénétré çà et là par des rayons de soleil crème qui venaient éclairer le ressac infini. Suivaient des toiles figurant les humeurs de la mer : agitée par des vents frais, fringante en plein soleil, calme à l'aube, pensive et immobile au crépuscule, argentée par le clair de lune.

L'exposition présentait davantage qu'une tempête. C'était une célébration de la lumière sur l'eau, de la sombre et puissante versatilité de la mer. C'était un festival d'ombres, de nuances, de changements. Callista avait épousé la lumière. Elle était excellente.

La dernière peinture lui était familière. C'était le paisible coucher de soleil sur l'eau qu'il avait vu chez Callista lors de sa première visite. Il se rappelait très bien les roses et les mauves apaisants. Il se souvenait de l'air dérouté de Callista, de son repli sur elle-même lorsqu'il avait sorti ce tableau de sous l'escalier. Cette époque, où rien n'était encore dévoilé et où tout restait possible, lui semblait terriblement lointaine. Il avait du mal à croire qu'il avait fait l'amour avec cette femme, qu'il avait partagé son corps, son lit. En fait, il la connaissait à peine. Il avait tout juste gratté la surface de sa personnalité. Il éprouva soudain un sentiment d'urgence. Il avait besoin d'elle. De la connaître, de découvrir sa riche complexité. Ses sentiments le surprenaient. Ils étaient brûlants, sanglants, intenses, venus du plus profond de sa poitrine. Elle était à l'autre bout de la pièce et la distance qui les séparait lui paraissait abyssale. Furieux contre lui-même, il se demanda s'il était trop tard. Tout lui semblait déjà si loin…

Il tourna le dos aux peintures et revint vers le bar, où il trouva une petite place à l'écart de la foule. Il observa Callista, ne pouvant la quitter des yeux un seul instant. Tous ces hommes, autour d'elle, avec leurs regards intéressés. Il vit leurs mains pénétrer l'espace vital de Callista, leurs corps s'approcher trop près, cherchant à posséder une part d'elle. Cela le rendit furieux, la façon dont ils l'abordaient, comme si elle aussi était à vendre. Ils lui lançaient des invitations, à coup sûr. Il la vit rougir souvent et baisser les yeux.

Alexander s'approcha de lui, un petit sourire en coin et une bouteille à la main pour remplir le verre de Lex. Callista avait dû lui dire qu'ils avaient été amants. Il se sentit soudain tout petit.

— Qu'en pensez-vous ? lui demanda Alexander en se servant un verre.

— Elle est magnifique.

— Oui, n'est-ce pas ? fit le galeriste en lui proposant de trinquer.

— Et le champagne n'est pas mal non plus.

— Je vois que vous l'appréciez.

— Je me tiens comme un vrai gentleman.

Alexander tourna un instant le dos aux convives.

— Vous devriez songer à en acquérir un.

— Il faudrait que je l'interroge, pour savoir lequel elle voudrait que j'aie.

— Dans ce cas, elle se sentirait obligée de vous l'offrir. Ce qui ne serait pas juste.

Il remplit de nouveau le verre de Lex et le fixa avec audace.

— Si elle devait vous en choisir un, lequel serait-ce ? insista-t-il. Vous devez le savoir.

— Je ne la connais peut-être pas autant que je le pensais, rétorqua Lex avec un sourire forcé. Mais merci pour la suggestion. J'y penserai.

Alexander s'éloigna pour amorcer une approche stratégique de ses invités et Lex continua à boire. Il but pendant le discours d'ouverture du vernissage, puis pendant que les conversations montaient en puissance tandis que le champagne déliait les langues et les portefeuilles, comme Alexander l'avait prévu. Il but jusqu'à la fermeture ou presque, lorsque les invités commencèrent à repartir vers leurs voitures dans le parking bondé. Il but en fixant ces hommes de la grande ville qui s'approchaient trop près de Callista, la touchaient pendant qu'elle riait, souriait, évitait leurs regards.

Callista finit par partir, après avoir pris une dernière coupe de champagne avec Alexander et l'avoir serré dans ses bras, ravie. Les lumières de la galerie s'éteignirent lorsqu'elle sortit sur le trottoir mais il laissa l'éclairage extérieur pour qu'elle puisse retrouver sa voiture. Elle savait qu'il irait directement chez lui, où la fête se poursuivrait, où l'alcool continuerait à couler pour ses invités.

Quand elle se retrouva seule dans la nuit argentée, ses jambes et ses pieds lui rappelèrent qu'elle portait toujours ses escarpins et elle se pencha pour les enlever, ainsi que les bas qui la compressaient et dont elle n'aimait pas le contact étrange. Ses orteils s'écartèrent avec bonheur sur le caillebotis et elle se dirigea vers sa voiture en se sentant reconnectée avec elle-même.

Lex l'attendait sur le parking. Elle vit sa Volvo faiblement éclairée tout au fond et sa silhouette adossée au capot. Sans s'arrêter, elle fila droit ver le Combi, ouvrit la portière et balança les escarpins à l'intérieur. Son cœur martelait dans sa poitrine. Comment se comporterait-il avec elle après tout ce champagne, tous ces hommes ?

Elle le sentit plus qu'elle ne l'entendit arriver près d'elle – il avait traversé le parking à toute allure – mais elle ne se retourna pas. Le bruit de sa respiration, profonde et un peu éraillée, puis le contact de la main de Lex sur ses cheveux, avec une tendresse infinie. Alors elle se retourna.

— Tu étais éblouissante, ce soir.

Sa voix était douce, basse.

— C'était Alexander, murmura-t-elle.

Il posa un doigt sur ses lèvres pour la faire taire.

— Ton travail est magnifique, ajouta-t-il en faisant glisser son doigt sur la joue de Callista. Tu as bluffé tout le monde.

Sa main pénétra doucement dans les boucles de Callista puis il l'embrassa, d'abord tendrement puis passionnément lorsqu'ils se pressèrent l'un contre l'autre, le souffle court, leurs corps ranimés. Ils s'agrippèrent contre la voiture, tâtant le contour l'un de l'autre, la tension de leur corps, la soif qui les assaillait.

— Ils te désiraient tous, murmura-t-il dans son cou. Mais pas autant que moi.

Ils s'empoignèrent désespérément et firent l'amour sur la banquette avant du Combi, sous le clair de lune qui éclairait le dos de Lex et les étoiles qui filaient tels des joyaux dans le ciel froid et dégagé. C'était passionné mais doux-amer. Callista avait l'impression de voler et elle ne savait pas quelle signification elle voulait donner à tout cela – à cette étreinte avec Lex. La tête lui tournait encore après l'agitation de l'exposition et, à sa grande surprise, elle ne savait pas si elle souhaitait que ce soit des retrouvailles ou des adieux.

Quatrième partie

L'échouage

25

Lex n'eut pas de nouvelles de Callista pendant environ un mois, voire six semaines. Ce fut une période torride faite d'espoir, de doute, de peur et d'inquiétude. Voir ses tableaux avait embrasé quelque chose en lui. Quelque chose de basique et d'incroyablement évident. Il était prêt pour elle. Enfin.

Il téléphona deux ou trois fois, laissa des messages sur son répondeur, mais elle ne le rappela pas. Hanté par elle, il allait voir la galerie d'Alexander et déambulait entre ses toiles, comme pour absorber un morceau d'elle. Il était pitoyable et il le savait. Alexander l'avait percé à jour. Lex le voyait à son sourire satisfait.

— Vous avez pris une décision ? lui demandait-il à chacune de ses visites.

— J'y travaille toujours, rétorquait-il d'un ton bourru.

— Vous feriez mieux de vous dépêcher avant qu'il ne soit trop tard.

Les deux tiers des peintures au moins avaient déjà été vendus. Elles étaient toujours aux murs, attendant la fin de leurs trois semaines d'exposition. Lorsque Lex passa au cours de la dernière semaine de mai, les murs étaient nus. Tout était parti. Alexander le raccompagna jusqu'au parking.

— C'est comme si elle n'était jamais venue ici, maintenant que ses tableaux ont été décrochés. Mais elle reviendra pour une autre exposition. Si vous voulez acheter quelque chose, il vous faudra attendre la prochaine fois.

Lex avait laissé un autre message puis avait attendu qu'elle rappelle. Son agitation se mua peu à peu en mélancolie, puis en irritation et enfin en amertume.

Elle finit par appeler un samedi soir, au terme d'une courte journée d'automne, synonyme de ciel couvert et de vent froid. Lex se tenait à la fenêtre, avec le téléphone, les yeux rivés aux nuages brumeux et aux vagues de plomb qui déferlaient sans fin.

— Désolée de ne pas avoir rappelé avant, dit-elle. C'était la folie. Alexander avait besoin de moi. J'ai dû l'accompagner à Sydney plusieurs fois. Des rendez-vous pour des commandes.

— Il ne m'en a pas parlé quand je passais à la galerie, dit-il nonchalamment, alors que son cœur palpitait et qu'il oscillait entre l'espoir et l'exaspération. Est-ce qu'il t'a présenté certains invités du vernissage ?

— Oui. Mais ce n'est pas ce que tu penses.

— Tu es sûre que ce sont tes tableaux, qui les intéressent ?

— Bon sang, Lex ! Pourquoi cette inquiétude soudaine pour mon âme ? Je crois que je suis assez grande pour me débrouiller toute seule. Bref, j'ai d'autres bonnes nouvelles à t'annoncer... Alexander veut inscrire l'une de mes toiles à un concours de portraits... Un que j'ai fait d'Henry Beck.

— Je ne savais pas que tu l'avais peint.

— Il y a des tas de choses que tu ignores... Assez parlé de moi. Qu'est-ce que tu deviens ?

— La routine. Les vaches et moi.

— Je pensais que tu aimais les vaches.

— C'est le cas. Bon, faut aussi aimer le lait et la bouse. Il n'y a pas grand-chose d'autre à faire à Merrigan, pas vrai ? À moins que je veuille postuler comme éboueur.

Lex ne pouvait plus s'arrêter. Un torrent de mots se déversait de sa bouche, tordus et rapides.

— Non, je ne pourrais pas faire ça. Ce ne serait qu'un changement de carrière latéral, en fait. Au lieu de nettoyer la merde dans l'étable, je ramasserais celle des gens. Non, les vaches me manqueraient trop. Et Ben. Il est trop drôle, ce con.

Il s'interrompit. Un silence pesant s'immisça dans la conversation.

— J'allais suggérer qu'on fasse une balade, demain, déclara Callista. Il y a une plage, que je voudrais te montrer. Mais tu n'en as peut-être pas envie.

— Quand ?

— De bonne heure, ce serait mieux.

— C'est-à-dire ?

— Vers l'aube.

— Je ne suis pas très causant, si tôt.

— Ça ira. Prends une Thermos de café.

— Il m'en faudra plus pour me dérider.

— Je suis sûre que la météo s'en chargera. Ils annoncent une tempête.

— Génial. J'apporterai du whisky et une bouillotte.

— Essaie juste t'apporter un peu de bonne humeur. Le reste, on s'en fout.

Lex se réveilla un peu avant l'aube et écarta les rideaux. C'était une matinée grise et le ciel disparaissait derrière des nuages sombres battus par le vent. Charmant ! Le temps idéal pour une balade. Dans la salle de bains, il grimaça face au miroir et s'aspergea le visage pour se réveiller.

Un immense silence régnait dans la cuisine – ce calme pesant qui accompagne la solitude. Il fit de son mieux pour l'ignorer, traîna les pieds jusqu'à la cafetière et mit de quoi grignoter dans sa poche. Pourquoi se levait-il si tôt pour une balade sur la plage ? Il pouvait s'y promener quand il le voulait.

Les phares du Combi pénétrèrent la baie vitrée. Quel dommage que Callista soit si ponctuelle. Il n'aurait pas de raison de râler, à part le froid. Il se servit un café, laça ses chaussures de marche, sortit son manteau en polaire et Gore-Tex du placard. Il éteignit la lumière avant de sortir.

Callista lui ouvrit la porte côté passager.

— Salut.

Il se recroquevilla sur le siège, muet, en faisant bien attention à son café.

— Je vois que tu n'es pas encore en état de parler.

Lex devina le sourire de Callista dans l'obscurité.

— Vieil ours, dit-elle en lui serrant le bras.

— Attention à mon café.

— J'espère qu'il te dégèlera.

Elle lança le sac de Lex sur la banquette arrière.

Tandis que le Combi rugissait sur la route, Lex remarqua une lumière chez Mrs B. Mince, ils l'avaient réveillée. Il ne voulait pas déranger son sommeil agité. Elle semblait épuisée, ces derniers temps.

— Fais attention aux kangourous, grommela-t-il tandis que le Combi dérapait sur le gravier de la route grimpant vers la forêt.

— Tu oublies une chose. J'ai pris cette route bien plus souvent que toi.

— Pitié. Je ne suis pas d'humeur à écouter un cours d'histoire des Wallace, ce matin.

Callista éclata de rire et Lex prit une gorgée de café en souriant. C'était bon, de la revoir.

Une fois sur la nationale, ils roulèrent vers le sud en silence. Les bruits de la campagne étaient étouffés par la lumière basse de l'aurore. Des bancs effilés de brume se nichaient dans les vallons et les plaines. De temps en temps, les silhouettes noires du bétail apparaissaient dans les prés bordant la route. Il n'y avait pas un chat.

— Qui a acheté le tableau ? demanda soudain Lex. Le coucher de soleil avec le clair de lune sur l'eau ?

Elle lui jeta un regard en coin.

— En fait, je ne sais pas. Je ne me suis pas renseignée.

— Tu savais que je l'aimais bien. Tu aurais pu me le réserver.

— Je voulais le laisser partir. Je n'en ai plus besoin.

— Mais je l'aimais bien.

371

— Il représentait mon passé. J'avais besoin de m'en séparer.

Il retomba dans le silence. Ce n'était pas censé se passer comme ça. Il était anxieux, peu sûr de lui. Alors qu'il voulait avoir confiance en lui, qu'il voulait être positif, plein d'espoir. Il avait oublié comment être à l'aise avec elle. Le vernissage et tout ce temps passé sans elle l'avaient ébranlé.

— Je suis content que les choses tournent pour le mieux pour toi, finit-il par dire.

Elle lui sourit.

— Je n'arrive pas à croire que ça se passe si bien. Les commandes qu'Alexander m'a obtenues pourraient suffire à me faire vivre toute l'année. Ça veut dire que je ne serai peut-être plus obligée de faire les marchés. C'est la première fois de ma vie que je vais pouvoir faire une pause salutaire.

— Vraiment ? Tu as dû attendre trente-trois ans pour ça ?

Elle lui jeta un coup d'œil puis se concentra de nouveau sur la route. Lorsqu'elle répondit, sa voix était grave et douce.

— Pour être honnête, ça m'est déjà arrivé une fois. Mais j'ai fait une fausse couche.

— Je suis désolé pour toi.

— Il n'y a pas de quoi. Je peux l'assumer, maintenant.

Elle avait beau tenter d'être courageuse, ses joues étaient rouges et sa voix un peu tendue.

— Ce n'était pas aussi grave que ce que tu as vécu.

— Si, c'était tout aussi important.

Lex tendit une main hésitante et la posa sur son genou. Même dans la faible lumière, il crut distinguer des larmes dans ses yeux.

— S'il te plaît, ne te sens pas obligé de compatir, dit-elle. Ça me donne l'impression de devoir être forte.

Elle s'engagea lentement dans un banc de brouillard.

— J'étais enceinte quand j'ai peint le tableau que tu aimais bien. C'est pour ça que je ne voulais pas que tu l'aies. Je n'en veux plus dans ma vie.

Elle rougit de plus belle, comme si elle venait de révéler quelque chose de crucial. Puis elle ne dit plus rien, conduisant en pilotage automatique. Lex étudia soigneusement son profil. Qu'était-elle en train de lui dire ? Qu'elle ne pouvait garder et le tableau et lui dans sa vie ? Est-ce que cela signifiait qu'elle voulait de lui ? Sa main était toujours sur le genou de Callista. Elle ne l'avait pas chassée.

La nationale contournait un lac puis traversait une forêt d'eucalyptus mouchetés. Le brouillard était humide et le vent faisait ployer la cime des arbres. Lex sentait que le Combi se faisait déporter de temps en temps par les rafales. Ils devaient rouler depuis une demi-heure environ lorsqu'ils prirent une route bitumée qui louvoyait entre des parcelles agricoles déboisées et descendait vers un pont enjambant un torrent. Puis la route remontait un peu dans la direction de la côte, à travers un paysage de pâturages verdoyants. Sur une crête, ils empruntèrent une route de terre battue qui ne tarda pas à devenir un mauvais sentier tapissé d'herbe. Ils durent s'arrêter trois fois devant des barrières à bétail. Lex s'occupait de les ouvrir entre deux gorgées de café. Il laissait son gobelet dans la voiture et faisait coulisser la porte du Combi pour sortir dans la tourmente. Des volutes de brume s'enroulèrent autour de lui lorsqu'il se débattit avec la troisième barrière. L'humidité de l'air lui poissait le visage et ses doigts raidis par le froid manipulaient le dur fil de fer avec peine. Il était déjà trempé et tremblait comme une feuille lorsqu'il remonta dans le van. Mais Callista lui sourit et cela lui suffit, pour le moment. Elle repassa la première et se remit en route.

Le sentier longeait le flanc d'une colline, passait devant un troupeau de vaches allongées sous un arbre, puis arrivait tout en haut, près d'un cimetière minuscule qui dominait une plage sauvage. Callista gara le Combi juste en dessous de la grappe de pierres tombales érodées et ils restèrent là un instant, à observer d'épaisses couches de brouillard venues de la mer fondre sur la plage.

Lex frémit.

— Où on est ? Dans un cimetière pour aliénés ?

— J'adore cet endroit, répondit Callista, les joues rouges. Presque personne ne vient jusqu'ici. Parfois, quand on est en haut de cette colline, il y a tellement de brume tout autour qu'on se croirait au paradis.

— Ou en enfer. Dans le genre paysage désolé…

— Tu peux rester là, si tu veux. Je vais faire un tour.

Elle tira son bonnet en laine et son parka de sous les affaires de Lex sur la banquette arrière. Il la regarda se tortiller derrière le volant pour enfiler la veste et enfoncer le bonnet sur son front.

— Tu viens ou pas ? lança-t-elle.

Il fixa un instant les brumes mouvantes.

— Je suis debout. Autant que je vienne.

Il sortit du Combi et dut lutter contre les rafales pour enfiler son manteau.

— OK, allons-y, dit-il en ajustant la capuche autour de sa tête avant de fourrer les mains dans les poches.

Têtes basses, ils s'engagèrent face au vent dans un petit chemin sablonneux dont la pente raide plongeait depuis le sommet herbeux de la colline jusqu'aux dunes en haut de la plage. Des rideaux de brume glissaient sur eux et leur trempaient le visage. Juste avant qu'ils arrivent à la plage, alors qu'ils se trouvaient dans une petite cuvette derrière la dernière dune, ils profitèrent d'une accalmie. Lex essuya l'humidité sur son nez et ses lèvres avec un vieux mouchoir roulé en boule trouvé au fond d'une de ses poches.

— C'est fou, n'est-ce pas ? demanda Callista, les joues rouges, les yeux pétillants.

— C'est toi qui es folle. Le sable va nous décaper les joues.

— Parfois, le vent souffle très fort sur la colline mais, une fois au bord de l'eau, c'est plus calme.

— C'est ça.

Il lui prit la main et ils franchirent tant bien que mal la dernière dune.

Sur la plage, le vent les percuta de plein fouet. Il tourna et leur fouetta le visage, leur tirant des larmes. Lex balaya l'étendue de sable du regard en tentant de comprendre la passion de Callista pour cet endroit. Lui, il le trouvait sinistre et, tout ce qu'il éprouvait, c'était une sensation de vide et d'aversion. C'était la plage la plus déprimante qu'il ait jamais vue. La mer s'abattait sur le sable comme une énorme créature écumante et des tas d'algues jonchaient le sol depuis le bord de l'eau jusqu'à la laisse de haute mer, au pied des dunes. Des rafales de vent furieuses chargées de sable cinglaient leurs manteaux.

— Rentrons, suggéra Lex. On pourra faire un feu dans la cheminée, chez moi, et ouvrir une bouteille de champagne.

— Non, tu en as bu suffisamment le soir du vernissage. Et ce temps est en accord avec mon humeur, aujourd'hui. Donne-moi juste quinze minutes.

Elle le prit par le bras et l'entraîna dans la tourmente.

La mer déchaînée remontait haut sur la plage. Ils devaient marcher au pied des dunes, là où l'océan avait déposé ses rebuts : bouts de filets de pêche emmêlés, bouteilles en plastique décolorées, bouées cassées, carcasses d'oiseaux marins desséchées, os de seiche brisés, montagnes d'algues. La marche était difficile. Ils progressaient cahin-caha le long de la plage, appuyés contre le vent, les jambes fouettées par le sable.

Plus loin, ils passèrent devant un lagon encerclé par des dunes, dont la surface était ridée par le vent. À cause des bancs de brouillard intermittents, ils avaient du mal à voir devant eux et les bourrasques leur projetaient sans arrêt du sable dans la figure, les obligeant à se protéger le visage. Lex tira doucement Callista par le bras.

— Attends, dit-elle.

Elle s'arrêta, penchée vers l'avant, comme pour mieux voir le bout de la plage.

— Qu'est-ce que c'est que ça ? demanda-t-elle, le doigt tendu. Il y a quelque chose, là-bas, sur la plage. Tout au bord de l'eau. Tu le vois ?

Lex essuya des larmes iodées du revers de son poignet mouillé et plissa les yeux pour tenter de percer le brouillard. Oui, il voyait bien une forme mais il ne l'identifiait pas, et elle lui paraissait bien trop loin pour s'en approcher par ce temps épouvantable.

— Juste des rochers, dit-il.

— Non, il n'y a pas de rochers par là. Continuons un peu.

Il haussa les épaules et poursuivit d'un pas décidé à son côté. La brume devint bruine et ils ne prirent plus la peine de relever la tête pendant plusieurs minutes. Callista s'arrêta de nouveau lorsqu'un coup de vent mit fin au crachin et dégagea un instant la plage.

— J'ai l'impression que c'est une baleine, déclara-t-elle.

— J'espère que non.

— Elle est sans doute morte. Poussée là par le courant.

— Rentrons, dit Lex. La bouteille de champagne nous appelle.

— Non, on ferait mieux d'aller voir de plus près, déclara-t-elle, d'un ton aussi ferme que sa poigne sur son bras. Elle a pu s'échouer pendant la nuit. Elle est peut-être encore en vie.

— Et qu'est-ce qu'on ferait ?

— Je ne sais pas.

Elle poursuivit le long de la plage mais Lex ne voulait plus la suivre. Il avait un mauvais pressentiment. Né de la détermination de Callista d'un côté, et de la présence possible d'une baleine échouée de l'autre. Ces deux éléments se percutèrent dans son cerveau. Malgré tout, il céda et la rattrapa à grandes enjambées, tête baissée contre le vent. La brume leur retomba dessus, épaisse et moite. L'espace d'un instant, ils ne virent plus qu'à quelques mètres seulement devant eux. Puis le vent balaya le brouillard et l'emmena vers les dunes.

Ils étaient tout proches, à présent. Et la chose ressemblait bien à une baleine. Une forme bossue calée dans le sable, encore à moitié dans l'eau, avec des vagues qui lui roulaient par-dessus. Brillante et noire. Énorme. Lex vit sa queue se soulever légèrement au-dessus de l'eau. Merde. Elle était en vie.

Callista lâcha le bras de Lex pour tenter de courir vainement dans le sable mouillé. À leur approche, la baleine leva sa queue et l'abattit nerveusement dans l'eau. Des éclaboussures fusèrent dans toutes les directions. La pauvre bête, songea Lex. Elle essaie de s'enfuir.

Il s'arrêta lorsque le mammifère marin leva une nageoire pectorale dans l'air, l'agita follement avant de la laisser claquer contre son flanc.

— Ne t'approche pas trop, cria-t-il en reculant.

La baleine était spectaculaire, colossale. Son gigantisme le rendit muet. Il était horrifié de voir sa forme bossue, embourbée dans le sable. De la tête à la queue, elle devait mesurer dix mètres, avec son dos lisse et noir, son ventre et sa gorge blanc vif. Elle gisait sur le flanc, la tête vers la plage, et il pouvait même voir les grands sillons semblables à des plis qui descendaient de sa mâchoire inférieure jusqu'à sa poitrine et à son ventre. Il avait déjà vu tout cela, en nageant avec les baleines au large du cap, mais jamais de cette manière. Ce n'était pas normal de voir une baleine sous cet angle. Son corps semblait bizarrement tordu, avachi sur lui-même. Dans l'eau, les baleines étaient tout en courbes et en grâce.

Il s'accroupit, le cœur battant, en se demandant s'ils pouvaient faciliter sa respiration d'une façon ou d'une autre. Mais, dans son esprit, c'était le blanc total. Il scruta les tubercules qui ornaient la grande tête plate de la baleine ainsi que sa mâchoire, puis il recula un peu plus encore lorsqu'elle releva sa nageoire pectorale, révélant un instant son ventre blanc avant de la laisser retomber. Toute la scène était surréaliste. Ils n'auraient pas dû être là. La baleine non plus. La pauvre chose devait lutter juste pour respirer. Il vit sa carcasse se soulever puis s'abaisser tandis qu'elle expulsait de l'air par son évent.

— Qu'est-ce qu'on peut faire ? demanda Callista en contournant de loin la baleine pour se placer de l'autre côté.

Elle se tordait nerveusement les mains.

— Oh, je vois ses yeux ! ajouta-t-elle. Pauvre bête.

Elle revint vers Lex, bouleversée.

— Tu crois qu'elle pourrait être transportée ?

— Dieu seul le sait. Elle est tellement énorme…

Il observa la créature tenter une nouvelle inspiration. Un sifflement retentit par l'évent et son corps tout entier sembla se soulever sous l'effort. Il était horrifié. Le pauvre animal était en train de suffoquer et ils ne pouvaient rien faire pour l'aider.

— Mon père s'y connaît, pour ce genre de truc, déclara Callista. Il faut qu'on aille le chercher.

Elle s'interrompit, promena son regard plein de désarroi sur le long dos de la baleine. Lex scruta son visage et sentit la terreur se glisser sous sa peau. Son cœur s'emballa. Il savait ce qui allait se passer. Il le voyait comme s'il y était déjà.

— Tu pourrais le prévenir ? s'enquit-elle. Je crois que je devrais rester ici.

— Attends une seconde, répondit-il en la prenant par le bras dans un geste désespéré. On doit en discuter d'abord.

Elle le dévisagea sans comprendre.

— C'est décidé, insista-t-elle. Tu y vas, je reste.

— Je ne parle pas de ça.

Déroutée, elle écarta de son visage une mèche de cheveux échappée de son bonnet.

— De quoi parles-tu, dans ce cas ?

— Nous devons réfléchir avant d'agir.

— Il faut aller chercher de l'aide.

Il secoua la tête.

— Tu ne m'écoutes pas. Il y a une alternative. Nous devons en discuter.

Callista, qui trépignait dans le sable, s'immobilisa soudain et le dévisagea, les yeux écarquillés.

— Une alternative ? Qu'est-ce que tu racontes ?

Le cœur de Lex frémit d'angoisse.

— La première possibilité, c'est d'aller chercher de l'aide.

— Il y en a une autre ? fit-elle sans le lâcher des yeux.

— Oui.

— Je ne veux pas l'entendre.

Le souffle rauque, elle se tourna vers la baleine.

— Tu as déjà assisté à un sauvetage de baleine ? demanda-t-il.

— Non, et toi ?

— Je sais grosso modo comment ça se passe.

La crispation de Callista se mua en rire.

— Comment ? Tu l'as lu dans des romans, vu dans des films ?

— Dans mon ancienne vie, à la radio. J'ai couvert plusieurs sauvetages de baleines. J'ai interviewé des biologistes.

— Et ça fait de toi un expert en la matière ? s'étrangla-t-elle, incrédule, les yeux comme fous.

Il la prit par le bras.

— Tu sais ce qu'il va se passer quand on va rentrer en ville pour appeler ton père et les parcs nationaux ?

— On arrêtera de perdre du temps et on lancera ce sauvetage, voilà ce qui va se passer.

— Tu crois que c'est aussi simple ? On amène l'équipe de sauvetage, on fait rouler la baleine dans l'eau et ils se marièrent et eurent beaucoup d'enfants ?

— Arrête de me prendre de haut ! s'impatienta Callista, outrée.

— Écoute-moi, supplia-t-il. Tu as vu comme elle est énorme ? Il va falloir plus que la marée montante pour la déloger de là. Ils auront besoin d'engins de chantier, et ça va être stressant. Il y aura des gens partout, des machines, un bruit épouvantable. Et pour quoi, au final ? Elle risque de mourir quand même. Sans parler de la foule qui va se précipiter ici. Des hordes de tarés qui vont compliquer les choses. Ça va être horrible. Tu comprends ?

Elle fronça les sourcils, sceptique, contrariée.

— Quelle est l'alternative, dans ce cas ? Je veux te l'entendre dire.

— L'alternative, c'est de nous en aller et de la laisser mourir en paix.

Elle jeta un coup d'œil vers la baleine avant de le fusiller du regard.

— L'asphyxie, c'est ça que tu appelles « mourir en paix » ?

— Si on fait venir les secours, elle n'aura aucune chance de partir paisiblement.

— Elle ne va pas forcément mourir ! hurla-t-elle. Tu ne t'es pas dit qu'un sauvetage réussi était possible ?

Il secoua de nouveau la tête.

— Arrête de te faire des illusions. Tu dois regarder la vérité en face.

Callista le fixa longuement, raidie par la colère.

— Je pensais que tu éprouverais davantage de compassion, finit-elle par lâcher sèchement. Après ce qui est arrivé à ta fille.

C'était un coup terriblement bas. Lex en fut si abasourdi qu'il faillit chanceler. À quoi jouait cette femme ? Est-ce qu'elle se rendait compte de ce qu'elle venait de dire ? Qu'elle avait largement dépassé les bornes ?

— Cela n'a rien à voir avec Isabel, rétorqua-t-il, livide.

Callista blêmit et recula d'un pas, comme si elle craignait qu'il la frappe.

— Je suis désolée. Mais, là aussi, c'est une question de vie ou de mort, non ?

Il la fixait, toujours sous le choc. Elle ne se rendait visiblement pas compte qu'elle l'avait mis K-O.

— C'est surtout une question de douleur et de souffrance, dit-il, les mâchoires crispées par la colère. Et c'est un animal.

— Tu crois qu'elle en souffre moins ?

— Non. Par contre, on risque d'aggraver les choses.

— Cette baleine est en vie, Lex, et je ne vais pas m'en aller sans rien faire. Elle s'est échouée sur une de mes plages et je refuse de continuer à me disputer avec toi pour savoir ce qu'on doit faire. Bon sang, toi et moi, on n'y connaît rien aux baleines échouées. Appelons les experts. Ceux qui s'y connaissent vraiment. Certaines survivent, tu sais.

Il était trop blessé pour continuer la bataille. Callista était complètement obsédée par cette idée de sauvetage et elle n'écoutait pas ce qu'il essayait de lui dire.

— Très bien, fit-il. Je me rends. Mais tu es bien certaine que c'est ce que tu veux ? Même si les experts déclarent qu'elle va mourir, le public s'attendra à une tentative de sauvetage. Les gens d'ici ne permettront pas qu'on l'euthanasie.

— Je suis certaine qu'ils ne feront rien d'inhumain, insista-t-elle.

— Tant mieux pour toi. Moi, je n'en suis pas si sûr.

Une lueur sauvage, déterminée, embrasait les yeux de Callista.

— Je veux juste lui donner une chance de survivre, dit-elle.

Lex baissa les bras.

— Entendu. J'y vais.

Le crachin reprit, crépitant sur leurs manteaux.

— Qu'est-ce que tu vas faire ?

— Appeler les parcs nationaux.

— Merci.

Elle se détourna et se dirigea vers la baleine. Lex la regarda s'éloigner. Dans le brouillard gris humide, elle semblait toute petite, transie, esseulée. Il hésita un instant, retardant le moment de passer à l'acte, de l'aider dans cette tâche impossible. Il n'avait pas l'esprit tranquille. Et un étrange mélange d'inquiétude, de confusion et de peur pour elle le retenait. Il voulait lui dire qu'elle ne devait rien essayer de stupide, qu'elle ne devait pas s'approcher trop près, qu'elle risquait de se faire blesser, qu'il tenait à elle. Mais il garda le silence et commença à rebrousser chemin à grands pas dans le sable.

Dès qu'elle perdit Lex de vue dans le brouillard, Callista se sentit terriblement seule. Dos au vent, elle rabattit la capuche de son manteau par-dessus son bonnet et s'assit dans le sable humide à dix mètres de la baleine, juste derrière la langue écumante de la marée. À présent, la vague de colère et de panique qui était montée en elle pouvait retomber, partir avec le reflux de l'océan.

Elle s'en voulait d'avoir laissé échapper cette allusion à Isabel. C'était terriblement insensible de sa part. Pas étonnant que Lex ait été blessé. Même si elle était bouleversée, choquée, par la situation de la baleine, elle était allée trop loin. Et, plus elle y pensait, plus elle se convainquait qu'il ne pourrait jamais le lui pardonner. Si seulement ils avaient pu parvenir à un accord avant que les choses dégénèrent… Elle comprit qu'ils s'étaient de nouveau éloignés l'un de l'autre. C'était sans espoir. Un pas en avant, deux pas en arrière. N'arriveraient-ils donc jamais à s'accorder ?

Elle devrait peut-être laisser tomber.

Déprimée, elle examina la forme avachie de la baleine. C'était déchirant de la voir vautrée sur la plage, battue par les vagues. Si lourde, énorme, le corps tordu, à moitié enlisé dans le sable. C'était une baleine à bosse. Elle savait au moins cela. Lorsqu'on a vécu toute sa vie sur la côte, il est impossible de ne pas connaître les baleines à bosse. Quand elle était petite, il était rare qu'elle en voie une depuis la fenêtre de la maison de son grand-père sur le cap. Maintenant, en allant à la plage à la bonne période, on était sûr d'en apercevoir.

Elle ferma les yeux et se replia sur elle-même, à l'abri de son manteau. Non, on ne pouvait pas être une Wallace sans connaître les baleines. C'était génétique. Les baleines et la mer avaient coloré son enfance. Grand-père s'en était assuré, abreuvant Callista de ses histoires de baleinier à chacun de ses séjours, de sorte qu'elles lui étaient aussi familières que les vents qui ratissaient la bruyère sur la falaise. Elle se souvenait de son regard distant lorsqu'il scrutait l'horizon pour guetter la présence des baleines, la pipe coincée entre les dents. Il n'avait jamais parlé de leur mise à mort, préférant s'attarder sur des récits de poursuites épiques, pourchassant de grandes baleines hardies à travers les mers sauvages du Sud. Ces récits les captivaient tant, Jordi et elle, qu'ils avaient l'impression d'y être, avec lui, pataugeant sur le pont par mauvais temps pour tenter de garder le groupe de cétacés en vue.

Enfant, Callista ne s'était jamais demandé comment finissait l'histoire. Grand-père n'en parlait jamais. Ce ne fut qu'en grandissant qu'elle avait compris précisément ce que son grand-père faisait et ce à quoi il avait été mêlé. Elle se disait que c'était juste un travail, sans en être vraiment convaincue. Il avait forcément *choisi* de partir à l'ouest pour chasser la baleine. À l'époque, ce n'était déjà plus une nécessité. D'autres produits pouvaient remplacer tous ceux qu'on tirait de ces grands mammifères marins. Il avait forcément eu *envie* de le faire. C'était la chose la plus difficile à rationaliser – qu'il ait choisi de tuer des baleines pour gagner sa vie. Malgré tous ces récits d'aventures, elle ne pouvait plus ignorer leur but. Mais comment aborder ce sujet avec l'un de ses grands-parents ? Quelqu'un qu'on aime, qui a toujours été une part importante de notre vie ? Comment remettre en cause et dénigrer la racine même de leur existence ? Surtout lorsqu'ils prennent de l'âge, que leur passé est loin derrière eux et qu'ils sont incapables de le changer ? Non, elle avait décidé qu'il était de sa responsabilité à elle de changer les choses pour un avenir meilleur. C'était aux jeunes de porter ce fardeau. Elle savait à quel point son père l'avait payé en traînant sa culpabilité toute sa vie.

Ses larmes chaudes picotèrent ses joues engourdies par le froid. Il n'y avait vraiment aucune façon d'échapper au passé. Si ce sauvetage lui tenait tellement à cœur, c'était peut-être parce qu'elle le voyait comme une tentative de racheter le passé de son grand-père.

Elle se leva pour inspecter son seul compagnon sur la plage. Le dos du cétacé se soulevait et retombait en frémissant au rythme de l'énorme effort que lui coûtait chaque respiration. Callista entendait le bruit creux de son souffle jaillissant de son évent. Elle remonta son pantalon jusqu'à ses genoux, entra dans l'eau pour contourner la tête de la baleine. Elle voyait ses yeux aux paupières lourdes rouler sans jamais ciller. Presque accroupie, elle s'approcha doucement de la tête plate. De près, les bosses longeant sa mâchoire semblaient étonnamment noueuses et sa gorge blanche était divisée en sillons magnifiques. L'ample courbe de sa bouche se terminait juste sous son œil et la baleine gisait la gueule entrouverte, exposant ses fanons sur le côté qui évoquaient un peigne gigantesque aux dents très fines. De temps en temps, la baleine soulevait sa nageoire pectorale, l'agitait brièvement et la laissait retomber dans un grand claquement sur son flanc. L'autre nageoire devait être enfouie dans le sable quelque part sous son énorme masse. Callista ne s'était jamais rendu compte de la longueur de ces nageoires – de grandes rames bosselées fendant l'eau.

Alors qu'elle fixait son œil, la baleine poussa un gémissement profond et grinçant qui semblait résonner dans l'eau et sous les pieds de Callista. Un désespoir abyssal. Callista se mit à chanter, des larmes coulant sur ses joues. Des sons tremblants jaillirent de sa poitrine – une sorte de roucoulement ondulatoire qui était davantage un moyen de se rassurer elle-même qu'un chant pour la baleine. Elle se sentait si seule sur cette horrible plage…

Elle sortit de l'eau dans une explosion d'éclaboussures et alla s'allonger sur le sable, écoutant le grondement de la mer et l'agonie de la baleine qui respirait lentement en poussant de rares gémissements. Le temps ne se mesurait plus que dans l'intervalle interminable séparant chaque expiration. Callista était inutile, superflue. Elle ne pouvait partager la douleur de la baleine. Elle aurait dû accompagner Lex. Sa présence avait autant d'importance que celle d'un grain de sable.

Au bout d'une éternité, le crachin finit par se lever.

Tout à coup, Callista ne supporta plus de rester là. Elle se redressa et erra sur la plage, donnant des coups de pied dans des tas de varech et des os de seiche brisés. Elle se rassit à une centaine de mètres de la baleine et la regarda de nouveau. Ils auraient peut-être dû s'en aller et la laisser mourir. Mais quel genre de fin paisible était-ce ? Échouée, luttant pour respirer, avec les mouettes qui planaient au-dessus d'elle, cherchant à la picorer dès qu'ils le pouvaient ? Pourquoi cet animal devait-il connaître une mort lente et pénible dans le sable ? Où était le mal de vouloir l'aider à retourner à l'eau, même si c'était pour qu'elle pousse son dernier soupir dans les profondeurs, sous les vagues noires du large ? Est-ce que ce serait pire que ça ?

Callista se releva et rebroussa chemin vers la baleine. Non, ils devaient tenter quelque chose. Elle avait pris la bonne décision.

26

Lex gara le Combi devant le marchand de journaux. C'était le seul magasin ouvert si tôt – il était presque huit heures – un dimanche matin. Il pencha un instant la tête vers le volant, comme s'il devait se faire violence pour appliquer la suite du plan. Puis il ôta son manteau trempé, le jeta à l'arrière du van et pénétra dans la boutique.

John Watson classait des magazines derrière le comptoir. Une tasse de café brûlant trônait sur la caisse.

— Est-ce que je peux utiliser votre téléphone ? Je vous paierai, déclara Lex sans s'embarrasser de politesses.

Watson eut l'air un peu surpris par sa brusquerie mais il lui tendit le téléphone, ainsi que son fil enroulé.

— J'aurais besoin d'un annuaire, aussi. Vous en avez un ?

Watson lui donna les Pages blanches et le fixa d'un œil scrutateur. Lex n'avait jamais réussi à savoir si cet homme l'appréciait ou pas. Ses manières n'étaient ni amicales ni hostiles. Et la performance de Lex au concours des Miss de la foire n'avait rien arrangé. Watson se méfiait de lui, maintenant. Lex le devinait à la façon dont il l'observait tandis qu'il feuilletait le bottin. Il trouva un numéro pour la direction des parcs nationaux, le composa avant de raccrocher pour appeler le numéro des urgences que lui avait indiqué le répondeur. Un homme décrocha.

— Je voudrais vous signaler une baleine échouée, déclara Lex en regardant John Watson dans les yeux. Oui, elle est toujours en vie... Non, je ne connais pas le nom de la plage, mais je pourrais vous y emmener... Je m'appelle Lex Henderson... Vous allez venir ? Je suis chez le marchand de journaux de Merrigan. Dans combien de temps ?... Entendu... Je vous attends dans trente minutes.

Il rendit le téléphone à son propriétaire.

— Il doit d'abord passer quelques coups de fil, expliqua-t-il.

— C'est quelle plage ? demanda Watson.

Lex la lui décrivit.

— On dirait Long Beach. Vous étiez seul, là-bas ?

— Non. Avec Callista Wallace. Elle y est toujours.

— Vous feriez mieux d'appeler son paternel, suggéra John en griffonnant un numéro sur un bout de papier. Vous aurez aussi besoin de lui. Et la fille ? Elle est dehors par ce temps ?

— Ça va aller. C'est une Wallace, pas vrai ?

Watson éclata de rire.

— Est-ce que ça arrive souvent, par ici ? s'enquit Lex en composant le numéro.

— Pas que je sache. Mais, dans le coin, qui dit baleine, dit Wallace. Il voudra s'impliquer.

Il disparut dans l'arrière-boutique et revint avec une deuxième tasse de café qu'il plaça sur le comptoir.

— Fait froid, aujourd'hui, dit-il. Ça sera pas de trop.

Une demi-heure plus tard, le garde forestier des parcs nationaux se gara devant le magasin. Lex et John Watson le regardèrent descendre de sa Toyota blanche et glisser un téléphone portable dans sa poche arrière.

— Ça lui servira pas à grand-chose, à Long Beach, déclara Watson.

Le café les avait aidés à briser la glace.

Le garde forestier jeta un coup d'œil d'un côté de la rue puis de l'autre avant d'entrer dans la boutique.

— Bonjour, dit-il. Je cherche Lex Henderson.

— C'est moi, répondit Lex en reposant son café.

— Jack Coffey, se présenta le nouveau venu en lui serrant la main.

C'était un homme grand et mince, aux épaules larges et carrées, au long nez pointu. Ses joues hâlées étaient parcourues de couperose. Il avait le visage d'un homme érodé par les éléments. Lex lui donnait une bonne quarantaine. Il était sans doute au milieu de sa carrière dans les parcs nationaux.

— On ferait mieux d'y aller, dit Lex. La baleine est dans un sale état. Ça doit être un sacré boulot de la remettre à l'eau.

— Désolé, fit Coffey en faisant tinter son trousseau de clés dans sa poche. Nous devons attendre mon chef.

Lex haussa les épaules et John Watson leur resservit un café, qu'ils burent pendant que Jack Coffey allait fumer une cigarette à l'extérieur. Ils le virent sortir son téléphone et s'éloigner dans la rue. Il revint cinq minutes plus tard, le rouge aux joues, visiblement stressé.

— Alors ? fit Lex.

— Ma femme dit que nous devrions nous rendre sur place tout de suite. Que mon chef peut bien aller se faire foutre. Mais je ne sais pas…

— C'est vous qui voyez.

Coffey sortit fumer une autre cigarette. C'est à cet instant que Lex entendit le ronronnement lointain d'un hélicoptère.

— Il ne leur aura pas fallu longtemps, dit Lex.

— Qui est-ce ? demanda Coffey, sur le seuil.

— Soit une partie de votre équipe de secours, soit les médias.

— Les médias ? Comment pourraient-ils être au courant ?

— L'un de vos collègues a peut-être reçu la consigne de prévenir la presse. Si nous attendons encore, le *Sydney Morning Herald* risque d'arriver là-bas avant nous.

— OK, on y va, se décida Coffey.

Il écrasa sa cigarette sur le chambranle de la porte et jeta le mégot vers la poubelle.

Lorsque Lex dit à Jack Coffey de quitter la nationale pour passer à travers champs, ce dernier se cramponna au volant en silence. Il conduisait si vite que le véhicule rebondissait sur les nids-de-poule, et ils faillirent percuter une vache qui s'était égarée sur le chemin.

— Attention ! cracha Lex. Regardez où vous allez, mon vieux.

— On aurait dû attendre, marmonna Coffey. Ils vont m'assassiner pour ne pas avoir suivi le protocole.

— Il y a un protocole ?
Coffey hocha la tête.

— Les consignes sont très précises. Qui contacter, que faire. Ils auront ma tête.

— La fin d'une jolie carrière dans les parcs nationaux, alors ?

— On ferait mieux de rentrer.

— Laissez tomber, on y est. Garez-vous là, dit Lex lorsqu'ils arrivèrent au surplomb sous le cimetière.

Coffey scruta la longue plage, tout en bas. Les essuie-glaces projetaient des giclées de crachin de chaque côté du pare-brise et, au loin, on apercevait la forme sombre de la baleine. Le vent ne s'était pas calmé. Une fois sorti de voiture, Coffey se débattit avec un ciré tiré du coffre de la Toyota puis les deux hommes s'approchèrent des dunes.

— Il y a un autre accès ? s'enquit Coffey.

— Je crois que c'est le seul.

Ils restèrent là, dans le vent et la pluie crépitante, à contempler la plage.

— Comment est-ce qu'on va acheminer les engins ? Les machines ? s'étrangla Coffey.

— Il faudra les faire passer par là, j'imagine. On aura besoin d'un bulldozer pour creuser une piste dans les dunes.

— Ça va prendre des heures.

— Parce qu'il arrive que ce soit facile, ce genre de chose ?

— Je vais être honnête avec vous. Je n'y connais foutre rien en baleines échouées. C'est mon premier cas. Je suis juste le pauvre couillon qu'a eu le malheur d'être de garde ce week-end. Du coup, j'ai le privilège d'arriver le premier sur les lieux. La vérité, c'est que je n'ai aucune autorité pour prendre la moindre décision. Je fais bouche-trou jusqu'à l'arrivée du big boss.

Lex hocha la tête.

— C'est qui ?

— Un certain Peter Taylor. Un chic type, en fait. Même s'il semble taiseux et timide, il tient bien la pression. Et il n'aime pas qu'on le prenne pour un con.

— Ça tombe bien.

— Pourquoi vous dites ça ?

— Parce que, des conneries, on va en entendre un paquet, aujourd'hui.

— Vous vous y connaissez, en sauvetage de baleines ?

— Pas beaucoup. Je sais juste que ça ne va pas être joli une fois que les médias et les badauds seront là. Ce qui ne devrait pas tarder.

— Qu'est-ce qui va se passer, à votre avis ?

— J'espère juste que cette pauvre bête crèvera avant qu'ils arrivent tous. Vous feriez mieux d'appeler votre boss, dans ce cas.

Coffey glissa la main à l'intérieur de son manteau et en tira un paquet de cigarettes. Il fixa la plage, les yeux plissés.

— Je vais d'abord m'en griller une. Si je suis condamné à perdre mon boulot et la baleine à crever quand même, on n'est pas à cinq minutes, pas vrai ?

Assise près de la masse grondante de la baleine, engourdie par le froid, Callista vit des véhicules s'aligner au sommet de la colline près du cimetière. Elle regarda les silhouettes minuscules comme des fourmis dévaler vers la plage. Le vent était tombé et le calme revenu. À force d'attendre, elle était transie jusqu'à la moelle. Chaque souffle tremblant, chaque gémissement désespéré de la baleine l'avait vidée un peu plus, si bien qu'elle n'éprouvait plus rien. C'était surréaliste. Elle se sentait si disloquée qu'elle avait l'impression de pouvoir flotter dans le vent comme ces maudites mouettes qui cherchaient une ouverture pour goûter la chair succulente de la baleine. Les silhouettes noires qui se précipitaient sur la plage paraissaient complètement incongrues. Callista se leva et partit dans la direction opposée.

Une équipe de tournage arriva en premier près de la baleine. Callista entendit leurs cris rauques.

— Installe le trépied, d'accord ? On doit faire des gros plans aussi vite que possible.

Callista rebroussa chemin à toute vitesse pour les arrêter. Ils étaient beaucoup trop près de la baleine, cherchant le meilleur angle. Pire que les mouettes. Elle se plaça devant la caméra et tenta de la renverser.

— Vous êtes folle ou quoi ? beugla le présentateur.

— Vire-moi cette gonzesse du champ, jura le cameraman.

Ils poussèrent Callista, qui tomba dans le sable.

— Désolé, chérie. On fait juste notre boulot.

— Vous êtes trop près, lança-t-elle.

Le journaliste l'empêchait de s'approcher pendant que le cameraman filmait la baleine en lui tournant autour.

— Prends tout ce que tu peux avant qu'ils débarquent ici et on enregistrera les commentaires plus tard, lança le présentateur, avant de prendre Callista fermement par le bras et de l'escorter en haut de la plage. Ne te mets pas dans nos pattes, ma belle.

Il lui tordit légèrement le bras, un sourire menaçant sur les lèvres.

— Et, chérie, n'oublie pas que cette baleine ne t'appartient pas. Elle appartient au public.

Une voix tonitruante interrompit leur échange.

— Lâchez-la !

Les yeux bleus de Jimmy Wallace lançaient des éclairs. Le présentateur relâcha aussitôt Callista. Jimmy était accompagné par un autre homme portant une barbe grise et Callista perçut aussitôt un changement dans le rapport de force. Les autorités étaient arrivées.

— Désolé, les gars, déclara le compagnon de Jimmy, un type trapu aux courts cheveux gris et à la barbe taillée. Je suis Peter Taylor. Des parcs nationaux. Vous aurez le droit d'accéder à la zone, mais pas d'aussi près.

Le cameraman baissa son appareil à contrecœur et recula.

— Vous avez un zoom, non ? renchérit Taylor. Allez. Reculez. La baleine lève sa queue. Signe de stress.

Callista s'écarta. Elle jeta un coup d'œil vers le haut de la plage : le reste du contingent des parcs nationaux avançait péniblement vers eux, chargé de caisses et de sacs à dos. Elle se demanda si Lex était parmi eux. Voyant son père et Peter Taylor s'approcher de la baleine pour juger son état, elle cessa de chercher Lex et les regarda se déplacer lentement autour de l'animal échoué. Dans le vent, la voix de Taylor portait loin.

— À quoi ressemble le fond marin, dans ce coin ? Abrupt ou plat ? demanda-t-il.

— C'est une plage très irrégulière, répondit Jimmy. Elle change tout le temps. Il y a plein de contre-courants et de baïnes, et quelques bancs de sable.

— Elle s'est fait avoir par les reliefs ? Erreur de navigation ?

— C'est possible.

— Elles ne sont pas censées nager vers le nord, en ce moment ? Et bien plus au large ?

— Tout à fait. J'ignore pourquoi celle-ci s'est approchée si près.

— Qu'est-ce qu'elle est venue foutre là ? Est-ce qu'un orage aurait pu la dévier de sa route ?

— Il n'y en a pas eu récemment. Cela dit, on ne sait jamais ce qui se passe au large.

Les hommes s'accroupirent pour examiner l'évent de la baleine. Comme la marée descendait, ils purent travailler sans se faire mouiller. Jimmy semblait compter les secondes séparant chaque respiration. Ensuite, les hommes passèrent de l'autre côté de l'animal et Callista ne les entendit plus jusqu'à ce qu'ils reviennent vers elle.

— Je vais appeler le vétérinaire, disait Taylor. Ensuite, nous discuterons des voies d'accès. Il nous faudra de sacrés engins, un genre d'excavatrice. Et un bulldozer devra nous faire une piste jusqu'ici. Qu'est-ce qu'on peut trouver, dans le coin ?

— Il faudra interroger Trevor Baker, répondit Jimmy. Il conduit une pelleteuse à mi-temps pour le service de la voirie. Et il saura peut-être où trouver un bulldozer.

Taylor salua Callista d'un signe de tête lorsqu'il remonta vers les dunes pour voir si son téléphone mobile capterait mieux un peu plus haut. Dès qu'il se fut éloigné, elle se tourna vers son père. Avec son pantalon waterproof, ses pieds nus et son ciré qui lui descendait jusqu'aux genoux, il était le seul à sembler à sa place. S'il la regarda en plissant ses yeux inquiets, elle crut voir une esquisse de sourire glisser sur son visage.

— Comment va la baleine ? demanda-t-elle.

— C'est dur à dire. On n'a pas beaucoup d'éléments. Est-ce que tu as compté ses respirations, pendant que tu étais là, par hasard ?

— Non. Je n'y ai pas pensé.

— Pas grave. Tu remarques des changements ?

— J'ai l'impression qu'elle respire plus lentement. Elle expire moins souvent que quand je suis arrivée.

— Quelque chose d'autre ?

— Elle gémissait beaucoup, au début.

— Et maintenant, moins ?

— Je crois.

Jimmy secoua la tête.

— C'est pas bon signe.

— Tu crois qu'elle a une chance ?
— Je ne sais pas.
Callista fouilla les yeux de son père.
— Qu'est-ce qui va se passer, papa ?
— Il y a un protocole à suivre, expliqua-t-il tandis que le vent agitait sa longue barbe grise. Taylor s'y conformera. Il n'y a qu'une seule baleine mais ça va être un événement. D'autres gens vont bientôt arriver. Une foule, peut-être. C'est compliqué à gérer. Trop d'émotions.
— Comment le sais-tu ?
— Je ne fais pas que promener des touristes en mer, ma puce. J'ai été choisi pour faire partie du réseau d'intervention en cas d'échouage de baleines. Ils ont dû se dire que je connaissais un peu le sujet. Tiens, voilà ton protégé, dit-il en glissant un coup d'œil plus haut. Quand ils ont vu sa carrure, ils lui ont donné une tente à porter.

Il lui fit un clin d'œil et ajouta :
— Un sacré boulot.

Callista reconnut la démarche de Lex qui descendait le long de la plage. Même sous le poids de la tente, il gardait la même énergie dans ses amples enjambées, comme s'il pouvait marcher jusqu'à l'infini sans s'arrêter. Ses épaules avaient disparu sous le sac affaissé de la tente et il avançait face au vent, la tête un peu penchée. Il lâcha la tente sur le sable et vint les rejoindre.

— Comment ça va ? dit-il en évitant de croiser le regard de Callista.

Il paraissait distant, incertain.

— Je ne sais pas trop, mon gars, fit Jimmy. On attend Taylor, qui est remonté pour essayer de joindre le véto. Et il faut qu'on discute logistique.

Callista se demanda si Lex aurait le courage de la regarder. Et, quand il finit par le faire, la gorge de Callista se serra. Leur dispute remontait à des heures, pourtant elle avait l'impression que la distance qui les séparait à présent était plus grande que jamais. Elle ignorait s'ils pourraient la franchir.

— Tu vas bien ? s'inquiéta-t-il.

— Oui, merci, répondit-elle, sentant sur elle l'œil interrogateur de son père.

Elle scruta le gris du ciel et lança :

— C'est un hélico, que j'entends ?

— Sans doute, confirma Lex, la tête levée vers le nord. Ils vont hélitreuiller du matériel supplémentaire. Il faut que j'installe la tente et que j'aille les aider.

Il rebroussa chemin vers les dunes.

— Qu'est-ce qui s'est passé ? s'enquit Jimmy.

— Il voulait qu'on s'en aille sans rien faire. Qu'on laisse la baleine mourir sur la plage.

— C'est une possibilité à ne pas écarter.

— Les experts en décideront. Lex ne connaît rien aux baleines.

— Peut-être, fit Jimmy en faisant glisser son sac à dos au sol pour en sortir une Thermos. Tiens, dit-il en lui servant un café bien noir. Ça te fera sans doute du bien.

Elle accepta la tasse en plastique et but une gorgée en grimaçant tant le breuvage était amer.

— Où est Jordi ? demanda-t-elle.

— Il est parti chercher le bateau pour l'amarrer dans le port. On en aura peut-être besoin plus tard, répondit Jimmy avant de se gratter la barbe, les yeux au ciel. Si le temps se maintient et que la baleine tient le coup, on a une chance de la remettre à l'eau en fin de journée. À ce moment-là, on aura besoin du bateau pour la conduire vers le large, histoire qu'elle ne s'échoue pas une deuxième fois.

— En fin de journée ? reprit Callista, le ventre noué par un doute naissant.

— On ne peut pas aller plus vite, dans ce genre de situation.

Elle fixa les yeux calmes et bleus de son père. Son regard l'apaisa, comme il l'avait toujours fait, avec son air résigné et pacifique, sa capacité à ralentir les choses.

— Laisse-moi t'aider, dans ce cas, dit-elle. Ou je vais devenir dingue.

Jimmy sourit.

— Tu peux être mon scribe, suggéra-t-il en lui tendant un calepin et un crayon. Il faut noter tout ce qui se passe et toutes les décisions que nous prenons, et à quelle heure, pour que les mauvais coucheurs ne puissent pas nous attaquer plus tard sur notre gestion de la situation.

— Personne ne pose problème, ici, sauf les journalistes.

— Pour l'instant. Mais d'autres viendront.

— C'est ce que disait Lex.

Les lèvres rouges de Jimmy formèrent un sourire ironique.

— Peut-être qu'il s'y connaît un peu, finalement.

Comme Taylor voulait maintenir la logistique à bonne distance de la baleine, Lex et Jack Coffey déplièrent la tente du QG à une centaine de mètres plus haut sur la plage. Pendant qu'ils l'installaient, le vent se leva et gonfla les toiles. Malgré la distance, la baleine s'agita et fit claquer encore et encore sa nageoire pectorale contre son flanc. Lex grimaça en la voyant tenter vainement de lever la queue – la marée descendante l'avait enlisée dans le sable.

Amarrer la tente fut un véritable défi. Les sardines ne servaient à rien dans le sable, du coup ils improvisèrent et remplirent des sacs de sable mouillé pour lester les coins et les haubans. Si la tente n'était pas très grande – trois mètres sur quatre peut-être –, elle fournissait un abri contre les grains qui venaient sans cesse de la mer. Une fois érigée, deux gardes forestiers y installèrent un poste de radio pour que les communications passent entre la plage et le sommet de la colline.

Une fois le QG installé, Coffey alluma une cigarette.

— Vous n'avez pas encore perdu votre job, déclara Lex.

— Pas encore. Mais Taylor a eu l'air horrifié lorsqu'il m'a vu sur la colline. Ils attendront la semaine prochaine pour me virer. Aujourd'hui, ils ont besoin de tous les bras disponibles sur le pont.

— Vous avez une chance de vous racheter.

— Il faudrait que je fasse quelque chose de spectaculaire.

— On est dans le même bateau, alors.

— Pourquoi, vous avez des problèmes ?

D'un geste du menton, Lex lui désigna Callista, qui se tenait près de la baleine avec Jimmy.

— J'ai suggéré qu'on laisse la baleine sur la plage. Qu'on laisse faire la nature.

— Pas une mauvaise idée.

— Ça n'a pas plu.

Coffey haussa les épaules.

— Les femmes sont comme ça. C'est leur côté mère nourricière.

Lex jeta un coup d'œil vers le sommet de la colline où l'hélicoptère se posait pour la deuxième fois.

— On ferait mieux d'aller décharger la suite, j'imagine, suggéra Lex.

Coffey balança son mégot dans le sable et l'enterra du bout du pied.

— Il faut faire pénitence. Allons-y.

Ils remontèrent péniblement vers l'hélico, en silence. Alors qu'ils commençaient à trouver leur rythme, Lex releva la tête et aperçut un groupe de jeunes qui descendaient vers eux dans le sable. Dreadlocks et fringues élimées. Les écolos babos. Toujours parmi les premiers sur place. Lex avait craint que les bénévoles arrivent mal équipés pour les conditions climatiques mais ceux-là avaient pris soin de s'emmitoufler dans des cirés et des bonnets chauds. Le premier du groupe était un jeune homme coiffé d'une crinière de dreads que le vent plaquait sur son torse.

— Hé ! lança-t-il à Lex et Coffey. Comment va la baleine ?

— On attend le vétérinaire, expliqua Coffey, qui s'arrêta un instant pour lui serrer la main. Il est peut-être dans l'hélico qui vient d'arriver.

— Nous sommes venus donner un coup de main, expliqua le jeune homme. Moi, c'est Jarrah, ajouta-t-il avant de désigner d'un vague geste de la main le groupe qui le suivait. On a fait le chemin exprès depuis Eden. On a entendu à la radio qu'une baleine s'était échouée.

— La nouvelle circule déjà, alors. Nous avons besoin de tous les bras possibles, répondit Coffey.

Il leur montra du doigt Taylor et Wallace, qui se tenaient près du QG, et ajouta :

— Allez parler à l'un des deux barbus, là-bas. Ils vous trouveront un job.

— Merci.

D'un geste amical, Jarrah le salua et reprit son chemin.

Le reste du groupe se remit en route. Parmi eux, une jeune fille fixait durement Lex.

— On se connaît, non ? fit-elle.

Elle ôta son bonnet pour se gratter la tête et ses dreads s'envolèrent dans le vent.

Lex reconnut Jen et baissa aussitôt les yeux pour poursuivre vers le haut de la colline.

— Si, c'est bien toi ! hurla-t-elle. C'est toi qui m'as déposée à Eden. Hé, les mecs, lança-t-elle en riant à ses camarades. C'est lui dont je vous ai parlé, celui qui m'a prise sur l'autoroute devant Merrigan. Il m'a fait à bouffer, et basta. Quand je lui ai proposé plus, je me suis fait tèj !

Lex s'immobilisa, mortifié. Cette journée allait de mal en pis. Et Jack Coffey le regardait d'un drôle d'air. Il parvint malgré tout à sourire.

— Voilà ce qui se passe quand on approche de la quarantaine, lança-t-il à la fille. On cherche la qualité, pas la quantité.

Jen éclata de rire.

— C'est ce qu'on dit ! Tu parles d'une surprise. Je ne m'attendais pas à te revoir un jour. Et maintenant, on va bosser ensemble.

— Génial.

Lex jeta un coup d'œil vers Coffey puis ils reprirent leur progression dans les dunes. Le rire de Jen, qui s'éloignait avec sa bande, retentit derrière eux.

— Ça va être dur de vous racheter aujourd'hui, mec, déclara Coffey.

Lex secoua la tête.

— Et voilà, même quand on est réglo, on finit quand même par avoir des ennuis, soupira-t-il.

— C'est la vie, mon vieux. C'est la vie, lâcha Coffey en lui donnant une claque sur l'épaule.

Alors qu'ils s'approchaient de la colline, le bourdonnement de l'hélicoptère devint strident et il décolla dans un tourbillon de pales. Ils le regardèrent s'élever rapidement dans le ciel gris, puis il les survola en vrombissant, passa au-dessus de la baleine avant de virer de bord pour partir vers le nord, au-dessus de la mer. Lex et Coffey croisèrent trois hommes qui dévalaient le sentier sablonneux en portant des mallettes et de gros sacs à dos. Ils avaient la mine sévère et l'air trop pressés pour s'arrêter discuter. Ils saluèrent tout de même Lex et Coffey d'un signe de tête lorsque ces derniers s'écartèrent, le souffle court, pour les laisser passer.

— J'imagine que l'un d'eux est le véto, déclara Coffey, à bout de souffle.

Il était plus mince que Lex et plus rapide dans la montée.

— Quelle heure est-il ? Tout va trop lentement, ici.

— Onze heures passées, dit Coffey.

— Au moins, ils pourront l'ausculter comme il faut, maintenant.

— Et que feront-ils s'ils savent que la baleine ne s'en sortira pas ? s'enquit Coffey

— Ils essayeront quand même de la remettre à l'eau. Le public ne tolérera pas une euthanasie.

— Et pourquoi ? Qu'y a-t-il de mal à mourir de la main de l'homme ?

— C'est une baleine, lui rappela Lex. Sur l'échelle animale, elle se trouve tout au sommet. Ils mettront tout en œuvre pour tenter de la sauver.

— Vous avez l'air blasé.

— Je ne veux pas qu'elle meure. Mais je ne veux pas non plus qu'elle subisse une tentative de remise à flot épique condamnée d'avance.

Ils grimpèrent doucement jusqu'au sommet de la colline où du matériel supplémentaire attendait d'être transféré sur la plage. Lex inspecta les caisses et divisa mentalement le contenu en plusieurs cargaisons. Cela les occuperait un moment, même avec l'aide des autres gardes forestiers. Son estomac gargouilla.

— Ça va, vous ? Moi, je meurs de faim.

— Moi aussi, mec, je meurs de faim.

Coffey alluma une cigarette.

Les mains sur les hanches, Lex attendit de reprendre son souffle.

— Je peux vous emprunter votre téléphone ? s'enquit-il. Je vais voir si je peux nous trouver un casse-croûte.

Il appela les renseignements puis composa le numéro qu'on lui communiqua.

— Sue ! beugla-t-il dans le téléphone.

— C'est vous, Mr Henderson ? Où êtes-vous ? On dirait que vous êtes dans un cyclone. Vous aussi, vous participez au sauvetage de la baleine ?

— Il y a un vent épouvantable, ici. Je pensais que John Watson vous aurait tout raconté, depuis ce matin.

— Il est là, près de moi. On parle de vous autres autour d'un café et d'une part de brownie.

— C'est cruel, Sue. Ici, on meurt de faim. Il n'y a rien à manger et la journée va être longue.

— Qu'est-ce que vous voulez que je fasse ?

— Je me demandais si vous pourriez organiser un ravitaillement. Il va y avoir foule, ici. Je suis sûr que les parcs nationaux ou je ne sais quoi couvriront les frais.

— Comptez sur moi. Je ferai de mon mieux. Je pourrais même monter jusqu'à l'église pour voir si Mrs Jensen pourrait réunir une équipe.

— L'église ? Sue ! Je pensais que vous aviez oublié où elle se situait.

— Je sais. C'est fou ce qu'on peut faire en cas d'urgence. Comment se porte la baleine, d'ailleurs ?

— Comme ci comme ça.

— Est-ce que vous voulez que j'invite le pasteur à prier pour vous ?

— Pourquoi pas ? On aurait bien besoin d'un miracle.

27

Callista se chargea de maintenir la baleine humide en la couvrant de serviettes mouillées. Taylor et un groupe de six hommes avaient essayé de la faire rouler sur le ventre pour qu'elle puisse respirer plus librement mais le sable l'immobilisait et, tout ce qu'ils avaient obtenu, c'étaient quelques souffles stressés expulsés par son évent. Puis la baleine avait poussé un gémissement à vous fendre l'âme qui avait pétrifié tout le monde sur place. Taylor avait alors décidé qu'ils devraient se contenter des mesures de soin basiques jusqu'à l'arrivée du vétérinaire.

Les reporters discutaient et fumaient joyeusement et, comme Taylor ne voulait pas trop de monde près de la baleine, Callista avait proposé de s'occuper seule des serviettes. Près de la tente, elle remonta son pantalon jusqu'à ses genoux, ôta ses chaussures, attrapa une brassée de serviettes qui avaient été jetées sur une bâche et entra dans l'eau. Elle fut saisie par le froid. Elle avait tellement de mal à essorer les serviettes avec ses mains engourdies par l'eau glaciale qu'elle finit par renoncer et les emporta telles quelles, pleines d'eau, vers la baleine.

Elle approcha prudemment, la contourna de façon à ce que l'animal puisse la voir venir. Malgré ses précautions, le cétacé souleva à moitié sa nageoire et tenta de se tortiller dans le sable. Le cœur battant, Callista posa la pile de serviettes sur le sable près de la bête colossale, prit celle du dessus et la secoua doucement pour enlever les plis. Elle ne s'était jamais approchée si près et elle fut surprise par la vague d'émotion qui déferla sur elle. La pauvre bête faisait de petits mouvements avec sa nageoire le long de son flanc, comme pour se gratter. Doucement, d'un geste hésitant, Callista posa une main sur le dos de la baleine en s'attendant presque à ce qu'elle frémisse à son contact, mais elle ne réagit pas et sa nageoire s'immobilisa. Sa peau était lisse et étonnamment ferme, presque caoutchouteuse. Callista resta là un instant, la main contre sa peau, comme pour lui transmettre son empathie par ce contact. Puis elle étala la première serviette avec soin, en évitant l'évent.

Avec des gestes lents, elle drapa le dos de la baleine puis la contourna côté ventre pour finir le travail. Elle se figea en voyant les sillons qui couraient sur sa gorge et son ventre, ces grands plis profonds et parallèles. Elle avait vu des photos montrant ces plis déployés en une gorge immense lorsque la baleine ouvrait la gueule pour y laisser entrer la mer. C'était ainsi qu'elle attrapait sa nourriture, piégée dans sa gueule pendant que la langue chassait l'eau par les fanons qui servaient de grand tamis. Callista plongea une phalange dans un sillon et suivit le contour du ventre de la baleine. Puis elle fit courir ses doigts sur les plis, sautant de l'un à l'autre, incapable de croire qu'elle touchait vraiment la peau d'une baleine, qu'elle caressait un animal pélagique qui aurait dû rester intouchable, en haute mer.

Les larmes coulèrent de nouveau. Ce n'était pas la première fois de la journée et sans doute pas la dernière. Lorsqu'elle se pencha en avant pour presser son front contre le flanc de la baleine, l'animal expira brusquement. Callista se redressa d'un bond et vit que le mouvement brusque de la nageoire pectorale avait manqué sa tête de très peu. L'haleine de la baleine était putride. Comme du poisson pourri. Les remugles forcèrent Callista à sortir de l'eau en titubant pour aller vomir disgracieusement dans le sable. Elle se sentait misérable. Pathétique. Pourvu que Lex ne l'ait pas vue.

Lorsqu'elle releva la tête, elle aperçut un groupe de jeunes qui l'observaient. Génial. Elle ne s'était pas attendue à avoir un public. Elle ramassa ce qui lui restait de dignité pour les saluer d'un geste de la main et avança d'un pas incertain vers Jimmy, qui l'attendait avec un verre d'eau. Les nouveaux venus étaient des bénévoles, expliqua-t-il pendant qu'elle buvait. Et c'était peut-être le bon moment pour qu'elle fasse une pause. Elle avait déjà passé de longues heures sur la plage ce matin, et ceux-là étaient frais et enthousiastes. Callista apprécia sa proposition de reddition pleine de tact, la saisit avec joie et s'éloigna.

Dans la tente, elle se sécha les pieds et remit ses chaussures. Elle était étonnée de sentir à quel point le froid s'était emparé d'elle. Elle devait être un peu chamboulée par tout ça – la dispute avec Lex, la longue attente dans le froid, le contact intime avec la baleine. Il n'était pas midi et la journée lui paraissait déjà longue.

Jimmy lui servit un café et ils observèrent ensemble les volontaires qui remouillaient les serviettes et les replaçaient à tour de rôle sur la baleine pour la garder humide.

— Où on en est, avec les machines ? demanda Callista.

— Trevor s'en occupe mais, apparemment, ça va prendre du temps.

— Tout est trop long.

— Oui, long comme un jour sans pain. Ils doivent charger le bulldozer et la pelleteuse sur des camions pour les apporter jusqu'ici. Trevor pense que les dunes sont trop escarpées et instables, du coup Ben Hackett tente de trouver le propriétaire du terrain derrière le lagon pour avoir la permission de le traverser. Il va aider Trevor à passer par là avec le bulldozer et ensuite il le suivra avec la pelleteuse.

— Je ne savais pas que Ben avait un permis pour conduire des engins de chantier.

— Il ne l'a pas mais, comme il conduit souvent des véhicules agricoles, ça devrait l'aider. Trevor lui fait une formation accélérée. Ça nous fera gagner du temps. Trevor ne peut pas être partout à la fois et ils n'arrivent pas à joindre le deuxième gars de la voirie. Il a dû partir en week-end.

Une jeune fille menue à dreadlocks remonta jusqu'au QG pour récupérer des serviettes supplémentaires. Elle croisa le regard de Callista et sourit. C'était un sourire direct, très sûr de lui, presque insolent.

— Tu vas bien ? demanda-t-elle. Je t'ai vue dégueuler, sur la plage. C'est dingue, ce qu'elle pue de la gueule, pas vrai ?

Elle ramassa un tas de serviettes et repartit en courant vers le bord de l'eau.

Callista devait admettre que la fille et ses amis faisaient du bon boulot – ils se déplaçaient lentement et en silence autour de la baleine et faisaient un travail d'équipe efficace. La fille attendait sur le bord de la plage avec un drap de bain et séchait énergiquement un jeune homme à dreadlocks chaque fois qu'il ressortait de l'eau après avoir remouillé les serviettes. Deux autres les observaient de loin, prêts à prendre le relais, et le reste du groupe s'était installé plus haut sur la plage autour d'un réchaud à gaz où il faisait chauffer de l'eau dans une petite marmite.

La fille ôta son bonnet, glissa ses doigts dans sa masse de dreads et, avec des gestes agiles, elle en fit une natte qu'elle glissa dans l'encolure de son manteau. Malgré son jeune âge – elle devait avoir autour de la vingtaine – elle dégageait une espèce de décontraction, une aura de totale confiance en soi. Callista se demanda d'où elle tenait ça.

— On dirait que le véto est arrivé, déclara Jimmy. Il faut que j'y aille.

Callista le vit rejoindre Taylor et trois autres hommes qui venaient d'arriver devant la tente mais les claquements et les craquements des toiles dans le vent l'empêchèrent d'entendre leur conversation. Ils se dirigèrent bientôt vers la baleine en emportant leurs mallettes. L'un d'eux, un homme petit, hâlé, aux cheveux bouclés, chassa d'un geste les bénévoles et Callista remarqua qu'ils s'écartèrent lentement, à contrecœur, de la baleine. Ils n'aimaient peut-être pas qu'on leur donne des ordres.

— C'est lui, le véto, lui apprit Jimmy, qui était revenu dans la tente et observait la scène, les mains enfoncées dans les poches de son ciré.

Le vétérinaire semblait trop jeune pour avoir beaucoup d'expérience.

— Tu crois qu'il sait ce qu'il fait ? s'inquiéta Callista.

— Apparemment, il travaillait en Tasmanie, avant. Des baleines s'échouent souvent, là-bas. Et en masse. En comparaison, notre petit sauvetage doit lui sembler un jeu d'enfants. Taylor dit qu'il est bon pour prendre des décisions, pour déceler les championnes et les vaincues. C'est ce qu'ils sont obligés de faire en cas d'échouage massif. Décider lesquelles ont le plus de chance de s'en sortir et se concentrer sur elles. Là-bas, des baleines meurent sur toutes leurs plages.

— Qui sont les autres ?

— Des biologistes. Des universitaires.

— Ils s'y connaissent, en baleines échouées ?

— Plus que moi, admit Jimmy. J'ai beaucoup lu sur la question mais ces types ont une expérience de terrain.

Ils regardèrent le vétérinaire s'approcher de la baleine et retirer les serviettes. Il fit glisser sa main fermement sur son dos, puis descendit et remonta le long de la nageoire pectorale. La baleine ne broncha pas. Ce qui inquiétait visiblement le vétérinaire. Il secoua la tête, s'accroupit près de l'évent qu'il observa longuement, chronométrant les intervalles entre chaque expiration. Puis il alla examiner l'œil et la gueule de la baleine. Callista le vit tapoter près du coin de l'œil et tirailler la lèvre. Ensuite il se releva, cria et tapa dans ses mains. La baleine remua vaguement sa nageoire pectorale mais le vétérinaire en attendait manifestement plus. Il prit la nageoire et l'agita doucement, la souleva en l'air, la relâcha et la regarda retomber lourdement contre son flanc.

— Qu'est-ce qu'il fait ? s'indigna Callista. Il est obligé de la harceler comme ça ?

Jimmy ne répondit pas.

Le vétérinaire opina du chef, comme s'il finissait une discussion avec lui-même, et rejoignit les biologistes derrière la tête de la baleine. Ils eurent une discussion animée qui dura pendant plusieurs minutes. Les yeux baissés vers le sable, le vétérinaire parla peu, se contentant de pousser une interjection de temps à autre.

Callista vit la fille menue s'approcher de lui. Elle avait dû demander la permission de reprendre les soins car, dès qu'il hocha la tête, quatre jeunes commencèrent à replacer les serviettes sur le dos de la baleine. Puis il remonta vers la tente, à la recherche de Peter Taylor, qui passait des coups de fil en haut des dunes. Jimmy alla le chercher, laissant le vétérinaire et Callista seuls.

Comme intimidé, il restait loin d'elle, les mains dans les poches de son pantalon. Il s'appuyait sur un pied, puis sur l'autre, évitait de croiser son regard, et son agitation rendait Callista nerveuse. Elle n'était pas encore certaine de lui faire confiance. Il paraissait si hésitant, si peu sûr de lui…

— Vous faites un métier difficile, dit-elle. Je ne vous envie pas.

— Ce n'est jamais marrant, ce genre de chose. J'aurais préféré rester à Sydney, à jouer au foot avec mon fils.

Il lui jeta un coup d'œil rapide puis détourna les yeux.

— Comment va la baleine ? Je suis l'une des deux personnes qui l'ont trouvée ce matin et j'espère vraiment qu'elle va s'en tirer.

— Vous êtes justement celle à qui j'ai besoin de parler.

Le véto sortit un calepin et un crayon de sa poche arrière, lui jeta un nouveau coup d'œil avant de rebaisser les yeux.

— Est-ce que vous avez pris des notes ?

— Seulement depuis une heure et quelques. Pour recenser les respirations, les mouvements, ce genre de truc. Avant, je n'avais pas de quoi écrire et, pour être honnête, je n'y ai pas pensé.

L'homme hocha la tête.

— Tout ce que vous pourrez me dire sera utile. Racontez-moi tout et je noterai ce qu'il me faut.

Callista lui décrivit comment ils avaient découvert la baleine, comment elle s'animait, où était la marée, à quoi ressemblait la météo. Elle se référa aux notes prises pour Jimmy, mentionna la fréquence des inspirations et des gémissements, ce qui avait changé depuis l'aube. Elle voulait évoquer sa discussion avec Lex, demander au vétérinaire ce qu'il pensait de cette pseudo-alternative, mais elle ne s'y risqua pas et s'en tint aux faits.

— Merci, répondit-il. Ça m'aide beaucoup. Je pourrai comparer vos observations aux miennes, ce qui me permettra de savoir à quel point son état s'est détérioré.

— Détérioré ?

Il esquissa un sourire avant de s'expliquer :

— Toutes les baleines faiblissent hors de l'eau. Il n'y a qu'une seule évolution, et elle est négative. Nous surveillons la vitesse à laquelle elles dépérissent, ce qui nous permet de mesurer les chances de survie. Au fait, je m'appelle Tim Lawton, ajouta-t-il en lui tendant la main de loin, comme rétif à l'idée de s'approcher d'elle.

— Et que vous disent vos observations ? s'enquit Callista, toujours méfiante.

— La situation ne me paraît pas catastrophique. Elle tient le coup. La tonicité musculaire n'est pas terrible et les souffles sont un peu trop espacés. On va bientôt la stimuler pour relancer tout ça. Si nous la laissions tranquille, elle risquerait d'oublier de respirer. On va continuer les soins sur place. Vous avez fait du bon boulot avec les serviettes mais il y a quelques petites choses qu'on peut faire en plus, avant l'arrivée des engins. On peut creuser à la main quelques tranchées pour libérer un peu son poitrail et sa queue. Elle sera installée un peu plus confortablement et cela l'aidera peut-être à respirer.

— Vous croyez qu'elle va survivre ?

Il la dévisagea avec gravité. C'était la première fois qu'il la regardait sans détour.

— Il est trop tôt pour le dire. Une très longue journée nous attend. Nous verrons bien. Ah, voilà Taylor.

Tim répéta à Taylor ses observations sur la baleine et demanda la permission de faire des analyses. Il fallait faire une prise de sang ainsi qu'un prélèvement au bord de l'évent. Il voulut ensuite savoir si quelqu'un pourrait emporter le tout à l'hôpital le plus proche. Il s'agissait de tests basiques mais cela lui donnerait quelques indications sur l'état de santé de la baleine.

Callista le vit ramasser sa mallette et descendre vers la baleine avec les deux biologistes. Elle doutait toujours. Elle s'attendait à plus d'optimisme, de positivisme de sa part. Pas à tant de franchise. Bien sûr, l'état de la baleine s'était détérioré au cours des dernières heures. Cependant, si elle s'en doutait, elle aurait voulu que le véto le lui dise de façon moins directe. D'un autre côté, dans ce genre de situation, le temps presse trop pour qu'on pense à épargner la sensibilité des gens. Tout le monde devait se préparer au pire.

Tim s'arrêta à quelques mètres de la baleine et sortit des aiguilles et des seringues énormes de sa mallette. Du bout du doigt, il tâta le dos de la baleine en descendant vers la queue, puis déballa une aiguille. Il se pencha, tâtonna de nouveau autour de la queue puis planta l'aiguille. Callista se détourna, dans un accès de faiblesse. Ce devait être le froid – tant d'heures passées assise, à attendre sur la plage – et l'aiguille paraissait si grande… Lorsqu'elle releva les yeux, une des seringues était déjà remplie. Tim la passa à l'un des biologistes, en attacha une autre à l'aiguille et la remplit également. Le biologiste vida la première seringue dans plusieurs tubes à essais. Il semblait y en avoir déjà des dizaines.

Les jambes flageolantes, Callista s'assit et passa les bras autour de ses genoux. La fille à dreads vint la voir et s'accroupit près d'elle dans le sable.

— Qu'est-ce que tu penses de tout ça ? demanda-t-elle.

— Je ne sais pas, admit Callista avant de la regarder de plus près.

La fille avait drapé autour de son cou, comme un châle, ses cheveux qui sentaient la fumée. Elle était concentrée sur les mouvements du vétérinaire, son jeune visage tiré, ses yeux alertes.

— Je n'aime pas sa façon de la toucher, dit-elle. Et toi ?

— Pas vraiment.

— C'est une question de respect. Il est brutal.

— Il fait un examen médical.

— Je m'en fous de ce qu'il fait. Il manque d'empathie.

— Il essaie de faire un examen objectif. C'est son boulot. Il cherche des réflexes, des réponses, ce genre de truc, pour savoir à quel point la baleine s'est affaiblie.

La fille secoua la tête.

— S'il n'éprouve aucune compassion pour les animaux, je ne vois pas à quoi il pourrait servir.

— Tu ne crois pas qu'on devrait lui laisser sa chance ? suggéra Callista. Il a vu plus de baleines que nous en verrons dans toute notre vie. Et la douceur ne fonctionne peut-être pas avec un animal si imposant. Il m'a dit que si on la laissait tranquille, elle risquait de cesser de respirer.

— Et tu le crois ?

— Oui. Ses respirations sont plus espacées que ce matin.

La fille regarda Callista de ses yeux clairs, sereins.

— T'es directe et sincère, comme moi, dit-elle. Jarrah, mon mec, trouve que je manque de tact. Mais je pense qu'on a bien trop de tact, ces derniers temps.

Callista s'efforça de ne pas sourire. Elle doutait de pouvoir être un jour aussi franche et sûre d'elle que cette jeune fille. Pourtant, celle-ci était très sérieuse. Elle essuya ses doigts pleins de sable et les tendit à Callista.

— Je m'appelle Jen.
— Callista.

Elles se serrèrent la main.

— Avec un nom pareil, pas étonnant que je t'aime bien, déclara Jen d'un air entendu. Je le sens. Je vois des trucs chez les gens. C'est un don que j'ai.

Elle tourna la tête et agita la main vers Lex, qui observait le vétérinaire avec Jordi.

— C'est comme ce type, là-bas, dit-elle. Il m'a prise en stop sur la nationale il y a quelques semaines.

Callista se retint de se crisper.

— Il est du genre poli. Il se cache derrière un mur de silence. On aurait pu croire qu'un mec de son âge aurait sauté sur l'occasion de coucher avec une fille comme moi. Mais il était gêné que je lui propose. Il ne savait plus où se mettre.

Callista observa Lex, des picotements dans le corps, et répondit :

— Il ne faut pas se fier aux apparences. Le vétérinaire est impliqué. Il veut vraiment que la baleine survive.

Au même instant, Tim tamponna le pourtour de l'évent avec une compresse puis y plongea une espèce de long coton-tige qu'il fit tournoyer à l'intérieur. La baleine expira violemment. Des raisons médicales justifiaient peut-être ces aiguilles et ces prélèvements, mais ils donnaient la nausée à Callista. Elle ne pouvait plus regarder.

— Désolée, je dois y aller, dit-elle.

Elle se leva en vitesse et remonta vers les dunes.

28

Plus tard, en repensant à cette journée, Callista ne sut pas à quel moment précisément l'atmosphère sur la plage avait changé. Le fait est que leur intervention décontractée et participative se mua en une démarche plus organisée et plus contrôlée. Au cours de ce changement, ils perdirent quelque chose. Mais c'était inévitable, vu le nombre de personnes massées sur la plage.

L'information s'était répandue *via* les reportages en direct à la radio et à la télévision et, en quelques heures, la plage s'était transformée. D'autres tentes furent érigées au pied des dunes, des tables pliantes furent installées, on apporta des générateurs remplis d'essence qu'on démarra à coups de pied, et de plus en plus d'individus faisaient des allers-retours sur la colline pour charrier de l'équipement. Le ballet de l'hélico se poursuivait, vomissant sans cesse du matériel, et les voitures bloquaient l'horizon dans un joyeux bazar.

Sue, John Watson et un contingent de paroissiens arrivèrent chargés de cabas remplis de nourriture – des sandwichs, du chocolat, des fruits, des bonbons – et de Thermos de boissons chaudes. Ils apportèrent aussi des réchauds à gaz et emménagèrent directement dans deux tentes. La première devait abriter la préparation des saucisses fournies par Helen Beck. Dans la deuxième, quelques dames de l'Église, conduites par Mrs Jensen, s'organisèrent pour servir les boissons chaudes.

D'autres équipes de reporters vinrent sur les lieux. En petits groupes ramassés, ils serraient les rangs avec les autres journalistes et harcelaient Peter Taylor pour qu'il leur accorde des interviews. Callista s'étonna qu'ils laissent le vétérinaire tranquille, mais Jimmy lui expliqua que Taylor le protégeait. Tim avait mieux à faire que de s'exhiber devant les requins des médias.

Plus la foule enflait, plus la situation empirait. Il y eut bientôt plus de deux cents personnes sur la plage. Il fallut installer des cordons de sécurité et Taylor dut faire venir du personnel supplémentaire pour contrôler la cohue. Une autre tente fut montée encore plus haut sur la plage pour accueillir les nouveaux venus et les diviser en groupes. On expliquait la situation aux bénévoles, qui étaient ensuite formés. Il fallut établir un tableau de service pour qu'ils puissent assister le vétérinaire chacun leur tour. Mais le nombre d'arrivants ne cessait d'augmenter et il n'y avait plus suffisamment à faire pour les occuper tous. Pourtant, il était difficile de les renvoyer chez eux. Même s'ils n'avaient rien à faire, les gens voulaient regarder. L'atmosphère était tendue. Beaucoup avaient des avis tranchés, qu'ils jugeaient importants et qui, selon eux, méritaient d'être écoutés. Et, lorsqu'ils arrivaient avec toutes leurs émotions dans leurs poches, la plupart s'attendaient à ce qu'on les autorise à approcher la baleine, voire à la toucher. Taylor et Jimmy devaient expliquer en boucle qu'il était stressant pour la baleine d'être entourée de beaucoup de monde.

Dans un recoin de son esprit, Callista réentendit Lex lui expliquer que le public exigerait un sauvetage, qu'il ne laisserait pas la baleine se faire euthanasier. Et maintenant, avec cette foule qui grouillait sur la plage, les médias qui planaient sur eux avec leurs caméras comme des vautours et les tentes qui avaient poussé un peu partout, elle n'était plus certaine de croire à l'équilibre et à l'objectivité. Comment réagiraient tous ces gens si le vétérinaire annonçait que le sauvetage devait être abandonné ? Est-ce qu'ils se contenteraient de plier bagage docilement et de rentrer chez eux ?

Depuis le seuil du QG où elle attendait son père, Callista observait le vétérinaire qui supervisait les opérations près de la baleine. La marée descendante avait découvert toute la queue de la bête, qui gisait, inerte, à moitié ensablée. En début de matinée, lorsque Lex et elle l'avaient découverte encore entourée d'eau de mer, elle semblait déjà vulnérable. Mais là, on aurait dit un navire naufragé déposé en haut d'une plage après une tempête tropicale.

Autour de la baleine, plusieurs bénévoles creusaient des tranchées dans le sable collant. C'était une tâche difficile, un bon moyen d'occuper les gens qui, pliés en deux, prenaient le sable à pleines mains et allaient l'empiler à quelques mètres de là pour former les prémices d'une digue. D'autres bénévoles arrosaient la baleine avec de l'eau de mer. Chaque fois que l'un d'eux approchait avec un seau, l'animal se crispait et soulevait sa nageoire pour frapper la cascade d'eau salée.

Callista devait sans cesse se retenir de pleurer. Il y avait trop de monde autour du cétacé, trop d'agitation. Le vétérinaire en avait forcément conscience, non ? Pourquoi les laissait-il faire ?

Jimmy la rejoignit près de la tente.

— Ils ne peuvent pas laisser cette pauvre bête tranquille ? s'indigna-t-elle.

— C'est ce que souhaiterait le vétérinaire. Sauf que les bénévoles veulent se sentir utiles. Et ils feraient une émeute si on essayait de les maintenir à distance. Ils ne sont pas venus pour rester les mains dans les poches.

La baleine souleva de nouveau sa nageoire vers un bénévole. Lorsqu'elle la laissa retomber, elle poussa un grondement caverneux.

— Vous avez entendu ça ? s'extasia le bénévole en agitant follement les bras. Elle me parle !

Callista serra les poings.

— Les gens ne se rendent pas compte, pas vrai ? Est-ce que le vétérinaire a parlé de son état de santé ?

Les yeux bleu clair de Jimmy se plantèrent dans les siens et il lui adressa un sourire doux mais triste.

— Ce n'est pas très encourageant, ma fille. Tu l'entendras toi-même bientôt. Il va faire une annonce publique dans dix minutes. Près de la tente des bénévoles.

— Est-ce qu'on aurait dû juste s'en aller, ce matin ?

— Ce n'est plus important, maintenant, répondit Jimmy en la serrant dans ses bras. Je ferais mieux d'y retourner. Les engins vont bientôt arriver. Sans doute au milieu du speech du véto. Tu sais comment c'est.

Callista rejoignit un groupe de bénévoles agglutinés près de la tente où Peter Taylor était monté sur une caisse avec un mégaphone. Elle sursauta lorsque quelqu'un lui prit la main et, quand elle se retourna, elle vit Jen, près d'elle, les larmes aux yeux.

— C'est tellement frustrant, se plaignit la jeune fille, le visage tordu. Qu'est-ce qui s'est passé ? Tout allait bien jusqu'à ce qu'ils arrivent en masse. Maintenant, on ne peut plus rien faire et je deviens folle.

Callista hocha la tête en serrant la main de Jen.

— Mon père est dans l'équipe de sauvetage. C'est compliqué pour eux – ils doivent jongler avec les émotions des gens, leur envie de s'impliquer.

Jen fusilla la foule du regard.

— J'aimerais qu'ils s'en aillent tous.

Elles furent interrompues par un court larsen puis par la voix de Peter Taylor déformée par le mégaphone.

— Votre attention s'il vous plaît. Je suis Peter Taylor, des parcs nationaux. Et je suis responsable de la remise à l'eau de cette baleine.

Il avait l'air très détendu et concentré, perché sur sa caisse. Malgré tout, Callista savait que ce devait être un cauchemar de superviser un événement comme celui-ci, où tout le monde tenait à vous dire ce qu'il fallait faire et participer à l'action.

— Je dois avouer que je suis impressionné de voir l'investissement si massif et enthousiaste de la population. Cela dit, je compte sur vous pour respecter les consignes, autrement le sauvetage ne pourra être couronné de succès. C'est une grande baleine et les opérations vont être compliquées et risquées. Je sais que les choses avancent lentement, mais tant que nous attendions les engins de chantier, nous étions bloqués. L'accès à cette plage n'est pas facile et mobiliser ce genre d'engins en plein week-end n'est pas faisable rapidement. Vous serez donc contents d'apprendre que le bulldozer est presque arrivé à la plage et que la pelleteuse est juste derrière lui. Dès qu'ils seront arrivés, nous pourrons commencer à mettre la baleine en position et nous pourrons la remettre à l'eau à marée haute.

— À marée haute ? hurla quelqu'un. C'est dans des heures !

— En effet. Mais nous n'aurons pas le temps de chômer. Nous devons essayer de remettre la baleine sur le ventre pour qu'elle puisse respirer plus facilement puis nous devrons utiliser la pelleteuse pour construire un barrage autour d'elle. L'idée, c'est de bâtir une digue haute. Comme ça, quand la mer remontera, nous pourrons la briser et l'eau de mer s'engouffrera tout autour de la baleine et la décollera du sable.

Des mains se levèrent partout dans la foule et, l'espace d'un instant, Taylor eut l'air dépassé par ces gens qui le harcelaient de questions. Il leva sa propre main pour les faire taire.

— Les questions, après. Le vétérinaire va d'abord prendre la parole.

Il présenta Tim Lawton et décrivit sa carrière dans les grandes lignes. Puis il lui passa le mégaphone et lui fit signe de monter sur la caisse. Perché là-dessus, Tim semblait petit et peu sûr de lui face à la foule et Callista espéra qu'il saurait se montrer convaincant. Tout le monde avait besoin d'une bonne injection d'optimisme, à cet instant. Plus de doutes.

Tim Lawton secoua le mégaphone avant de parler dedans d'un air hésitant, la voix un peu tremblante. Mais la foule attendit patiemment qu'il se racle la gorge et, d'une manière générale, elle semblait bienveillante.

— Mesdames et messieurs, lança-t-il, la tâche pour laquelle j'ai été appelé aujourd'hui n'est guère simple. Je suis désolé que la journée soit longue pour vous tous. Malheureusement, rien n'est rapide dans un sauvetage de baleine. C'est difficile à vivre, car nous savons tous que, plus vite nous remettrons cette baleine à la mer, plus elle aura de chances de rejoindre elle-même le large. Avant tout, nous devons prendre le temps d'observer l'endroit où elle s'est échouée. C'est une plage incroyable, non ? Sauvage et isolée. Les gens du coin m'ont dit qu'il pouvait se passer des jours sans que personne ne vienne ici. Et nous avons aussi le problème d'accès que Peter Taylor a mentionné. C'est notre premier obstacle.

Il passa le mégaphone dans son autre main.

— Le second problème, c'est la taille de notre patiente – un animal à la beauté saisissante. Elle est énorme, pas vrai ? C'est une baleine à bosse. Adolescente. Elle ne mesure que neuf mètres alors qu'un mâle adulte peut atteindre les douze mètres ou plus.

Il marqua une pause et reprit :

— Malheureusement, nous ignorons encore beaucoup de choses sur les échouages. Nous avons quelques théories, mais la plupart concernent les espèces grégaires, comme les cachalots, les baleines pilotes ou les fausses orques, par exemple. En revanche, une seule baleine échouée, comme ici, c'est moins courant. Entre septembre et novembre, les baleines à bosse longent la côte vers le sud. Elles emmènent leurs petits vers l'Antarctique où il y a énormément de nourriture disponible pendant l'été. Actuellement, les baleines à bosse retournent vers le nord pour se reproduire. Nous les voyons moins souvent quand elles font le voyage dans ce sens. Elles ont tendance à nager plus vite et plus loin au large.

» Nous savons que les baleines à bosse s'échouent rarement. Ce sont de bonnes navigatrices côtières et elles ont l'habitude de se déplacer dans les bas-fonds près de la côte. J'ai été appelé pour de nombreux échouages, mais je n'avais jamais vu de baleine à bosse échouée vivante – même si j'ai entendu parler d'un cas similaire à Peregian Beach, dans le Queensland, il y a plus de dix ans. Ce que vous ne devez pas oublier, c'est que c'est un événement rare. Nous devons donc nous inquiéter pour ce jeune individu et nous demander ce qu'il est venu faire ici.

» Plusieurs explications sont possibles. Apparemment, la plage ici est très instable, avec beaucoup de baïnes et de trous d'eau. Notre amie a donc peut-être fait une erreur de navigation et s'est retrouvée en difficulté là où il n'y avait pas assez de fond. Mais, comme je l'ai dit, c'est moins courant chez les baleines à bosse que chez d'autres espèces. Il est aussi possible qu'elle ait été séparée de son groupe pour une raison ou une autre et qu'elle se soit perdue. À moins qu'elle soit malade. Malheureusement, il n'y a pas grand-chose qu'un vétérinaire comme moi puisse employer pour examiner une baleine de cette taille. Je vérifie ses réactions aux stimulations, son tonus musculaire, l'état de sa peau et de son évent, ce genre de chose. Et une prise de sang pourra aussi me donner quelques informations. Mais je ne sais pas trop ce qui se passe en interne, si ses poumons sont touchés, ou si elle est infestée de parasites ou si elle souffre d'une autre maladie grave invisible. Je ne sais même pas depuis combien de temps elle est échouée ni dans quel état elle était lorsqu'elle est arrivée sur la plage. Et n'oubliez pas que le simple fait d'être hors de l'eau affaiblit un animal de cette taille. Ce que je veux dire, c'est que je n'ai que des théories. Ce n'est pas du tout une science précise.

Callista essaya d'ignorer l'étau qui se resserrait de plus en plus autour de sa poitrine. Si le vétérinaire lui-même ne savait pas ce qui se passait, quelle chance avaient-ils ?

— Ce que je peux vous dire sur la baleine, c'est qu'elle est dans un état stationnaire, même si elle est un peu déprimée. Apparemment, elle vocalisait davantage ce matin, or, nous ne l'entendons guère maintenant. Ce n'est pas bon signe. Mais sa peau ne s'est pas trop détériorée, elle ne présente aucun saignement visible, elle tente toujours de bouger et elle respire de façon encourageante. Donc, pour l'instant, je suis prudemment optimiste.

» Par chance, le ciel est couvert, aujourd'hui. Cela signifie qu'elle n'a pas souffert d'hyperthermie et nous avons travaillé dur pour qu'elle reste bien au frais et que le sable ne lui irrite pas la peau. Nos creuseurs de tranchées ont fait du bon boulot, pour essayer de dégager un peu d'espace autour de son poitrail afin qu'elle puisse respirer plus facilement, et nous poursuivrons jusqu'au moment de la relâcher. Je veux donc vous remercier tous d'avoir travaillé si dur. Et j'espère que c'est tout car je dois retourner l'examiner.

Tim rendit le mégaphone à Taylor et la foule resta longtemps silencieuse, le suivant du regard tandis qu'il rebroussait chemin vers la baleine. Il penchait sa tête brunie et sa démarche trahissait sa fatigue. Callista n'avait jamais vu quelqu'un ayant l'air si seul.

29

Après avoir porté du matériel pendant des heures, Lex était épuisé. Jack Coffey et lui travaillaient à présent dans une ambiance de franche camaraderie, mêlant blagues et anecdotes à de longs silences confortables tandis qu'ils descendaient et remontaient la plage les bras surchargés, à croire que le tas de matériel n'en finissait jamais. Ils faisaient les mules, comme ils disaient. Au cours de la dernière heure écoulée, ils avaient transporté de l'équipement pour installer un éclairage de nuit. Ils n'avaient pas eu besoin de poser de question pour comprendre que la baleine ne serait peut-être pas remise à l'eau avant le coucher du soleil et, plus ils attendaient, moins ils avaient de chances de réussir. Ils étaient d'accord sur le fait que peu de bénévoles comprenaient la magnitude de l'événement auquel ils participaient.

Lorsque Coffey s'était absenté pour d'autres tâches, Lex avait marché un peu avec Jordi sur la plage. Il lui parut étrange de se promener sur le sable avec le frère de Callista. Près de lui, Lex avait l'impression d'être un ours enveloppé de Gore-Tex. Jordi était tout en os, ses jambes nues et maigres pointaient sous son ciré élimé et sa longue barbe voletait par-dessus son épaule dans le vent. Mais Jordi s'était montré affable et il était évident qu'il désapprouvait le déroulement de l'opération et la façon dont tous ces gens préparaient un sauvetage à toute vapeur sans jamais envisager l'euthanasie.

Jordi bavardait amicalement pendant qu'ils marchaient, jaugeant les opinions de Lex avant d'exprimer ses propres idées. Même si la baleine n'avait rien à faire là, disait Jordi, ils ne devaient pas s'en mêler. La nature avait déjà suivi son cours en la rejetant sur la plage. Ils devraient la laisser tranquille, ou l'achever rapidement – bien qu'il comprenne les complications qu'entraînerait ce choix. Tuer une baleine n'était pas une tâche facile. Et tous ces gens n'avaient rien à faire là non plus. Il était contrarié de devoir marcher à pas feutrés près d'eux. S'occuper de la baleine, c'était le boulot des parcs nationaux et les gardes forestiers devraient avoir le droit de le faire jusqu'au bout.

Il lui apprit aussi que la ville était divisée à propos du sort réservé à la baleine. Beaucoup d'habitants voulaient la voir secourue, comme cette salope de Beryl, ainsi qu'Helen Beck. Mais il y avait aussi quelques surprises dans le camp adverse, dont Mrs Jensen. Jordi l'aurait mise dans le camp « pro-vie ». Pourtant, il avait entendu des rumeurs comme quoi Beryl et Mrs Jensen se crêpaient le chignon dans la tente des boissons chaudes. Si Sue et John Watson étaient un peu ambivalents, Jordi pensait que Sue ne voudrait pas voir la baleine souffrir et, dès qu'elle pourrait quitter des yeux ses saucisses, elle serait convertie illico au camp « pro-euthanasie ». Quant à Watson, il avait selon lui un cœur de pierre et devait bien se moquer que ça se finisse d'une manière ou d'une autre. Ce serait mieux pour tout le monde, admit Jordi, quand le bulldozer serait là et qu'on pourrait commencer les choses sérieuses. Tout le monde devenait fou à force de tourner en rond.

C'était la première fois que Lex entendait Jordi parler autant. Il lui demanda ce que Jimmy pensait de tout ça, mais Jordi se referma aussitôt comme une huître. Tout ce qu'il dit, c'est que le boulot de Jimmy était de paraître neutre. Même si ce n'était pas le cas.

Lex venait juste de lâcher un nouveau chargement derrière le cordon de sécurité lorsqu'il vit Darren Beck se glisser autour de la tente du QG. Le gamin avait dû esquiver les employés des parcs nationaux pour essayer de voir la baleine de plus près.

— Hé, Darren ! lança-t-il. Par ici.

Le garçon jeta un coup d'œil coupable par-dessus son épaule et accourut comme un chien qu'on vient de gronder. Lex était surpris de le voir seul. Helen était surprotectrice, avec lui. D'ailleurs, il était étonné qu'elle soit venue ici, surtout un dimanche. Lex ne l'avait pas vue dans la foule, alors peut-être que le gamin était arrivé avec Mrs Jensen. Il posa une main sur la tête de Darren et lui secoua le bonnet.

— Comment ça va ? lança-t-il.

— Bien, fit le gosse, un peu sur ses gardes.

— T'as perdu ta mère ?

— Depuis des heures. Elle s'est mise à jacasser avec des gens bizarres qu'ont des dreadlocks. Elle m'a dit de rester avec Mrs Jensen. Mais c'est pas très drôle... Vous n'allez pas me forcer à retourner avec elle, dites ?

— Non. Moi non plus, je ne voudrais pas rester avec Mrs Jensen.

Il dissimula son inquiétude. Apparemment, Helen avait eu un petit accrochage avec Jen et sa bande – les éléments perturbateurs. Taylor et Wallace leur donnaient des noms d'oiseaux depuis que les choses s'étaient compliquées sur la plage, et Lex les avait vus un peu plus tôt, assis en cercle tout près les uns des autres, à broyer du noir. Ils risquaient de faire des histoires avant la fin. Lex baissa les yeux vers Darren, qui se tenait près de lui, les mains enfoncées au fond des poches. Le pauvre gosse était tout dégingandé, comme s'il ne savait pas comment se tenir ni quelle était sa place dans le grand tableau de la vie.

— Allons manger un morceau, suggéra Lex. On pourra éviter la tente de Mrs Jensen.

À l'intérieur, Sue s'occupait de faire griller des saucisses. Elle était rouge pivoine malgré le froid extérieur.

— Mr. Henderson, dit-elle en agitant sa pince à saucisses. C'est votre faute si nous sommes tous mêlés à cette histoire. Dire que je pourrais être chez moi en train de tricoter au coin du feu !

Lex sourit.

— Voyons, Sue. Si je ne vous avais pas appelée, vous seriez venue ici quand même.

— Qu'est-ce que tu veux, mon garçon ? demanda-t-elle à Darren. Une saucisse ou une saucisse ? Elles viennent de la boucherie de ta mère, après tout. Enfin, ce n'est pas comme si elle pourrait le savoir. Elle a rejoint les renégats, d'après ce que j'ai entendu.

— C'est quoi, des renégats ? s'inquiéta Darren.

— Des représentants du démon, répondit la serveuse.

— Sue, fit Lex pour la faire taire. Attention à ce que vous dites.

Sue leur tendit un hot dog chacun qu'elle arrosa de sauce tomate.

— John ! lança-t-elle. Viens par ici et dis à Lex ce que nous pensons de tout ça.

John Watson apparut à l'entrée de la tente en portant deux miches de pain dans chaque main.

— Il le sait déjà, grogna-t-il. Je crois que lui non plus ne voulait pas d'un sauvetage à grande échelle. On est là pour nourrir la horde, pour la maintenir au chaud et pour la sauver d'elle-même, plutôt que pour sauver cette foutue baleine. Ils devraient laisser cette pauvre bête mourir tranquille.

— Je ne veux pas qu'elle meure, protesta Darren, le visage marqué par la détresse. Mon père aussi aurait voulu qu'elle vive. Toutes les créatures ont le droit de vivre.

— Oh, misère, murmura Sue. Il a repris le flambeau.

— Ils ne vont pas la tuer, pas vrai ? paniqua le garçon en regardant Lex d'un air apeuré.

— Mais non. Ne t'inquiète pas.

— Et Callista ? demanda Sue, les sourcils en accents circonflexes. Qu'est-ce qu'elle en pense ?

— Elle ne me parle plus pour le moment. Mais, ce matin, elle était déterminée à lancer une opération de sauvetage.

— Un point de friction, hein ?

— On peut dire ça comme ça.

— Est-ce que vous allez finir par vous entendre, tous les deux ?

Lex haussa les épaules et Sue secoua la tête.

— Vous me fatiguez, dit-elle.

Lex mangea son sandwich à l'abri de la tente, Darren près de lui. Dans la file de ceux qui faisaient la queue pour avoir à manger, certains semblaient frigorifiés. Le personnel des parcs nationaux aurait peut-être dû refuser l'aide des gens sous-équipés. Il ne pleuvait plus mais la morsure du vent était glaciale et, sans coupe-vent approprié, certains bénévoles allaient mettre leur santé en jeu. Cela n'aiderait pas le moral collectif. Lex espérait que les opérations pourraient commencer bientôt. Tout le monde en avait marre d'attendre qu'il se passe quelque chose.

Un cri venu du haut de la plage les fit tous sortir de la tente.

— Le bulldozer arrive, déclara Darren. Je vais chercher maman pour qu'elle puisse voir ça.

Le gamin disparut et Lex se plaça au bord de la cohue pour voir le bulldozer surgir des broussailles bordant le lagon et tourner pour commencer à damer le sable au pied des dunes. La pelleteuse le suivait en cahotant et en chancelant.

Il fallut dix minutes aux engins pour atteindre les tentes, et leur arrivée provoqua de l'agitation parmi la foule. Une partie s'était en effet précipitée pour les voir de plus près. Dans la marée de corps, Lex vit Sash et Evan se faufiler entre les jambes des adultes. Ils se rematérialisèrent juste à côté de lui et se jetèrent sur lui avec enthousiasme. Ils étaient à peine reconnaissables dans leurs imperméables et leurs bonnets de laine trop grands. Lex prit Sash dans ses bras. Puis Sally les rejoignit.

— Je me doutais que je les trouverais au premier rang, dit-elle. Ils ont oublié la baleine.

— Il faut avoir des priorités, dans la vie.

— Je suis contente qu'ils essayent de la sauver, dit-elle. La pauvre. Ce sera beau de la voir retourner seule vers le large. Depuis combien de temps ça dure ?

— Vous voulez vraiment le savoir ? Des heures.

— Vraiment ? fit-elle, stupéfaite. Quel dommage. C'est mauvais signe, alors, non ?

Il fut soulagé d'entendre quelqu'un analyser la situation avec bon sens et esprit pratique.

Sally couva ses enfants d'un œil inquiet.

— Je vais devoir les ramener à la maison avant la fin, dit-elle. Il ne faut pas surprotéger les enfants. Mais il y a certains spectacles qu'on préfère leur épargner.

— Je veux voir les engins de chantier, maman, dit Sash.

— Tu peux les regarder, ma chérie, la rassura Sally en souriant. Ensuite, quand on aura un peu froid, on rentrera à la maison.

— Merci, dit Lex.

— Pour quoi ?

— Parce que vous êtes raisonnable, vous.

Sally éclata de rire.

— Ça m'arrive, oui, dans mes bons jours.

Callista vit Peter Taylor et d'autres gardes forestiers envelopper le godet de la pelleteuse dans des serviettes qu'ils attachèrent avec des cordes. Puis un petit groupe de bénévoles tira des matelas gonflables jusqu'en bas de la plage et les poussa contre le ventre de la baleine. Une grande sangle plate fut étalée en travers des matelas. L'idée était de faire rouler la baleine sur les matelas puis de glisser le bout de la sangle sous la queue de la baleine. Une fois sur le ventre, l'animal devrait respirer plus librement et la sangle pourrait être utile pour aider la baleine à regagner la pleine mer une fois qu'elle serait de nouveau à l'eau. Un harnais serait aussi fixé autour des nageoires pectorales pour l'aider à avancer.

Peter Taylor s'était efforcé de présenter son plan comme une entreprise facile mais, à voir l'expression de son père, Callista comprit que c'était ambitieux. Jimmy n'était pas du genre à stresser, or, ce jour-là, il était tendu.

Callista voyait Trevor Baker qui manœuvrait en silence dans la cabine de la pelleteuse, le visage cramoisi. Sa crispation était visible, ses grosses mains cramponnaient les manettes. Le boulot de Jimmy, c'était de le guider pour l'aider à mettre la pelleteuse en position. Ce serait compliqué ; l'engin s'enfonçait déjà dans le sable mouillé.

De l'autre côté de la baleine, les bénévoles continuaient à installer les matelas contre son ventre. À l'approche de la pelleteuse, l'animal immobile leva soudain sa nageoire pectorale et l'agita follement en la faisant claquer contre son flanc comme un moulin noir et blanc. Puis, fait incroyable, la baleine parvint à se cambrer et à extirper sa queue massive du sable. Lorsque l'immense nageoire caudale retomba avec violence, les bénévoles reculèrent d'un pas chancelant. La peur nouait le ventre de Callista. Si l'un d'eux perdait l'équilibre et tombait du mauvais côté, il risquait de se faire tuer. Elle aurait vraiment aimé qu'il y ait une autre solution. Mais elle savait qu'ils devaient en passer par là s'ils ne voulaient pas abattre la baleine.

Trevor s'efforçait de conduire sans à-coups tandis qu'il s'approchait lentement de l'animal mais, de temps en temps, l'engin bringuebalait et grinçait, et le moteur s'emballait en poussant des grognements gutturaux. Au début, la baleine se débattit mais, au bout de quelques minutes, elle se laissa retomber, inerte. Callista n'était pas certaine de savoir ce qui était le pire : la voir s'agiter ou la voir abandonner.

Une fois la pelleteuse arrivée tout près du cétacé, Trevor abaissa le godet et le plaça, au prix de quelques mouvements saccadés, sur le sable près du dos de la baleine. Avec les couvertures qui enveloppaient le godet pour éviter de blesser l'animal, ce serait une manœuvre délicate. Mais Trevor parvint à plonger le godet dans le sable et, utilisant son côté plat, il releva doucement la bête. Avec l'assistance d'un autre groupe de bénévoles, la baleine arriva enfin à rouler sur le ventre. Baker recula le véhicule de chantier et d'autres matelas furent poussés contre l'animal afin de le maintenir en position. Tentant de couvrir le bruit du moteur, Taylor demanda en criant si la sangle était visible. Deux bénévoles essayèrent de la retrouver mais elle avait dû glisser sous le ventre de la baleine lorsqu'elle avait roulé. Il faudrait trouver une autre stratégie pour placer la sangle.

Jimmy, Taylor et Trevor Baker se rapprochèrent pour décider de la marche à suivre. Le déroulement des opérations était désespérant — un tout petit pas à la fois, avec des discussions impromptues pour mettre en place les stratégies et les ajuster au besoin. Ce sauvetage paraissait tout sauf professionnel. Rien n'était prévisible, dans cet événement, et Callista espérait que le soutien de la foule persisterait. En vérité, toute la procédure était horrible. Ils avaient beau préparer chaque étape minutieusement, ça pouvait mal tourner à tout instant.

Elle entendit quelqu'un lancer à la cantonade :

— Qu'est-ce qui se passe ?

C'était Jarrah, l'ami de Jen, qui était passé sous le cordon de sécurité pour s'approcher d'un garde forestier.

— Pourquoi est-ce qu'on ne nous dit pas ce qui va se passer ensuite ? hurla-t-il.

Jen, qui l'avait suivi, resta juste derrière le cordon.

— Laissez Jarrah les aider, exigea-t-elle.

— Je suis désolé, répondit l'employé, la mine sombre, en soulevant le cordon pour encourager Jarrah à s'en aller. C'est une étape délicate. Personne ne doit approcher la baleine pour le moment.

— Bande de cons !

Jarrah poussa le garde forestier, qui tomba dans le sable. Au même instant, le rugissement de la pelleteuse qui redémarrait attira l'attention de tout le monde vers le bas de la plage. L'engin avait commencé à creuser une digue et d'autres rangers des parcs nationaux traînaient une deuxième sangle dans le sable.

Tout à coup, pieds nus, les dreadlocks volant au vent, Jarrah se mit à courir vers Taylor et Jimmy, qui s'étaient rapprochés du vétérinaire. Callista vit l'expression de surprise de son père lorsque Jarrah s'incrusta dans leur conversation. Jimmy était furieux, elle le devinait à ses grands gestes, mais une solution fut trouvée rapidement. Le temps pressait trop pour se perdre en discussion.

Deux hommes furent placés de chaque côté de la sangle. Jarrah était l'un d'eux. Callista espéra que cela ne donnerait pas des idées aux autres aspirants secouristes. Mais personne d'autre n'essaya de forcer le passage pour descendre en bas de la plage. Prenant la sangle sur leurs épaules, les hommes la portèrent derrière la baleine, juste hors de portée de sa queue. Puis Jarrah et son acolyte la déployèrent sur le sable et tentèrent de la glisser sous la queue de la baleine. Sauf que celle-ci refusait de bouger.

Après un autre conciliabule pour discuter tactique, on rappela la pelleteuse. Trevor fit gronder le moteur pour faire peur à la baleine dans l'espoir qu'elle soulève sa queue, pendant que Jarrah et les autres se tenaient aux aguets, les bords de la sangle à la main, guettant le bon moment. Pendant une longue minute, tout le monde crut qu'il ne se passerait rien. La baleine restait inerte. Puis Trevor fit cahoter l'engin pour produire un claquement tonitruant et là, enfin, la baleine se cabra et secoua follement la queue, effrayée par le bruit. Aussitôt, les hommes tirèrent la sangle vers l'avant. C'était une tentative aussi désespérée que dangereuse, mais ils parvinrent à faire glisser la sangle sur le sable et à la mettre bien en place sous la queue.

Alors que les bénévoles revenaient vers Taylor, Jarrah s'immobilisa, le corps crispé par la force de son désir d'en faire plus encore. Ignorant Taylor, il avança doucement et posa la joue contre le dos de la baleine. Callista sentit autour d'elle le souffle de l'empathie collective, le souffle de la foule qui projetait ses propres espoirs vers la baleine à travers Jarrah, tandis que ce dernier faisait glisser doucement ses mains sur le flanc de la bête. Il resta là longtemps, immobile, malgré les appels de Taylor. Et, en le regardant, Callista se remit à pleurer. Malgré tous ses espoirs, ce sauvetage était épouvantable pour tout le monde. Peut-être qu'une mort paisible sur le sable aurait été préférable à tout ça, finalement.

Lorsque les badauds finirent par rebrousser chemin vers les dunes, Callista resta en arrière pour éviter la foule. Plus loin, le long du cordon, elle aperçut Lex. Il s'approcha d'elle en agitant la main et elle savait que, dès qu'il verrait sa tête, il saurait à quel point elle se sentait coupable. Cependant, au moment même où il la rejoignait, un homme s'approcha d'eux, un micro à la main.

— Hé, mais c'est Lex Henderson, lança l'homme en mettant son micro en bandoulière.

Il saisit la main de Lex et la serra avec enthousiasme.

— J'avais entendu dire que t'étais dans le coin, reprit-il. Qu'est-ce qui t'arrive, mec ? Comment tu t'es retrouvé mêlé à tout ça ? Ça fait un bail.

— Salut, Shane, fit Lex, comme à contrecœur. Je me doutais que je croiserais des visages connus, ici.

— Qu'est-ce que tu fous dans ce trou ? On avait perdu ta trace, mec. Personne ne savait où t'étais passé. T'habites par ici ? s'étonna Shane avant d'éclater de rire. À part les baleines échouées, il ne doit pas se passer grand-chose. Tu dois devenir fou.

Callista les observait en se demandant à quel point les deux hommes étaient proches. Amis ou collègues ? Dur à dire. Lex avait fourré les mains dans ses poches et son visage s'était refermé.

— Ce n'est pas si mal, dit-il. Tu ne pourrais pas comprendre, tu passes juste en coup de vent, comme tous les journalistes.

Shane sourit mais son regard se porta sur Callista, inquisiteur, plein de suppositions, presque choquant. Il poursuivit d'un ton un peu trop amical.

— C'est une amie à toi ? Enchanté, Shane Maxwell. Un vieux pote de Lex.

Lorsqu'il lui tendit la main, son geste parut intrusif.

— Je te présente Callista, dit Lex en se rapprochant d'elle. C'est sa famille qui s'occupe des promenades d'observation des baleines.

Shane eut soudain l'air un peu trop intéressé.

— Ah, c'est vous qui avez trouvé la baleine. J'ai entendu parler de vous à l'agence, ce matin. C'est génial.

Il baissa les yeux vers son magnéto, qu'il alluma en même temps que le micro.

— Je peux vous poser quelques questions ?

Callista repoussa le bras protecteur de Lex.

— Bien sûr, dit-elle. Allons prendre un café.

Sous la tente du ravitaillement, Mrs Jensen et Beryl étaient en grande discussion. Callista les entendit de l'extérieur et jeta un coup d'œil à Shane avant qu'il entre.

— Nous sommes trop nombreux, disait Mrs Jensen.

— Que voulez-vous dire ? s'indigna Beryl. Il est bien normal que les gens veuillent donner un coup de main.

— Ce serait plus facile pour les rangers si nous n'étions pas là, tous autant que nous sommes. Comme ça, ils pourraient prendre la décision qui s'impose sans interférence.

— Que dites-vous ? s'étrangla Beryl, outrée. Vous ne pensez tout de même pas qu'ils devraient la tuer ?

— Si nécessaire, bien sûr que si. Je ne peux pas m'empêcher de penser que tout ce cirque ne vise qu'à flatter les humains.

Beryl renifla.

— Que dirait le pasteur, s'il vous entendait parler de la sorte ?

— Vous croyez que c'est ça, la volonté de Dieu ? Voir un animal se faire torturer ?

— C'est un sauvetage, rétorqua Beryl. Dieu et le pasteur voudraient voir cette baleine retourner en mer. Vous avez perdu l'esprit, Mrs Jensen. Ça doit être le froid.

— Vous, c'est votre cœur, que vous avez perdu, Beryl. Tout le monde disait que vous n'aviez pas de cœur, à priver les Wallace de leur maison. À présent, je suis prête à les croire.

Un silence glacial s'ensuivit.

— Vous feriez peut-être mieux de rentrer chez vous, reprit Beryl d'une petite voix sèche. La moitié des habitants de Merrigan est ici. Je suis certain que quelqu'un vous remplacera avec plaisir.

Callista prit Shane par le bras et ils entrèrent dans la tente. Elle vit les femmes se composer une expression neutre et afficher des sourires polis.

— Qu'est-ce que vous prendrez ? demanda Mrs Jensen, les yeux sur le micro et le magnétophone que Shane portait en bandoulière.

Ils demandèrent tous les deux un café et Shane remercia Mrs Jensen avec une déférence exagérée. C'était le genre de personne qui réussissait à faire semblant quand il le voulait. C'était peut-être un talent que tous les journalistes cultivaient. Tout était bon pour se mettre les gens dans la poche, s'il y avait une bonne histoire à la clé. Elle le suivit au pied des dunes et s'assit à côté de lui dans le sable. Il but en silence, l'air décontracté. À ses coups d'œil, elle sentit qu'il essayait de voir en elle, de comprendre qui elle était. Ce qu'elle n'apprécia pas.

— Que voulez-vous savoir ? demanda-t-elle.

Shane renversa la tête en arrière en riant. Il avait les dents jaunes comme celles d'un cheval. Un fumeur, sans doute.

— Ce ne sont pas les baleines, qui m'intéressent, dit-il en la fixant. C'est Lex. Je voudrais savoir ce qu'il a fabriqué au cours de ces derniers mois. Pour moi, il a perdu la tête en venant s'installer ici.

— Qu'est-ce que ça peut vous faire ?

— Je le connais bien. Enfin, je le connaissais. Et je connais aussi sa femme.

— Je pensais qu'ils étaient en instance de divorce.
— Ah. Vous êtes donc au courant.
— Il ne se livre pas beaucoup.
— Ça ne m'étonne pas. Il a traversé une putain de sale épreuve avant de venir s'enterrer ici.

Il la dévisagea de nouveau.

— Vous êtes ensemble ?

Callista haussa les épaules et Shane la fixa plus intensément encore.

— J'ai bon, n'est-ce pas ? Vous êtes la remplaçante de Jilly. Je connais bien la femme de Lex.
— Je vois, dit-elle en inspirant pour se calmer. J'imagine que je ne lui ressemble pas du tout.

Il éclata de rire.

— Personne ne ressemble à Jilly. C'est une sacrée fille. Impressionnante.
— Je ne suis pas à la hauteur, dans ce cas.

Il secoua la tête.

— Je n'en suis pas si sûr. C'est une femme dure. Exigeante. Stimulante. Magnifique, en plus.

Callista se sentit soudain très lasse. Elle n'avait vraiment aucune envie d'entendre parler des ex de Lex. Elle fit mine de partir mais Shane la retint.

— Est-ce qu'il parle d'elle, parfois ? demanda-t-il d'un ton plus doux.
— Non. Je crois qu'il essaie d'oublier la vie qu'il avait avant d'arriver ici.
— Ça explique quelques petites choses. Personne n'a eu de ses nouvelles. Il a juste disparu de la surface de la Terre.

Shane fronça les sourcils, comme s'il hésitait à poursuivre, et se lança :

— Il vous a dit, pour le bébé ?

— Oui. Récemment.

— C'était horrible, de les voir s'effondrer après ça. Lex n'a pas du tout réussi à encaisser. Il s'est mis à boire. Et Jilly l'a chassé de sa vie. Elle peut avoir un cœur de pierre.

— Peut-être que c'était sa façon à elle d'encaisser.

Shane haussa les épaules.

— J'avais toujours cru que les gens se rapprochaient dans le chagrin. Pas qu'ils s'entre-déchiraient.

— Un chagrin aussi immense que celui-là est peut-être trop dur à partager.

Les yeux plissés, il la fixa de nouveau.

— Lex était une personnalité importante des médias. Il vous l'a dit ?

— Non. On s'en doutait un peu. Il n'y a pas longtemps, il a animé un événement public.

— Ce n'est pas étonnant qu'il ne vous ait rien dit. Il fuyait peut-être aussi tout ça, en venant ici. Mais il était un animateur radio de premier ordre, à Sydney.

— Ici, il trait des vaches.

— Sacrée régression, fit Shane, abasourdi.

— C'est peut-être juste différent. Ça lui plaît.

Shane haussa de nouveau les épaules.

— Si vous le dites. Ça ne ressemble pas du tout au Lex Henderson que je connais. Putain, il trait des vaches ! Les vaches manquent un peu de conversation, non ?

Ils restèrent silencieux un moment puis Shane la regarda sans détour.

— Vous êtes une fille bien. Je crois que je vous apprécie.

— Vous voulez dire que Lex aurait pu tomber plus mal.

— Non. Vous avez en vous bien plus de compassion que Jilly.

— Je ne suis pas certaine d'aimer qu'on me compare à elle.

— Oui, je comprends, c'est bien normal.

— Et je ne suis pas non plus certaine que ça aille très bien entre votre ami Lex et moi de toute façon.

— C'est un peu compliqué ?

— Très, admit-elle.

Shane hocha la tête.

— Quand il s'est mis une idée dans la tête, il est très difficile de le faire changer d'avis. Il est gentil, au fond. Il gagne sa vie en parlant mais, en privé, il en est incapable. Il a tendance à tout intérioriser. Il se fuit lui-même.

Callista pinça les lèvres. De façon générale, Lex était vraiment très doué pour fuir.

— On devrait peut-être commencer cette interview, dit-elle. J'en ai assez entendu sur votre vieux pote Lex.

30

Lex ne pouvait s'empêcher d'observer Callista et Shane en train de parler, assis au pied des dunes. Cela le rendait nerveux. Shane pouvait dire n'importe quoi à Callista et, maintenant, il regrettait de ne pas lui avoir tout raconté dès le début, quand la possibilité d'être direct et franc existait encore. Ça aurait été très difficile et douloureux, mais elle aurait au moins eu l'occasion de le comprendre, de compatir. S'il s'ouvrait maintenant, cela sonnerait comme une confession et, là-haut près des dunes, Shane pouvait broder comme il le voulait. Lex était très gêné de savoir qu'ils parlaient de lui. Ce dont il ne doutait pas. Shane avait son air de fouine. Son regard intéressé qui allait bien au-delà de la baleine échouée.

Il s'était enfin décidé à les rejoindre lorsque Darren Beck arriva près de lui, hors d'haleine.

— Ils font du mal à ma mère ! s'écria le gamin. Ils la forcent à prendre de la drogue. Vous devez m'aider. Il faut qu'on aille la sortir de là.

Lex ne voulait pas s'en mêler mais le gosse était désespéré, du coup il le suivit le long de la plage jusqu'au groupe dépenaillé de Jen. Ils avaient tous des couvertures sur les épaules. Assis à côté d'Helen, Jarrah lui tenait un gros joint devant les lèvres. Lorsqu'elle toussa et hoqueta après avoir pris une taffe, Jen éclata de rire en lui frottant le dos. Lex sentit le garçon se crisper près de lui.

— Allons la chercher, insista Darren en tirant Lex par la main.

Il enjamba quelqu'un pour s'approcher de sa mère.

— Maman. Tu dois venir avec moi, Mrs Jensen va te donner une tasse de thé.

Helen leva vers lui des yeux rouges injectés de sang, vitreux. Lex comprit qu'elle était déjà défoncée.

— Darren, dit-elle d'une voix un peu altérée avant de tapoter le genou de Jarrah. Viens t'asseoir, je vais te présenter mes amis.

— Maman. Ce ne sont pas tes amis.

— Ils sont gentils, mon chéri. Viens t'asseoir avec nous.

Le teint d'Helen vira soudain au vert. Elle se tourna en vacillant et vomit dans un sac que Jarrah lui tendit.

Jarrah sourit à Lex.

— Elle a le tournis. C'est rien. C'est le métier qui rentre.

— Et si je m'occupais d'elle, à partir de maintenant ? suggéra Lex en pénétrant doucement dans le petit cercle.

— Bien sûr, mec, fit Jarrah, qui ne put s'empêcher d'ajouter : C'est ta petite amie ? Elle est trop cool, comme meuf.

— Elle est un peu perdue, en ce moment, dit-il en aidant Helen à se relever.

Il dut la plaquer contre sa hanche pour qu'elle tienne debout.

— C'est un moment difficile pour tout le monde, ajouta-t-il. Physiquement et émotionnellement.

Jarrah prit le joint des mains de Jen et le ralluma.

— T'en veux ? lança Jarrah à Lex.

— Non, merci. J'ai encore deux ou trois trucs à faire.

— Monsieur le chevalier blanc, se moqua Jen. C'est plus fort que toi, pas vrai ? Il a fallu que tu me sauves quand je faisais du stop. Et maintenant tu viens sauver cette pauvre femme des vilains écolos et de leurs drogues.

— Le gamin est venu me demander un coup de main, expliqua Lex. Il s'inquiète pour sa mère.

La voix de Jen les suivit tandis qu'il éloignait Helen.

— Oui, c'est lui. Vous avez vu ces épaules de taureau ?

Lex laissa Helen et Darren auprès de Mrs Jensen et de Beryl. Ces dames de l'Église étaient crispées, après leur dispute, et elles ne disaient plus rien. Il pensa qu'Helen était dans l'état idéal pour s'asseoir entre elles. Cela leur changerait les idées. Il la fit asseoir, lui donna un sac en plastique et partit rejoindre Shane et Callista. Il valait mieux pour lui qu'il fuie toute situation impliquant Helen Beck. Les ragots locaux s'étaient déchaînés si vite lorsqu'il avait dîné chez elle… Si Mrs Jensen et Beryl cherchaient une bouée de sauvetage pour Helen, elles ne devaient pas compter sur lui pour se porter volontaire.

Il trouva Callista près de la tente du QG, d'où elle scrutait la mer avec une paire de jumelles. La forme noire et distante d'un petit bateau apparaissait derrière la falaise.

— Ça fait partie de la mission de sauvetage ? demanda-t-il.

— C'est la phase deux, dit-elle en baissant les jumelles pour le regarder.

— Ils ne se servent pas du bateau de ton père ?

— Jordi est parti le chercher. Il sera bientôt là. Ils auront vraiment besoin de deux bateaux. C'est le *shark cat* des parcs nationaux, là-bas. C'est une vedette-catamaran, trop petite pour haler la baleine toute seule.

En bas de la plage, Lex vit que la digue autour de la baleine grandissait au rythme des allées et venues de la pelleteuse. Trevor s'efforça ensuite de creuser un canal et se servit du sable pour rehausser la digue. Elle devait être suffisamment haute et large pour supporter la pression de la marée à venir. Si elle cédait trop tôt, la tentative de sauvetage serait un échec. La baleine ne tiendrait pas le coup jusqu'à la marée suivante.

Lex jeta un coup d'œil à Callista en se demandant ce que Shane lui avait dit. Elle ne laissait rien transparaître.

— J'ai dû aller sauver Helen Beck, dit-il. Je l'ai confiée à Mrs Jensen.

Callista se crispa et baissa de nouveau les jumelles.

— Je suis contente que quelqu'un l'ait fait. Dommage que ce soit toi. J'ai entendu parler de ton petit intermède avec elle, il y a quelque temps.

Et voilà. Un dîner avec une femme et il serait considéré comme coupable jusqu'à ce qu'il ait prouvé son innocence.

— Elle m'a invité à manger une fois, par politesse. Il ne s'est rien passé. Je sais me contrôler, tu sais.

— Et la fille à dreadlocks ?

Évidemment. Elle avait appris ça aussi.

— Je l'ai prise en stop sur la nationale, je lui ai fait à manger et je l'ai emmenée à Eden.

— Et pourquoi tu l'avais prise en stop ?

Lex serra les poings, exaspéré.

— Je suis sincère, Callista. Il ne s'est rien passé. Interroge-la. Elle n'hésitera pas à te le confirmer, j'en suis certain.

Il laissa tomber, vaincu.

— Tu peux nous donner un coup de main, s'il te plaît ? dit-il. Helen est à côté de ses pompes. Stone. Elle a vomi tout à l'heure. Et son gamin est dans tous ses états.

— La pauvre, dit-elle sans la moindre conviction. Elle ne sait plus où elle en est, pas vrai ? Elle ne sait plus quoi faire sans Henry pour lui dicter la voie à suivre.

— Tu ne pourrais pas juste lui tapoter la main ? suggéra Lex.

Callista le foudroya du regard.

— Va donc papoter avec ton ami journaliste, lança-t-elle. Au moins, vous vous comprenez, tous les deux.

Shane était toujours au pied des dunes, en train de fumer pour tuer le temps. Il agita la main en voyant Lex arriver.

— Café ? beugla-t-il.

Lex hocha la tête. Il vit que Shane avait installé un réchaud à gaz dans le sable.

— J'emporte toujours mon matériel, expliqua-t-il. C'est la seule façon d'avoir du bon café, sur le terrain. J'ai essayé la mixture servie par ces dames de l'Église. C'est un vrai jus de chaussettes.

— Si tu le dis, fit Lex dans un éclat de rire.

Pendant qu'ils attendaient que l'eau bouille, ils parlèrent de Sydney, du milieu de la radio et d'autres sujets qui ne les menèrent nulle part. Lex savait qu'ils tournaient autour du pot. Qu'ils se reniflaient après une longue interruption dans leur relation. Shane finit par servir le café et lui passa une tasse.

— Qu'est-ce que tu fous ici ? demanda-t-il.

Lex haussa les épaules et lança :

— Comment va Jilly ?

— Tu veux vraiment le savoir ?

— Non. Tout ça me semble loin.

— C'est toi qui es loin, mec. Tu t'es barré jusqu'ici.

— Ce n'est pas si mal.

— Tu trais des vaches, il paraît ?

— Elle t'a raconté tout ça ?

— Ça va peut-être t'amuser un moment, vieux. Mais ça ne te suffira pas. Tu vas finir par moisir ici.

— Peut-être pas.

— Ta place, c'est en ville. Ils te reprendraient sans hésiter à la radio, tu le sais. Ça ne te manque pas ?

— Je n'y pense pas, marmonna Lex.
— C'est vrai ? Tu devrais peut-être.
— Et Jilly ?
— Elle est un peu paumée. Elle s'est maquée avec un avocat plein aux as, à un moment, mais ça n'allait nulle part. Je l'ai invitée à dîner, une fois, aussi. Je crois qu'elle attend toujours de voir si tu vas revenir, conclut-il avec un clin d'œil.

Lex détourna le regard vers la mer.

— J'ai entendu dire que tu avais été recruté pour animer une fête locale, reprit Shane.
— Elle t'a raconté ça aussi...
— Tu n'as pas perdu la main, on dirait.
— C'était l'élection de la Miss de la foire locale.
— Une Miss de foire agricole ! pouffa Shane. Je compatis. C'était comment ? Un concours de grosses vaches ?
— En fait, je me suis bien amusé, lui apprit Lex. Les filles étaient fraîches et spontanées. Si on organisait ce genre de truc à Sydney, les candidates se plieraient en quatre pour se faire passer pour ce qu'elles ne sont pas. Ici, c'est plus simple. Plus simple et plus sain.
— T'as perdu la boule, mec. Un vrai cul-terreux.

Ils restèrent un instant silencieux.

— Et toi ? demanda Lex. Des changements dans ta vie ?

Shane lui jeta un coup d'œil hésitant.

— J'espère que tu ne m'en veux pas d'être sorti avec Jilly.

Lex haussa de nouveau les épaules.

— Elle est libre, maintenant, j'imagine. Elle n'est pas mauvaise. C'est juste que tout est foutu entre nous.

— Est-ce que je peux prendre ça comme une bénédiction ?

Lex sourit.

— Oui, tu peux foncer.

Shane commença à remballer son réchaud.

— J'étais sérieux, pour la radio. Tu devrais y réfléchir. Ton producteur n'attend que ton coup de fil. Rien n'a changé. Tu devrais revenir, redonner un sens à ta vie. Tu ne vas quand même pas traire des vaches jusqu'à la fin de tes jours.

Pour toute réponse, Lex émit un genre de grognement.

— Le deuxième bateau arrive, dit-il, le doigt tendu vers la falaise. La phase deux va bientôt commencer

— Bientôt ! pouffa Shane. La marée est encore à plus d'un kilomètre. Et j'imagine que la baleine est foutue, pauvre bête.

Il vida son café d'un trait et regarda vers le bas de la plage.

— Qu'est-ce qui se passe, là-bas ? dit-il, le doigt tendu.

La foule s'agitait et Lex reconnut la haute silhouette du pasteur, flanqué de Beryl et de Mrs Jensen.

— On dirait bien que le pasteur est arrivé, expliqua-t-il à Shane. Exactement ce qu'il nous fallait.

— Qu'est-ce qu'il fiche ici ? s'esclaffa Shane. Il va faire un putain de sermon ? Là, devant tout le monde ?

— Ne rigole pas. On est à la campagne. C'est très possible.

— Allons voir ça. Ça pourrait être marrant.

Ils rejoignirent la foule qui s'amoncelait près de la tente des bénévoles, où Jimmy avait installé une caisse en guise de chaire pour le pasteur. Lex eut pitié de Taylor, qui devait gérer ce genre de complications supplémentaires. Il se demanda si Taylor et Jimmy avaient conscience que l'intervention du pasteur risquait de faire dégénérer l'opération. Si ce dernier ne choisissait pas ses mots avec soin, il pourrait bien faire enrager la foule. Mais Lex croisa le regard de Jimmy et y vit une étincelle malicieuse, malgré son expression impassible. Au moins, Jimmy gardait le sens de l'humour.

La foule ruminait en silence tandis que le pasteur grimpait prudemment sur la caisse. Il passa l'assistance en revue, l'air un peu inquiet. À raison, se dit Lex. Ne se rendait-il pas compte à quel point il semblait condescendant aux yeux de ces bénévoles agités qui avaient passé la journée dans le froid ? Quel prétentieux. Qu'est-ce qu'il croyait pouvoir faire, de toute façon ? Offrir une prière et faire un miracle ?

L'homme s'éclaircit la gorge et croisa les mains dans le dos, posture typique d'un pasteur sur sa chaire.

— Je ne suis pas habitué à parler dans ce genre de conditions, dit-il en surveillant la foule, un sourire hésitant sur les lèvres. À l'église, nous avons une belle estrade et un micro pour me faciliter la tâche.

Il se dandina sur sa caisse, mal à l'aise, ce qui réjouit Lex. Pourquoi serait-ce facile pour lui ? La journée n'avait été simple pour personne.

— C'est une expérience très différente pour moi, poursuivit-il. J'ai l'habitude de parler à des gens qui sont d'accord avec moi avant même que j'aie ouvert la bouche. Et je suis bien conscient que nombre d'entre vous n'ont pas été à l'église depuis longtemps, voire jamais. Peu importe. Je ne suis pas là pour dire à quiconque ce qu'il doit croire. En fait, maintenant que je suis sur le terrain, je me demande ce que je m'imaginais. Quand j'étais dans ma paroisse, je m'étais dit qu'une prière pourrait être utile. Mais, à présent que je vois l'ampleur de la tâche entreprise par vous tous, je me sens gêné d'avoir été si présomptueux.

Il scruta les regards et les visages des gens qui l'entouraient. Il avait un don pour capter l'attention du public.

— Ma gêne mise à part, je pense vraiment qu'il serait utile que nous priions ensemble, nous qui sommes réunis sous l'immensité de ce ciel gris. Même ceux d'entre nous qui ne sont pas religieux ont leur propre façon de prier. Nos prières jointes pourraient avoir le pouvoir de changer les choses.

Il marqua une pause.

— Voyez-vous, maintenant que je suis ici, je suis pris de doutes. Comme vous tous. Les doutes existent même dans mon travail. Qui peut être certain du pouvoir de Dieu et du royaume des cieux ?

— C'est pas sacrilège, ça ? marmonna Shane. Dire ce genre de truc... C'est qui, ce type ?

— Je ne l'ai entendu qu'une fois, à un enterrement, murmura Lex.

— Il ferait mieux de réciter les derniers sacrements, ricana Shane.

— Je crois au pouvoir de l'enthousiasme, disait le pasteur. Au pouvoir de la volonté collective. Le pouvoir de la détermination rassemblée. Si quelque chose peut sauver cette baleine, ce sera ça, nos énergies combinées, nos prières combinées. Et non ma seule supplique envers Dieu. Mais le pouvoir de vous tous, travaillant ensemble, priant en équipe, unis les uns aux autres. Voilà ce qui produit des miracles.

Le pasteur prenait de l'assurance. Il avait apaisé la foule et tout le monde l'écoutait.

— Nombre d'entre vous ne se décriraient jamais comme religieux, reprit-il. Mais j'ai dans l'idée que vous avez tous une forme de spiritualité. Nous donnons simplement des noms différents à cette spiritualité. Que ce soit Dieu ou Jésus ou la Nature. Quel que soit le nom que nous lui donnions, c'est une seule et même chose. Nous faisons tous partie de Dieu et de la Nature, et c'est la source du pouvoir qui pourrait produire le miracle que nous espérons voir aujourd'hui.

Lex vit le pasteur sourire à quelqu'un dans la foule. Il tourna la tête et comprit qu'il s'adressait à Helen Beck. Elle se tenait debout, tremblante, hésitante, et Darren lui cramponnait la main. Elle a tapé dans l'œil du pasteur, comprit Lex, ébahi. Le pauvre gosse n'échappera jamais à la poigne de l'Église.

— Je voudrais terminer avec un mot de mise en garde, ajouta le pasteur. Nous espérons tous que cette baleine retourne à la mer, là où est sa place. Cependant, malgré nos prières et nos espoirs collectifs, il y a un risque que cette baleine meure. Et, si ce moment épouvantable devait arriver, nous pourrions être tentés de croire que Dieu nous a abandonnés ou qu'Il nous a oubliés. Mais non… si cette terrible éventualité advenait, nous devons l'accepter de façon positive et en tirer des leçons. Il y a des enseignements pour tous, dans la vie comme dans la mort. Merci.

— Dieu merci, c'est fini, murmura Shane lorsque le pasteur descendit de la caisse. Maintenant, espérons qu'il rentre chez lui.

— J'en doute, répondit Lex. Il restera là jusqu'à la fin.

31

Assise seule sur la plage, Callista regardait la pelleteuse s'activer. Elle voyait Trevor Baker penché sur les manettes, déplaçant le long bras jaune de l'engin comme une extension de son propre corps. En bas de la plage, tout près de l'eau, la digue s'élevait à plus d'un mètre au-dessus du sol – une barrière contre la marée montante. De là, deux murs couraient de chaque côté d'un canal que Trevor avait creusé à mesure qu'il prélevait du sable. Les murets s'évasaient de chaque côté comme des bras tendus qui auraient voulu étreindre la baleine.

Autour de l'animal, les groupes de bénévoles continuaient sans relâche. Ils étaient toujours nombreux sur la plage à attendre une occasion de se rendre utile. Malgré leur enthousiasme, la baleine comme le vétérinaire semblaient épuisés. Ils avaient tous les deux la même posture affaissée. Tim avait les traits tirés par la fatigue et des cernes noirs se creusaient sous ses yeux. La journée avait été trop longue.

Trevor travaillait depuis des heures sans la moindre pause. Quand il était près de la baleine, il manœuvrait plus doucement, remplissant avec soin le godet de sable pour bâtir les digues en essayant de ne pas effrayer l'animal avec des grincements soudains lorsqu'il pivotait l'engin ou se déplaçait. Il finit par remonter la pelleteuse vers le haut de la plage, son bras replié comme une griffe, en laissant des zébrures sur le sable dans son sillage. Il l'arrêta près des dunes puis grimpa dans le bulldozer pour commencer à travailler autour de la baleine à l'extérieur des murs, repoussant du sable vers la barrière pour la consolider.

La marée commençait à lécher la digue. Taylor et Jimmy l'observaient avec soin. Ils sortaient souvent de leur tente pour descendre au bord de l'eau et observer ses effets sur la muraille de sable, qu'elle grignotait peu à peu. Plus haut sur la plage, d'autres membres du personnel des parcs nationaux avaient déployé le harnais, qu'ils attacheraient autour des nageoires pectorales de la baleine juste avant qu'une brèche soit créée dans la barrière.

Callista était soulagée de voir que les préparatifs se terminaient. À l'aube, la fin de la journée lui avait paru désespérément loin. Pourtant, pendant que Trevor s'efforçait de creuser et d'entasser le sable avec la pelleteuse, le temps avait failli leur manquer pour construire la barrière telle que prévu. À présent que tout était presque prêt, il ne leur restait plus qu'à attendre que la marée monte, comme elle finirait par le faire, inexorablement, silencieusement. Ensuite, ils pourraient ouvrir une brèche dans la digue puis regarder l'eau s'engouffrer autour de la baleine et l'emporter au large.

Malgré ses espoirs, elle savait que ce ne serait pas si simple. Ce qu'elle voulait, comme tout le monde, c'était voir cette baleine rejoindre les hauts-fonds pour que s'achève la torture de la voir échouée sur le sable. Ce qu'elle voulait, c'était ne plus jamais participer à un sauvetage de baleine. Et aller au lit. Le froid et l'épuisement s'étaient glissés dans ses os jusqu'à la moelle et elle en avait assez de tout ça. Elle ne supportait plus d'attendre.

Elle se leva, brossa le sable de ses vêtements et se mit à arpenter la plage. À grandes enjambées, elle dépassa les tentes, s'éloigna du bourdonnement des générateurs, de la foule, de cette ferveur, de cette tension accumulées, jusqu'à ce qu'elle n'entende plus que le rythme apaisant des vagues s'écrasant sur le sable, écumant vers ses pieds. Puis elle s'arrêta et fit face à la falaise, les yeux levés vers le ciel gris.

Alors qu'elle se tenait là, Jen accourut vers elle.

— J'en peux plus ! s'écria la jeune fille, les yeux écarquillés, les dreads soulevées par le vent.

— Moi non plus. Mais nous devons attendre.

Jen ravala un sanglot et écrasa rageusement une larme sur sa joue.

— Elle souffre trop, dit-elle. Et devoir regarder sans rien faire, ça me tue. Peut-être que je ne suis pas taillée pour ça. Je devrais peut-être m'en tenir au sauvetage des forêts.

Callista dévisagea la fille, déchirée par le désespoir et la frustration.

— C'est une bonne chose que tu sois venue, lui dit-elle. Tu nous as aidés et tu n'as pas causé d'ennuis. C'est un succès, étant donné la force de ta passion.

— Tu crois ?

— J'en suis sûre.

Jen lui offrit un sourire triste et se mit à trotter sur place un instant, pleine d'énergie à dépenser.

— Il faut que j'aille courir un peu, dit-elle. Ensuite, peut-être que je pourrai revenir. Je veux voir le dénouement.

Callista la regarda détaler sur la plage, les dreads au vent. Elle admirait sa spontanéité, son manque de complexité. Il y avait quelque chose d'infiniment indompté et attirant chez elle. Elle n'aurait pas pu reprocher à Lex d'avoir couché avec elle – toute cette énergie brute, cette jeunesse rayonnante...

Elle fit demi-tour en se demandant où tout cela allait les mener.

Tandis que la marée montait, pourléchant la digue en érodant peu à peu ses bases, Taylor organisa une équipe d'hommes en combinaison de plongée pour assister la baleine une fois que la digue serait brisée. La baleine serait faible après un si long séjour sur la plage et ils auraient peut-être besoin de l'aider physiquement pour l'empêcher de rouler sur le côté, pour éviter que de l'eau ne pénètre dans l'évent. Les hommes devraient maintenir la baleine en position du mieux qu'ils le pourraient pendant que les bateaux l'entraîneraient vers le large.

Lex figurait parmi les heureux élus. Jarrah aussi. Là, sur la plage, alors que la marée progressait doucement, les hommes se déshabillèrent pour enfiler les combis, jetant leur pudeur aux quatre vents. La chair de poule hérissait leurs membres dénudés. Ils descendirent jusqu'à la barrière, là où elle s'élargissait pour entourer la baleine. Taylor leur donna des instructions, mais Callista était trop loin pour les entendre. Elle ne reconnaissait pas Lex au milieu du groupe. Tous ces corps agités coincés dans des combinaisons, puis enveloppés dans des manteaux. Noirs et méconnaissables. Ils devaient avoir froid, à attendre en plein vent.

La marée progressait près de la digue et, de temps en temps, une vague écumait par-dessus, arasant le tas de sable. Juste derrière les déferlantes, Callista voyait les deux bateaux qui tanguaient sur les vagues. Jordi était assis à califourchon derrière la barre, maintenant la poupe de son bateau vers la plage à une bonne distance du *shark cat* des parcs nationaux.

La phase deux allait bientôt commencer. Le père de Callista était au bord de l'eau, en train de parler à Tim Lawton, qui avait enfilé lui aussi une combinaison et qui se tenait dans les bas-fonds, un manteau sur les épaules. Ils devaient évaluer l'état de santé de la baleine. Tim jeta son manteau sur la plage, puis Jimmy et lui grimpèrent par-dessus la barrière de sable en tirant le harnais. Ils le glissèrent sur le dos de la baleine et l'attachèrent sous les nageoires pectorales. Tout était prêt.

Les bateaux se rapprochèrent. Callista vit un homme en combinaison se pencher au-dessus de la poupe du *shark cat* puis descendre l'échelle jusqu'à l'eau. Il lui fallut une éternité pour parcourir à la nage la courte distance jusqu'à la plage, sa tête cagoulée de noir à peine visible au-dessus des vagues. Puis il jaillit des déferlantes, sortit de l'eau d'un pas trébuchant en traînant un câble et un mousqueton qu'il passa à Trevor Baker. Ce dernier tira le câble jusqu'à la barrière de sable, qu'il escalada pour accrocher le mousqueton à la sangle caudale. Pendant ce temps, le nageur rapporta un autre câble relié au bateau de Jordi. Trevor attacha celui-ci aussi à la sangle. Une autre ligne venue du bateau de Jordi fut reliée au harnais.

Jimmy finit par donner le signal à Trevor, qui redémarra la pelleteuse et la fit descendre en cahotant jusqu'à l'eau, près de la barrière. Les bateaux se mirent doucement en route vers le large, les moteurs grondant au-dessus des vagues, et avalèrent bientôt le mou des câbles.

Lorsque les câbles commencèrent à se tendre, Trevor attendit un signe de tête de Taylor puis releva très haut le bras de la pelleteuse. Les griffes restèrent en l'air un instant avant de fendre l'eau dans une explosion d'éclaboussures pour détruire la barrière. L'eau s'y engouffra, déchirant un peu plus la digue. Trevor creusa une nouvelle fois pour approfondir la brèche et la digue fut emportée, l'eau se précipitant à l'intérieur, tout autour de la baleine.

Très vite, les hommes en combi escaladèrent le mur et entourèrent la baleine, leurs mains à plat sur ses flancs. Leur présence et l'eau qui lapait son corps agitèrent la baleine qui releva sa queue et l'abattit fort pour lutter contre la force des câbles. Jimmy donna le signal de la tirer vers la mer et les bateaux commencèrent à la haler doucement. Les hommes en combi la poussèrent.

Callista sentit le temps ralentir. Pourquoi est-ce que rien ne se produisait ? Si la baleine ne bougeait pas, c'était la fin. Il faudrait l'abattre. Jimmy garda les pouces en l'air et les bateaux continuèrent de tirer. Dans l'eau, les hommes baissaient la tête dans leur effort, poussant de toutes leurs forces cette chair rétive et enlisée. Callista entendait le ronflement croissant des moteurs des bateaux malgré le grondement et le sifflement des vagues. Elle se demanda ce que Jordi devait éprouver, à sentir son bateau vibrer sous lui, à voir la baleine toujours ancrée sur la plage. Dieu merci, elle n'était pas avec lui.

Sans prévenir, une nageoire pectorale fut brandie en l'air et deux hommes en combi trébuchèrent. Le dessous blanc de la nageoire apparut un instant avant de claquer dans l'eau. Les moteurs des bateaux grondèrent, l'eau écuma derrière eux. Et les hommes se mobilisèrent de nouveau pour pousser.

Tout à coup, la baleine se cambra pour résister à cette force qui la tirait en arrière. Une vague déferla sur son dos et elle exhala une bouffée d'air sonore. Un gémissement épouvantable résonna dans le sable et remonta jusqu'aux os de Callista. Elle vit son père se décomposer mais il faisait toujours signe aux bateaux de poursuivre. La seule chose possible. Il fallait en finir.

Puis, doucement, au milieu des frémissements réverbérés d'une autre plainte abominable, la masse de la baleine s'ébranla dans le sable. Tim Lawton se précipita en avant et jeta une serviette sur l'évent tandis que les bateaux maintenaient la tension sur les câbles. La baleine bougea tout doucement, les hommes en combinaison pressés contre ses flancs, poussant de toutes leurs forces. Peu à peu, la baleine commença à glisser à reculons dans les déferlantes.

Des cris extatiques montèrent de la plage. Les gens criaient et se tapaient dans le dos, se serraient dans les bras, levaient le poing, sautaient sur place et criaient encore et encore. Le pasteur se faufila dans la foule, serrant des mains, le sourire aux lèvres. Helen Beck semblait flotter derrière lui, les yeux grands comme des soucoupes.

Callista observa la scène avec l'impression d'être loin de tout cela, fatiguée et indifférente. C'était tellement horrible – l'impuissance pitoyable de cet animal colossal qu'on traînait dans l'eau par la queue, les vagues glissant sur sa tête plate et bosselée, ruisselant sur la courbe tombante de sa bouche. Tout le monde se réjouissait comme si c'était terminé, mais elle savait que ce n'était pas le cas.

Les bateaux halèrent la baleine jusqu'à ce qu'elle se trouve au-delà des déferlantes, où les vagues se levaient et caressaient son dos noir et luisant. Tim ôta la serviette de l'évent et Callista crut voir un petit jet de vapeur s'en élever.

Les hommes en combi continuèrent à épauler la baleine. Ils ressemblaient à un troupeau de phoques noirs, avec leurs têtes et leurs épaules qui montaient et redescendaient sur l'eau. La baleine semblait pencher d'un côté. Tim hurlait des instructions pour que les hommes la maintiennent bien droite grâce à la portance de l'eau. Il regarda plusieurs vagues rouler sur le dos de l'animal. Puis il hurla d'autres instructions. Callista vit la majorité de l'équipe s'agglutiner du même côté de la baleine. Ils baissèrent la tête et rentrèrent les épaules. De la plage, il était difficile de comprendre ce qu'ils faisaient. Tim était parmi eux, poussant de toutes ses forces contre la masse rétive, s'interrompant régulièrement pour hurler des encouragements à son équipe. Lentement, les hommes firent pivoter la baleine, luttant contre les vagues, jusqu'à ce qu'elle soit face à la mer, dans la direction qu'elle devait prendre.

Callista fixa le large, les yeux plissés pour se protéger d'un nouveau crachin qui commençait à suinter du ventre d'un nuage bas. La mer grise ne paraissait guère encourageante mais, pour une baleine, ce devait être accueillant, c'était sa maison – cette vaste étendue d'eau agitée, ondulante. Elle s'était imaginé qu'ils remorqueraient la baleine jusqu'au large, aussi loin que possible, où elle pourrait nager sans peine et d'où elle ne verrait plus la plage. Elle s'était imaginé qu'on détacherait le harnais tandis que la baleine glisserait dans les profondeurs d'un coup de nageoire caudale. Mais Taylor avait expliqué qu'ils ne pouvaient pas la tirer plus loin, sinon de l'eau s'écoulerait par l'évent jusqu'aux poumons et risquerait de causer une pneumonie. Au lieu de quoi, le plan était de maintenir la baleine face à la mer jusqu'à ce qu'elle ait suffisamment récupéré pour nager seule vers le large. Quelques larmes roulèrent sur les joues de Callista. Ils ne pouvaient vraiment rien faire de plus, après avoir enfin remis l'animal à l'eau ? Tant de traumatismes et de stress pour parvenir à cet instant – où tout dépendait de la baleine. Cela lui paraissait déraisonnablement optimiste. En plus de prendre des heures.

Une nouvelle phase d'attente commença, marquée par des jets d'eau périodiques lorsque la baleine expirait. Sur la plage, la foule s'agitait. Tout le monde était encore sous tension. Callista la première. Elle supplia Jimmy de la laisser participer à la prochaine équipe de volontaires en combinaison qu'il préparait. Mais il leva les yeux au ciel.

— Il nous faut des muscles, ma puce, expliqua-t-il. Pas des jouvencelles excitées. Tu pourras te rendre utile bientôt, pour réchauffer ces gars quand ils remonteront sur la plage. Ton Lex aura bien besoin d'être materné. Il ne saura même plus quel jour on est. L'eau est glaciale.

Il avait raison. Callista fut choquée lorsque le premier d'entre eux remonta d'un pas trébuchant vers la plage, tremblant comme une feuille, tout bleu. Il tomba à genoux et dut être épaulé par plusieurs personnes jusqu'à la tente des bénévoles.

Callista entendit son père marmonner :

— Il faut trouver une solution pour Tim. Il va tomber en hypothermie si on n'agit pas bientôt.

Un Zodiac fut lancé depuis le *shark cat*. Tim fut tiré de l'eau et emporté jusqu'au bateau. Il revint au bout de quelques minutes, vêtu d'une combinaison imperméable jaune. Il continua à superviser les opérations depuis le Zodiac pendant que les hommes se relayaient dans l'eau. Dès que l'un d'eux sortait, transi, trébuchant dans les coups de langue glacés du vent, des bénévoles accouraient pour l'accompagner jusqu'à la tente. On lui enlevait sa combi et on l'enveloppait dans des serviettes et des couvertures. On portait un chocolat chaud bouillant à ses lèvres gelées. On surveillait de près les risques d'hypothermie. L'équipe de Mrs Jensen, qui s'occupait des boissons chaudes, et celle de Sue, qui gérait la nourriture, étaient retournées dans leurs tentes pour assurer l'approvisionnement.

Callista finit par voir Lex sortir des vagues. Ses lèvres étaient sombres et il frissonnait. En marge du groupe de bénévoles qui le prit en main, Callista observa son visage blême et fermé, et les cernes noirs et creux sous ses yeux. Ses mains raides tremblaient, engourdies par le froid. Elle prit peur. Il semblait distant, vague, et ne s'était pas rendu compte de sa présence. Dans leur empressement à aider Lex, les autres isolaient Callista. Ils le firent entrer sous la tente et leurs mains glissèrent sur lui, ouvrant sa combinaison, tirant dessus pour l'enlever et glissant une serviette autour de lui, le frottant pour le sécher. Ils empilèrent des couvertures sur son dos.

Callista resta en dehors de la tente et regarda le groupe de corps noirs autour de la baleine dans la lumière gris acier de cette fin d'après-midi. À voir Lex si diminué, elle se demanda combien de temps ils pourraient tenir comme ça. Décuplé par la morsure du vent, le froid était intense. Il faudrait au moins une demi-heure à Lex avant qu'il puisse ne serait-ce qu'envisager de se remettre à l'eau.

32

Tandis que l'après-midi s'avançait, les cordons de sécurité furent enlevés et tout le monde se rapprocha du bord de l'eau. Un nouveau silence pesant s'installa sur la plage. Après l'heure de pleine mer, l'océan commença à se retirer et la baleine fut poussée davantage vers le large pour éviter qu'elle s'enlise de nouveau. Les hommes en combi continuaient de tourner, sortant et retournant dans l'eau périodiquement, un peu plus transis à chaque fois. Comme il ne restait qu'une heure et demie avant la tombée de la nuit, il serait sans doute bientôt temps de relâcher la baleine.

Tim finit par conduire le Zodiac jusqu'à la plage pour retrouver Taylor et Jimmy. Ils allèrent discuter près de la tente et leur long échange fut ponctué de froncements de sourcils et de grands gestes. Tim quitta la concertation, livide, et retourna dans les vagues. Il avait l'air minuscule et désespérément seul en pénétrant dans la mer. Le Zodiac le reprit à son bord, longea la baleine et l'emmena sur la houle vers les bateaux.

Ils devaient s'apprêter à guider enfin la baleine vers le large, ce qui réjouit Callista. L'opération devrait bien se terminer à un moment ou un autre, et elle espérait que ce serait avant la tombée de la nuit. Tout le monde était frigorifié et fatigué, et la lumière grise de l'après-midi était oppressante. Le moral des troupes déclinait. Elle fut contente d'entendre de nouveau la voix de Taylor, qui crépitait dans le mégaphone. Mais il semblait épuisé, détaché et, en l'écoutant décrire la façon dont la baleine allait être libérée, un sentiment de terreur s'empara d'elle.

La baleine avait passé deux heures dans l'eau à récupérer et Taylor s'en réjouissait. Cependant, il affirma d'un ton sans appel qu'il fallait prendre une décision car la nuit allait tomber. Dans un monde parfait, la baleine aurait été maintenue dans l'eau quelques heures de plus avant d'être poussée vers la pleine mer. Malheureusement, comme l'obscurité allait arriver, il ne voulait pas prendre ce risque. La météo pour la nuit prévoyait des vents violents et de nouvelles averses et, si la baleine était relâchée de nuit en pleine tempête, il serait difficile de suivre ses mouvements. Il y aurait alors un risque élevé qu'elle s'échoue de nouveau. Taylor déclara qu'ils auraient pu maintenir la baleine toute la nuit dans l'eau peu profonde de la côte. Mais il n'y était pas enclin car, plus les grandes baleines restaient près des côtes, plus leurs chances de survie s'amenuisaient.

La dernière solution était donc de la relâcher ce soir. Bientôt, déclara Taylor, la baleine serait tirée vers le large et les hommes en combinaison remonteraient sur la plage. Une fois la baleine ramenée en eau profonde, ils détacheraient le harnais et placeraient les bateaux derrière elle pour la guider dans la bonne direction. Elle devrait être capable de nager, à présent, si elle devait survivre. Et, si on la relâchait bientôt, il y aurait encore suffisamment de lumière pour permettre aux gardes forestiers de la suivre et d'observer ses mouvements. Dans l'idéal, ils devaient mettre quelques kilomètres entre la baleine et la côte.

Ils partaient du principe que la baleine serait capable de s'éloigner seule, à la nage. Tim Lawton avait prévenu que, malgré tous les efforts pour la sauver, il y avait encore un risque considérable que ses poumons soient gravement touchés. Si elle avait continué à respirer régulièrement, elle n'était pas aussi alerte qu'il s'y attendait et ne répondait pas de façon satisfaisante aux stimuli après un retour à l'eau. Taylor mit tout le monde en garde : même si tous espéraient que la baleine parviendrait à nager seule jusqu'au large, il y avait toujours un risque pour qu'elle n'y arrive pas.

Lex avait participé à la dernière équipe. Transi et épuisé, il sortit de l'eau en trébuchant, les jambes engourdies par le froid, et sentit son esprit s'embrumer. Sans doute un peu d'hypothermie, se dit-il, en se débattant avec la serviette que quelqu'un lui avait donnée. Il tituba dans la tente puis accepta ces mains qui lui arrachèrent sa combinaison. Il somnolait tant qu'il aurait pu s'allonger là, dans la tente, et s'endormir aussitôt. Mais les gens n'arrêtaient pas de le triturer, de le maintenir debout pour tirer sur la combi collante et étroite. Des mains d'inconnus le frottèrent avec des serviettes et portèrent avec insistance un breuvage chaud à ses lèvres et le forcèrent à avaler.

Quelqu'un lui apporta ses vêtements en pile. En temps normal, il se serait indigné qu'on l'aide à enfiler son pantalon comme un enfant. Cet après-midi-là, ça n'avait pas d'importance.

Encore du chocolat chaud. Il en sentait le goût, à présent. Ainsi que la chaleur de son T-shirt thermique, puis le poids de couches successives. De la laine. Des vêtements supplémentaires venus de la tente des bénévoles. Enfin, le cocon de son manteau. Il tendit les bras et les laissa l'aider à l'enfiler. Il s'aperçut que Callista était parmi eux, à l'observer avec inquiétude.

Lorsque les autres sortirent pour voir s'ils pouvaient se rendre utiles dehors, Lex et Callista se retrouvèrent soudain seuls.

— Qu'est-ce qui se passe ? demanda-t-il.

— On ira voir dans un instant, dit-elle en remontant la fermeture éclair du manteau de Lex. Ils ont commencé à pousser la baleine vers le large. Le vétérinaire va l'examiner pour voir comment elle se porte.

Lex la laissa lui enfiler des gants en laine.

— Tant mieux, dit-il en glissant sa langue sur le bord épais de ses lèvres gelées. Cette baleine n'a plus trop la force d'attendre.

— Comment ça ?

Lex hésita. Il n'en pouvait plus. Physiquement, émotionnellement. Écrasé par le froid et l'effort d'avoir lutté contre le courant, guetté la moindre respiration de la baleine. Il ne savait même pas combien de temps il était resté là-bas, l'épaule enfoncée dans la chair ferme du dos de l'animal, les doigts coincés dans l'un des sillons de sa gorge, tentant de maintenir la baleine droite.

Personne n'avait parlé, là-bas. Le froid était trop intense, l'effort trop épuisant. Chaque homme s'était embourbé dans son voyage intérieur, tentant d'accepter la magnitude de la fatigue de la baleine, l'impossibilité manifeste du sauvetage. Comment expliquer tout ça à Callista ?

— Elle est épuisée, dit-il. Malade et épuisée. Là-bas, on pensait que chacune de ses respirations serait la dernière... Peut-être qu'elle n'aura pas la force de nager jusqu'au large. Peut-être qu'elle ne le voudra pas.

— Ne dis pas ça ! le coupa-t-elle. Tu ne peux pas dire une chose pareille. Tout le monde a travaillé si dur pour la sauver...

Son visage se crispa et Lex faillit se mettre à pleurer à l'idée qu'il l'avait peut-être encore une fois contrariée. Mais il devait être honnête. Il ne gagnerait rien en la berçant d'illusions. Elle n'avait pas été dans l'eau. Elle n'avait pas senti le poids de cette chair tentant de basculer sans cesse. Elle ne pouvait pas s'imaginer le tremblement qui avait secoué ce corps colossal lorsqu'ils l'avaient poussé plus loin dans les vagues. Ça n'avait pas été facile. Lex sentait encore ses pieds cherchant une prise dans le sable tandis que les vagues les repoussaient. Tout ce qu'ils avaient vraiment pu faire, c'était maintenir la baleine à l'horizontale, la tête vers la mer.

Ils avaient guidé la baleine aussi loin que possible. Une fois qu'ils n'avaient plus eu pied, ils n'avaient rien pu faire d'autre que nager sur place à côté d'elle, pendant que les hommes près de la queue détachaient la sangle. Ils étaient restés là, montant et descendant au gré des vagues près de la baleine, jusqu'à ce que les bateaux viennent par-derrière, tanguant follement sur la houle. Puis Lex et les autres avaient contourné les bateaux à la nage et avaient rejoint la côte, manœuvrant laborieusement leurs membres gelés en un genre de crawl pour regagner, centimètre par centimètre, les bas-fonds bordant la plage. Plusieurs fois, Lex avait cru qu'il n'y arriverait pas, même s'il n'y avait que vingt ou trente mètres à parcourir. Comment pourrait-il décrire tout cela à Callista sans avoir l'air d'abandonner ?

— Je ne sais pas si elle en a la volonté, finit-il par répondre en espérant qu'il ne la braquerait pas une nouvelle fois.

Mais elle lui tapota le bras en lui tendant une tasse de chocolat chaud.

— Allons voir, dit-elle. Tu es fatigué et engourdi par le froid.

Il accepta ses paroles et la suivit sur la plage, dans le vent glacial venu de la mer.

Il fallut presque une heure pour que la baleine fasse un kilomètre en mer. Les bateaux n'étaient plus que des taches noires vacillant dans un ciel d'airain. Les nuages bas, denses comme du coton, filaient sous la masse de la couverture nuageuse. Un bateau-cargo passait à l'horizon. Le grondement rythmé des générateurs installés en haut de la plage se mêlait au rugissement de la mer. Et l'attente se poursuivit.

Sur la plage, Taylor continuait à informer tout le monde grâce à des messages relayés par le *shark cat*. Au large, la baleine s'était immobilisée et se reposait tranquillement à la surface. Les bateaux restaient derrière elle pour l'empêcher de retourner vers la côte. Ils l'épauleraient même après le crépuscule ou au moins jusqu'à ce qu'elle s'éloigne d'elle-même. Sans doute trop fatiguée pour nager, elle prenait son temps et reconstituait ses forces.

Lex laissa Callista avec son père et alla prendre une nouvelle tasse de thé bouillant dans la tante de Mrs Jensen. Il avait l'impression qu'il ne ferait jamais pénétrer assez de liquide chaud dans son corps. Chaque fois qu'il vidait une tasse, le froid le saisissait de nouveau et, cinq minutes plus tard, il grelottait de plus belle. C'était sans doute davantage une question de limites franchies que d'hypothermie.

Ce fut Darren qui le servit. Le garçon souriait jusqu'aux oreilles. D'un signe de tête, il désigna à Lex le fond de la tente, où Helen Beck était assise avec Beryl, Mrs Jensen et le pasteur. Ce dernier tenait la main d'Helen. Lex resta debout, sa tasse à la main, regrettant de ne pas se sentir suffisamment à l'aise pour aller s'asseoir avec eux. Même après tout ce qui s'était passé à Merrigan, il marchait encore sur des œufs, avec ces gens. Peut-être qu'il ne serait jamais à sa place, ici. Peut-être que, dans son extrême fatigue, il devenait mélodramatique. Il s'était fait des amis, ici : Sue, Ben Hackett, Sally, Mrs B. À sa propre façon, il commençait à trouver ses marques, même s'il ne serait jamais complètement détendu avec les grenouilles de bénitier.

Il resta longtemps près d'eux, réchauffé par son thé et leur conversation calme. Il aurait dû aider les autres à installer les éclairages, mais il éprouvait une fatigue telle qu'il n'en avait jamais connu. Il était vidé jusqu'à la moelle. Rester dans la tente auprès de gens qu'il connaissait était un peu apaisant, même s'ils ne l'invitaient pas à les rejoindre. Ils lui étaient familiers et une expérience collective les liait, ce qui lui suffisait pour l'instant.

Rester à l'écart lui donna pour la première fois de la journée l'occasion d'entendre une petite voix qui avait tenté d'attirer son attention tout l'après-midi. Quelque chose s'était réveillé en lui. Il le sentait, malgré sa fatigue, et c'était nouveau. Une sorte de détermination et d'acceptation. La promesse d'un chemin vers l'avenir, à la fois lourd et léger. Il y réfléchit un instant avant de laisser couler, de se laisser engloutir par les conversations qui l'entouraient. Il pourrait y repenser le lendemain, quand il aurait les idées plus claires.

Il s'étonna alors de voir Darren passer devant lui pour sortir de la tente.

— Où vas-tu ? lui demanda-t-il. Il fait un froid de canard.

— J'entends quelqu'un approcher, répondit Darren en passant la tête dehors. C'est Mr Jensen.

Mrs Jensen se leva d'un bond et sortit précipitamment. Lex passa lui aussi la tête dehors et vit Denis Jensen qui claudiquait vers eux, accompagné de Mrs B.

— Doux Jésus ! s'écria Mrs Jensen. Tu es resté là-haut toute la journée ? Quelle folie ! Je pensais que tu étais rentré à la maison après m'avoir déposée.

Lex l'aida à les faire entrer dans la tente et à les asseoir sur des chaises pliantes. Il vit Beryl se lever soudainement pour préparer du thé. Il remarqua qu'elle évitait les yeux perçants de Mrs B.

— Espèce d'inconscient, disait Mrs Jensen. J'aurais pu me faire raccompagner par quelqu'un d'autre. Et cette pauvre Mrs B. a dû t'aider à descendre jusqu'ici, alors qu'elle est à peine capable de couvrir cette distance elle-même.

— J'en suis parfaitement capable, merci, rétorqua Mrs B. de sa vieille voix éraillée.

Elle jeta un coup d'œil vers Lex et vit à quel point il était fatigué. Avec un signe de tête sec, elle accepta la tasse de thé tendue par Mrs Jensen.

— J'étais dehors, sur le cap, toute la matinée, je savais que quelque chose n'allait pas, expliqua la vieille dame. J'aurais dû écouter mon instinct, n'est-ce pas ? Mais, à mon âge, on ne sait plus très bien si c'est l'intuition ou la démence qui nous parle.

Appuyée sur sa canne, elle se pencha en avant et les passa durement en revue.

— Mais c'est plutôt vous, que la démence a frappés, cracha-t-elle. Qu'est-ce qui se passe, ici ? Un supposé sauvetage ?

Elle les foudroya tous du regard.

— Je suis descendue en ville, en début d'après-midi, et il n'y avait pas âme qui vive. À ce qu'il semble, toute la population de Merrigan est descendue jusqu'ici. J'ai dû me déplacer jusqu'à l'église pour savoir ce qui se passait. Le pasteur était le seul à être resté à son poste.

Ce dernier était toujours assis près d'Helen. Elle le salua d'un signe de tête.

— Il était déjà arrivé qu'une baleine s'échoue dans le coin, vous le saviez ? Il y a des années de cela. Mais ça ne s'était pas passé comme ça, précisa-t-elle en agitant les mains. La dernière en date, ils l'avaient abattue. L'armée s'en était chargée. Et c'était bien plus humain à voir que toute votre mascarade. Denis et moi, nous avons tout vu depuis le haut de la colline. Cette pauvre bête, traînée dans l'eau par la queue. Vous devriez avoir honte, tous autant que vous êtes, d'avoir été mêlés à ça.

Personne ne répondit.

— Maintenant, reprit-elle en donnant un coup de canne dans le sable, dites-moi où est Jimmy Wallace. Si quelqu'un est capable de m'expliquer les choses, c'est bien lui. Les Wallace en savent plus sur les baleines que n'importe qui d'autre dans la région.

— Il est au bord de l'eau, lui apprit Lex.

— Emmenez-moi jusqu'à lui.

Lex la prit par le coude et ils marchèrent jusqu'à la mer où Jimmy se trouvait avec Callista. Jimmy les sentit arriver et se tourna vers Mrs B. Leurs regards se croisèrent silencieusement pendant de longues secondes. Pas un mot ne fut prononcé.

— Je vois, dit-elle en prenant la grosse main calleuse qu'il lui tendit.

Ses épaules s'affaissèrent et sa colère s'évapora. Quelque part, dans cet échange silencieux, Jimmy avait transmis à Mrs B. tout ce qu'elle avait besoin de savoir. Il lui passa un bras autour des épaules et ils contemplèrent la mer en silence, longtemps.

Lex s'éloigna sur la plage jusqu'à ce qu'il se retrouve seul. Il s'assit dans le crépuscule glacial, conscient de son pouls qui tambourinait follement dans son crâne et de la chair de poule qui hérissait ses bras. L'incertitude lui glaçait les sangs. Il balaya la plage du regard. Tous les autres devaient se sentir comme lui. La plupart des bénévoles étaient regroupés près de l'eau. Ils ne voyaient plus grand-chose dans la lumière diffuse de cette fin d'après-midi. Juste les formes sombres des bateaux au loin, se fondant à l'horizon.

Lex baissa la tête entre ses genoux et ferma les yeux. Il revoyait encore la matinée brumeuse, lorsque Callista et lui étaient descendus ensemble sur la plage, malgré le vent. Il restait encore un espoir pour eux, alors, des possibilités, un avenir. Mais cette journée avait scellé leur sort, encore une fois, la dernière. Dans un sens, leur désaccord à propos de la baleine était le symbole de leur incapacité à trouver un terrain d'entente. Il était surpris d'avoir été le plus calme des deux, le plus pragmatique, aujourd'hui, sur la plage, celui qui avait vu l'absurdité d'infliger une longue souffrance afin de flatter une volonté tout humaine de sauvetage. Il aurait voulu que la baleine connaisse une fin paisible. Et c'était Callista, si large d'esprit et ouverte quand il s'agissait de sujets sensibles comme la chasse à la baleine, qui s'était laissé emporter dans la course stupide au sauvetage, l'approche de la « vie à tout prix ». Ce n'était pas ce à quoi il s'était attendu. Et ils s'étaient une fois de plus retrouvés en désaccord. Il sentit la charge émotionnelle accumulée au cours de cette journée dégringoler sur lui.

Il entendit vaguement la voix de Taylor crachoter de nouveau dans le mégaphone, puis son ton, soudain excité, attira l'attention de Lex. Il bondit sur ses pieds et scruta l'horizon de plus en plus sombre.

Le silence s'installa pendant que Taylor attendait des informations venues de son talkie-walkie.

— Ça remue de façon inattendue, là-bas, dit-il. Apparemment, la baleine roule sur elle-même comme pour tester ses capacités… Elle a levé une nageoire pectorale de chaque côté. L'a fait claquer dans l'eau… Tim dit que sa respiration est assez régulière… quoiqu'un peu laborieuse… mais elle bouge toujours… les gars pensent qu'elle se prépare à plonger… Ils restent derrière pour la maintenir dans la bonne direction.

Lex espérait que la baleine plongerait bientôt. Qu'elle se barrerait de là pour de bon, alors que la nuit tombait. Il l'imagina onduler sous la houle, l'aileron pointant juste avant que la queue ne se dresse au-dessus de l'eau et y redisparaisse. Il espérait que la baleine s'en irait de façon spectaculaire, la queue bien haute. Ce serait une victoire pour elle, de partir comme ça.

Il jeta un coup d'œil sur la plage, où tout le monde attendait. Dans l'obscurité, il voyait de temps en temps la lueur d'une cigarette qu'on allumait au bord de l'eau. Les murmures monotones se mêlaient au ressac incessant des vagues qui s'écrasaient sur la plage. Lex se sentait étrangement détaché. Et le sable était de plus en plus froid. Comme tout ce qui se passait à présent au large, les faits manquaient de tangibilité, de réalité. Mais il valait mieux qu'ils ne voient pas ce qui se passait là-bas. Ils pouvaient imaginer la fin qu'ils voulaient. La réalité serait sans doute bien moins libératrice.

Il repensa à Callista et sentit la résignation le gagner. Un accès de solitude. Une douleur momentanée, celle de ne pas savoir où aller. Puis la voix de Taylor grésilla dans le mégaphone.

— Nous ne savons pas trop pourquoi la baleine est toujours là. Alors qu'ils pensaient qu'elle allait plonger, elle s'est de nouveau immobilisée à la surface... Ils vont s'approcher d'elle en Zodiac pour l'encourager à prendre le large...

Le cœur de Lex se mit à palpiter. Sa résignation s'évanouit et l'espoir refit surface, mêlé de peur. La voix de Taylor résonna dans le mégaphone, sèche et prudente.

— Ils sont à côté de la baleine, maintenant. Ils ont braqué les projecteurs sur elle car il fait de plus en plus sombre, là-bas. Tim se penche du Zodiac pour la stimuler un peu... Bonne nouvelle. Apparemment, elle répond bien... Ils disent qu'elle remue. Peut-être qu'elle regarde autour d'elle... on dirait qu'elle va nager... Ils reculent pour la maintenir face au large... Elle avance, ils me disent, elle nage un peu... ils doivent la suivre... On dirait qu'elle va plonger... Oui. Ça y est. Elle a relevé la queue. Et la voilà partie. C'est fini !

Du bout des doigts, Lex se toucha les joues et fut surpris d'y trouver des larmes.

Les bateaux suivirent la baleine plus loin au large, mais la foule n'avait plus rien à faire sur place. Après le *happy end* tant attendu, la journée pouvait se terminer. Tout le monde se rassembla autour des lumières soudaines des projecteurs, se serra la main, se donna des tapes dans le dos. C'était une célébration feutrée. Maintenant que tout était fini, restait une atmosphère de ravissement fatigué, de désorganisation épuisée.

Taylor se déplaçait doucement dans la foule, serrant des mains, parlant peu. Jarrah lui donna une bourrade dans le dos avec une jubilation enthousiaste et Taylor lui prit la main mais ne lui offrit qu'un petit sourire. Callista fut surprise de le voir si peu animé. Il était peut-être trop fatigué, à moins qu'il n'ait vécu trop souvent ce genre de chose. Une fois l'excitation passée, la nausée la reprit. Elle ne se rappelait pas avoir déjà été si épuisée. Elle se fondit dans les ombres en bordure du camp à la recherche de son père. Les gardes forestiers commençaient déjà à remballer le matériel. Le connaissant, il devait les aider.

Jimmy était au bord de l'eau, occupé à dégonfler des matelas et à plier une corde en larges anneaux sur le sable. Dans la pénombre, il paraissait blême et hagard. Ses gestes étaient mécaniques – les mouvements délibérément lents d'un homme las, vieillissant.

— Papa ! lança-t-elle. C'est formidable, non ?

Jimmy leva la tête. Son regard était vide.

— La baleine... reprit Callista. Tu n'es pas content ?

Il jeta un autre anneau de corde sur le sable.

— La baleine ne va pas survivre, Callie. Taylor ne pouvait pas le dire à tout le monde mais il n'y a plus aucun espoir pour cette pauvre bête. Elle a commencé à saigner de l'évent. Sa respiration était irrégulière. Et elle n'arrivait pas à flotter en restant droite.

Elle penchait sans cesse sur le côté et devait se corriger à chaque respiration.

— Elle a quand même une chance de s'en tirer, non ?

Jimmy se leva un instant, les mains au creux des reins, et s'étira le dos en étudiant Callista.

— Tu as une mine affreuse, ma fille.
— Je me sens très mal.

Il lui désigna la mer.

— Ils vont la suivre encore sur un kilomètre et quelques, et puis ils rebrousseront chemin. Quand ils viendront déposer le véto, je te ferai monter dans le Zodiac, qui t'amènera à Jordi. Il te déposera chez toi. Moi, j'en ai encore pour des heures. Il faut tout remballer.

Il finit de plier la corde.

— Lex est encore dans le coin ? demanda-t-il.
— Oui, quelque part.
— Tant mieux, on va avoir besoin de ses muscles. La foule va se disperser très vite, maintenant. Plus rien ne les retient. Remballer, c'est loin d'être aussi romantique qu'un sauvetage.
— Il n'y a rien de romantique dans un sauvetage de baleine.
— Tu auras au moins appris quelque chose.
— Tu brises mes dernières illusions.
— Tu m'aurais cru si je t'avais menti, le sourire aux lèvres ?

Prendre le Zodiac jusqu'au bateau de Jordi dans le noir lui sembla un peu angoissant. Lorsqu'ils s'éloignèrent de la côte illuminée, le pilote du Zodiac donna une lampe torche à Callista pour qu'elle l'aide à naviguer face aux déferlantes. Puis il lui demanda d'éteindre et ils se servirent de la douce lumière émanant du bateau de Jordi pour se diriger sur la houle. Son frère la hissa à bord et salua d'un geste de la main le pilote qui s'éloigna à toute vitesse vers le *shark cat*.

Jordi ne dit rien, bien sûr. Dans le bref coup d'œil qu'il lui accorda, elle comprit qu'il savait des choses qu'il ne voulait pas partager, et elle respecta son silence. Les paroles de Jimmy lui avaient suffi. D'un geste vague, son frère lui désigna un siège mais elle passa devant pour se diriger vers la proue où elle demeura tandis qu'il virait de bord vers le large afin de contourner la falaise. Tout là-bas, elle voyait les lumières périodiques de la balise qui leur signalait la présence des rochers. Longtemps, elle garda les yeux baissés sur l'eau et suivit les montées rythmées d'écume blanche lorsque la proue pénétrait la houle, fendant les eaux noires.

Un peu plus loin en mer, un grain arriva. La pluie dégoulina sur le visage de Callista et Jordi l'appela pour qu'elle s'abrite. Malgré tout, elle resta dehors. Quelque part, la punition infligée par le mauvais temps lui paraissait méritée et elle voulait la subir, même si c'était irrationnel. Son visage était gelé et les gouttes de pluie lui cinglaient la peau comme des aiguilles. Jordi la rappela. Mais elle avait besoin de cette douleur. Elle ne pouvait l'expliquer. Elle resta là, dehors, tandis que la pluie se glissait sous sa capuche, à l'intérieur de son manteau.

Le grain prit fin aussi soudainement qu'il était arrivé. Callista se retrouva de nouveau dans la nuit claire, à observer les lumières pâles du bateau illuminant l'eau au-delà de la proue. Elle comprit qu'elle avait perdu la balise de vue pendant l'averse car elle se trouvait à présent juste devant eux, œil clignotant dans les ténèbres. Comme la vie, franchement. La vérité est toujours là, sauf qu'on la perd parfois de vue dans le brouillard de nos orages internes. Il faut des événements importants pour qu'on l'aperçoive de nouveau. Puis il y a des moments de lucidité intense où le chemin paraît si évident qu'on se demande comment on a pu s'égarer.

En revanche, elle ne comprenait toujours pas ces fichues barrières – ces obstacles qui surgissent alors qu'on pensait savoir où on va, si énormes qu'on ne sait pas comment les franchir. Comme avec Lex. Elle avait besoin qu'il lui montre où elle pouvait poser ses pieds pour qu'elle puisse grimper jusqu'à lui en toute sécurité. Mais il détournait toujours le regard.

Quand Lex rentra dans la tente du ravitaillement, il découvrit des visages las. Alors qu'il avait prévu d'aider les gardes forestiers à remballer, il comprit qu'il avait plus important à faire. Ce groupe avait besoin qu'on les raccompagne à leurs voitures. Il devrait emprunter une torche à l'un des employés pour les conduire jusqu'en haut de la plage. Mrs et Mr Jensen avaient l'air dépassés par les événements. Helen semblait murée dans le silence, et Darren lui tenait toujours la main, le visage blême et tiré par la fatigue. Beryl était pâle et échevelée, malgré le rouge à lèvres et le henné, et Mrs B., assise sur une chaise pliante, lui tournait le dos, raide comme un piquet, une main sur la canne, prête à partir. Sa bouche n'était plus qu'une ligne pincée et ses vieux yeux bleus transperçaient le regard de Lex. Elle était furieuse, à cause du sauvetage. Et de la proximité de Beryl. Sue et John Watson continuaient à remballer les vivres dans la tente voisine. Ils pourraient trouver seuls leur chemin. Quant au pasteur, il était parti plus tôt, juste avant le crépuscule.

Avant d'emmener le groupe de Merrigan vers la colline, Lex chercha Jimmy. Il était en train de démonter la tente des bénévoles avec deux autres hommes.

— J'espérais bien que vous me retrouveriez, dit Jimmy en posant une poignée de piquets pour serrer la main de Lex. Nous aurons besoin de toute l'aide disponible.

— Je dois d'abord raccompagner quelques habitants du coin à leurs voitures. Certains ont vraiment l'air épuisés.

— Nous en avons pour un moment.

Jimmy fixa Lex longuement.

— Ça se présente mal, hein ? fit Lex.

Jimmy confirma d'un hochement de tête.

— Est-ce qu'elle le sait ?

— Je l'ai renvoyée chez elle avec Jordi.

— Tant mieux. Mieux valait l'éloigner de la plage.

— On se reverra bientôt, répondit Jimmy en lui empoignant les épaules.

Il leur fallut du temps pour remonter la plage dans le noir. Le faisceau de la torche découpait un cercle brillant dans une nuit d'encre. Lex chargea Darren d'ouvrir la voie avec la lampe pendant qu'il marchait juste derrière en soutenant Mrs B. et Mr Jensen. Beryl et Helen épaulaient Mrs Jensen, qui avait les jambes raidies après avoir passé la journée debout dans le froid. C'était un peu étrange de suivre la lumière vive de la torche, enveloppés dans le manteau lisse et noir de la nuit.

Lex les guida doucement à travers les dunes. Le vent glacial couchait les herbes et tourbillonnait autour des voitures, trempant le paysage d'une brume iodée. Il demanda à Mrs B. s'il pouvait lui rapporter sa voiture plus tard et si elle voulait bien se faire raccompagner par Helen. Il avait besoin d'un véhicule et il se doutait qu'un trajet avec Beryl ne ferait rien pour arranger la mauvaise humeur de sa voisine.

Mrs B. lui cramponna la main après qu'il l'eut aidée à monter dans la voiture de la bouchère.

— Passez donc me voir quand vous serez rentré. Je vous attendrai avec du sherry et des scones tout chauds.

— Merci, Mrs B., mais il est inutile de veiller pour moi.

— Je ne dormirai pas, insista-t-elle.

Lex les regarda partir, les phares fendant follement le brouillard tandis que les voitures bringuebalaient sur le terrain accidenté jusqu'au sentier de terre. Puis il rebroussa chemin d'un pas las vers les dunes.

33

Il était presque minuit lorsque Lex rentra chez lui. Il resta assis sur son canapé, dans le noir, à écouter le vent secouer les fenêtres. Il faisait froid, dans la maison. Avec sa façade en verre, elle ne retenait jamais bien la chaleur. Et, dehors, il n'y avait rien. C'était le noir total. Dans ces ténèbres, il pouvait se diluer, n'être personne, et cela convenait à son humeur. Mis à part les douleurs dans ses muscles et ses os, il ne restait plus rien de lui. Il était agréable de rester là, dans le néant, après tant d'éclats émotionnels. Il retrouvait la paix.

Lorsqu'il repensait à la baleine, un nœud se resserrait en lui. Quelque part entre sa poitrine et sa gorge, semblable à ce qu'il ressentait en pensant à Isabel. Une autre bataille perdue. Comme Callista. Sa lassitude décupla. Comment dépasser cet état d'inertie ? Il pouvait prendre une douche et aller se coucher. Rincer le sel et chercher quelque chose de positif à retirer de cette journée. Mais il était peut-être trop épuisé pour analyser quoi que ce soit.

Une lumière s'alluma dans la maison de Mrs B. et Lex se rappela les scones et le sherry promis. Il y avait de la chaleur humaine, là-bas, au moins. De la compagnie. Il devrait peut-être vraiment prendre une douche et y aller. Pour débriefer. Purger les événements de la journée. Ou peut-être qu'il ferait mieux de ne rien dire. Mrs B. savait, de toute façon. Elle semblait toujours tout savoir. Il opta pour les scones et le sherry.

Mrs B. alluma quelques bougies sur la vieille table en bois et éteignit la lumière. Les flammes vacillaient et dansaient dans le courant d'air qui passait sous la porte. Ils burent du vin cuit en écoutant le vent qui faisait claquer des planches descellées sous les avant-toits.

— Je les clouerai demain, promit Lex.

Mrs B. grogna et souleva son carafon en cristal coiffé d'un lourd bouchon pour les resservir.

— Rien ne presse, dit-elle. Il y a des années qu'elles claquent quand il y a du vent. Si je me réveillais sans les entendre, je risquerais de croire que je suis morte.

Lex vit la flamme de la bougie vaciller. L'alcool le réchauffa et le détendit, et il se concentra sur le léger crépitement du feu dans le vieux poêle de sa voisine.

— Qu'est-ce qu'il s'est passé, là-bas, aujourd'hui ? demanda-t-elle au bout d'un moment.

Lex contempla la flamme de la bougie en silence.

— Le vétérinaire devait le savoir, reprit-elle. Ils auraient dû abattre cette pauvre bête. Achever ses souffrances.

— C'était compliqué, sur la plage.

— Au point de justifier tant de cruauté ?

— Ce n'était pas mon choix. Moi, je voulais la laisser tranquille, depuis le début.

— Je ne vous reproche rien, mon grand. C'est juste que je ne comprends rien à cette folie, cette absence de jugeote. Ils auraient dû voir qu'il était inutile de s'acharner.

Il secoua la tête, las.

— Il n'aurait même pas fallu intervenir. Mais j'ai appris deux ou trois choses, là-bas, aujourd'hui. J'ai appris que la nature appartient à tout le monde. Et que les baleines appartiennent au royaume du sacré. Quand la vie d'une baleine est en jeu, rien ne justifie l'euthanasie. La baleine nous appartient à tous et nous voulons tous la sauver. La douleur et la souffrance n'entrent pas en ligne de compte. Même le vétérinaire a admis qu'il avait du mal à l'examiner. Et si lui-même ne sait pas ce qu'il se passe, qui d'autre peut prendre des décisions ? Et qu'est-ce que l'objectivité, pour tous ces gens bouleversés ? Qu'est-ce que ça veut dire ?

— Est-ce qu'ils ont parlé de l'euthanasier à un moment ou l'autre ?

— Bien sûr que non. La possibilité d'une mort paisible a disparu à l'instant où j'ai tourné le dos à Callista, sur cette plage, pour aller prévenir les parcs nationaux. Je savais comment cela allait se passer. Agir ou être maudit.

— La fille s'est juste laissé emporter par l'émotion. Elle aurait fini par entendre raison.

— J'en doute. Elle est restée sur ses positions toute la journée.

— Vous pensez qu'elle aurait admis devant vous qu'elle avait changé d'avis ? C'est une Wallace, après tout.

Lex réfléchit un instant avant de répondre.

— C'est vrai qu'elle m'a aidé quand je suis ressorti de l'eau pour la dernière fois.

— C'était sans doute sa façon de céder du terrain. Ce genre de chose peut être subtil, vous savez.

Mrs B. leur versa une nouvelle rasade de sherry.

— Cela dit, elle avait raison sur une chose, vous savez, reprit Lex. Périr sur la plage n'aurait pas été paisible non plus pour la baleine.

Il sirota son sherry en repensant aux événements de la journée.

— Et ce n'est pas tout. Il y a cette étrange idée que les baleines sont le symbole de tout ce qui est grandiose et beau sur Terre. Tout ce qui est sauvage et libre. Je ne sais pas d'où ça vient. Cela n'a rien de rationnel. C'est peut-être parce qu'elles sont gigantesques, parce qu'on ne les voit pratiquement jamais. Et, si par bonheur on les aperçoit, c'est toujours une rencontre incroyable... Vous vous rappelez comme nous étions fous de joie, en voyant ces baleines, pendant la balade avec Jimmy ? On ne peut pas tuer ça, Mrs B. On ne peut pas tuer la passion que les gens éprouvent pour les animaux sauvages.

Il marqua une pause et fit glisser ses doigts autour du pied de son verre, observant ses pensées prendre forme dans la flamme vacillante de la bougie.

— Je comprends le point de vue de Callista, à présent. Je comprends ce qu'elle essayait de me dire. Si on ne peut pas aider une baleine échouée sur notre plage, quel espoir nous reste-t-il ? Si on ne peut pas agir avec passion pour sauver une créature qui représente le summum de la liberté, alors on tue tout espoir d'être utile en ce bas monde. Il ne nous reste plus rien. Et nous sommes suffisamment impuissants comme ça quand il s'agit de changer les choses.

Il fixa la flamme.

— C'était épouvantable, sur la plage.

Mrs B. tendit le bras et prit la main de Lex dans sa poigne sèche et ferme.

— Je sais, dit-elle.

Ils burent encore un peu. Passant le temps en silence, en bonne compagnie, jusqu'à ce que Lex se sente suffisamment réchauffé pour aller se coucher.

Lex dormit du sommeil lourd, sans rêve, des épuisés, et se réveilla dans une matinée grise en sentant des muscles dont il avait jusque-là ignoré l'existence. Il aurait aimé pouvoir rouler sur le côté et replonger dans l'oubli mais une faim dévorante le tiraillait. Allongé sur le dos, il fixa le plafond en se demandant comment aujourd'hui il analyserait les événements de la veille, et si le sommeil avait altéré son point de vue, comme c'était souvent le cas. Cependant, alors qu'il restait là, allongé, à ressasser cette terrible journée, il ne trouva rien de neuf ni de satisfaisant. Qu'il approuve ce qui s'était passé ou non, les faits demeuraient – ils avaient fait tout leur possible, avec de bonnes intentions. Ce devait être suffisant. L'aspect éthique de la situation était un problème à part. Il relevait des discussions publiques et des débats. Pas d'un seul individu, armé de ses propres convictions. Même au tout début, Lex n'avait pas vraiment eu le choix – le choix de partir en laissant la baleine en paix.

En un sens, c'était exactement comme avec Isabel. Il avait fait tout son possible, avec de bonnes intentions. Quelle que soit la fin terrible, la mort de la baleine, et peut-être aussi celle d'Isabel, ce n'était pas sa faute. Il se sentait étrangement soulagé. Apaisé.

Après le petit-déjeuner, il prit un marteau et de gros clous dans la boîte à outils trouvée au fond du placard de la buanderie et alla chez Mrs B. chercher une échelle dans son bazar. Elle fit chauffer la bouilloire pendant qu'il remettait en place les planches sous l'avant-toit. Puis ils mangèrent les restes des scones et prirent le thé dans la véranda. C'était déconcertant, qu'une journée puisse sembler si normale après les événements de la veille.

— Vous ruminez quelque chose, déclara-t-elle au bout d'un moment. Je le sais.

Lex reposa sa tasse sur la soucoupe. Il était surpris de se sentir si serein, après une telle décision.

— Quand ma fille est décédée de la mort subite du nourrisson, elle avait à peine huit mois. J'ai perdu quelque chose d'incommensurable, avec elle – une vie entière dans laquelle je m'étais projeté. Et il m'a fallu longtemps pour arriver jusque-là mais, maintenant, je crois que j'ai aussi gagné quelque chose, en la perdant. Elle m'a appris énormément, à travers le chagrin. Alors peut-être que, d'une certaine façon, sa vie n'a pas été complètement perdue.

Mrs B. l'écouta en le couvant de son regard bleu débordant de compassion.

— Hier, quelque chose s'est cicatrisé en moi, reprit-il. J'adore cet endroit. La mer, le ciel, le vent.

Mrs B. pinça un peu les lèvres avant de répondre :

— Mais vous devez partir.
— C'est si évident ?
— Le pire de votre deuil est terminé.
— Est-ce que c'est toujours comme ça ? Soudain, on sort de cet horrible trou noir et on revoit la lumière ?

Elle sourit.

— Cela n'a pas été aussi soudain pour vous que vous le pensez. C'est très graduel, cette façon de « revoir la lumière », comme vous dites. N'oubliez pas, je vous ai observé. Vous avez guéri peu à peu. Il en va ainsi avec les blessures les plus profondes de la vie.

Il acquiesça.

— Aujourd'hui, je suis à bout de forces mais, bizarrement, j'ai l'impression d'avoir assez d'énergie pour recommencer à vivre. Correctement.

— Et que pensez-vous que vous ayez fait ici, mon garçon ?

— J'attendais le bon moment – en tentant de guérir, de reprendre pied. Comme si j'avais été détruit, à la mort d'Isabel, et que cet endroit m'avait ressuscité. J'étais en convalescence.

— Et vous pensez devoir retourner à Sydney pour trouver cette nouvelle vie pour laquelle vous êtes prêt ?

— Je dois y aller pour régler quelques trucs. Terminer ce que j'ai laissé en plan.

— Dans la vie, on n'est pas obligés de terminer tout ce qu'on entreprend. Parfois, il est acceptable de passer à autre chose. En fait, c'est une nécessité.

— J'ai essayé, ici, Mrs B. Mais j'ai fait trop d'erreurs.

— Callista ?
— Je pense que c'est fichu. Pour de bon.
Elle le dévisagea de ses yeux bleu-gris, sans le juger.
— Faites ce que vous devez faire, mon garçon.

Callista arriva à la maison du cap en début d'après-midi. Elle grimpa les marches lentement et trouva Lex à l'intérieur, en train de fermer une valise. Autour de lui, des piles de livres et de vêtements jonchaient le sol. La panique la prit à la gorge.
— Qu'est-ce que tu fais ? demanda-t-elle.
— Mes bagages.
— Je le vois bien.
Il tira sur la fermeture éclair et poussa la valise contre le mur. Puis il se releva en grimaçant.
— J'ai mal partout, aujourd'hui.
Elle garda une expression neutre, malgré les palpitations de son cœur. En venant là, elle s'attendait à des marques d'intimité de sa part. Un signe lui montrant qu'il était content de la voir. Mais tout en lui était distant, replié sur soi et froid.
— Donc, tu pars.
— J'ai décidé de rentrer chez moi.
— Retrouver Jilly ?
Il se frotta le dos pour masser une zone douloureuse.
— Non. C'est fini. Je vais retourner à la radio. Shane avait l'air de croire qu'on me reprendrait.
Callista s'efforça de réprimer sa détresse.
— Tu ne m'as jamais beaucoup parlé de ta vie. De ta carrière de journaliste.

Il haussa les épaules.

— Sans doute qu'ici ce n'était pas important. Je peux t'en parler maintenant, si tu veux. Il n'y a pas grand-chose à dire.

— Ce n'est pas l'avis de Shane.

— Ça ne m'étonne pas de lui, il m'enviait ma femme et mon boulot depuis des années.

— Je croyais que c'était ton ex-femme, releva Callista en frémissant.

— C'est le cas.

— Shane m'a dit que tu étais une célébrité. Et que tu mettais l'ambiance partout où tu allais.

— Il faut bien se construire un visage public pour pouvoir se cacher derrière.

— Quel est ton vrai visage, dans ce cas ?

Il se pencha pour ramasser un mouchoir déplié sur le sol.

— Tu l'as vu. Il est barbant. Je suis aussi banal que le premier venu.

— Pourquoi y retourner, dans ce cas ? Retourner aux faux-semblants ?

Elle n'arrivait pas à croire qu'il puisse l'envisager.

— C'est ce que je fais de mieux.

— Faire semblant ?

— Non, répondit-il, l'air las. De la radio.

— Tu vas donc retourner dans la petite case de ton ancienne vie ? lança-t-elle, cynique.

— Ce sera différent. J'ai changé.

Callista balaya le salon du regard d'un air découragé. On aurait dit qu'il était déjà parti. La pièce dégageait une froideur nouvelle.

— Que feras-tu de cette maison ? demanda-t-elle.

— Je la garderai. Je pourrai y descendre le week-end. Et je m'arrangerai pour prendre mes vacances au printemps, quand les baleines reviendront.

— Et tu passeras faire un petit coucou à tes vieux amis de Merrigan ? Ce ne sera pas la même chose, tu sais. Tu ne seras plus chez toi, ici.

— Je n'ai jamais été chez moi ici, de toute façon.

— C'est une insulte, répliqua-t-elle, cédant à son irritation grandissante. Quand tu as pris le temps de parler aux gens d'ici, cette communauté t'a accueilli à bras ouverts. Ici aussi, tu es déjà une célébrité, et grâce à des actions concrètes – le sauvetage de Mrs B., l'élection des Miss. Pas pour un bavardage incessant et superficiel à la radio. Dis-moi, combien d'habitants de Sydney vas-tu arrêter dans la rue pour discuter un instant ? Tu perdras toute impression de communauté, là-bas.

— La radio est une forme de communauté.

— C'est faux, Lex, et tu le sais. Tu parles d'un groupe où règne la pensée unique, dont les membres restent ensemble parce qu'ils vivent dans un cocon. Une vraie communauté, c'est un mélange de personnes avec des opinions différentes. C'est une mosaïque.

— Si tu le dis, soupira-t-il.

— Tu t'enfuis encore, je pensais que tu valais mieux que ça.

Callista éprouvait tant de mépris qu'elle en était malade. Elle avait attendu tellement plus de lui. Tout ce dont elle avait besoin, c'était un signe lui prouvant qu'il voulait d'elle.

— Je ne m'enfuis pas. Ma place est à Sydney.

— Tu ne crois pas sincèrement que la vie sera mieux, là-bas, pas vrai ?

— Peut-être pas. Mais ce sera plus animé.

— C'est ça, tu occuperas ton temps et ton esprit pour t'empêcher de voir où tu es retombé.

— Peut-être, mais je ne peux pas traire des vaches jusqu'à la fin de mes jours.

— C'est ton copain le journaliste, pas vrai ? Il t'a monté contre nous. Il nous a décrits comme une bande de ploucs et tu l'as cru.

— Tu n'y es pas.

Il se refermait sur lui-même, le visage tiré et distant. Elle essaya de l'atteindre à travers tous les sentiments qui restaient en elle : l'angoisse et – l'espoir s'amincissant – l'exaspération.

— Tu pourrais faire autre chose, ici, si tu te servais de ton imagination. Tu pourrais monter un journal local. Mettre tes talents en pratique. La communauté te soutiendrait. Si tu n'étais pas resté empêtré dans tes problèmes si longtemps, tu aurais pu y penser plus tôt.

Lex releva la tête. Ses yeux lançaient des éclairs.

— Callista. Arrête.

— Non, je n'arrêterai pas. Je pense que tu te conduis comme un égoïste. J'imagine que j'aurais dû m'y attendre, de la part d'un mec de la ville, et journaliste, en plus. Tu débarques ici, tu profites de l'amitié et du soutien de notre communauté et puis tu te barres. On ne mérite pas ça.

Lex était furieux et Callista éprouva un bref instant de triomphe. Au moins, elle avait réussi à le faire réagir.

— C'est pour ça que tu es là ? dit-il. Pour me crier dessus ? Ce n'est pas comme si je n'avais pas tout essayé, avec toi. Sauf que je ne peux pas gagner, quelle que soit la façon dont je m'y prends.

— Si c'est ce que tu ressens, je ferais mieux de partir.

Sur la terrasse, elle s'immobilisa pour regarder vers le large, où un rayon de soleil jouait à fendre les nuages et à nimber d'argent quelques vagues. Et la voilà qui observait encore la lumière, même en temps de crise. Elle descendit lentement les marches, le cœur battant.

— En fait, j'étais venue m'excuser, dit-elle à Lex, qui était sorti.

— Pourquoi ? demanda-t-il, les bras croisés contre son torse, le visage impassible.

— Tu avais raison. On aurait dû s'en aller, comme tu l'as suggéré. J'ai eu tort de te jeter toutes mes leçons de morale à la figure.

— Ce n'est pas important.

— Si, ça l'est.

— Il n'y avait pas de bonne ou de mauvaise décision.

— Est-ce que mon père t'a dit, pour la baleine ?

— Oui.

— Qu'elle allait mourir ?

— Oui.

— C'est pour ça que tu t'en vas ?

— Non.

— Alors, pourquoi ?

Il la fixa d'un air désespéré et elle comprit qu'il l'ignorait lui-même.

Tu ne sais pas quoi faire d'autre, pas vrai ? songea-t-elle.

— Quand pars-tu ? s'enquit-elle en prenant soin de contrôler sa voix tremblante.

— Demain, dans la journée. La plupart de mes affaires peuvent rester là. Je ferai plusieurs allers-retours dans le mois.

Callista balaya lentement la maison du regard, l'herbe qui ondulait doucement dans la brise, les cieux gris changeants, le lent déferlement des vagues et puis Lex, debout sur la terrasse, silencieux, replié sur lui-même.

— Bon, je crois que je vais y aller, dit-elle.

Le lendemain matin, Callista monta dans le Combi pour aller là-haut, chez Jordi. De la brume grise et humide s'accrochait à la cime des arbres. Un goutte-à-goutte glacé tombait des feuilles. Jordi s'était retranché dans sa cabane, où il entretenait un feu dans la vieille cheminée de pierre, davantage pour l'ambiance que pour le chauffage. Il était assis sur une vieille chaise pliante, les yeux braqués sur la porte comme s'il l'attendait. Son bonnet était tiré bien bas sur ses oreilles et il portait un duffle-coat épais et élimé pour se tenir chaud.

— Du thé ? demanda-t-il lorsqu'elle referma la porte dans un grincement et qu'elle déplia une autre chaise.

— Bien sûr.

Elle s'assit à côté de lui et regarda les flammes alanguies lécher paresseusement les lourdes bûches.

— Je n'ai qu'une demi-heure, dit-il. Je dois emmener un groupe de pêcheurs à onze heures. Il faut que j'aille chercher le bateau et préparer le ravitaillement. Ils veulent manger à bord, aussi.

— Je ne vais pas rester longtemps. Je voulais juste passer un peu de temps avec toi.

Jordi lui servit une tasse de thé puis reposa la marmite dans la cheminée, au bord des braises. Elle sentit qu'il la dévisageait tandis qu'elle sirotait le breuvage chaud, mais elle esquiva et ne dit rien.

Il lui laissa cinq minutes de silence puis posa bruyamment sa tasse.

— Qu'est-ce qui ne va pas ? demanda-t-il d'un ton impérieux.

La respiration de Callista accéléra. Elle ne s'était pas attendue à ce qu'il l'interroge.

— Oublie cette foutue baleine, grogna-t-il. Il n'y avait rien d'autre à faire.

— Ce n'est pas à cause de la baleine, dit-elle, affaiblie.

— C'est quoi, alors ?

— Je suis enceinte, lui apprit-elle sans lever les yeux.

Elle fixa le feu, se laissa un instant emporter par une nouvelle vague de nausée, avant de croiser son regard. Il l'observait, l'image même de l'incertitude.

— C'est une bonne ou une mauvaise nouvelle ? voulut-il savoir.

— Je ne sais pas.

— Je pensais que tu voulais un enfant. Tu lui as dit ?

Elle fit non de la tête.

— Pourquoi ? Le connaissant, il l'assumera.

— Il s'en va.
— Où ça ?
— À Sydney. Retrouver son ancienne vie.
Jordi se leva.
— Non, il ne s'en ira pas. Pas quand tu le lui auras dit, il ne partira pas.
— Je ne vais rien lui dire. Je ne veux pas de lui s'il rêve d'autre chose.
— Il va retrouver sa femme ?
— Il m'a dit que non.
— Tu le crois ?
— Oui. Je le crois.
— Alors tu dois lui dire. C'est un homme bon. Si c'est lui le père, il a le droit de le savoir.
— Qu'est-ce que tu veux dire par « c'est un homme bon » ? Tu ne l'as jamais particulièrement apprécié. Ne le défends pas maintenant.
— Il a le droit de savoir, répéta Jordi, entêté.
— Et moi j'ai le droit de ne pas lui dire, insista Callista, pâle et nauséeuse, mais inflexible. Je ne vais pas reproduire les mêmes erreurs que la dernière fois.
— Quelles erreurs ?
— Me jeter dans les bras d'un homme juste parce que je suis enceinte.
— Lex n'est pas Luke. Et tu n'es pas obligée de l'épouser tout de suite.
— Je ne suis pas obligée de l'épouser tout court.
— Alors, pourquoi t'inquiéter ? Pourquoi tu ne peux pas juste lui dire et voir comment ça se passe ?
— Voir comment ça se passe ? Pourquoi ça serait différent ? s'emporta-t-elle avant de secouer la tête. Non, je ne lui dirai rien.

Jordi se tourna brusquement et balança un coup de pied dans sa chaise. Il la frappa encore, de toutes ses forces, contre le mur de la cabane.

— C'est quoi, votre problème, à tous les deux ? hurla-t-il.

Callista ne l'avait jamais vu si furieux. Ses larmes jaillirent de nulle part.

— Je ne sais pas, dit-elle. Chaque fois qu'on arrive à s'entendre, il se passe quelque chose et c'est comme un mur qui se dresse entre nous.

— C'est quoi, cette fois-ci ?

— La baleine. Il voulait qu'on la laisse mourir. Et je refusais de l'écouter. J'ai rejeté toute ma culpabilité sur lui. J'ai tout misé sur le sauvetage de cette baleine.

— C'est le passé. Tu as tout pour être heureuse, maintenant. Tu ne vois pas qu'il t'aime ?

Comment cela pouvait-il être si évident pour Jordi et pas pour elle ?

— Tu as peint ton orage, reprit-il. Maintenant, laisse-le partir. Qu'attends-tu de Lex ? Du tonnerre et des éclairs ? Tu peux toujours courir. Ce n'est pas son genre.

— C'est quoi, son genre ?

Il la couva d'un regard grave.

— Il est fiable. Aussi fiable que la marée.

Il lui prit les mains, fébrile. Elle baissa les yeux vers sa peau couverte de suie noire, ses jointures incrustées de terre. Et sa voix continua à lui parvenir, douce et insistante, à présent.

— Il y a quelque chose de neuf, dans ta vie, disait-il. Quelque chose d'excitant. Un nouveau bébé. Tu te rends compte ! C'est ça, l'avenir. Ton avenir. Ton avenir avec Lex, si tu le souhaites. Tu ne peux pas laisser le passé se mettre en travers de ton chemin. Et tu te sentiras bien avec lui. Tu as grandi. Tu as changé, toi aussi.

Elle ne pouvait s'arrêter de pleurer.

— Et son passé ? sanglota-t-elle. C'est comme un gouffre que je ne pourrai jamais franchir.

— Si, tu y arriveras. Le bébé sera le pont. Lex te donnera ce qu'il pourra, quand il le pourra. Mais tu dois te préparer à faire des sacrifices. Beaucoup, s'il le faut. Quand part-il ? demanda-t-il en se tournant vers la porte.

— Aujourd'hui.

— Bon, fit-il. Tu vas m'écouter.

Il parla alors comme s'il attendait cet instant depuis des années. Des observations accumulées pendant toute une vie se déversèrent de sa bouche. Et plus encore. La sagesse de Jimmy, de Vic, de Mrs B. Toute la profondeur que cachait son silence.

Ensuite, il la serra dans ses bras et elle resta là, follement incertaine, à le fixer désespérément dans les yeux.

Elle finit par prendre une décision et partit en courant de la cabane. Elle se jeta dans le Combi, claqua la portière et démarra le moteur dans un rugissement en saluant vaguement Jordi d'un signe de la main. Sur le seuil de sa cabane, il la regardait d'un air triste, affligé par la douleur et l'indécision de sa sœur. Cet instant marquait sans doute le passage de Callista à l'âge adulte. L'instant où elle trouvait la force d'être humble.

Le vieux van bringuebala sur le chemin, rebondit sur les sillons tracés par le ruissellement. D'un coup de volant, elle propulsa le véhicule sur la route, dérapant au passage sur les gravillons, puis écrasa le champignon en s'efforçant de ne pas prendre les virages trop dangereusement. Il était peut-être encore temps. Elle avait encore une chance d'arriver au cap avant le départ de Lex.

Qu'avait dit Jordi ?

Qu'on n'est pas obligés d'avoir la même façon de penser. Qu'on n'est même pas obligés d'être d'accord. Qu'il est bon d'embrasser nos différences. Au final, c'est ce qui nous rend intéressants. Elle devait laisser Lex lui apporter son amour à sa façon – comme la marée – lente, constante, fiable, semant des petits trésors d'amour inattendus, aussi précieux que des perles.

Tu as tout ce qu'il faut, avait dit Jordi. Du courage. De la détermination. Et de la force. Avec les bons ingrédients, on a toujours une chance d'être heureux.

REMERCIEMENTS

Pour m'avoir aidée à écrire ce livre au milieu de notre calendrier familial surchargé, je remercie David, Ryan, Nina et Marjorie. Pour leurs lectures préliminaires et leurs commentaires constructifs, ma gratitude et ma reconnaissance vont à David Lindenmayer, Fiona Viggers et Vicky Heywood. Merci à Fiona Inglis, de chez Curtis Brown, sans qui rien n'aurait été possible. Merci également à Jane Palfreyman pour son apport éditorial merveilleux et délicat, ainsi qu'à tout le personnel formidable de chez Allen & Unwin qui m'a aidée. Je souhaite aussi mentionner mes collègues vétérinaires qui ont partagé leur expérience sur les baleines échouées au cours de différentes conférences auxquelles j'ai assisté au fil des ans. Leurs commentaires et leurs anecdotes ont inspiré plusieurs passages de ce livre.

Je remercie également ma mère, Diana, pour ses encouragements de toute une vie ; et mon père, Jim, pour son intérêt et son soutien. Et je finirai par adresser un merci spécial, du fond du cœur, à mon mari, David, pour sa patience, son optimisme et son amour. Ce livre lui est dédié.

Du même auteur :

La Mémoire des embruns,
Les Escales, 2015 ; Le Livre de Poche, 2016.

Le Livre de Poche s'engage pour l'environnement en réduisant l'empreinte carbone de ses livres. Celle de cet exemplaire est de :
450 g éq. CO_2
Rendez-vous sur
www.livredepoche-durable.fr

Composition réalisée par PCA

Achevé d'imprimer en février 2017, en France sur Presse Offset par
Maury Imprimeur – 45330 Malesherbes
N° d'imprimeur : 215538
Dépôt légal 1re publication : avril 2017
LIBRAIRIE GÉNÉRALE FRANÇAISE – 21, rue du Montparnasse – 75298 Paris Cedex 06

78/8308/0